Voice

Voice

透過探索內心的聲音；了解發出聲音的內心

Voice 32

魔鬼遊戲
Perfect Match

作者◆茱迪・皮考特（Jodi Picoult）
譯者◆蘇瑩文
發行人◆施嘉明
總編輯◆方鵬程
主編◆李俊男
責任編輯◆許景理
美術設計◆吳郁婷
校對◆呂佳真

出版發行：臺灣商務印書館股份有限公司
編輯部：10046臺北市中正區重慶南路一段三十七號
電話：(02)2371-3712　傳真：(02)2375-2201
營業部：10660臺北市大安區新生南路三段十九巷三號
電話：(02)2368-3616　傳真：(02)2368-3626
讀者服務專線：0800056196
郵撥：0000165-1
E-mail：ecptw@cptw.com.tw
網路書店網址：www.cptw.com.tw
網路書店臉書：facebook.com.tw/ecptwdoing
臉書：facebook.com.tw/ecptw
部落格：blog.yam.com/ecptw

局版北市業字第 993 號
初版一刷： 2011 年 12 月
初版五刷： 2013 年 6 月
定價：新台幣 340 元

ISBN 978-957-05-2667-7

Voice 32

PERFECT MATCH
魔鬼遊戲

Jodi Picoult • 著
蘇瑩文 • 譯

臺灣商務印書館

獻給

Jake

我所認識最勇敢的男孩，
愛你的母親

謝辭

經常有人問，在我的作品當中，有多少現實生活的影子？而有鑑於寫作的主題，我有幸能說：還好不多。《魔鬼遊戲》對我來說格外困難，因為我會將早餐時和我孩子們的談話放到書中，透過小納坦尼的嘴巴說出來。所以，我要感謝Kyle、Jake和Samantha，這不只是因為他們告訴我的笑話和故事，同時也因為他們賦予了書中主角的精神，讓我寫出一名願意為自己所愛的人做任何付出的母親。感謝為我蒐集精神科資料的同事Burl Daviss、Doug Fagen、Tia Horner以及Jan Scheiner，提供我醫學專業知識的David Toub和Elizabeth Bengtson，感謝Kathy Hemenway提供有關社工的見解，Katie Desmond提供有關於天主教的知識，Diana Watson與我分享幼稚園裡的小故事，Chris Keating和George Waldron提供初步的法律資訊，Syndy Morris高超快速的謄寫技術，Olivia和Matt Licciardi對於「聖羚羊」和「氧氣」的問題。同時，我還要感謝Elizabeth Martin和她的弟弟為我找到本書的結局，Laura Gross、Jane Picoult、Steve Ives和JoAnn Mapson閱讀初稿，並且喜愛到願意協助我，讓本書更具可讀性。Judith Curr和Karen Mender讓我覺得自己像是Atria出版社眾多傑出作家當中的新星。Atria出版社的編輯Emily Bestler和Sarah Branham宛如天使，讓我覺得自己是世上最幸運的作家，Camille McDuffie和Laura Mullen兩位簡直是公關界的神仙教母，她們絕對該手持魔杖，頭戴皇冠，讓所有人知道她們能編織出什麼樣的魔法。我要感謝我的丈夫Tim van Leer，他不只是最便利的槍枝、星座、石作工事的資訊庫，同時還透過咖啡和沙拉來寵愛我，為我打點世界，讓我有時間來從事我所愛的工作。最後，我要特別感謝三個人，他們的貢獻良多，如果沒有他們的協助，我簡直無法想像要如何寫作：Frank Moran警探讓我學到如何以警探的角度思考，Lisa Schiermeier教給我的，不只是DNA，同時還順便提到了讓我頭痛的醫學原因，檢察官Jennifer Sternick對著錄音機講了整整四天時間，沒有她，就不可能有《魔鬼遊戲》。

楔子

怪物終於走進門內，臉上還戴著面具。

她睜大眼睛瞪著他看，竟然沒有別人能看穿他的偽裝，這實在讓她驚訝。他是為連翹花澆水的隔壁鄰居，是在電梯裡面露微笑的陌生人，是那種會牽起小娃兒領他們過馬路的人。你們難道看不出來嗎？她想要放聲尖叫。你們不知道嗎？

身下的椅子讓她難以忍受。她彷彿女學生一樣，將雙手規規矩矩地放在膝上，挺直雙肩，但是狂亂的心跳卻像在胸腔裡擰扭的水母。從什麼時候開始，她必須時時提醒自己，才會記得要呼吸？

法警一左一右地夾著他經過檢察官的席位，從法官面前走過，然後走向辯護律師席。角落裡，電視臺的攝影機嗡嗡作響。這個場景十分熟悉，但是她發現自己從未自這個角度觀察。角度一旦改變，觀點也會截然不同。

真相就放在她的腿上，重量和一個小孩不相上下。她決定行動。

這點認知本來應該要讓她早早敲下退堂鼓，而不是如醇酒般流竄過她的四肢。幾個星期以來，她首次有了不同的感覺。在這之前，她彷彿在無邊的海底夢遊，因為不想吐出下潛前吸進胸腔裡的最後一口氣，而讓肺部痛得發嗆。倘若她早知自己得面對什麼狀況，絕對會更謹慎、吸進更飽滿的一口氣。如今，她置身這個可怕的地方，眼睛看著這個令人厭惡的男人，她發覺自己頓時恢復了正常，好些個正常到幾乎稱得上美好的想法也隨之而來，她想到自己在吃了早餐後還沒整理廚房桌面，圖書館逾期未還的書就放在洗衣籃的後面，車子早該保養換油，里程數到現在應該已經超過一千五百哩了吧。還有，再過兩秒鐘，戒護他的法警就會退開，讓他有機會和律師私下談話。

她的手指滑過皮包裡的支票簿皮套，摸到了太陽眼鏡、口紅，以及一顆不知何時從包裝紙裡滾出來、如今已經沾滿毛屑的糖果。她找到她要的東西，緊緊握住，驚訝地發現東西握在手上的感覺竟然和丈夫的手一樣，既熟悉又舒適。

一、二、三，邁出這三步就足以讓她嗅到怪物的恐懼，看到他黑西裝下的白襯衫領口。黑與白，最後也只剩下這些了。

在這短暫的一秒鐘，她納悶不解，不懂為什麼沒有人攔阻她。為什麼沒有人知道這一刻無法避免，她來到這裡只為做這件事。即使在這個時候，連最熟悉她的人也沒有伸手拉住她，阻止她起身。

就在這一瞬間，她明白自己也戴著假面，就和那個怪物一樣。這真是個高招，假面看起來栩栩如生，沒有人知道她的轉變。但是，現在她可以感覺到碎裂開來的面具一片片崩落，她心想，讓全世界都看見吧。她知道自己把手槍抵在被告的後腦，知道自己迅速擊發四槍，也知道在這一刻，連她都認不得自己了。

第一部

如果無端遭受攻擊，我們應該要重重反擊。
對於這點，我十分確定。
而且，反擊的力道必須猛烈到讓對方明白他絕對不可再犯。

夏綠蒂・伯朗特，《簡愛》

我們在林子裡，只有她和我兩人。我穿上最好的運動鞋，鞋帶是彩色的，從前梅森還只是小狗狗的時候，就咬穿了鞋後跟。她的腳步比我大，但這就是好玩的地方，我想辦法跳進她踏在地上的鞋印裡。我是隻青蛙，是袋鼠，是魔法精靈。

我走路時，會發出早餐時從盒子裡倒出穀片的聲音。脆脆的。「我的腿酸了，」我告訴她。

「路只是稍微遠了一點點而已。」

「我不想走了。」我說完話就一屁股坐下來，因為如果我不走，她也不會走。

她彎下腰來指給我看，但是樹木就好像高個兒的長腿，遮得我什麼也看不見。「你看到了嗎？」她問道。

我搖搖頭。就算看得到，我也不承認。

她一把抱起我來，讓我坐在她的肩膀上。「池塘啊，」她說：「你看得到池塘嗎？」

坐在高處我就看到了。那是躺在地上的一小片藍天。天如果破了，誰會來補？

第一章

結辯一向是我的拿手強項。

我不需要在事前特別構思，就可以直接走進法庭面對陪審團，拋出一番讓他們燃起滿腔正義之火的辯詞。我無法忍受雜亂無章，喜歡將一切打點妥當，完成一件案子之後再繼續往前邁進。如果真有人願意徵詢我老闆的意見，他會說，他最喜歡僱用上輩子當過侍者的人來擔任檢察官，因為這些人懂得打點重擔。至於我呢，在進入法學院之前，曾經在費林百貨公司當過禮品包裝員，而且這個特性顯然十分明顯。

這天早上，我得為一件強暴案出庭結辯，另外還有一場行為能力聽證會。下午我要和一名DNA專家見面，釐清某事故車輛裡血跡的相關疑問，血跡既不屬於被控過失殺人的酒醉駕駛，也非出自車禍身亡的女性乘客。凱利伯探頭進浴室的時候，我腦袋裡想的盡是這些事。鏡子裡，他的臉孔彷彿是昇起的月亮。「納坦尼還好嗎？」

我關掉水龍頭，拿條毛巾裹住身子。「他睡了。」我說。

凱利伯剛才到棚屋去為貨車上貨。他是個石匠，包攬鋪石小徑、石材壁爐、花崗石階，還有石牆等等工程。他身上有一股冬天的味道，每逢當地蘋果到了採收季節的時候，緬因州就會有這種味道。他身上的法蘭絨襯衫沾到了水泥袋上的灰塵。「燒退了嗎？」凱利伯問道，一邊來到水槽邊洗手。

「他沒事的，」儘管還沒去檢查兒子的情況，我還是這麼回答。從早上到這個時候，我還沒去看過他。

我一心希望能透過念力讓願望成真。昨天晚上，納坦尼的狀況其實不太嚴重，體溫也還沒有高過三十七度半。他看起來不太對，但是我不會光憑這一點就讓他留在家中不去上學，更何況今天我得出庭。所有身兼職業婦女的母親都會遭遇這種進退兩難的處境。我沒辦法全心投入家庭，因為我有工作；然而我在工作上也沒有辦法百分之百付出，因為我有個家。這兩方面一有抵觸，就會讓我提心吊膽。

「我很願意留下來，但是這一來，我會錯過會議。佛瑞德好不容易說服客戶來重新討論工程藍圖，我們打算好好表現一下。」凱利伯盯著手錶看，一邊低聲咕噥。「其實，早在十分鐘前我就已經遲到了。」他和大多數的工程承包商沒有兩樣，一天的行程開始得很早，也結束得早。這表示我得擔下重任，負責送納坦尼上學，而讓他接孩子下課。他繞過我身邊，拿起皮夾和棒球帽，「如果他生病，你不會要送他去學校吧……」

「當然不會，」我回答的時候，燥熱的紅暈已經爬上了襯衫的領口。兩顆止痛退燒藥可以讓我爭取到一些時間，可以讓我在接到莉蒂雅小姐要我去學校接回兒子的電話之前，先結束強暴案的庭訊。但是我隨即為這個想法痛恨起自己。

「妮娜。」凱利伯的一雙大手搭在我肩膀上。當初我就是為了這雙手而愛上凱利伯，他碰觸我的方式，彷彿把我當成易碎的肥皂泡，在我瀕臨破碎的時候，也是這雙強勁有力的手賦予我凝聚成形的力量。

我舉起雙手蓋住凱利伯的手。「他不會有事的。」我堅持說法，相信正面思考。我對他露出一個檢察官最具說服力的標準笑臉，說：「我們不會有事的。」

凱利伯花了好一會兒的時間來相信我的話。他是個聰明人，但謹慎與條理兼具。他在鉅細靡遺地完成了一件工作之後，才會進行到下一項，他做決定的方式也不例外。這七年來，我每夜和他同床共枕，希望能耗盡他的深思熟慮。我以為一輩子的廝守可以磨掉兩個人的稜角。

「我四點半去接納坦尼。」凱利伯說了。為人父母之間一句簡單的話，取代了從前的我愛你。我忙著扣上後腰上的裙鉤，他的嘴唇輕輕刷過我的頭。「我六點回家。」這也表示我愛你。他走向門口，我一抬頭，目光就離不開他的寬肩，他嘴角上揚的弧度，和他穿上厚重工作靴的腳趾。凱利伯發現我在看他。「妮娜，」他帶著微笑說話，嘴角抬得更高了。「你也是，已經遲到了。」

床頭桌上的小鐘顯示七點四十一分。我有十九分鐘好叫醒兒子，讓他吃早飯，幫他穿衣服，把他塞進車裡的兒童座椅裡，開車穿過畢德佛送他上學，然後好整以暇，在九點之前抵達位於亞爾福瑞的高等法院。

兒子蜷在被窩裡睡得又香又沉。他的金髮太長了，幾個星期前就該修剪。我在床邊坐了下來。如果能夠目睹美好的奇蹟，多等個兩秒鐘有什麼關係？

其實，五年前我本來沒有機會懷孕的。二十二歲那年，某個愚蠢婦產科醫師摘除了我的卵巢囊腫，同時宣告我這輩子不能懷孕的消息。結果在五年前，我感覺自己病厭厭的，還連續嘔吐了好幾個星期。於是我前去內科就診，以為自己若不是感染到某種恐怖的寄生蟲而奄奄一息，就是出現了某種自體器官排斥的病症，然而驗血報告卻找不到任何問題。沒想到，不可思議的美好結局竟然在幾個月後出現，我一直把檢驗報告貼在浴室藥櫃門的內側，以茲證明。

熟睡的納坦尼看起來更稚嫩，他一手彎曲貼住臉頰，另一手緊緊攬著一隻絨毛青蛙。某些夜裡，我會這樣靜靜地看著他，訝異地領悟到在五年前，我根本無法想像會有個人讓我完全改變。五年前，我說不出孩子的白眼仁比初雪還潔白，不知道小男孩的頸部弧度是全身最美的曲線。我不可能想到餐巾兩頭打個結就可以變成海盜頭巾，更別提偷偷摸摸跟在小狗身後去尋找埋在土堆裡的寶藏；或是在一個下雨的星期日，觀察棉花糖放進微波爐後，要花多久時間才會爆開。我面對世界的臉孔與我保留給納坦尼的一面完全不同，多年來，我一直以非黑即白的眼光衡量世事，是納坦尼教會了我，讓我懂得分辨深淺不同的灰色地帶。

我大可扯謊，信誓旦旦地表示如果當初早預期到自己會生兒育女，就不會就讀法學院或擔任檢察官。這個工作一點兒也不輕鬆，回家後還得處理公務，不可能帶到足球場上或在幼稚園的聖誕晚會中處理。但老實說，我一向熱愛自己的工作，這個工作也是我給自己的定義：大家好，我叫妮娜·佛斯特，是助理檢察官。然而，我同時也是納坦尼的母親，而且無論如何都不願拋下這個身份。兩者之間並沒有大小比例之分，我處於中央點，均分兩個責任。我和多數父母不同的地方，在於其他人多半在夜裡醒著擔心孩子可能會遭遇的不幸，而我則有機會盡一己之力來改變。我就像個光明戰士一樣，在納坦尼踏入緬因州之前，和另外五十名律師並肩作戰，未雨綢繆，事先為孩子整頓好緬因州。

我輕觸他的前額，揚起嘴角微笑——他沒有發燒。我的指頭滑過他臉頰的彎弧，來到他的嘴邊。他邊睡邊拍掉我的手，然後把小拳頭藏進被窩裡。「嘿，」我湊到他的耳邊低聲說：「我們得準備起床嘍。」看到他不肯動，我拉開他的被子，卻發現床墊散出一股濃濃的尿騷味。

偏偏就選在今天！醫師囑咐過，如果五歲大的納坦尼意外尿床，我必須微笑以對，因此我遵照指示露出笑容。我們在三年前就已經開始訓練他自己上廁所了。他張開眼睛——這雙迷人的棕色眼眸和凱利伯如出一轍，從前他還坐嬰兒車的時候，街上常會有人為了這雙眼睛攔住我，想要逗弄納坦尼玩耍——我看出他瞬間的恐懼，他以為自己會遭到懲罰。「納坦尼，」我嘆口氣說：「這種事是免不了的。」我扶他起床，動手幫他脫掉貼在身上的濕睡衣，他卻極力抗拒。

他狂亂揮拳，正好打中我的太陽穴，使得我整個人往後退。「老天爺，納坦尼！」我怒沖沖地喊著。但是，讓我遲到的不是他，尿床也不是他的錯。我深吸了一口氣，繼續忙著解開纏在他腳踝上的衣褲。「我們幫你清理一下，好嗎？」我放輕了口氣，他挫敗地讓我握住他的手。

我兒子的個性異乎尋常的開朗。他可以在吵雜的車聲中聽出天籟，會說些別人聽不懂的青蛙語，如果可以跑就不會走，秉持詩人般的敬畏來看待這個世界。所以，這個坐在浴缸裡緊張兮兮觀察我的男孩簡直不像我兒子。「我沒生你的氣。」納坦尼困窘地低下頭去。「每個人都會碰到意外事件。記得嗎，我去年開車撞翻了你的腳踏車？你那時候好難過，可是你知道我不是故意的。對吧？」我好像對著凱利伯的花崗石說話。「好吧，你也可以保持緘默。」但就算使出了激將法，我還是沒能逗他開口。「啊，我知道怎麼讓你好過一點了……你可以穿上迪士尼恤衫。這一來，就能連續穿兩天嘍。」

如果有得選，納坦尼絕對會每天都穿這件恤衫。我翻遍他房間裡的所有抽屜，發現迪士尼恤衫和一堆髒襯衫纏在一起。他一看到，立刻抽出恤衫往頭上套。「等等，」我拿開恤衫，說：「我知道我答應過你，但是恤衫沾到尿了，納坦尼。你不能穿它上學，得先洗過。」納坦尼的下唇開始顫抖，我這個技巧純熟的仲裁者頓時求和。「寶貝，我發誓我今晚就會洗，讓你在接下來一整個星期都可以穿。還有下個星期也一樣。但是，現在我得請你幫幫忙。我們得趕快吃早餐，才能準時出門。好嗎？」

十分鐘之後，我棄械投降，我們終於達成了協議。納坦尼身上穿著我用手洗過，匆促脫水，然後噴灑寵物除臭劑之後的迪士尼恤衫。莉蒂雅小姐有可能過敏，但說不定沒有人會注意到米老鼠笑臉上方的污漬。我拿起兩盒早餐穀片。「要哪種口味？」納坦尼聳聳肩，到了這時候，我終於可以確定他之所以不願說話，與稍早惹我生氣的愧疚心理沒有太大關係，只是湊巧罷了。

我讓他坐在流理臺邊，在他面前擺了一碗蜂蜜核果麥片，然後一邊準備他的午餐。「麵條，」我刻意裝得興高采烈，想讓他擺脫畏縮恐懼的情緒。「還有……哇！昨天晚餐留下來的雞腿！三片奧利奧餅乾……再加上芹菜棒，這樣莉蒂雅小姐就不會又要念我這個媽咪不懂得食物營養標準了。」我拉上保溫帶的夾鏈，把午餐放進納坦尼的背包裡，抓起一根香蕉當作自己的早餐，注意看微波爐上的時鐘。我又讓納坦尼吞了兩顆止痛退燒藥——就這麼一次而已，不會造成傷害的，而且凱利伯不可能發現。「好了，」我說：「我們得走了。」

納坦尼慢吞吞地套上球鞋，一次伸出一隻小腳讓我綁鞋帶。他可以自己拉上刷毛夾克的拉鍊，也能甩上背包。背包在他瘦弱的肩膀上顯得十分巨大，有時候，我站在他的身後看，不禁想起希臘神話中一肩頂起地球的巨神阿特拉斯。

開車的時候，我播放納坦尼最喜歡的卡帶——披頭四合唱團的《白色專輯》——但是連〈無情的浣熊〉這首歌也沒能提振他的心情。我邊嘆氣邊想著，顯然他今天早上的下床氣——而且還是尿濕的床——還沒消。我心裡有個小小的聲音提醒我：我應該要懂得感恩，因為再過大約一刻鐘之後，這個問題就會落到別人手上。

我從後視鏡看見納坦尼把玩背包的掛繩，一會兒對摺，一會兒又彎成三段。車子來到山丘下的停車路標。「納坦尼。」我的聲音不大，恰好蓋過隆隆的引擎聲。他抬起頭的時候，我擠出鬥雞眼，還吐出舌頭扮鬼臉。

他和他爸爸一樣，緩緩地、慢慢地對我露出微笑。

儀表板上顯示的時間是七點五十六分，比預計早了四分鐘。

我們的表現比我的預期更好。

對凱利伯·佛斯特而言，築牆的作用，是把不想要的一切隔絕在外。或者也可以說，將寶貴的一切固守在內。每當他堆砌起閃閃發光的花崗石和粗糙的石灰岩，在草坪上築起又寬又直的石牆時，腦子裡便是這麼想的。他喜歡這種想法，這些人家安穩地隱身在他所築起的城垛後方，備受保護。當然了，這是個荒謬的想法。他的石牆高度僅僅及膝，實在稱不上護城的圍牆。此外，石牆還開了車道、小徑，甚至為葡萄藤架留下空間。然而，每當他開著車經過自己用大手砌造的石牆，就會想像這戶人家的父母和孩子一起坐在餐桌旁的景象，和睦的氛圍就像是蚊帳般罩住大桌，他似乎可以藉由實質的比擬來描繪出濃濃的情感。

他和佛瑞德以及築牆師傅一起站在華倫家的產業邊界上，大家都等著凱利伯大顯神通。目前，這片土地上長滿了濃密的樺樹和槭樹，其中幾棵樹上有標記，標明房屋和污水系統的位置。華倫夫婦站在一起，距離近到讓兩個人幾乎要互相碰觸。懷孕的華倫太太挺著大肚子，擦過了丈夫的後臀。

「嗯，」凱利伯開口了。他的職責是說服客戶，讓他們明白自己的確需要為產業築起一道石牆，而不去考慮這對夫婦的另一個選擇——一道六呎高的圍籬。但是他不善於言辭，那是妮娜的專長。站在他一旁的佛瑞德清了清喉嚨，催促他開口說話。

凱利伯不想用花言巧語誘騙這對夫婦，但是他可以想見眼前的景象：一棟白色的殖民地式獨棟建築，屋子安裝了紗窗的寬敞門廊，拉不拉多獵犬張嘴想咬下飛舞的帝王蝶，一整排的鬱金香會在明年含苞待放，小女孩三輪車龍頭繫的緞帶垂到地面，她騎著小車來到凱利伯砌造的石牆前面——大人說過，這裡是界限，她在裡面很安全。

他想像自己在這片產業，在這片一度什麼都沒有的土地上彎身砌造堅固的石牆。他想到這戶人家，到時候，這一家三口可以舒舒服服地待在石牆之內。「華倫太太，」凱利伯帶著微笑，終於開口問了問題：「你的預產期是什麼時候？」

蕾蒂·韋格斯在遊樂場的角落裡哭泣。她總愛這樣，假裝自己被丹尼欺負，其實她只是想看看莉蒂雅小姐會不會放下手邊的事，趕緊跑過來查看。丹尼曉得，莉蒂雅小姐也明白，大家全都心知肚明。唯一的例外是哭個不停的蕾蒂，想用淚水換來些成果。

納坦尼從蕾蒂身邊走過，經過不再是丹尼的丹尼，這會兒，原來的丹尼成了海盜，在船難之後只能攀著大水桶不放。「嗨，納坦尼，」布萊安娜招呼他：「你過來看看。」她蹲在小棚屋的後面，棚屋裡放的是軟如熟瓜的足球，以及小朋友輪流騎坐，一次只能玩個五分鐘的推土機。棚屋後面的木頭籬笆上結了一個蜘蛛網，彎曲如鞋帶般的蛛絲上垂掛著銀色的蜘蛛，蜘蛛網上還纏了個銅板大小的結。

「是一隻蒼蠅。」寇爾把滑落在鼻尖的眼鏡往上推。「被蜘蛛纏起來當晚餐吃。」

「好噁喔。」布萊安娜嘴巴上這麼說，但卻越靠越近。

納坦尼雙手插在口袋裡站在旁邊。他看到飛進蜘蛛網裡不得脫身的蒼蠅，想起了去年冬天他踩在積雪當中，結果一隻雪靴掉進了雪堆深處。他當時光著一隻腳踩在雪地裡回家，還得擔心挨母親的罵，他真想知道這隻蒼蠅是不是和他一樣害怕。說不定蒼蠅只是想休息一下，想欣賞陽光穿透蛛絲的美景，結果卻被蜘蛛絲纏住，真的插翅難逃。

「我敢打賭，蜘蛛一定會先吃掉蒼蠅的頭。」寇爾說。

納坦尼想到了蒼蠅的翅膀。蒼蠅轉身時，雙翅被緊緊地固定在背後。他伸手拍掉蜘蛛，轉身就走。

布萊安娜鬧起脾氣了。「嘿！」她大喊著：「莉蒂雅小姐！」

但納坦尼才不理她呢。他抬起頭，盯著鞦韆的吊桿和連接在鐵架旁的溜滑梯，滑梯亮得像把刀刃。鐵架比滑梯高了幾吋。納坦尼用雙手拉住木頭階梯的扶手，開始往上爬。

莉蒂雅小姐沒有看到他。他的球鞋踢下一陣小石頭和灰塵，但是他的身體維持住平衡。在這上面，他甚至比爸爸還要高。他心想，也許雲朵後面躲了個沉睡的天使。

納坦尼閉上眼睛往下跳，雙手緊緊貼在身體的兩側，就和那隻蒼蠅一樣。他一點也不想要停止墜落，只想猛烈撞擊，因為和其他事情相比，這樣比較不痛。

「最好吃的可頌牛角麵包，」儘管我才剛走到咖啡機前和彼得．艾伯哈特並肩而站，但是他對我說話的樣子，好像我們的對話正進行到一半。

「巴黎左岸的麵包店。」我答道。其實想想，我們的確正在進行某段談話。雖然這段對話持續了至少好幾年之久。

「離家近一點的選擇呢？」

這我就得想一下了。「『媽咪之家』。」這是一家位在斯普林韋爾的餐館。「最慘烈的髮型？」

彼得笑了出來。「我啊，就登在我的中學畢業紀念冊裡。」

「我想要的答案是動詞，不是名詞。」

「喔，這個嘛。所有幫安潔琳燙頭髮的美容院。」他拿起咖啡壺為我手上杯子斟滿咖啡，但是我笑岔了氣，灑得滿地都是。安潔琳是南區地方法院的職員，髮型看似蜷在頭頂上的麝鼠，又像拌了奶油的義大利蝴蝶麵。

這是彼得和我的遊戲，從我們都還在西區地方法院擔任助理檢察官的時候就開始了。當時，我們得在斯普林韋爾和約克郡之間兩地奔波。在緬因州，被告可以出庭辯稱無罪、認罪，或是要求與檢察官協商。彼得和我分別坐在桌子的兩側，彼此交換控訴案，就像在牌局中一樣。你負責這件交通違規，我受夠這種案子了。好，但是這麼一來，你得接下這件擅闖產業的控訴。我現在很少碰到彼得，因為我們都處理高等法院重罪案件，但是在辦公室裡，我還是和他最親近。「算不算今天的最佳引述？」

現在才十點半，要決定這是否是最佳引述還嫌太早。我擺出檢察官的一號表情，嚴肅地望著彼得，對著他重播我方才為強暴案做的結辯。「各位先生女士，事實上，只有一件事比這個男人的所作所為更褻瀆，更令人髮指。那就是還他自由，讓他繼續再犯。」

彼得吹了聲響亮的口哨。「喔，你真的是戲劇天后。」

「要不然我怎麼領得到優厚的薪水。」我將奶精加入咖啡裡攪拌，凝結在表面的奶精像極了血漬。這讓我想起腦漿組織的案子。「家暴案的審判有什麼進展？」

「你別想歪了，但是我實在受不了那些受害者，他們……」

「太悽慘？」我冷冷地說。

「對！」彼得嘆氣。「如果我們能夠光是處理案子，而不必理會隨之而來的重擔就好了。」

「哎，那你乾脆轉任被告律師。」我喝了口咖啡，把七分滿的杯子留在桌檯上。「如果你真要聽我的意見，我會說啊，我出庭時寧可不要那些律師。」

彼得哈哈大笑。「可憐的妮娜。你接下來有一場行為能力聽證會，是吧？」

「那又怎麼樣？」

「你每次要面對費雪・卡靈頓的時候，看起來……嗯，就和我中學畢業紀念冊上的照片沒兩樣，好像頭皮就要被人剝掉似的。」

我們這幾個檢察官和當地辯護律師之間的關係十分脆弱，我們對大多數的律師僅僅維持基本的敬意，畢竟，他們也是在盡本分。但是卡靈頓是個截然不同的類型。他是哈佛畢業生，滿頭銀髮，態度莊重，具備了典型的父親形象。他是個備受尊崇的長者，以提供建議謀生。一般來說，陪審員都會願意相信這類型的人。所有的檢察官都遭遇過這樣的狀況：我們準備了如山的鐵證，結果卻不敵卡靈頓那雙和保羅．紐曼一樣的湛藍眼眸和洞悉人心的笑容，讓被告安然脫身。

不消說，我們一致痛恨費雪．卡靈頓。

在行為能力聽證會上遭遇卡靈頓，無異先是一腳踏進地獄，隨即還發現唯一的食物只有血淋淋的肝臟，這簡直就是在傷口上抹鹽。

就法律上而言，所謂具備出庭的行為能力，意味著當事人的溝通方式足以讓旁人瞭解，讓人有機會挖掘出事實。舉例來說，小狗有能力嗅出毒品，但是無法出庭作證。對於遭受性侵害的兒童而言，如果性侵犯尚未認罪，那麼唯一有可能定罪的方式，是把受害的兒童帶上法庭作證。但是在這之前，法官必須判定證人是否具有溝通能力，並且能夠區分真相和謊言，知道自己必須在法庭上說出實情。因此，我只要一碰到兒童性侵案，就會主動聲請召開行為能力聽證會。

先想想看，假設有個勇敢的五歲孩子不顧父親的死亡威脅，告訴母親自己每天都遭到父親強暴。接著再想，依據法律程序，孩子必須來到一個大如足球場的法庭裡回答檢察官的提問，然後面對辯護律師連珠砲般的問題。這個陌生人會讓孩子惶恐落淚，到最後不得不央求停止發問。再加上每個被告都有權面對指控者，而父親就近在咫尺，因此，在出庭期間，孩子還必須承受父親的注視。

聽證會上會出現兩種狀況。一是孩子被判定不具備出庭作證的能力，法官拒絕立案，孩子不必再次站上法庭，這讓孩子在接下來的日子裡有可能會不停地夢到律師可怕的盤問，還得繼續面對父親的面孔，而且極有可能再次受到侵犯。另一種狀況則是孩子有能力出庭，然後不停重複訴說不堪回首的一幕……而這次，還會有十多名旁觀者圍觀。

我雖然身為檢察官，但是我也會第一個跳出來說：倘若一個人無法以某種方式溝通，就無法透過美國的司法制度取得正義。我處理過的兒童性侵案不下百起，親眼看過上百個孩子出庭。這些孩子為了自己無法接受的事實架構出一場幻象，而我和其他的檢察官及律師全都一樣，不斷拉扯這些孩子，直到他們放棄那個假想的世界為止。這全都是為了定罪。但是我心底明白，孩子們會因為能力聽證會而再次受到傷害，即使我贏得聽證會，孩子也不見得獲勝。

就辯護律師而言，費雪・卡靈頓仍屬可敬。他不會打擊孩子，讓孩子坐在證人席上的高腳凳上渾身打顫，也不會想盡辦法誤導。他的舉止就像個祖父，如果孩子願意說出實話，就有棒棒糖可以吃。我們曾經兩度交手，其中一次他讓孩子獲判無能力出庭作證，變態的性侵犯因此公然走出法庭。至於另一次，我則成功地將他的委託人定罪。

被告在監獄裡關了三年。

受害者在療養院裡住了七年。

我抬頭看著彼得，說：「最佳劇本？」我挑戰他。

「啊？」

「對，」我輕聲說：「這就是我的重點。」

瑞秋五歲時父母離異，分手時雙方還撕破了臉，不但各自暗藏存款，夜半時分還會有人在車道上潑油漆。一個星期之後，瑞秋告訴母親，說爸爸經常用指頭戳她的陰道。

她對我說，第一次遭侵犯時，她穿著小美人魚的睡衣，坐在廚房餐桌邊吃五彩繽紛的圓圈圈早餐穀片。第二次，她身穿粉紅色的灰姑娘睡衣，在爸媽的臥室裡看《科學怪人》影片。瑞秋的母親蜜莉安確認在女兒三歲的時候為她買過印有美人魚和灰姑娘圖樣的睡衣，也記得從小姑家借來《科學怪人》。那個時候，她和丈夫仍然住在一起。那個時候，她曾經讓丈夫和小女兒獨處。

不少人對於一個五歲大的孩子如何記得自己三歲時的遭遇感到懷疑。天哪，納坦尼連昨天做了什麼事都交代不清。但是話說回來，他們並沒有聆聽瑞秋一次又一次地訴說同樣的故事。他們沒有諮詢精神科醫師，不知道對孩童而言，創傷就像喉嚨裡的刺一樣揮之不去。同時，他們和我不同，沒看到瑞秋在父親搬走之後，如同花朵一樣綻開。就算他們全都不知道，我也不可能忽視孩子說的話。我選擇忽略的任何一句話，都可能是最嚴重的真相。

瑞秋今天就坐在我辦公室裡的旋轉椅上轉圈圈。她的髮辮及肩，雙腿細瘦得宛如火柴棒。我的辦公室並不是進行安靜訪談的最佳地點，從來就不是。這裡有警察來來去去，想當然爾，我和另一位地方檢察官共用的書記官也選在這個時候把一疊文件往我桌上丟。「要很久嗎？」蜜莉安問道。她的視線一直沒有離開女兒。

「希望不會。」我回答她，起身招呼瑞秋的外婆，她會坐在旁聽席上，在聽證會上作為精神後盾。蜜莉安是本案的證人，因此無法出席。這又是個無解的窘境，在大部分的案件當中，母親都無法陪在出庭的孩子身邊，以提供安全感。

「這真的有必要嗎？」蜜莉安問了不下百次。

「是的。」我直視她的雙眼，斷然地給個答案。「你的前夫拒絕協商認罪。這也就是說，我們如果想證明事情的確發生過，只能靠瑞秋的證詞。」我在瑞秋面前跪下，拉住轉個不停的椅子。「你知道嗎？」我向她自首：「有時候，當辦公室的門關起來的時候，我也會轉圈圈。」

瑞秋用雙臂環住絨毛玩具。「那你會不會頭暈？」

「不會。我假裝自己在飛。」

門打開，我的老朋友派屈克探頭進來。他穿著全套藍色制服，不同於平常便衣警探的裝扮。「嘿，妮娜，你知不知道郵局要回收名檢察官系列的郵票？因為大家都不知道該朝哪一面吐口水。」

「杜沙姆警探，」我尖銳地回應：「我現在有點忙。」

他臉紅了起來，更襯托出他的眼睛。我們小時候，我老愛取笑他這雙眼睛。當我們約莫在瑞秋這個年紀的時候，我還一度讓他相信他的眼睛會藍得如此透徹，是因為他的頭顱裡沒有大腦，只有空氣和雲。「對不起，我沒注意到。」他就這麼輕而易舉地擄獲了辦公室裡所有女人的心。如果他有意，絕對可以指使室內的全體女性站起來做體操，而她們也會照辦不誤。但是派屈克之所以是派屈克，就是因為他從來不想這麼做，也從來不這麼做。

「佛斯特女士，」他正經八百地說：「我們下午的會議不會取消吧？」所謂下午的會議，指的是我們長久以來，每星期一次在桑佛一家小的牛排酒吧餐廳的午餐約會。

「會議照常舉行。」我真想知道派屈克為什麼一身正式打扮，為什麼會來高等法院。他在畢德佛擔任警探，地方法院比較像是他的地盤。但是這些問題都得稍後再提。我轉回身子面對瑞秋，聽到派屈克出去之後關上了門。「我看到你今天帶了小朋友過來。你知道嗎，我想你應該是第一個帶河馬給麥卡佛伊法官看的女孩。」

「她叫做路易莎。」

「我喜歡這個名字。還有，我也喜歡你的髮型。」

「我今天早上吃過鬆餅。」瑞秋說。

這句話讓蜜莉安滿意地點個頭，讓瑞秋吃頓豐盛的早餐非常重要。「十點了，我們該走了。」

蜜莉安彎下腰來，眼眶含著淚水對女兒說：「從現在起，媽咪得留在外面。」她拼命忍住淚水，但是聲音裡可以明顯聽得出來。她的語調太過圓潤，充滿了痛苦。

納坦尼曾經在兩歲的時候跌斷手臂，我站在急診室裡，看著醫生接回骨頭，為他打上石膏。他很勇敢，勇敢到連一聲也沒哭出來，但是他用沒受傷的手緊緊握住我的手，指甲在我的手掌心上留下小小的半圓形印痕。在整個過程中，我一直在想：如果可以免除兒子的疼痛，我樂意打斷我的手臂、打碎我的心。

瑞秋不是難纏的孩子，她雖然緊張，但沒有崩潰。蜜莉安的決定十分正確。為了這對母女，我會盡全力讓過程不至於太痛苦。

「媽咪，」瑞秋說話了，現實像一場席捲而來的風暴。她手上的河馬掉到地上，我實在不知道該怎麼形容，這孩子彷彿想一頭鑽進母親的肚子裡。

我走出辦公室關上門，因為我有職責在身。

「卡靈頓先生，」法官問道：「我們為什麼要一個五歲大的孩子站上法庭？這個案子難道沒有別的解決方式嗎？」

費雪交疊雙腿，微微皺起眉頭。他嫻熟地掌控了自己的姿勢。「庭上，我完全不願意看見這個案子成立。」

我心想：我剛好相反。

「但是，我的委託人沒辦法接受檢方的提議。打從他走進我辦公室的那一天起，便一直否認自己所遭受的指控。再說，檢方沒有任何實質證據，也沒有證人。其實，佛斯特女士掌握的是個孩子，和一心想摧毀分居丈夫的母親。」

「庭上，眼前我們在乎的並不是送他進監獄，」我打斷卡靈頓的話，說：「我們希望他放棄監護權和探視權。」

「我的委託人是瑞秋的生父。他能瞭解孩子也許是受到教唆才會恨他，但是他不願放棄作為父親，能夠去愛護照顧自己女兒的權利。」

是喔！我懶得聽，也不必聽。費雪在打電話給我，否決我提出的認罪提議時，就已經演練過這套說詞了。「好吧，」麥卡佛伊法官嘆氣說：「我們就召開聽證會吧。」

除了我、瑞秋和外婆、法官、費雪及被告之外，法庭裡沒有別人。瑞秋坐在外婆身邊，把玩著絨毛河馬的尾巴。我帶著她走到證人席，但是她坐下的高度還不及欄杆。

麥卡佛伊法官轉頭對書記官說：「羅傑，可不可以麻煩你跑一趟，到我辦公室看看有沒有高凳可以讓瑞秋小姐坐。」

大家又花了幾分鐘來調整座位。「嗨，瑞秋。你好嗎？」我開始說話。

「還好，」她的聲音微弱到幾乎聽不見。

「庭上，我可以靠近證人一點嗎？」如果往前靠，我就不會那麼可怕。我努力維持笑容，下巴開始痠痛。「瑞秋，你能不能告訴我你的全名？」

「瑞秋・伊麗莎白・馬克斯。」

「你今年幾歲？」

「五歲。」她豎起五隻指頭以茲證明。

「生日的時候有沒有開慶祝派對啊？」

「有。」瑞秋猶豫了一下，然後說：「開個和公主生日一樣的派對。」

「一定很好玩。你有沒有收到禮物呢？」

「嗯，有。我收到一個會仰游的芭比游泳娃娃。」

「你和誰住在一起，瑞秋？」

「和我媽咪，」她回答的時候，眼神飄向了被告席。

「有沒有別人和你們住在一起？」

「現在沒有了。」她的聲音輕如耳語。

「以前是不是還有別人和你們一起住？」

「對，」瑞秋點點頭，說：「還有爸爸。」

「你有沒有上學，瑞秋？」

「我讀蒙哥瑪利太太的班級。」

「班上有沒有什麼規矩？」

「有。不可以打人，想說話要舉手，還有，不能爬到滑梯上。」

「如果不遵守規定會怎麼樣？」

「老師會生氣。」

「你知不知道說實話和說謊話有什麼不一樣？」

「說實話是把發生過的事情講出來，說謊話就是自己編故事。」

「沒錯。法庭，也就是你現在來的地方——也有規矩，每當有人問你問題的時候，你得說實話，不能自己編故事。這樣你懂嗎？」

「懂。」

「如果你對媽媽說謊會發生什麼事？」

「她會生我的氣。」

「你能不能答應我，你今天一定會說實話？」

「嗯。」

我深吸一口氣。第一道障礙已經排除。「瑞秋，坐在那邊那位滿頭銀髮的男士是卡靈頓先生，他也會問你問題。你覺得你能不能和他聊聊？」

「好啊。」瑞秋雖然這麼回答，但已經開始緊張了。稍早，我沒有把這個部分告訴她，因為我自己也不知道所有的答案。

費雪站起身來，散發出一股安全感。「嗨，瑞秋。」

她瞇起眼睛。我真愛這個孩子。「嗨。」

「你的熊寶寶叫什麼名字？」

「她是河馬。」瑞秋彷彿受到了侮辱。每當孩子在頭上戴著一個水桶，盯著看的大人卻看不出那其實是一頂太空頭盔的時候，他們就會有這種反應。

「你認不認得和我坐在一起的人是誰？」

「是我爸爸。」

「你最近有沒有看到爸爸？」

「沒有。」

「但是你記得曾經和爸媽住在一起嗎？」費雪的雙手都插在口袋裡，聲音猶如絨布一樣柔軟。

「嗯。」

「你們一起住在那棟咖啡色房子裡的時候，媽咪和爸爸是不是常吵架？」

「對。」

「然後，爸爸就搬出去了，是嗎？」

瑞秋點點頭，接著想起我之前說過，要她大聲回答。「對，」她囁嚅地說。

「爸爸搬出去之後，你才說出你碰到的事情……和你爸爸有關的事，對嗎？」

「嗯。」

「你是不是說爸爸摸你尿尿的地方？」

「對。」

「你告訴誰？」

「媽咪。」

「媽咪聽到你的話之後有什麼反應？」

「她哭了。」

「你記不記得爸爸在什麼時候碰你尿尿的地方？」

瑞秋咬著嘴唇。「在我還是寶寶的時候。」

「你那時候有沒有上學？」

「我不知道。」

「你記不記得外面的天氣是冷還是熱？」

「我，嗯，不記得了。」

「你記不記得那時候是白天還是晚上？」

瑞秋坐在凳子上，開始前後晃動身子。她搖搖頭。

「那時候媽咪在家嗎？」

「我不知道，」她輕聲說話，我的心跳加速。我們是否能讓她出庭，就要看她在這一刻的表現了。

「你說，你那時候正在看《科學怪人》。你看的是電視，還是錄影帶？」

到了這個時候，瑞秋已經不再直視費雪或其他人的雙眼了。「我不知道。」

「沒關係，瑞秋，」費雪沉著地說：「有時候真的很難把事情記清楚。」

我坐在檢察官席上翻了個白眼。

「瑞秋，今天早上你到法庭來之前，有沒有和媽咪先說過話？」

終於有個她確定的答案了。瑞秋抬起頭微笑，驕傲地說：「有啊！」

「今天早上是你第一次和媽咪討論來法庭的事情嗎？」

「不是。」

「你在今天以前有沒有見過妮娜？」

「嗯，有。」

費雪微笑地說：「你和她聊過多少次？」

「好多好多次。」

「好多好多次。她有沒有告訴你，坐進這個小小的證人席之後，你該說些什麼話？」

「有。」

「她有沒有要你說爸爸摸你？」

「有。」

「媽咪有沒有要你說爸爸摸你？」

瑞秋點點頭，髮辮跟著擺動。「嗯。」

我動手蓋上這件案子的檔案夾，費雪的意圖昭然若揭，而且已經達成了目的。「瑞秋，」他說：「媽咪有沒有告訴過你，如果你今天來這裡說爸爸摸你尿尿的地方，事情會有什麼改變？」

「有。她說，我這麼乖，會讓她覺得很驕傲。」

「謝謝你，瑞秋。」費雪說完話後坐了下來。

十分鐘之後，費雪和我進到辦公室，並肩站在法官面前。「佛斯特女士，我並不是說你們強迫灌輸孩子想法，教她該怎麼說話，」法官說：「而是，不管怎麼樣，她都覺得自己在做她母親和你想要她做的事。」

「庭上，」我開口說。

「佛斯特女士，這孩子對母親的忠誠度遠遠超過她對證人的誓言。在這種情況下，檢方提出的任何求刑都會被推翻。」他看著我，眼神流露出同情。「妮娜，也許再過六個月，事情又會不一樣。」法官清了清喉嚨。「我的判決是，證人不具備出庭的能力。對於這件案子，檢方有沒有其他的請求？」

我感覺到費雪的目光停留在我身上，充滿同情，沒有勝利的神色。這反而讓我生氣。「我得和這對母女談談，但是我相信檢方會聲請無偏見駁回起訴。」這表示瑞秋再大一點的時候，我們可以試著再訴。當然，瑞秋不見得有勇氣做這件事。說不定她的母親會希望她繼續正常生活，不要重新經歷過去。法官知道，我也知道，但是雙方都無計可施。司法制度就是這樣運作。

費雪．卡靈頓和我一起走出辦公室。他對我說：「謝謝你，檢察官。」但是我沒有回應。我們就像互相排斥的吸鐵，朝不同的方向走去。

我之所以生氣有兩個原因。首先，我輸了。再者，我本來應該要站在瑞秋這一邊的，結果卻成了惡人。畢竟，我讓她出席了一場白費力氣的聽證會。

但是，當我回到辦公室，俯身靠向瑞秋的時候，臉上沒有流露出任何不愉快的表情。「你今天好勇敢。我知道你說了實話，讓我好驕傲，你的媽咪也一樣。我有個好消息要告訴你，因為你的表現太好了，所以我們不必再來一次。」我特別盯著她的雙眼說話，讓她能聽進這些話，就像入袋的獎品一樣。「現在我得和媽咪談一下，瑞秋。你能不能和外婆在外面等？」

瑞秋走出辦公室，還沒關上門，蜜莉安就崩潰了。「到底發生了什麼事？」

「法官認為瑞秋不具備出庭的能力。」她稍早並不在場，於是我對她重述方才的證詞。「這表示我們沒辦法起訴你的前夫。」

「那我要怎麼保護她？」

我將雙手放在桌上，緊緊握住桌緣。「馬克斯太太，我知道你有位律師幫你處理離婚官司，我樂意幫你打個電話給他。社福單位的調查還在進行當中，也許他們能限制或監督你前夫對女兒的探視……但是，就實際狀況來說，我們目前無法以刑法起訴他。也許，我們可以等瑞秋長大一點再看看。」

「到她再大一點之前，」蜜莉安低聲說：「他已經再犯不下千次了。」

我無言以對，因為這極有可能發生。

蜜莉安在我面前完全崩潰。這種情況我見過很多次，堅強的母親在瞬間瓦解成碎片，彷彿糯米紙，碰到蒸汽立刻融化。她的身子前後擺動，雙手緊緊環住腰，完全直不起身。「馬克斯太太……如果有我可以幫忙的地方……」

「如果你是我，你會怎麼做？」

她的聲音像是向我探過來的蛇。「當我沒說，」我靜靜地說：「如果是我，我會帶瑞秋逃得遠遠的。」幾分鐘之後，我從窗口看到蜜莉安．馬克斯在皮包裡翻找東西。我心想，大概是想找鑰匙。可能也是想找出自己的決定。

妮娜有很多特點讓派屈克為之著迷，其中最美好的，就是她走進屋裡的樣子。從前，妮娜總是會快步走進杜沙姆家的廚房，自動自發地從罐子裡拿出一片巧克力餅乾，然後停一下，彷彿要讓其他人有機會趕上她的腳步，派屈克的母親老愛說這宛如「女主角登場」。派屈克只曉得就算自己背對著門，也能清楚感受到妮娜進門的那一刻：一股電流竄上他的後頸，每個人都會將目光投注到她身上。

這天，他坐在空無一人的酒吧裡。「龍舌蘭模仿鳥」是警察聚會的老地方，也就是說，一直到晚餐之前，這地方通常都不會有太多人。老實說，派屈克不止一次懷疑，這間酒吧餐廳是否特地為了配合他和妮娜的星期一例行午餐才提早營業。他看看腕錶，但是他知道還早，他總是提早到。派屈克不想錯過妮娜走進酒吧時，像指向正北的指南針一樣筆直地望著他的樣子。

酒保史戴凡森抽出一張塔羅牌，看來他玩的是單人牌戲。派屈克搖搖頭。「知道嗎，塔羅牌不是這樣玩的。」

「我只是不知道該拿這些牌做什麼。」他依照權杖、聖杯、寶劍和錢幣不同的花色排列手上的牌。「有人把牌留在女廁裡。」酒保熄掉菸頭，循著派屈克的視線朝門口張望。「天啊，」他說：「你什麼時候才要告訴她？」

「告訴她什麼？」

史戴凡森搖搖頭，把整疊牌推向派屈克。「來。你比我需要這些牌。」

「這話是什麼意思？」派屈克問道。就在這時候，妮娜走了進來。酒吧裡的空氣震盪嗡鳴，讓他彷彿置身在一片蟋蟀出沒的田野中，派屈克覺得有某種輕如氦氣的氣體灌入他的身軀，在他還沒察覺前，就已經飄飄然地從椅子上站了起來。

「依然這麼紳士。」妮娜說道，把黑色的大皮包丟到吧檯下方。

「而且還是個警官。」派屈克對著她露出微笑。「剩下的給你去想像。」

她不再是住在鄰家的小女孩，那已經是許久之前的事了。當年她臉上冒著雀斑，牛仔褲的膝蓋處磨出破洞，頭髮紮成馬尾，緊到連雙眼都往後拉。如今她身著訂製的套裝搭配絲襪，一連五年都修剪著短短的鮑伯頭。但每當派屈克湊到她身邊時，他仍然嗅得到童年的氣味。

妮娜瞥了派屈克的制服一眼，這時史戴凡森將咖啡送到她面前。「替換的衣服全都穿髒了嗎？」

「不是這樣。我整個早上都在幼稚園裡，宣導萬聖節的安全注意事項。再說，局長堅持要我穿上全套制服。」她還沒開口，他就遞來兩塊糖，讓她加進咖啡裡。「你的聽證會順利嗎？」

「法官判定證人沒有出庭的能力。」她說話的時候，臉上沒有流露出任何情緒變化，但是派屈克太瞭解她，知道這個結果其實令她難以承受。妮娜攪拌咖啡，然後抬起頭對他微微一笑。「不說這些了，我有個案子要請你幫忙，就是我兩點鐘會談的那件案子。」

派屈克往前靠，用手撐著頭。他離家從軍的時候，妮娜前去就讀法學院。當時，她仍然是他最好的朋友。當他在波斯灣的「甘迺迪號」服役時，每隔兩天就會收到妮娜的來信，也在她的信中讀到自己未能擁有的生活。他知道緬因大學最令學生厭惡的教授叫什麼名字，也知道參加律師資格鑑定考試有多麼令人喪膽。當妮娜在圖書館前的鋪石路上遇見了凱利伯後，他開始讀到戀愛的滋味。這段戀情會怎麼繼續？她當時這樣問。凱利伯回答她：你打算怎麼發展？

等到派屈克退伍，妮娜早已結婚。派屈克一度考慮搬遷到一些連地名都拗口難讀的城鎮定居，比方韶尼、波卡泰洛、希克爾里之類的地方。他甚至租了一輛貨卡，足足跑了一千哩路，從紐約開到堪薩斯州的賴里。但是到頭來，他終於明白自己從妮娜的信中知道了太多事，於是又回到畢德佛，只因為他無法離開。

「然後啊，」妮娜說：「一隻豬跳進了奶油碟裡，毀了整個晚宴。」

「沒開玩笑？」派屈克回過神來放聲大笑。「結果女侍怎麼處理？」

「你沒在聽我說話，派屈克，你真該死。」

「我當然有在聽。但是，天哪，妮娜。乘客座位遮陽板上的腦漿不屬於坐在車上的人？說不定和你剛剛那個小豬跳進奶油碟的故事有異曲同工之妙。」派屈克搖著頭說：「誰會把大腦皮質層留在別人的車上？」

「你說說看嘍，你才是警探。」

「好。如果真要我猜，我會說這輛車經過處理。你的被告買了一輛二手車，不知道前任車主曾經開著車到某個偏僻的地方，坐在前座轟掉自己的腦袋。車子經過清理檢修，才能賣個好價錢……但是對緬因州不屈不撓的化驗室來說，顯然清洗得不夠徹底。」

妮娜攪拌自己的咖啡，伸手到派屈克的盤子裡拿了根薯條。「這並非不可能，」她承認。「我得追蹤車子的來源。」

「我可以給你一個名字。這傢伙曾經當過我們的線民，在這之前，他開過檢修公司。」

「把整個檔案都給我吧。放到我家的信箱裡。」

派屈克搖頭。「不行，這違反聯邦法。」

「你在開玩笑嗎，」妮娜笑了。「又不是放炸彈。」但是派屈克完全笑不出來，因為他的世界向來依法行事。「那好，放在前門口。」她低頭看著嗡嗡作響的呼叫器，順手從裙子腰帶上拿下來。

「喔，慘了。」

「有麻煩嗎？」

「納坦尼的幼稚園。」她從黑皮包裡掏出手機撥號。「你好，我是妮娜．佛斯特。是的。當然。不會，我懂。」她掛掉電話重撥。「彼得，是我。是這樣，我接到納坦尼的幼稚園來電話。凱利伯在工地，所以我得去接納坦尼。我有兩個酒醉駕駛案可以請你代勞嗎？認罪協商也行，沒關係，我只想趕快擺脫這些人。對。多謝了。」

「納坦尼怎麼了？」派屈克問道。妮娜將手機放回皮包裡。「他生病了嗎？」

妮娜移開視線，顯得似乎有些尷尬。「沒有，他們特別強調他不是生病。我們從今天一大早開始就事事不順，我猜，他只是想和我一起坐在前廊上。」

派屈克經常和納坦尼以及妮娜一起坐在前廊上。他們最喜歡的遊戲是賭某棵樹上的哪片葉子會先落下來，賭注是賀喜的水滴形親親巧克力。和她生命中的其他事務一樣，妮娜玩遊戲是為了得勝，但是她總是聲稱自己太飽了，然後把得來的巧克力全送給納坦尼。妮娜和兒子相處的時候，似乎比較開朗、活潑，也更柔和。每當三個人笑到把腦袋湊在一起的時候，派屈克甚至覺得她不是現在這個檢察官，而是兒時一起為非作歹的伙伴。

「我可以幫你去接他，」派屈克主動提議。

「是啊，但是你不能把他留在信箱裡。」妮娜咧嘴一笑，一把拿起派屈克盤子裡的半個三明治。「謝了，但是莉蒂雅小姐特別要求我到場，相信我，你絕對不想惹惱這位女士的。」妮娜咬了一口，把剩下的三明治遞還給派屈克。「我晚一點會打電話給你。」派屈克還來不及說再見，她就急急忙忙離開了酒吧。

他目送她離開。有時候，他懷疑她是否曾經慢下腳步。她以如此迅速的動作走過一生，是否知道自己劃出來的軌跡猶如彎曲的時光弧線，連昨天都如同陌路。其實，妮娜一定不會記得要打電話給他，反而是派屈克會去電，詢問納坦尼的狀況。她會道歉，表示自己一直想打電話。而派屈克……嗯，派屈克會秉持長久以來不變的作法：原諒她。

「公然挑釁，」我重複莉蒂雅小姐的說法，雙眼直視著她。「納坦尼是不是又對丹尼說，如果他不肯和他一起玩恐龍，我會把他關到監獄裡去？」

「不是，這次是攻擊性的舉動。納坦尼不斷破壞其他孩子的作品，損壞建築，甚至在一個小女孩的圖畫作品上塗鴉。」

我擺出最具贏面的笑臉。「今天早上納坦尼不太舒服，也許感染到什麼病毒。」

莉蒂雅小姐皺起眉頭。「我有不同的看法，佛斯特太太。還發生了一些別的事……他今天早上爬到鞦韆上面往下跳——」

「小孩子都是這樣！」

「妮娜，」莉蒂雅小姐輕聲說。四年來，她從來沒有直呼過我的名字。「納坦尼今天早上來學校之前有沒有開口說話？」

「當然，他——」我一開口就停了下來。尿床、匆促的早餐、陰鬱的情緒——這是我對納坦尼在今天早上的所有記憶，但是在我心裡，我只聽得到自己的聲音。

無論在哪裡，我都能認出兒子的聲音。他的音調高亢，總是興致勃勃，我一度希望自己能夠拿個瓶子收藏他的聲音，就像海中魔女收藏美人魚的聲音一樣。他犯的錯誤，比方把醫院說成「議」院，把義大利麵說成「利大義」麵，或是把蘋果西打念成蘋果西「大」，都只是因為說話匆促，這可以讓他不至於太快長大，如果我更正他這些錯誤，他會在我還沒準備好之前就轉成了大人。說起來，事物的變遷已經太快。儘管我有時候忍不住懷念起納坦尼模稜兩可的發音，但是他咬字的確越來越清晰。以最挑剔的方式聆聽，我也只能說他仍然無法清楚念出「L」和「R」。

我還記得全家坐在廚房的桌邊，桌上放了一盤堆滿鬆餅的盤子，加上培根肉和柳橙汁。鬆餅做成幽靈的形狀，用巧克力碎片裝飾出雙眼。在某些讓凱利伯和我愧疚到足以走進教堂望彌撒的星期日早晨，我們會用豐盛的早餐來賄賂納坦尼。陽光照在我的玻璃杯口，彩虹灑落在我的盤子上。「『左』的相反是什麼？」我問道。

納坦尼好整以暇地說：「六。」

凱利伯抛起一片鬆餅翻個面。他小時候也一樣咬字不清，聽納坦尼這樣說話讓他想起受傷的自尊，同時也讓他相信自己的兒子會在學校裡遭受同學無情的恥笑。他認為我們應該要矯正納坦尼的發音，並且去請教莉蒂雅小姐是否該尋求語言治療師的協助。他認為隔年即將進入幼稚園的孩子，應當有和勞倫斯．奧利佛不相上下的口才。「那麼，『白色』的相反是什麼？」

「『灰』色。」

「說說看『黑』，」凱利伯堅持要矯正。「試試看，黑——」

「灰。」

「算了，凱利伯。」我說。

但是他不想打住。「納坦尼，」他仍然堅持：「『左』的相反是『右』。『白』的相反是什麼？」

納坦尼想了一下，答道：「灰。」

「老天爺幫幫忙，」凱利伯咕噥地說，轉身面對烤箱。

而我呢，我對納坦尼眨眨眼，說：「說不定老天爺真的會幫忙。」

我在幼稚園的停車場屈膝跪了下來，讓自己和納坦尼面對著面。「寶貝，告訴我，有哪裡不對嗎？」納坦尼的領口歪斜，手上沾到了紅色的指印。他用空洞的深色雙眼盯著我看，但是卻一言不發。他沒能說出來的話湧向我的喉頭，猶如膽汁一樣苦口。「寶貝，」我重複地說：「納坦尼？」

我們覺得他應該回家，莉蒂雅小姐是這麼說的：也許你下午可以陪陪他。「你是不是想要——」我大聲問，雙手從他的肩膀往上滑到他圓潤的臉頰。「——和我好好聚一聚？」我努力微笑，把他擁入懷裡。他沉沉的體重、溫暖的體溫和我的懷抱契合得天衣無縫。雖然說，在納坦尼生命的幾個不同階段，比方說幼兒期、學步期，我也同樣覺得我們完美契合。

「你的喉嚨痛嗎？」他搖搖頭。

「有哪裡痛嗎？」他還是搖頭。

「學校裡發生了什麼讓你不開心的事嗎？有沒有人說什麼話，讓你覺得不舒服？你能不能告訴我發生了什麼事？」

接連的三個問題讓他無法立刻反應，回答更是不可能。但是這阻止不了我的希望，我希望納坦尼能夠說出答案。

會不會是扁桃腺腫到讓他無法說話？難道喉炎會像閃電般突然發作？如果是腦膜炎，不是首先會影響到頸部嗎？

納坦尼張開雙唇——喔，他現在要告訴我了——但是他的嘴巴像個安靜的空洞。

「沒關係，」我雖然這麼說，但情況並非如此，並且相差甚遠。

我們在小兒科診所候診的時候，凱利伯也來了。納坦尼坐在玩具火車軌道組的旁邊，推著火車繞圈圈。我惡狠很地瞪著接待員看，因為他似乎不明白這是緊急狀況，我兒子舉止異常，這不可能是該死的尋常感冒，醫生應該在半個小時之前就為我們看診。

凱利伯沒有耽擱，立刻走向納坦尼，縮起碩大的身軀，擠進為孩子設計的遊戲空間裡。「嗨，小朋友。你不太舒服是嗎？」

納坦尼聳聳肩，但仍然沒有說話。天知道他有幾個小時沒開口了。

「有沒有哪裡痛，納坦尼？」凱利伯問道。我的忍耐到達了臨界點。

「你難道不覺得我早就問過他了嗎？」我終於爆發。

「我不知道，妮娜。我當時不在場。」

「那麼我告訴你，凱利伯，他沒有回答我的問題。」這句話背後所代表的含義——也就是我兒子並非染上天花、支氣管炎或其他任何上千種我可以瞭解的疾病——使得情況混沌不清。奇怪的是，這種事總會發展出恐怖的結局，比方說消不掉的疣轉變成癌症，揮之不去的頭痛竟然是腦瘤。「現在，我甚至不確定他有沒有聽進我的話。我只知道……應該是某種病毒侵襲了他的聲帶。」

「病毒。」他停了一下。「他昨天就不舒服，但是你今天早上還是送他到學校，不顧——」

「所以這是我的錯嗎？」

凱利伯嚴厲地看著我。「我只是說，你最近太忙了。」

「就因為我不能和你一樣自由支配我的工作時間，所以我就該道歉？那好，我很抱歉。我下次會要求受害人先選好良辰吉日，再遭人強暴或毆打。」

「不，你只是希望你的兒子能好好配合，等到你不必出庭的日子再生病。」好一會兒之後，我才反應過來。我憤怒地說：「這未免太——」

「這是真話，妮娜。為什麼其他人的孩子會比你自己的兒子來得重要？」

「納坦尼？」

小兒科護士溫柔的聲音彷彿落在我們兩人之間的斧頭。她臉上有個我摸不透的表情，我不確定她究竟打算問起納坦尼為何默不作聲，還是他的父母為何不懂得保持安靜。

他像是吞下了石頭一樣，只要他想發出聲音，塞滿整個喉嚨的小石塊就會咕嚕咕嚕地滾來滾去。納坦尼躺在診療臺上，讓歐堤茲醫師輕輕地在他的下巴下方塗抹凝膠，然後拿起粗粗的探測儀順著喉嚨往下滑，這讓他覺得好癢。在她推進診療室的電腦螢幕上出現了是鹽巴和胡椒般的小點，看起來一點也不像他。

他彎起小指就能搆到診療台皮面的裂縫，裡面的泡棉像雲朵一樣可以撕開來。

「納坦尼，」歐堤茲醫師說：「你可以和我說句話嗎？」

他的父母直盯著他看。這讓他想起上次在動物園裡時，納坦尼在爬蟲動物的籠子前面足足站了二十分鐘，以為只要自己等得夠久，蛇就會從藏身之處爬出來。當時他一心渴望能看到響尾蛇——勝過任何東西——但是蛇還是躲著沒現身。納坦尼不禁懷疑籠子裡是否真的有蛇。

現在呢，他癟了癟嘴，覺得自己的喉頭像玫瑰花一樣綻開，聲音從小腹往上揚，顫巍巍地穿過讓他窒息的石頭，但是到不了嘴邊。

歐堤茲醫師彎腰靠了過來。「你可以做到的，納坦尼，」她催促他：「試試看。」

可是，他的確是試了啊，而且用力的程度幾乎讓整個人斷成兩截。有句話像漂流木似地卡住他的舌頭，他好像對爸媽說：住手。

「超音波檢查看不出什麼異狀，」歐堤茲醫師說：「聲帶上沒有息肉也沒有腫大，找不出導致他沒辦法說話的病理問題。」她用淺灰色的眼睛盯著我們看。「最近納坦尼有沒有其他健康上的問題？」

凱利伯看向我來，我避開視線。沒錯，我讓納坦尼服用了兩顆止痛藥，我祈禱他沒出狀況，因為我得面對一個忙碌的早晨。這又怎麼樣？十個母親有九個會和我做一樣的事……唯一的例外，可能是在幾番掙扎之後才放棄這個想法。

「他昨天從教堂回家的時候鬧胃痛，」凱利伯回答。「而且他晚上還是有狀況。」

但是這稱不上健康上的問題。這和藏在床底下的怪物、和躲在窗外偷看的鬼怪有關，和突然失去說話能力完全扯不上關係。我看到在角落裡玩積木的納坦尼臉色通紅，不免氣惱凱利伯為什麼要提起這些事。

歐堤茲醫師摘下眼鏡，用襯衫擦拭。「有時候，某些病症看起來像是身體上的疾病，其實不是。」她慢慢地說。「有時候，這可能是想要吸引注意力。」

她不像我，完全不瞭解我兒子，她以為五歲大的孩子有本事耍這種心機。

「他甚至有可能沒注意到自己的行為，」醫師彷彿讀出我的心思，繼續說話。

「我們該怎麼做？」凱利伯說話的時候，我也同時問道：「也許我們該找專家諮詢？」

醫師先回答我的問題。「我正打算這樣建議。我打個電話，問一下羅比許醫師下午能不能幫你們看診。」

對，這正是我們需要的：去找對這類疾病具備專業知識的耳鼻喉科醫師看診，讓他來判斷納坦尼是否真的有什麼問題需要醫治。「羅比許醫師的專業是哪科？」我問。

「她在波特蘭，」我們的小兒科醫師說：「是個精神科醫師。」

時值七月，我們在鎮上的泳池裡，緬因州當時的氣溫飆高到攝氏三十九度，破了記錄。

「如果我沉下去怎麼辦？」納坦尼問我。我站在泳池水淺的一側，看著他瞪著池水看，好像眼前是一池流沙。

「你以為我會眼睜睜看你受傷嗎？」

他似乎考慮了一下。「不會。」

「那好。」我伸出雙臂。

「媽咪，如果這是一池火山熔漿怎麼辦？」

「如果真的是，我也不會穿著游泳衣了。」

「如果我進到泳池裡之後，忘了手腳該怎麼動呢？」

「不會的。」

「有可能啊。」

「可能性不大。」

「這種事只要發生一次就夠了，」納坦尼嚴肅地說。我突然發現他聽過我在浴室裡邊沖澡邊練習的結辯詞。

我突然有個主意。我張開嘴，高舉雙手，然後一股腦沉到池底。池水在我的耳邊嗡嗡作響，世界越來越遠。我數到五，接著池水波動，我面前有了動靜。納坦尼突然跳進水中游泳，雙眼閃閃發光，從鼻嘴吐出氣泡。我緊緊抓住他，探出了水面。「你救了我，」我說。

納坦尼用雙手捧住我的臉。「我不得不救你，」他說：「這樣，才能輪到你救我。」

他先畫了一張青蛙吞下月亮的圖畫。羅比許醫師沒有黑色蠟筆，所以納坦尼只好用藍色畫出夜空。他用力過猛，手上的蠟筆斷成了兩截，他納悶地想：不知道自己會不會挨罵。

沒有人責怪他。

羅比許醫師告訴納坦尼，他高興怎麼做就怎麼做，其他人只是坐在旁邊看他玩。「其他人」指的是他的媽咪、爸爸和這個新醫師。新醫師的頭髮花白，納坦尼看見她頭髮下的頭皮跳動，就像心臟一樣。診療室裡有座像是用薑餅搭建起來的玩具小屋，有個搖搖木馬可以讓比納坦尼小的孩子騎著玩，還有個形狀像是棒球手套的懶人椅，以及蠟筆、水彩、玩偶和玩具娃娃。納坦尼注意到自己每換個玩具，羅比許醫師就會寫下筆記，他猜想，也許她也在畫圖，說不定她拿的就是剛才找不到的黑蠟筆。

她偶爾會問他問題，就算他想回答，也說不出話來。你喜歡青蛙嗎，納坦尼？還有：你覺得那張懶人椅舒服嗎？大部分的問題都很蠢，就像那種大人會問卻不在乎答案的題目。羅比許醫師的許多問題當中，只有一個讓納坦尼想要回答。他按下笨重塑膠錄音機的按鈕，聽到一個熟悉的聲音：夾雜著萬聖節和淚水的聲音。「這是鯨魚在唱歌，」羅比許醫師說：「你從前聽過嗎？」

有，納坦尼想說：但是我以為這是我躲在身體裡面哭泣的聲音。

醫師開始和他的爸媽說話，誇張的字眼滑入他的耳裡，然後又消聲散去，像兔子一樣跳開。無聊，納坦尼看著桌下，想找出黑色蠟筆。他為自己的圖畫收尾，然後注意到角落裡的玩具娃娃。

他將娃娃翻個面，立刻發現這是個玩具男娃娃。納坦尼不喜歡娃娃，也不玩娃娃，但是掉在地板上的扭曲娃娃吸引了他的注意力。他拿起娃娃，扭正玩具的手臂和雙腳，這樣，娃娃看起來就不痛了。

接著他低頭瞥見自己手上仍然握著斷裂的藍色蠟筆。

真是陳腔濫調：精神科醫師說起了佛洛伊德。現代的精神疾病診斷標準稱佛洛伊德所謂的「歇斯底里」為「身心症」，比方說，年輕女性歷經創傷之後，在沒有任何生理病因的情況下卻反映在身體上的病狀。依據羅比許醫師的說法，基本上，精神有可能導致身體上的疾病。現在和佛洛伊德的時代不同，身心症發作不再那麼常見，因為受創的情緒有更多的抒發方式。但是這種情況偶爾仍然會發生，尤其常見於兒童，因為孩子的字彙不足，無法明確解釋造成沮喪的原因。

我瞄向凱利伯，不知道他是否相信這套說詞。其實，我只想帶納坦尼回家。我想打電話給一名曾經出庭作證的專家證人，他是紐約市的耳鼻喉科專家，我可以向他請教波士頓有沒有哪位專家可以看看我的兒子。

納坦尼昨天還好端端的。我雖然不是精神科醫師，但是我也知道精神崩潰不可能在一夕之間發生。

「情緒創傷，」凱利伯輕聲問：「比方說什麼？」

羅比許醫師說了些話，但是我沒聽進去。我的視線停留在納坦尼身上，他這會兒坐在遊戲間的角落裡，腿上放了一個面朝下的娃娃，一手拿著蠟筆壓向娃娃的股溝。他的臉色蒼白如紙。

我看過這一幕，而且不下數千次。我拜訪過上百名精神科醫師，也曾經坐在角落裡，像貼在牆壁上的蒼蠅一樣，目睹孩子藉由行為表達出無法訴諸言語的狀況，當作我起訴的證據。

突然間，我坐到了納坦尼的身邊，雙手扶住他的肩膀，和他四目交會。下一瞬間，我已經將他抱在懷裡。我們緊緊貼在一起前後搖晃，誰也說不出兩個人都心知肚明的實情。

學校遊樂場後面有座山，巫婆就住在山後面的森林裡。我們都知道、也都相信有巫婆。沒有人見過她，不過，這算是好事，因為只有被她帶走的人才見過她。艾希莉說，每當風吹到後頸，讓你忍不住渾身打哆嗦的時候，就表示巫婆靠得太近了。她身上總是披著一件法蘭絨隱身外套，走動時會發出落葉的聲音。

班上的威利有雙凹陷的眼睛，彷彿沉進了腦袋瓜裡，身上老是有股柳橙味。就算在天氣變冷之後，他還是可以穿著運動涼鞋，腳上不但沾著泥巴而且還凍得發紫。媽咪總是會搖著頭說：「看到了嗎？」我的確看到了，而且還希望自己也能像他一樣。我要說的是，有一天，威利在點心時間和我坐在一起，把全麥餅乾泡到牛奶裡面，餅乾全軟了，爛爛地糊在杯底……然後第二天他就不見了。他不見了，一直沒有回來。

艾希莉在滑梯旁邊的祕密基地告訴大家，是巫婆抓走了威利。「她只要一喊出你的名字，你就會管不住自己，任她擺布。她要你往東，你就不敢往西。」

蕾蒂開始哭。「她會把他吃掉，她會吃掉威利。」

「來不及了，」艾希莉說話的時候，手上還拿著一根白色的骨頭。

骨頭太小，應該不是從威利身上拿下來的。這麼細的骨頭不可能來自任何會走路的動物。但是呢，我比誰都清楚這個東西，因為骨頭是我找到的，是我把它從籬笆旁邊的蒲公英下面挖出來，然後送給了艾希莉。

「丹尼現在就在她手上。」艾希莉說道。

莉蒂雅小姐在說故事時間告訴大家，說丹尼生病了。我們把他的臉畫在板子上，放到小角落去。下課之後，每個人都要做一張卡片送給他。我告訴艾希莉：「丹尼生病了。」但是她盯著我看的方式，好像把我當成全世界最笨的人。「你以為大人會對我們說實話嗎？」她說了。

所以，我們——艾希莉、彼得、布萊安娜和我這幾個最勇敢的小朋友——趁莉蒂雅小姐不注意時，從籬笆邊的小洞溜出去。小狗和兔子都從這裡出入。我們要去救丹尼，在巫婆沒有找到他之前先去救他。

可惜莉蒂雅小姐先找到了我們。她要我們回到遊樂場去罰坐，說我們絕對、絕對、絕對不應該離開遊樂場。難道我們不知道跑出去是一件很危險的事嗎？

布萊安娜望著我。我們當然知道，就因為這樣，我們才會跑出去。

彼得開始哭，還把巫婆的事和艾希莉說的話全都告訴莉蒂雅小姐。莉蒂雅小姐的眉毛皺在一起，好像一條肥嘟嘟的毛毛蟲。「他說的是真的嗎？」

「彼得騙人，全都是他編的。」艾希莉回答的時候，眼睛連眨都沒眨一下。

我就是在那個時候發現的：巫婆早就抓到她了。

第二章

話說在前頭：倘若你不幸遭遇到這種事，你也不可能有所準備。你可能會走上街，百思不解，不明白一個人怎麼可能做出這樣的行為，這就像地球偏離軸心一樣不可思議。你會去搜索記憶，相信自己總會在某一刻發出「啊哈！」一聲驚嘆，以為終能找出蛛絲馬跡。你會握緊拳頭用力敲打公廁的門，力道之猛，讓你手上留下瘀青。收費站人員一句「祝你今天順心」的問候，也能讓你淚眼婆娑。你會自問：怎麼會這樣？自問：假如事情不是這樣呢？

凱利伯和我開車回家，兩人之間的距離遠得彷彿中間坐了頭大象。至少，情況就像是有個龐然大物將我們分隔開來，但是我們兩人都假裝沒看到。納坦尼坐在後座睡著了，手裡還握著吃到一半的糖，那是稍早羅比許醫師給他的棒棒糖。

我實在沒辦法呼吸。又是大象的錯，牠坐得太近，手肘擠壓到我的胸腔。「他得告訴我們那個人是誰，」我終於說話了，一開口，話語就像破堤的河水一湧而出。「他必須說出來。」

「他沒辦法。」

問題就在這裡，而且顯而易見：就算納坦尼想說，也說不出來。他還不識字，還不能寫，等到他懂得溝通的那一天，我們已經沒辦法揪出罪魁禍首。到了他有能力溝通的時候，這件事已經無法立案，只會令人心痛。

「也許精神科醫生弄錯了，」凱利伯說。

我轉過身子，說：「你不相信納坦尼？」

「我只相信他到現在什麼都還沒說。」他看向後視鏡。「我不想在他面前繼續談這件事。」

「你以為這樣就沒事了嗎？」

凱利伯沒有回答，對我來說，這無異是默認了。「我們要在下個交流道出去。」我的語氣生硬，因為凱利伯仍然開在內側車道上。

「我知道該怎麼走，妮娜。」他將車子切換到右側車道，亮起方向燈，但隨後卻錯過了出口。

「你剛剛——」我一看到他的臉便不忍繼續指責，他的臉上寫滿了哀傷。我想，他大概不知道自己哭了。「喔，凱利伯。」我伸手想碰觸他，但是那頭該死的大象仍然擋在中間。凱利伯突然停車，下車走在路肩上，胸腔隨著深深的呼吸上下起伏。

沒多久，他回到車裡，他說：「我們掉頭回去吧。」回哪裡？回我還是納坦尼身邊？還是回復原來的自己？

我點點頭，心想：有這麼簡單就好了。

納坦尼狠很咬著牙根，讓馬路上的嗡嗡聲響穿透過他。他沒睡著，只是在假裝，這是他的拿手絕活。爸媽在說話，但是聲音很輕，他聽不清楚。也許他再也沒辦法睡著，說不定他會像海豚一樣，永遠半睡半醒。

去年，他們用藍色皺紋紙布置教室，還用亮片膠水筆畫上海星，莉蒂雅小姐教大家有關海豚的知識。所以納坦尼知道海豚會閉上一隻眼睛，停止一半腦袋的活動，也就是說，海豚只會半睡，另一半負責應變。他知道海豚媽媽會幫忙休息中的寶寶游泳，利用水流帶著寶寶一起游，彷彿有一道看不見的牽引相連。他也曉得用來套住六瓶裝可樂的塑膠圈環可能會傷害到海豚，一旦被纏住，逐漸衰弱的海豚就會被沖刷上岸。儘管海豚會呼吸空氣，但終究還是會死在岸上。

納坦尼也知道如果有可能，他會搖下車窗往外跳，遠遠地躍過高速公路的界線和高高的籬笆，從石崖一躍而下，然後直直落在下方的海面。他會有一身銀色的光滑皮膚，嘴角永遠上揚。他會有特殊的器官，比方說，像是裝滿油料的心臟，而且還要改稱為「甜瓜」，就是那種夏天才吃得到的水果。而且，這個器官還要長在腦袋前面，即使在最深沉的大海中，在最黑暗的夜裡，也能為他指引方向。

納坦尼幻想自己從緬因州的海岸游向世界的另一端，那裡已經是夏天。他緊緊閉上眼睛，專心地製造出愉悅的聲響，聽從這些音符的引導，聆聽拍向自己的音節。

儘管馬丁．托什爾醫師在他的專業領域是公認的權威人士，但是他寧願以這項殊榮換取另一項專長。光是檢驗一名受到性侵的兒童就已經夠讓人沮喪了，更何況他還得負責記錄緬因州的上百件案子，這簡直令人難以承受。

躺在診療臺上的孩子會事先麻醉。通常他都會這樣建議，因為這項檢驗往往會造成創傷，但是這次他還沒開口提議，孩子的母親就已經先請他進行麻醉了。馬丁按部就班開始檢驗，一邊大聲說出檢驗的結果，以便錄音。「龜頭外觀正常，譚納氏（Tanner）性徵成熟度：零期。」他變換孩子的姿勢。「檢查肛門邊緣……幾處明顯的摩擦傷口正在癒合，長度自一到一點五公分以上，平均寬度大約一公分。」

他從旁邊的桌上拿起一個肛門擴張器。假如腸壁黏膜有其他的撕裂傷，他們應該會知道，因為孩子到這時候應該早就病倒了。但是醫師仍然在器械上抹了潤滑劑，輕輕塞入，連接上光源，然後用長長的棉花棒清理直腸。馬丁心想：這下要感謝老天爺了。「腸壁前八公分沒有傷痕。」

他脫掉手套和口罩，洗淨雙手，由護士接手讓孩子清醒過來。這是輕度麻醉，很快就會消退。他一走出手術室，孩子的雙親就靠了過來。

「他還好嗎？」父親問。

「納坦尼的狀況不錯，」馬丁說出大家都想聽到的回答。「他下午可能會想睡覺，這是正常的。」

孩子的母親完全不理會這些陳腔濫調。「有什麼發現？」

「的確有些符合遭受侵犯的證據，」醫師溫和地說：「直腸有幾道癒合當中的撕裂傷。我很難斷定傷害發生的時間，但是絕對不是新傷。應該已經有一個星期左右了。」

「證據是否符合侵入性的傷害？」妮娜・佛斯特問道。

馬丁點點頭。「打個比方，從腳踏車跌下來不會造成這樣的傷口。」

「我們可以看他了嗎？」孩子的爸爸問。

「馬上就可以了。他清醒之後，護士會叫你們。」

他準備離開，但是佛斯特太太拉住他的手臂。「你能分辨侵入的是陰莖、指頭或是其他異物嗎？」

家長通常會問他性侵是不是會讓孩子感到痛苦，傷痕會不會有後續的影響，或是孩子對自身遭遇的記憶會不會存留太久。然而這些問題總是會讓他覺得自己彷彿正在接受盤問。

「我沒辦法知道這樣的細節，」醫師說：「以現在的情況來看，我們只能說，是的，的確有事發生了。」

她轉過身，踉蹌地靠在牆邊。一瞬間，她崩潰了，整個人跪在地上縮成了一團，她的丈夫張開手臂抱住她，想要安慰她。馬丁走回手術室的時候突然發現，這是他首度看到她流露出為人母的表現。

我知道這有些傻氣，但是我這輩子一直過得很迷信。我說的不是將打翻的鹽撒向身後、對著掉落的睫毛許願，或是佩帶幸運馬蹄形飾物出庭之類的。相反的，我一直認為自己的好運氣與他人的不幸有直接的關連。我剛當上律師的時候，一直想要承接性侵害或性騷擾這類沒人想碰的案子。我告訴自己，如果我每天都得面對陌生人的問題，就可以神奇地避開這些事，不至於發生在自己身上。

經常面對暴力事件，會讓人習慣殘酷的行為。你可以看著鮮血而不眨眼，可以毫不瑟縮地說出「強暴」這個字眼。結果呢，這層保護膜原來不堪一擊。當惡夢來到你自己的床邊時，所有的防護措施瞬時崩落。

納坦尼靜靜地坐在他臥室的地板上玩，稍早的麻醉仍然讓他四肢無力。他沿著軌道推動火柴盒小汽車，玩具車接近某個點，就會突然快速沿著斜坡衝向蟒蛇的口中。如果車速不夠快，大蛇會迅速地闔起嘴巴。納坦尼的小汽車總是能揚旗通過。

我的耳朵裡塞滿了納坦尼沒說出來的話：晚餐吃什麼？我可以玩電腦嗎？你有沒有看到車跑得多快？他抓住火柴盒小汽車的手彷彿是巨人的大掌，在這個虛幻的世界裡，他就是主宰。

蟒蛇的下巴在一片寂靜當中啪一聲闔了起來，讓我嚇了一大跳。接著我感覺到有個物體輕輕地沿著我的腿往上滑，接著顛簸地跳到我的脊椎骨。納坦尼拿著火柴盒小汽車，把我的手臂當作車道。他把車停在我的鎖骨之間，接著用指頭碰觸我臉頰上的淚水。

納坦尼把車子放回軌道上，然後坐到我的腿上。他鑽到我懷裡，氣息又暖又濕。我感到一陣心酸，因為他選擇我來捍衛他的安全，而我卻搞砸了。我們就這麼久久地坐著，直到暮色降臨，星光灑在地毯上，樓梯間傳來凱利伯尋找我們的聲音出現為止。我從納坦尼的頭上看過去，小汽車靠著自己的衝力不斷地在軌道上繞圈圈。

七點過後沒多久，納坦尼不見了。他不在臥室或遊戲間裡，也不在屋外的遊戲架這些他最喜歡的去處。我以為凱利伯陪著他，凱利伯以為我和他在一起。「納坦尼！」我驚慌失措地大聲喊他，但是他沒有回答。其實，就算他想讓我知道他躲在哪裡，也沒辦法回答。我心裡突然閃過數千種恐怖的場景：納坦尼在後院裡遭人綁架，但是沒辦法高聲求救，或是納坦尼跌到了井裡，只能無聲哭泣，再不然就是他受了傷，昏倒在地上。「納坦尼！」我再喊，這次的聲音更大了。

「你去樓上找，」凱利伯說。他也一樣，我聽出了他的焦慮。我還沒來得及回答，他已經走向洗衣間，我聽到烘乾機的門開了又關上的聲音。

納坦尼沒躲在我們的床下，不在他的衣櫃裡，也沒蜷起身子藏在閣樓下樓梯間的蜘蛛網下面。他的玩具箱放在縫紉間的安樂椅後面，我沒在裡面找到他。電腦桌下、浴室門後都不見他的蹤影。

我大聲喘氣，彷彿跑了一哩路。我靠在浴室外面的牆壁上，聽著凱利伯用力關上廚房櫥櫃和抽屜的砰砰聲響。用納坦尼的方式去思考，我這麼告訴自己。我五歲的時候會躲在什麼地方？

我會爬上彩虹，會翻開石頭，找出躲在下面睡覺的蟋蟀，會以重量和顏色來幫鋪在車道上的小石頭分類。但是納坦尼經常這麼玩，這些都是孩子被迫在一夕之間長大前會做的事。

浴室裡傳來微弱的水流聲。是水槽。納坦尼在刷牙的時候通常不會關掉水龍頭。我突然好想去看看細細的水流，因為這可能會是一整天以來，我所能看到最平凡無奇的事。但是浴室的水槽是乾的。我朝聲音來源看過去，拉開圖案鮮明的浴簾。

然後放聲尖叫。

在水中，他只聽得到自己的心跳。納坦尼納悶地想：海豚是不是也這樣？還是說，牠們能聽到我們聽不到的東西，比方說珊瑚綻放，魚群呼吸，或是鯊魚思考的聲音？他張著眼睛，透過水面看過去，天花板飄來飄去。他用鼻子吹出氣泡，印在浴簾的魚看起來活靈活現的。

但是媽咪突然進來，來到這片不該有她出現的海洋，她的表情驚狂，天空也越靠越近。媽咪一把揪住襯衫將他拉出水面的時候，他忘了要憋住呼吸。他開始咳嗽，從鼻子噴出海水。他聽到她在哭，這才想起來：他終究得回到這個世界。

喔，天哪！他沒有呼吸，沒有呼吸！接著，納坦尼猛抽了一口氣。加上一身濕答答的衣服，他足足有原來的兩倍重，但我還是將他從浴缸裡拖出來，讓他躺在浴室的腳踏墊上。樓梯間傳來凱利伯的腳步聲。「你找到他了嗎？」

「納坦尼，」我盡量靠近他的臉，說：「你在做什麼？」

他金色的頭髮糾結地貼在頭上，雙眼圓睜，嘴巴抽動著，想要說卻說不出話來。

五歲大的孩子會自殺嗎？否則，我的兒子衣著整齊地泡在裝滿水的浴缸裡，又該作何解釋？

凱利伯擠進浴室，看見了渾身滴水的納坦尼和正在排水的浴缸。「搞什麼？」

「我先幫你脫掉這些衣服。」我說，好像把眼前的狀況當作納坦尼的每日例行活動。我伸手解開他法蘭絨襯衫的釦子，但是他閃到一邊，把身子蜷了起來。

凱利伯看著我。「小朋友，」他試著說：「如果你不換掉衣服會生病喔。」

當凱利伯抱住納坦尼的時候，孩子全身癱軟。他很清醒，眼睛直盯著我看，但是我可以發誓：他的心根本不在這裡。

凱利伯動手解開納坦尼的釦子，但是我抓了條毛巾先裹在他的身上。我用毛巾圍住納坦尼的脖子，然後靠上前去，好讓他聽見我說的話。「是誰對你做這種事？」我問：「寶貝，告訴我。告訴我，我才幫得上忙。」

「妮娜。」

「告訴我。如果你不說，我沒辦法幫忙。」我的聲音不連貫又沙啞，像是生鏽的火車。我的臉和納坦尼一樣濕。

他努力嘗試，喔，他真的試了。連番努力讓他的臉頰泛紅。他張開嘴，吐出來的卻是壓抑的空氣。我對他點點頭，想鼓勵他。「你做得到，納坦尼，來，加油。」

他喉嚨的肌肉收縮，聽起來像是要再次溺水。

「是不是有人碰你，納坦尼？」

「天哪！」凱利伯用力地將納坦尼從我身邊抱開。「放過他吧，妮娜！」

「但是他本來要說的。」我站起身來，想要再和納坦尼面對面說話。「對不對，小寶貝？」

凱利伯高高舉起納坦尼，一言不發地走出浴室，把我們的兒子抱在懷中輕輕搖。他把我留在積水之間，負責清理善後。

諷刺的是，對緬因州兒少暨家扶局而言，對於受侵犯兒童的調查根本稱不上調查。專案人員正式開案調查的時候，手上早就握有受侵犯兒童精神或生理的證據外加嫌疑犯的名字。一切不必憑猜測來推斷，到了這個時候，所有的調查都已經完成。兒少暨家扶局的專員只需要搭上這趟便車，也就是說，假如案子當真成立，上了法庭，那麼政府同樣沾得上邊。

莫妮卡．拉法蘭在兒少暨家扶局的受虐兒專案小組服務至今有三年時間，對於自己總是在第二幕才能登場已經感到厭煩。她的辦公室和綜合大樓裡的其他灰色方形隔間沒有兩樣，她望向窗外廢棄的遊樂場。這片鋪了混凝土的地面上有個金屬鞦韆，兒少暨家扶局唯一的遊樂設施，正好也是這個地區唯一不符合現行標準的器材。

她打個哈欠，伸手揉了揉鼻梁。莫妮卡累壞了。原因不只是昨晚熬夜看電視播出的〈賴特曼深夜秀〉，同時也是因為她向來如此，辦公室的灰牆和廉價地毯似乎慢慢地滲透進她的體內。填寫一些無用的表格讓她覺得疲乏，看到十歲孩子的臉孔上出現四十歲成人的眼睛，也讓她深感無力。她需要去加勒比海度個假，享受繽紛的色彩——藍色的浪花，白色的沙灘和豔紅的花朵，因為她的日常工作讓她變得盲目。

電話鈴聲讓莫妮卡從椅子上跳了起來。「我是莫妮卡．拉法蘭。」說話的同時，她一邊俐落地翻開桌上的牛皮紙夾，彷彿擔心電話另一頭的人發現她正在做白日夢。

「是的，你好。我是克麗斯汀．羅比許醫師，是在緬因醫學中心執業的精神科醫師。」她停頓了一下，莫妮卡隨即知道她接下來會說些什麼。「我要報告一件疑似性侵害案，受害者是個五歲男童。」羅比許醫師說出她目睹男孩重複表現出來的行為，莫妮卡一邊做筆記，草草記下病患和雙親的名字。某件事引起她的注意，但是她先不理會，專心聽精神科醫師的敘述。

「你有沒有警察局的報告，可不可以傳真給我？」莫妮卡問道。

「我們還沒有通知警方。男童還沒辦法證實自己遭到性侵。」

莫妮卡一聽到這句話，立刻放下手上的筆。「醫師，你也知道，在有人動手調查之後，我才能建立這個檔案。」

「調查是遲早的事。納坦尼罹患了身心症，身體雖然沒有問題，卻不能說話。我認為他在這幾個星期之內就可以說出是什麼人侵犯了他。」

「孩子的父母怎麼說？」

精神科醫師頓了一下。「這個情況才剛出現。」

莫妮卡拿著手上的筆敲打桌面。在她的經驗當中，當父母雙方表示對受到侵害兒童的說法或行為感到震驚的時候，通常其中一人或是雙方就是加害人。

羅比許醫師也很清楚。「我覺得你可能會想要從一開始就介入，拉法蘭女士。我建議佛斯特夫婦去找一位專精兒童性侵的小兒科醫師，做進一步的檢驗。他應該會把報告傳真給你。」

莫妮卡記下這些資訊，然後掛斷電話。接著她低頭讀自己的筆記，準備開始另一樁看似沒有定讞機會的案件。

佛斯特，她想了想，再次寫下這個姓氏。應該是別人吧。

我們躺在黑暗裡，彼此沒有碰觸，兩人相隔了一呎遠。

「莉蒂雅小姐呢？」我低聲說，感覺到凱利伯搖頭。「那會是誰？除了我們兩個人之外，還有誰會和他單獨相處？」

凱利伯很安靜，我以為他睡著了。「上個月我們去參加你表哥的婚禮，有一整個週末的時間，都是派屈克在照顧他。」

我用手肘撐起身子。「你開什麼玩笑。派屈克是警察，我在他六歲的時候就認識他了。」

「他沒有女朋友——」

「他六個月前才剛離婚！」

「我只是說，」凱利伯轉過身來。「你對他的認識可能沒有想像中來得深。」

我搖搖頭。「派屈克愛納坦尼。」

凱利伯凝視著我，沒有說話。雖然他從未說出口，但是他的回答很清楚：也許愛過頭了。

第二天早上，凱利伯在月亮還斜掛在天邊的時候就出門去了。我們討論出這個計畫，用時間換取牌局的賭注。凱利伯去砌牆，然後在中午之前回到家。這表示我可以在他回家之後去上班，但是我不打算這麼做。工作可以等。納坦尼遭人侵犯的時候，我沒有陪在他身邊，這次我絕對不能再冒險，讓他走出我的視線之外。

我為了崇高的理由而戰，為的是保護我的孩子。但是在這天早上，我很難體會母獅護衛幼獅的情操，反而比較能瞭解吞噬幼鼠的蒼鼠。首先，我的兒子似乎根本沒有發現我想要當他的英雄。再說，假如我得捍衛一個處處和我作對的男孩，我也不太確定自己是否真有這個打算。

天哪，他絕對有權恨我，恨我這時竟然如此自私。

我一向沒有耐心。我懂得解決問題，知道怎麼求償。儘管我明白這與納坦尼的意願無關，但是他的緘默，無異是對罪魁禍首的保護，這讓我氣憤難平。

今天，納坦尼逐漸崩潰。時間已經接近中午，他還是堅持要穿著印有超人圖案的睡衣。更糟的是，他昨晚又意外尿床，全身散發出一股尿臊味。昨天凱利伯花了超過一個小時才脫掉他一身濕衣服。今天早上我花了兩個小時，才瞭解到無論是就情緒或體力而言，我都不想和他相爭。我讓另一場戰鬥起而代之。

納坦尼像座石雕怪獸般地坐在凳子上，緊緊噘起嘴巴抗拒，不願吃下我餵給他的食物。前一天早餐過後，他便不曾再進食。我試過黑櫻桃，甚至連生薑都拿來餵他，翻箱倒櫃試過冰箱裡的所有東西。「納坦尼。」我讓手上的檸檬掉在流理臺上。「你想吃義大利麵嗎？要不要來點雞塊？你想要吃什麼我就幫你準備什麼。隨便你選。」

然而他只是搖搖頭。

孩子不肯吃東西並不代表世界末日。末日早就就降臨了。但是我仍然抱持著一絲信念，如果我能餵兒子吃下一點東西，他的內心也許不會傷得如此重。我沒有忘記母親的首要責任就是餵飽自己的孩子，如果我能夠做到這一點微不足道的小事，也許就可以證明我沒有完全辜負他。

「鮪魚？還是冰淇淋？比薩呢？」

他坐在凳子上緩緩轉過身子。一開始是不小心，他的腳滑了一下。接著他開始蓄意轉動。他聽到了我的問題，但是刻意忽視我。

「納坦尼。」

他轉來轉去。

我克制不住了。我氣自己，氣這個世界，但是我選擇了最簡單的方式，一股腦發洩在他身上。

「納坦尼！我在和你說話！」

他先迎視我的目光，然後懶懶地轉開。

「你得聽我說話，就是現在！」

派屈克在這個充滿家庭魅力的一刻走了進來。他還沒走進廚房找我們，我就先聽到了他的聲音。

「世界末日一定是快要降臨了，」他大聲說：「除此之外，我找不到任何可能讓你連請兩天假的理由，當——」他繞過廚房的角落，一看見我的臉色就放慢了腳步，用踏入犯罪現場的謹慎態度移動身子。「妮娜，」他平靜地問：「你還好嗎？」

我想起凱利伯昨晚說的話，淚水突然決堤。不會是派屈克，我不能忍受自己的世界有另一根支柱崩塌。我就是無法相信，派屈克不可能對我兒子做出這種事。眼前就是證明：納坦尼看到他並沒有尖叫，也沒有逃開。

派屈克伸手環住我，我發誓，如果他沒有這麼做，我一定已經癱倒在地上。我聽到自己發出無法控制的扭曲字句。「我很好，好的不得了。」我雖然這麼說，但是這句話的說服力猶如顫抖的白楊木葉。

我該從何解釋？我今早醒來所面對的世界和昨天迥然不同。我要怎麼說出一件根本就不該存在的暴行？我是個檢察官，習慣用侵入、性騷擾、遭到侵犯這類法律措辭來作為緩衝，但是再怎麼說，這些用語都不如有人強暴了我的兒子這句話這麼直接，這麼真實。

派屈克來回看著我和納坦尼。他是不是以為我崩潰了呢？我終於被繁重的壓力擊倒了？「嘿，小草兒，」派屈克喊的是納坦尼從前的小名。現在的納坦尼和小嬰兒時期已經有了顯著的差別。「你要不要和我上樓去換衣服，讓你媽咪，嗯，清理流理臺？」

「不，」我說，納坦尼在同一時間衝出廚房。

「妮娜，」派屈克又試了一次：「納坦尼是不是在學校裡碰到了什麼事？」

「納坦尼是不是在學校裡碰到了什麼事，」妮娜重複這句話，字句猶如從她舌尖滾落的彈珠。「碰到什麼事？這可是個價值連城的問題，對吧？」

他瞪著她看。如果他認真看，絕對可以看出實情，他一向有這個能耐。十一歲的時候，儘管妮娜尷尬地不想告訴派屈克，但是他看出妮娜歷經了初吻。在她還沒鼓起勇氣說出自己即將離開畢德佛到外地去念大學的時候，他也已經早一步知情。

「有人傷害了他，派屈克。」妮娜低聲說話，在他面前完全崩潰。「有個人，但是我……我不知道是誰。」

一陣冷顫竄上他的胸口。「納坦尼？」

派屈克曾經親口對家長說出青少年死於酒駕，曾經在自殺丈夫的墳前扶持寡婦，也聆聽過婦女訴說遭人強暴的經過。處理這種情況的唯一方式是抽離自己，這個社會有成員互相傷害，他必須假裝自己不屬於其中。但是，這次……喔，這次……他無法拉開距離。

派屈克覺得胸口幾乎要迸裂開來。他和妮娜一起坐在廚房的地板上，聽她說出他不想知道的細節。我可以走出那扇門，他想：重新來過一次，讓時光倒流。

「他沒辦法說話，」妮娜說：「我不知道該怎麼讓他說出來。」

派屈克伸直手臂拉開她。「你知道的。你的工作就是讓人說話。」

當她抬起頭的時候，他看出自己帶給她的力量。只要看得出遠處模糊的希望，就不可能注定失敗。

在兒子因為他不想相信的理由而不說話的第二天，凱利伯走出前門，領悟到他的家瀕臨瓦解。瓦解指的當然不是字面上的實質意義，對於這一點，他一直非常注意。但如果仔細看，你還是會注意到老早以前就該處理的問題，比方說屋前的鋪石小徑、煙囪的頂端，以及劃定住家土地範圍的石磚矮牆，這些工作都因為他接了付費客戶的工程而延宕了下來。他把咖啡杯放在前廊邊，走下階梯，想要以客觀的角度來看這幾處細節。

門前的小徑，嗯，除非是專家，否則不會發現石頭鋪得不夠平整，不值得優先處理。煙囪就相當讓他難堪了，整片左側都出現裂縫。但現在已經接近傍晚，選在這個時候爬上屋頂，實在無濟於事，況且要爬高，最好是有個助手在旁邊幫忙。於是凱利伯決定先處理矮牆。這道矮牆大約有一呎寬，就砌在馬路的旁邊。

磚塊還堆在他約莫一年前擺放的原位。一名承包商知道他在找使用過的磚塊，於是運過來給他。這些磚塊來自新英格蘭各地，包括拆除的工廠、醫院病房廢墟、傾圮的殖民時代建築，以及廢棄的校舍。凱利伯就是喜歡這些磚塊的特色和痕跡，他經常幻想，這些千瘡百孔的紅磚塊裡，說不定躲著古老的鬼魂或天使，如果這兩者任何一方想在他的土地上散步，他隨時歡迎。

感謝老天，他已經挖到了土壤的結凍線之下。矮牆原來破裂的石基有六吋深。凱利伯抱起一袋混凝土材料，倒進他用來攪拌的推車裡，加了水，開始規律地攪和沙子和水泥。他一塊塊地砌上第一排磚頭，感覺到水泥逐漸定型，每當他將全副體力投入工作的時候，總覺得心胸一片寬廣清明。

這是他的藝術，他已經上了癮。他沿著牆基移動，好整以暇地修築磚牆。這不會是一道單調的實心牆，兩面都要修飾，頂部還要加上水泥裝飾，光從外表絕對看不出裡面有又粗又醜的骯髒泥漿。凱利伯沒必要去講究沒人看得到的細節。

他伸手拿磚塊，卻摸到一個更小、更光滑的東西。原來是一個塑膠製的綠色玩具大兵。上次他修補矮牆的時候，納坦尼出來陪他。凱利伯挖土填磚，兒子則忙著把部隊藏在滾落的磚頭之間。

納坦尼當時只有三歲。「我要逮捕你。」孩子拿起士兵指向家裡的黃金獵犬梅森。

「你從哪學來這些話？」凱利伯問道，忍不住笑了出來。

「我聽來的，」納坦尼機伶地回答：「我還是小嬰兒的時候就會了。」

那麼久以前的事啊，當時，凱利伯這麼想。

如今，他把塑膠士兵握在手裡。車道上出現一道手電筒的光線，凱利伯這才發現太陽已經下山，不知怎麼著，他竟工作到忘了時間。「你在做什麼？」妮娜問。

「我看起像是在做什麼？」

「在這個時間砌牆？」

他轉過身，用手掌包住玩具兵。「有何不可？」

「但是……現在……」她搖搖頭。「我要哄納坦尼睡覺了。」

「要不要我幫忙？」

話一出口，他就知道妮娜會誤會。他應該說：要不要幫忙。妮娜果然冒火了。「我想，經過了五年的時間，我自己應該就可以做得到。」她說完話立刻轉身走回屋去，手電筒的光束像隻蹦蹦跳跳的蟋蟀。

凱利伯猶豫了一會兒，不知道自己是否該追過去。最後，他選擇不跟上去。他在閃爍的星空下瞇起眼睛，把綠色的小士兵放到矮牆中央的縫隙裡，然後在兩側依序砌上磚塊。矮牆完成之後，不會有任何人知道裡面有個安息的小兵。只有凱利伯會每天看這道牆不下千次，知道至少有這麼一次，自己藏起了一樁無瑕的記憶。

納坦尼躺在床上，想到有次他從學校帶了一隻小雞回家。呃，其實還稱不上是小雞……莉蒂雅小姐把這顆雞蛋丟在垃圾桶裡，難道她以為他們傻到連保溫箱裡的雞蛋從四個變成三個都看不出來？其他幾個雞蛋全都變成了吱喳叫的黃色絨毛小球。所以，那天納坦尼趁爸爸到學校接他回家之前，溜進莉蒂雅小姐的辦公室，從垃圾桶裡摸出雞蛋，然後放進襯衫的袖子裡面。

睡覺時，他把雞蛋放在枕頭底下，相信再給這顆蛋一點時間，它就會和其他幾個蛋一樣孵出小雞。結果當天他做了惡夢，夢到第二天爸爸把蛋拿去煎，一敲開蛋殼，活跳跳的小雞就掉到吱吱作響的熱鍋上。三天後，爸爸在納坦尼的床邊發現一顆滾到地板上的雞蛋。爸爸沒有及時清理殘局，納坦尼還記得一雙泛白的眼睛，扭曲的灰色身軀，以及本來應該是翅膀的東西。

納坦尼一直覺得他在那天早上看到的怪物——那絕對不可能是小雞，那是世界上最恐怖的東西。即使到了現在，在他眨眼時，偶爾還是會看到那個影像。他不敢再吃雞蛋，因為他害怕裡面可能躲著怪物。完全正常的外表可能只是偽裝。

納坦尼瞪著天花板看。現在他知道了，世界上還有更恐怖的事。

臥室的門拉得更開了些，有人走了進來。納坦尼還在想那隻怪物和另一件恐怖的事，而且走廊的燈光太亮，他一時看不清楚。他覺得有個沉沉的東西落到床上，伏到了他身邊，納坦尼似乎成了那隻死去的怪物，想要長出外殼，好躲在裡面。

「沒事了，」爸爸的聲音出現在他耳邊，「是我。」他伸出雙手緊緊抱住他，好讓他不再發抖。納坦尼閉上眼睛，從上床到現在，他終於不再看到那隻小雞了。

隔天，在我們踏入羅比許醫師診所的前一刻，我的心中突然湧現出一波希望。她會不會看著納坦尼，然後表示她錯認了他的表現？說不定她會道歉，然後在我們兒子的病歷上，蓋上「誤判」的戳章。但是當我們踏進她的辦公室時，發現裡面還有張新面孔，我只好面對現實，放棄心裡童話般的結局。約克郡是個小地方，我既然負責起訴兒童性侵犯，就一定認識莫妮卡．拉法蘭。我對她個人沒有任何意見，問題在於她所屬的單位。檢察官辦公室老是喜歡改稱緬因州兒少暨家扶局為「天殺的社工局」或是「緬因州官僚局」。莫妮卡上次介入我手上的案子，是為了一名被診斷出對立性反抗症的男孩。孩子的病情讓我們完全無法起訴侵害他的人。

她起身，伸出手來，彷彿我是她最親近的朋友。「妮娜……聽到這件事，讓我真的、真的很難過。」我的眼神堅定，心臟的硬度可比鑽石。在職場上，我從來不會聽信這種感情流露的虛假言詞，我敢確定自己在私領域也可以完全相同。「你能幫我什麼忙，莫妮卡？」我毫不修飾地問道。

我看得出羅比許醫生嚇了一跳。也許她從未見過有人對兒少暨家扶局的人員如此不假顏色。她可能覺得應該幫我開個百憂解。

「喔，妮娜。我真希望能夠多幫點忙。」

「你總是抱著這種希望。」我答道。這時候，凱利伯打斷我的話。

「很抱歉，我們還不認識，」他輕聲說話，捏捏我的手示意。他和莫妮卡握手，問候了羅比許醫師，然後帶納坦尼到遊戲室裡去玩。

「拉法蘭女士是納坦尼這個案子的指派專員，」羅比許醫師為我們說明：「我覺得讓你們和她見面會有好處，讓她來回答一些問題。」

「我有個問題，」我開始了：「我要怎麼做，才能讓兒少暨家扶局不要插手？」

羅比許醫師緊張地看著凱利伯，然後才轉頭看我。「就法律上——」

「謝謝你，但是我相當清楚法律程序。就拿我剛剛刻意提出的問題來說好了，其實兒少暨家扶局根本就不管，他們從來就沒管過。」我無法控制，脫口說出這些話。在這裡看到莫妮卡實在是太詭異，彷彿私生活和公事穿過同一處時光隧道一起出現。「我把這個人的名字和他所做的事情告訴你，接著你就可以做好你的工作，對吧？」

「這個，」莫妮卡的聲音十分柔和甜膩，我一向討厭這種甜膩的感覺。「的確是這樣，妮娜，受害者必須先指證，然後我們——」

受害者。她將納坦尼歸併到我幾年來經手過的上百個案例當中，矮化成悲慘的結局。我知道，當我看到莫妮卡．拉法蘭出現在羅比許醫師辦公室時，心情之所以會如此激憤，這就是原因。這表示納坦尼在整個機制當中已經有了編號和檔案，而且注定讓他失望。

「這是我的兒子，」我咬著牙說：「我不想理會什麼程序問題。我不管你們是不是已經掌握了嫌犯的身分，或是你們得花上幾個月或幾年的時間。要不然，乾脆把整個緬因州的人口列入盤查範圍，然後一個一個去查證。但是不管如何，莫妮卡，看在老天爺的分上，你儘管開始查就是了。」

我說完話的時候，大家盯著我看的樣子，好像我冒出了第二個腦袋。我望向納坦尼，他正在堆積木，這些為了他才聚在一起的人完全沒去注意他。隨後，我走出了辦公室。

羅比許醫師在停車場邊追上了我。我聽到她鞋跟敲在地磚上的聲音，聞到點燃香菸的味道。「要來根菸嗎？」

「謝了，我不抽菸。」

我們靠在一輛車主不明的汽車旁邊。這輛黑色的雪佛蘭Camaro敞篷車上裝飾著絨毛骰子，車門沒鎖。如果我跳上車直接把車開走，是否也可以偷走別人的人生？

「你好像……累壞了。」羅比許醫師說。

我笑了出來，說：「醫學院是不是教你們把話輕輕帶過？」

「當然。這是睜眼說瞎話的第一課。」羅比許醫師深深吸了一口菸，然後用鞋子踩熄菸蒂。「我知道你絕對不會想聽，但是我還是得說，納坦尼這件案子，你要面對的敵人不是時間。」

她在一個星期之前才第一次見到納坦尼，不可能會懂。她並沒有每天看著他，也不會記得這孩子老是愛問問題。小鳥站在電線上為什麼不會觸電？為什麼火焰的中心是藍色的？牙線是誰發明的？我甚至一度愚蠢地希望他能安安靜靜。

「他會恢復的，妮娜。」羅比許醫師靜靜地說。

我瞇起眼睛看太陽。「代價是什麼？」

她沒有問題的答案。「現在這個節骨眼上，納坦尼的心智在保護他。他感覺不到痛苦，對於發生在他身上的事，他想的甚至不如你來得多。」她猶豫了一下，釋出了善意。「我可以幫你介紹個成人精神科醫師，讓醫師幫你開個藥。」

「我不要吃藥。」

「那麼，也許你可以找個人談談。」

「對，」我直視她的臉孔。「找我兒子。」

為了確定起見，我又看了書本一眼。接著，我單手拍腿，彈了彈手指，說：「狗。」家裡的黃金獵犬彷彿聽到信號，立即跑了過來。

我推開狗，納坦尼在同時揚起了嘴角。「不要，梅森。現在別鬧。」梅森在鑄鐵桌下繞了一圈，然後蜷在我的腳邊。十月的涼風捲落了緋紅、黃赭和金色的葉片，朝我們掃了過來。葉子落在納坦尼的頭髮上，掉在美國手語教材上成了書籤。

納坦尼慢慢將雙手從雙腿邊往上伸。他先指著自己，然後手掌向上地伸直手臂，彎起手指，將手往內縮。我要。他拍拍腿，試著彈手指。

「你想要狗？」我說：「要梅森？」

納坦尼的臉色更燦爛了。他點點頭，咧開嘴巴。將近一星期以來，這是他首次表達出完整的句子。梅森一聽到自己的名字，立刻抬起毛茸茸的腦袋，用鼻子輕推納坦尼的肚子。「呃，這是你自找的嘍！」我笑了出來。納坦尼終於推開梅森之後，臉頰因為驕傲而泛起紅光。我們學得不多，只學到了「要」、「更多」、「喝」，還有「狗」。但至少有了開端。

我拉起納坦尼的小手。這個下午，我讓這隻小手化身成美國手語教材中的字母。他的手雖然小，但是袖珍的小指頭卻不太安分。我折下他的中指和無名指，讓其他的指頭張開，然後握著他的手，教他組合出代表「我愛你」的手勢。

梅森突然跳了起來，差點撞翻桌子，牠蹦蹦跳跳地跑到門口去迎接凱利伯。「怎麼啦？」他開口問，看到了厚厚的教材和納坦尼僵硬的姿勢。

「我們，」我邊說邊用食指點著兩側肩膀，「在工作。」我雙手握拳，一手向下敲另一手，模擬勞動的姿勢。

「我們，」凱利伯一把拿起桌上的教材夾到胳膊下，大聲說：「不是聾子。」

凱利伯並不贊成讓納坦尼學手語。他認為我們如果把這個工具提供給孩子，他可能再也找不到說話的動機。我則認為凱利伯沒有花足夠的時間來猜測孩子想要吃什麼早餐。「你看，」我對納坦尼鼓勵地點點頭，想讓他再次比出完整的句子。「他真是聰明，凱利伯。」

「我知道他很聰明。我擔心的不是他。」他握住我的手肘。「我可以和你單獨談一下嗎？」

我們走到屋裡，關上滑門，不讓納坦尼聽到我們的對話。「你覺得你得先教會他多少單字，才能用這種語言問出誰對他做出這種事？」凱利伯說。

我的雙頰漲紅。難道我表現得這麼明顯嗎？「我只是想要——羅比許醫師也是這麼想——給納坦尼一個溝通的機會。因為他變成這樣，自己也很沮喪。今天我教他說『我要狗』。也許你可以說說看這和定罪有什麼關係。還是你要自己向你兒子解釋，為什麼你這麼想剝奪他唯一的表達方式。」

凱利伯攤開兩隻大手，活像個裁判。雖然我相信他不知道，但這個手勢代表了不要。「妮娜，我沒辦法和你爭辯，我說不過你。」他拉開門，跪在納坦尼腳邊。「你知道嗎，天氣這麼好，坐在這裡工作太可惜了。如果你想玩，可以去盪鞦韆——」

玩：伸出拇指與小指搖晃。「——或是用沙子蓋一條路……」

蓋：彎曲手掌，左右手依次重複往上疊。

「……而且，如果你還沒準備好，可以什麼都不必說，納坦尼。甚至不必用手說話。」凱利伯帶著微笑對納坦尼說：「這樣好嗎？」看到納坦尼點頭，凱利伯才將他高舉過頭，讓孩子坐在他的肩膀上。「我們去樹林裡摘山楂子，你說好嗎？」他問道：「我當你的梯子。」

就在兩人走到花園邊緣的時候，納坦尼坐在爸爸肩膀上轉過身來。我在這麼遠的距離之外，實在看不清楚，但是他好像伸出了一隻手。他在揮手嗎？我也揮手回應，但接著卻發現他彎起手指比劃出「我愛你」，接著重新組合，握起拳頭，光是豎起食指和中指兩隻指頭，打出像是個「和平」的手勢。

就技術層面來說，他的手勢也許不完全正確，但是我明白納坦尼想要大聲說出來的話。

我也愛你。[1]

---

1 此處指納坦尼用食指和中指比出數字「二」，英文「也」字為too，音同數字二：two。

亞爾福瑞辦公室裡的五名助理檢察官共用一名書記官：蜜娜．歐利方。她的身寬和高度相當。她走路時，鞋子會嘎吱作響，身上有一股男用髮油的味道，雖然從來沒有人親眼目睹，但是她的打字速度驚人，一分鐘絕對超過一百個字。彼得和我老愛開玩笑，說我們看到蜜娜背影的機會大於正面，因為她似乎有第六感，只要有任何人需要她，就會消失蹤影。

我在納坦尼停止說話的八天後踏進辦公室，她直直地朝我走過來。於是我知道大家都錯了。「妮娜，」她沙啞地說：「妮娜。」她伸出一隻手摀住喉嚨，眼眶裡泛著真心的淚水。「如果我能幫上什麼忙……」

「謝謝你，」我低聲說話。我並不驚訝她會知道發生了什麼事，因為我告訴了彼得，也相信他應該會把相關情形通知大家。只有納坦尼喉嚨痛或長水痘的時候，我才會用到病假。就某個層面來看，這次讓我請假的原因也相同，只是這次的病因是潛藏性的。「但是你也知道的，在這個節骨眼上，我只想先處理好公務，才能趕快回家去。」

「對，你說得對。」蜜娜清了清喉嚨，恢復專業的態度。「彼得已經先處理過你的留言。還有，華萊士要見你。」她正要走回自己的位置時猶豫了一下，想起一件事。「我在教堂裡貼了告示，」她說道。這時我才想起她同樣也是聖安妮教堂的會眾。教堂的布告欄上有一個特別的欄位，讓教友為有需要的家庭成員或朋友誦禱聖母經或天主經。蜜娜對著我微笑，說：「也許天主正在聆聽禱文。」

「也許吧。」我沒有說出心裡的話：當事情發生的時候，天主又在哪裡？

我的辦公室和我幾天前離開時一模一樣。我輕輕地坐在旋轉椅上，推開桌上的文件，檢查電話留言。能夠回到一個看起來和記憶中完全相同的地方真好。

有人敲門。彼得走了進來，然後隨手關上門。「我不知道該說什麼才好。」他很坦白。

「那麼，你什麼都別說，進來坐下就好。」

彼得癱坐在我辦公桌前的椅子上。「你確定嗎，妮娜？我是說，精神科醫師有沒有可能妄下結論？」

「我和她都看到相同的行為表現，也和她下了同樣的結論。」我抬頭看著彼得。「專科醫師也發現侵入的證據，彼得。」

「喔，天哪。」彼得沮喪地合掌。「我能幫你什麼忙，妮娜？」

「你已經幫很多忙了，謝謝。」我微笑地說：「車裡的腦漿究竟是誰的？」

彼得看著我的眼光十分柔和。「誰在乎啊？你不該為這些事煩心的，你甚至不該進辦公室來。」

我想要對他說出心事，又怕破壞自己在他心裡的形象。「可是，彼得，」我靜靜地承認：「這比較容易。」

他安靜了好一下子，接著才說：「最美好的一年，」彼得試著提問。

我緊緊抓住這條救生索。簡單，那年我得到了升遷，幾個月之後就懷了納坦尼。「一九九六年。最佳受害者？」

「卡通影集《超狗任務》裡的女主角波莉。」我們的頂頭上司華萊士．莫費特在這個時候走了進來，彼得抬起頭看了他一眼，說：「嘿，老闆，」接著對我說：「最好的朋友？」彼得起身走向門邊，「答案是我。記著，無論任何事，無論何時何地都不會改變。」

「真是好人，」華萊士一邊說，一邊目送彼得離開。華萊士是標準的地方檢察官，精得像鯊魚一樣，他頭髮茂密，光靠一口像電影明星一樣整齊的牙齒，就可以為他贏得下一屆的連任選舉。同時，他也是個傑出的律師，可以讓對手在挨了致命一刀之後，才發現他已經動手。「別說了，你準備好之後隨時可以回來，」華萊士說：「但是如果你打算提早歸隊，我會親自擋住門。」

「謝謝，華萊士。」

「我真的很遺憾，妮娜。」

「是啊。」我低頭看筆記本。筆記本下面是月曆。我桌上沒有納坦尼的相片，這是我在地方法院時養成的習慣，在那個時候，總是有些敗類會來辦公室裡協商。我不想讓那些人知道我有個家，不想讓他們回過頭來找麻煩。

「我能……能不能起訴這個案子？」

這個問題很卑微，好一會兒之後，我才明白自己真的問出口。華萊士憐憫的眼神讓我低下頭去瞪著自己的大腿看。「你知道你不能，妮娜。我也不想假手別人把這個變態傢伙關進牢裡去，但是，我們辦公室所有的人都不能接下這個案子，因為涉及利益衝突。」

我點點頭，但仍然說不出話來。我想起訴，想的不得了。

「我已經打電話給波特蘭的地方檢察官辦公室了。那裡有個很不錯的檢察官。」華萊士機伶地微笑。「幾乎和你一樣傑出。我把事情告訴了他們，可能要借調湯姆．拉克瓦過來支援。」

我向華萊士道謝的時候，眼眶裡滿是淚水。我們還沒掌握到那個變態傢伙是誰，他就已經開始調兵遣將，這對他來說，的確不是尋常的舉動。

「我們會照顧自己人，」華萊士向我保證。「做出這種事的人一定會接受懲罰。」

我就是用這句話來安撫狂亂的父母。但是我知道，在我說這句話的同時，他們的孩子也會付出相當的代價。但這是我的工作，而且，如果沒有證人，我就無法起訴，因此，我會向父母擔保，保證一定會將那個禽獸關進監獄。我會對孩子的雙親說，如果換成是我，我一定會不計代價去做，包括讓孩子出庭作證。

而如今我成了家長，受害者是我的骨肉，情況隨即完全改觀。

我曾在某個星期六帶納坦尼進辦公室，利用時間處理公務。辦公室像個空無一人的鬼城，影印機彷彿是個沉睡的巨獸，電腦螢幕一片空白，連電話鈴聲都沒響起。我處理文件的時候，納坦尼在旁邊忙著玩碎紙機。「你為什麼幫我取納坦尼這個名字？」他突然間這麼問。

我核對筆記上的證人姓名。「這個名字的意思是『上帝送的禮物』。」

碎紙機的入紙口開始運轉。納坦尼轉過身來對我說：「我出生的時候是不是也有外包裝？」

「你和那種禮物不太一樣。」我看著他，於是他關掉碎紙機開關，轉身去玩我放在角落裡的玩具。這些玩具是為了不幸走進我辦公室裡的孩子而準備的。「你比較想要什麼名字呢？」

我懷孕的時候，凱利伯每天晚上都要向未出世的孩子道晚安，而且每天都有不同的稱呼：佛迪密爾、葛齊達、凱斯貝等等。你再這麼繼續下去，我對他說：孩子一出生就會有身分認同的危機。

納坦尼聳聳肩。「也許我可以叫做蝙蝠俠。」

「蝙蝠俠．佛斯特，」我嚴肅地重複這個名字：「聽起來很不錯。」

「我們學校裡有四個迪倫，迪倫．S、迪倫．M、迪倫．D，還有迪倫．T。但是還沒有蝙蝠俠。」

「這很重要。」突然間，納坦尼爬進了書桌底下，暖暖的身子壓在我的腳上。「你在做什麼？」

「蝙蝠俠得有個洞穴啊，媽咪。」

「啊，對。」我交疊雙腿，騰出空間給納坦尼，然後繼續研究警方的報告。納坦尼伸手抓了一個釘書機，即興地拿來當對講機用。

我當時正在處理一件強暴案，受害者在浴缸裡被發現的時候，已經處於昏迷的狀態。施暴者很聰明，事先打開水龍頭，因此沖刷掉大多數足以作為鑑識之用的證據。我翻開檔案，看著警方提供的犯罪現場照片，受害女子紫色的臉孔沉在水下。

「媽咪？」

我立刻將不堪入目的照片翻了過去。就是因為這樣，我才不想把公事帶入家庭生活中。「嗯，什麼事？」

「你是不是每次都能抓到壞人？」

我想到受害者的母親，她向警方提供證詞的時候，一直不停地哭泣。「不一定，」我回答。

「大多數的時候都可以嗎？」

「呃，」我說：「至少抓得到一半的壞人。」

納坦尼想了想，然後說：「這樣應該好到可以當超人英雄了。」我這時才發現這是蝙蝠俠在面試羅賓，只可惜我沒時間扮演卡通裡的助手。

「納坦尼，」我嘆著氣說：「你知道我為什麼要進辦公室。」明確地說，我是為星期一早晨的開場辯論來做準備，重新檢視自己的策略和證人名單。

我望著滿臉期待的納坦尼，心想，說不定蝙蝠穴才能真正行俠仗義。我內心天人交戰：我今天什麼也做不成；我做的是我最想做的事。「天哪，蝙蝠俠，」我踢掉鞋子，鑽進書桌底下。在這之前，我還不知道書桌內側用廉價的松木取代了桃花心木。「羅賓報到，但是你得讓我開蝙蝠車。」

「你不能真的當羅賓。」

「我以為就是得這樣玩。」

納坦尼同情地瞪著我看，似乎在說：你活到這麼老，難道還沒有學會遊戲規則？我們的肩膀頂住了書桌。「我們可以一起做作業，或做其他的事，但是你的名字只能是媽咪。」

「為什麼？」

他翻個白眼，「因為，」納坦尼對我說：「你就是媽咪。」

「納坦尼！」我大聲喊，開始臉紅。控制不住自己的孩子應該不算罪孽吧？「對不起，神父，」我拉開門讓他走進來，「他……最近看到訪客會害羞。昨天快遞人員走了之後，我花了一個小時才找到他。」

席辛斯基神父微笑地說：「我就說我該先打個電話，不要冒冒失失就跑過來。」

「喔，不是這樣的。能看到你真是太好了。」這是謊言。我根本不知道該拿走進家裡的神職人員怎麼辦。可以招待他們吃餅乾？還是喝啤酒？我該不該為週末沒去望彌撒道歉？該不該為了剛才的謊言懺悔？

「嗯，這也是我的工作，」席辛斯基神父彈了彈自己的衣領，說：「我星期五下午唯一的工作，是去婦女附屬會旁聽會議。」

「那算是額外的工作嗎？」

「比較像是背上的十字架，」神父笑著說。他來到起居室，坐在沙發上。席辛斯基神父腳上穿的是高科技球鞋。他會參加本地的半程馬拉松賽，把成績貼在布告欄上，就在請託祝禱經文的告示旁邊。布告欄上甚至還貼了一張他衝過終點的照片，精瘦的神父當時並沒有穿著教袍，看起來一點也不像神職人員，單純就是個男人。他大概有五十多歲，但是看起來至少年輕十歲。我聽他說過，他一度試著想聯絡撒旦換取不老青春，但可惜電話簿裡找不到魔鬼的號碼。

我納悶地猜想，不知道教堂裡有哪個長舌教友會把我們的事告訴神父。「主日學校的同學都很想念納坦尼，」他對我說。他的說法很含蓄，精確的說法是缺席的場合不止是主日學校而已，我們有大半年的星期日都沒有出現了，因為我們並沒有虔誠地每星期去望彌撒。但是我知道納坦尼很喜歡在彌撒時到地下室去畫圖，他尤其喜歡席辛斯基神父在彌撒結束後，讓大人在樓上喝咖啡，自己到地下室為孩子們朗誦圖畫版的兒童聖經。納坦尼說，神父會坐在圓圈圈中間，表演洪水、瘟疫和預言。

「我知道你心裡在想什麼。」席辛斯基神父說。

「真的嗎。」

他點點頭。「你認為現在已經是二〇〇一年了，若是要相信教會可以提供你生命的慰藉，未免過於陳腐。但是教會真的可以，妮娜。你可以向上帝求助。」

我直直地盯著神父看。「這陣子我對上帝不是太熱衷。」我直率地說。

「我知道。有時候上帝的意旨實在看不出什麼道理。」席辛斯基神父聳聳肩。「我自己也曾經懷疑過祂。」

「你顯然已經度過了這個時期。」我擦拭眼角，為什麼我會哭呢？「我甚至不是虔誠的天主教徒。」

「你當然是。你一向都會回到教堂來，不是嗎？」

然而那是為了罪惡感，不是因為信仰。

「事出必有因，妮娜。」

「是這樣嗎？那麼請你幫我個忙，去問問上帝為什麼要讓一個孩子碰到這種事？」

「你自己去問祂，」神父說：「你和祂談話的時候，也許要記得你們有個共通點：祂也一樣，親眼目睹自己的兒子受苦。」

他遞給我一本《大衛與歌利亞》的圖畫書，這是為五歲孩子改寫的簡易版。「如果納坦尼出現，」他提高音調說：「請你告訴他，這是葛倫神父送給他的禮物。」聖安妮教堂的孩子都這麼喊他，因為他們念不出他的姓氏。神父曾經說：哎，再過一陣子，連我自己都念不出來嘍。「去年我在讀故事書的時候，納坦尼特別喜歡這個故事。他想知道我們可不可以也做個彈弓。」席辛斯基神父站起來，逕自走向門口。「妮娜，如果你想找人談談，你知道可以去哪裡找我。好好保重了。」

他沿著小徑走出去，這條小徑上的石塊是凱利伯親手鋪下的。我目送他離開，把圖畫書緊緊抱在胸前，想著弱小的大衛如何打敗巨人。

納坦尼在玩小船，先把船壓沉，然後看著它迅速竄回水面。我想，光因為他願意坐進浴缸裡洗澡，我就應當要心懷感激。他今天好多了，不斷透過手語來表達，而且還同意洗個澡，條件是讓他自己脫掉衣服。我當然同意，當他手忙腳亂解開鈕釦的時候，還努力克制伸手幫忙的慾望。羅比許醫師曾經向我們提到「能力」，我提醒自己千萬要記得：納坦尼的無助是被動形成的，他必須去感覺自己能夠重新控制自己。

我坐在浴缸邊緣，看著他的背隨著呼吸上下起伏。排水孔邊的香皂閃閃發光，好像一隻魚。「要不要幫忙？」我問道，打出手勢：用一隻手拉起另一隻手。納坦尼用力搖頭。他撿起香皂塗抹肩膀、胸口和小腹，猶豫一下，才將香皂放到雙腿之間。

他在身上抹了一層白色的香皂薄膜，看起來像是來自另一個世界的天使。納坦尼抬起頭看著我，把香皂遞過來，讓我歸回原位。在那一刻，我們的手指互相碰觸，在我們的新語言裡，手指無異是雙唇，這算不算親吻？

我鬆手讓香皂啪一聲落入水中，然後用指頭沿著噘起來的嘴巴繞圈圈。我伸出兩手的食指，指尖先相對碰觸，然後往後拉開。我指著納坦尼。

誰欺負你？

但是兒子看不懂這個手勢。他將兩個手掌往外翻，驕傲地表達他剛學會的新字：完成了。他像海中仙子般地站起身來，水順著他漂亮的小身子往下滴。我拿毛巾幫他擦乾四肢，幫他套上睡衣。在幫他完全穿好衣服之前，我無聲地自問，我是否是唯一碰到他身體這些部位的人。

凱利伯在半夜聽到妻子猛喘了一口氣。「妮娜？」他輕喚，但是她沒有回答。他翻個身，來到她身邊攬住她。她醒著，他可以感覺到從她毛孔散發出來的念頭。「你還好嗎？」他問道。

她轉過頭看著他，雙眼在黑暗之中顯得十分黯淡。「你呢？」

他將她攬入懷裡，把頭埋在她的頸際。凱利伯吸著她的氣味，鎮定了下來，她簡直就像是他的氧氣。他的嘴唇沿著她的皮膚滑動，停在她的鎖骨之間，然後歪著頭聆聽她的心跳。

他想要找個地方，讓自己迷失。

於是他的手緩緩移動，從她的纖腰來到隆起的臀部，探入窄窄的底褲下方。妮娜倒抽了一口氣。這時她也感覺到了。她得抽身，得逃開。

凱利伯的手掌繼續往下滑，緊緊貼住她。妮娜將他的頭髮抓得更緊了些，他幾乎脫口喊痛。「凱利伯。」

他感到自己已經腫脹，沉沉地壓在床墊上。「我知道，」他低聲說，一邊將手指往內探。她仍然乾澀。

妮娜拉扯他的頭髮，這回，他滾開她的身邊，而這正符合她的期待。「你究竟怎麼了！」她大聲說：「我不想要。我現在沒辦法。」她拉開被單，跑出臥室，走進黑暗當中。

凱利伯低下頭，看到沾在床單上的精液。他下床，拉起床單，好讓自己看不見印子。接著他本能地跟在妮娜身後。他久久地站在兒子的臥室門口，看著妮娜凝視著納坦尼。

凱利伯沒有陪我們到羅比許醫師的診所，沒有參與接下來的精神科約診。他表示自己有個排不開的會議，但是我覺得那只是藉口。經過了昨晚，我們一直避開彼此。另外，在納坦尼還不能說話之前，羅比許醫師同樣也使用手語，凱利伯並不贊同這個方式。他認為一旦納坦尼準備妥當，自然會告訴我們誰是侵犯他的人，但是在此之前，我們只不過是在施加壓力。

我希望自己能有他的耐性，但是我實在沒辦法坐著看納坦尼受苦。我沒有一刻不會想到納坦尼的沉默，想到在這個世界上另外有個人才該被人阻止，被剝奪說話的能力。

今天我們學的是實用的手勢，與食物有關，比方說穀片、牛奶、比薩、冰淇淋，以及早餐。美國手語教材將字彙歸類分組，編排在一起。字彙的旁邊有照片，有書寫的文字，還有模擬手勢的圖片。我們讓納坦尼決定自己要學的字彙，他先選了季節，然後是食物，接著又開始翻書。

「沒人知道他要停在哪一頁……」羅比許醫師開著玩笑。

他把書本翻到家庭的圖片。「喔，選得好。」我說，一邊試著打出最上方的手勢，兩手的拇指和食指指尖相碰，伸直其他指頭，然後往外劃個圈。

納坦尼指著書上的孩子。「像這樣，納坦尼，」羅比許醫師說：「男孩。」她作勢碰觸虛擬的棒球帽帽沿。這個手勢和我學到的幾個手語一樣貼切，相當符合實際狀況。

「母，」醫師繼續說，幫忙納坦尼張開手，用拇指輕觸下巴，然後擺動手指。

「父，」手勢相同，但是拇指要輕觸額頭。「你做做看，」羅比許醫師說。

做做看。

書上黑色的線條全扭成一團，粗粗的大蛇向他撲過來，纏住他的脖子。納坦尼不能呼吸也看不見。他聽到羅比許醫師的聲音在四周隆隆作響，父，父，父。

納坦尼舉起手，用拇指輕觸額頭，然後擺動指頭。這個手勢好像在取笑別人。

唯一的不同點，在於這一點也不好玩。

「看看，」醫師說：「他已經比我們都厲害了。」她進行到下一個字：寶寶。「很好，納坦尼，」羅比許醫師頓了一下才繼續說：「試試看這個字。」

但是納坦尼沒有動作。他的手停在頭的旁邊，拇指戳向太陽穴。「寶貝，你這樣會弄痛自己。」我告訴他。我想要伸手拉他，但是他跳開，不願意停下這個手勢。

羅比許醫師輕輕闔上美國手語教材。「納坦尼，你是不是想要說什麼？」

他點點頭，張開的小手仍然停在頭上。我體內的空氣似乎在一瞬間完全抽乾。「他想要凱利伯——」

羅比許醫師打斷我的話。「妮娜，讓他自己說。」

「你該不會認為——」

「納坦尼，你爸爸有沒有單獨帶你到什麼地方去？」醫師問道。

這個問題似乎讓納坦尼感覺有些困惑。他慢慢地點頭。

「爸爸有沒有幫你脫過衣服？」他再次點頭。「他有沒有在床上抱抱你？」

我僵直地坐在椅子上，開口說話的時候，嘴唇幾乎完全麻痺。「不是你想的那樣。他只是想知道凱利伯為什麼沒有來。他想念爸爸。他根本不需要打手勢，如果……如果是……」我沒辦法說完自己的句子。「他可以指出來，指個上千次。」我輕聲說。

「他可能會害怕直接指出來所造成的後果，」羅比許醫師解釋：「透過一個手勢或符號，可以多一層心理上的保護。納坦尼，」她繼續輕聲問：「你知道是誰傷害了你嗎？」

他指著美國手語教材，然後再次比劃出父的手勢。

當你許下願望的時候，要小心你所得到的結果。這麼多天之後，納坦尼終於給了個名字，而這個答案完全出乎我的意料，讓我在瞬間無法動彈，彷彿變成了石塊——正好是凱利伯工作用的材料。

我聽到羅比許醫師打電話到兒少暨家扶局，聽著她告訴莫妮卡我們找到了嫌犯，但是我卻彷彿置身在百里之外。我用客觀的角度看著眼前的一切，知道後續會發生什麼必然的狀況。警方會出面，傳喚凱利伯去問話。華萊士．莫費特會聯絡波特蘭的檢察官辦公室。接下來不是凱利伯認罪，就是納坦尼得公開出庭指控。

夢魘才剛開始。

不可能是凱利伯。我知道，就像這麼多年來我熟悉凱利伯大小事一樣的清楚。當納坦尼還是襁褓的嬰兒時，我看過他在夜裡提著孩子在走廊上走動，這是讓患了疝氣的寶寶停止哭鬧的唯一方法。我記得納坦尼結束為期兩天的幼稚園準備課程，凱利伯坐在我身邊，在結業典禮上猛掉眼淚，一點也不覺得丟臉。他是個值得依賴又堅強的好人，是那種你可以託付一生，託付孩子的人。

但如果我相信凱利伯無辜，就代表我不信任納坦尼。

我心中閃過幾個不愉快的記憶。凱利伯暗示過派屈克可能是下手的人。如果不是為了轉移焦點，那他何必提起別人？凱利伯也告訴過納坦尼，如果他不想學手語就不必學。這無異是讓孩子無法說出實情。

我見過一些被判決有罪的兒童性侵犯，他們並沒把罪行像標籤一樣張貼在身上，反而是掩蓋在祖父慈祥的笑容，或是楚楚的衣冠之下。這些人看起來和我們沒有兩樣，而這正是讓人害怕的地方，我們知道這些禽獸夾雜在我們之間，而且我們並沒有比他們聰明。

這些人有深愛他們的女友或妻子，但是她們毫不知情。

我曾經懷疑，受侵害兒童的母親怎麼會沒察覺自家發生的事，她們一定是不願看見自己不想看的事，所以才會在事發前刻意避開。我過去一直以為沒有任何妻子會與丈夫同床共枕，卻不清楚他心中轉著什麼高深莫測的念頭。

「妮娜。」莫妮卡．拉法蘭拍拍我的肩膀。她什麼時候來的？我覺得自己宛如從昏睡狀態中甦醒過來，我甩甩頭，恢復意識後的第一件事就是找納坦尼。他在醫師的辦公室裡，還在玩同一套火柴盒小汽車。

這位社工人員看著我。我知道，她心裡一直這麼懷疑。我不能怪她，換成我，我也會做出同樣的猜測。事實上，過去我一向如此推測。

我的聲音既蒼老又沙啞。「通知警察了嗎？」

莫妮卡點點頭。「有沒有我能幫忙的……」

我得先去個地方，而且不能把納坦尼帶在身邊。開口問這句話讓我很難過，但是我已經不知道該如何信任他人。「有，」我問：「你能不能幫我帶孩子？」

我找了幾處工地，終於在第三個工地找到他。他正在砌一面石牆。凱利伯認出我的車，臉色明亮了起來。他看著我下車，然後他等著，以為會看到納坦尼。這個時間已經夠我衝上前，疾步走到他身邊，用盡全身力量摑了他一巴掌。

「妮娜！」凱利伯握住我的手腕，將我從他身邊拉開。「搞什麼！」

「你這個混蛋！你怎麼可以這樣做，凱利伯？怎麼可以？」

他推開我，伸手揉臉頰。我在他臉上留下鮮紅的掌印。很好。「我不知道你在說些什麼，」凱利伯說：「慢慢講。」

「慢慢講？」我脫口而出。「我簡單說給你聽：納坦尼告訴我們了。他說是你做的。」

「我沒有對他做任何事。」

我久久沒說話，光是瞪著他看。「納坦尼說我……我……」凱利伯結結巴巴地說：「太荒唐了。」所有的罪犯都這麼說，這句話讓我差點崩潰。「你別告訴我你愛他。」

「我當然愛他！」凱利伯搖著頭，彷彿想讓腦袋清醒。「我不知道他說了些什麼，也不知道他為什麼要那麼說。但是妮娜，天哪，天哪！」

我沒有回應，兩個人相處的幾年歲月開始崩落，記憶好比毫無意義的垃圾，而我們就站在及膝的回憶當中。凱利伯睜大了眼睛，眼眶泛淚。「妮娜，拜託你。想想你在說些什麼話。」

我低頭望著自己的手，我一手緊緊包住另一手緊握的拳頭。這個手勢代表在某種情況之中。陷入麻煩之中。戀愛之中。在假設之中。「我想的是孩子不可能撒謊。納坦尼不會編出這種事。」我抬頭直視他。「今晚別回家。」說完話，我立刻走回車邊。我的腳步沉穩，完全看不出內心已經破碎。

凱利伯目送妮娜的車燈遠去。車子帶起的塵埃落定，眼前的一切和一分鐘之前沒有兩樣。但是凱利伯知道，從此以後，一切都不同了，他已經沒有退路。

他願意為兒子做任何事。一向如此，而且在所不惜。

凱利伯低頭看自己修築的石牆。三呎石牆花了他大半天的時間。當兒子在精神科醫師診所裡將世界搞得天翻地覆的時候，他在這裡搬石頭，堆石頭。他剛開始和妮娜約會的時候，就帶她看自己如何將不同大小的石塊砌在一起。只要把邊緣對齊就好了，他這麼告訴她。

眼前就有個很好的例子，這塊石英石的邊緣參差不齊，他本來要把它斜插入平整的沙岩當中。然而他現在舉起沙岩往地上一扔，石塊應聲碎裂。接著他撿起石英石扔到身後的樹林裡。他毀了這道牆，破壞自己精心堆砌的傑作。他重重地坐在碎裂的石材上，舉起沾滿灰塵的手揉眼睛，為了無法修補的一切而落淚。

我還得去另一個地方。我像個機器人一樣，走進東區地方法院的職員辦公室。不管我多麼努力克制，淚水依然流個不停。這個表現實在不夠專業，但是我一點也不在乎。這和公事無關，純屬私事。

「請問青少年保護令的申請書放在哪裡？」我問辦事員，她剛到法院上班，我記不得她的名字。她看著我，似乎不敢回答。接著，她指著一疊表格。我邊回答問題邊讓她幫我填寫表格，我幾乎認不出自己的聲音。

巴特雷法官在他的辦公室裡接待我。「妮娜。」他認識我，他們全都認識我。「我能幫你什麼忙？」

我抬起下巴，把申請書遞給他。吸氣、說話、保持專注。「法官，我要為我兒子申請保護令，我不希望在法庭上做這件事。」

法官久久地看著我，然後接下申請書。「說給我聽，」他輕聲說。

「我們掌握了性侵的具體證據，」我很小心，不想說出納坦尼的名字，我還沒辦法承受。「他在今天證實加害者是他的父親。」是他的父親，不是我丈夫。

「你呢？」巴特雷法官問道：「你還好嗎？」

我搖搖頭，緊閉著嘴。我緊緊握著手，感覺不到麻痺的指頭。但是我什麼都沒有說。

「如果我能幫得上忙，你儘管開口。」法官喃喃地說。但是不管是他或是其他人都沒辦法幫忙，不管他們說了多少次都一樣。事情已成定局，這正是問題的癥結。

法官在申請書上簽下難以辨認的名字。「你也知道效期不長，我們必須在二十天內舉行聽證會。」

「這讓我有二十天的時間思考。」

他點點頭。「我很遺憾，妮娜。」

我也一樣，因為我沒看出發生在眼前的事，因為我只懂得法律機制，卻不知道如何保護一個孩子，也因為我的選擇讓我走到今天這個局面。還有，沒錯，在我開車回去接兒子的時候，幾乎燒穿我口袋的滾燙禁制令也讓我感覺到無比的遺憾。

我家的家規：

早上起床自己整理床鋪。一天刷兩次牙。不可以拉小狗的耳朵。就算蔬菜沒有義大利麵好吃，還是得全部吃完。

學校的校規：

不可以從溜滑梯的外側往上爬。如果有小朋友正在盪鞦韆，不可以從前面經過。和小朋友一起上課的時候，要先舉手才能說話。小朋友如果想玩，每個人都可以玩一種遊戲。如果想畫圖，就要先穿上圍兜兜。

我還知道其他幾個規定：

坐車要扣上安全帶。

不可以和陌生人說話。

不可以打小報告，否則會下地獄。

第三章

事實證明，日子依然繼續。沒有任何一個宇宙通則會因為你面對慘劇，而提供你任何豁免權。垃圾桶還是會滿，帳單隨著郵件送達，電話行銷人員仍然會打斷你的晚餐。

納坦尼走進浴室的時候，我剛好蓋上痔瘡軟膏的蓋子。我曾經讀過，將這種軟膏擦在眼睛四周的皮膚上可以消腫，還可以去除黑眼圈。我轉頭對兒子露出過於誇張的燦爛微笑，他往後退了幾步。「嘿，寶貝，你刷牙了嗎？」他點點頭，我拉起他的手說：「我們來讀故事書，好嗎？」

納坦尼爬進床鋪，這和其他五歲大的孩子沒兩樣，床鋪是叢林，他是小猴崽。羅比許醫師說過：孩子的復原速度很快，比父母快得多。我翻開書，緊緊抓住這個藉口不放。故事書的主人翁是個獨眼海盜，沒發現站在他肩膀上的不是鸚鵡，而是隻貴賓狗。我從頭開始讀，到了第三頁，納坦尼要我停下來，伸手劃過顏色鮮豔的圖片。他搖動食指，然後再次把手放到前額，打出我希望再也不要看到的手勢。

爸爸在哪裡？

我拿起故事書放在床頭桌上。「納坦尼，他今天晚上不會回來。」我心裡想的是：他任何一個晚上都不會回來。

納坦尼蹙起眉頭看著我。他還不知道怎麼問「為什麼」，但是他腦袋裡一定是這麼想。他會不會以為是他害凱利伯不能回家？是不是有人告訴過他，如果把事情說出來，就會遭到某種報應？

我不想讓他打斷我的話，所以握住他的雙手，盡量用輕鬆的語氣說：「這個時候，爸爸不能留在家裡。」

納坦尼掙脫雙臂，彎起手指之後將手往內縮。我要。

老天爺，我也想要。納坦尼開始發脾氣，轉頭離開我身邊。「爸爸做的事，」我沒辦法一口氣說完話，「是錯的。」

納坦尼聽到我的話立刻跳起來拼命搖頭。

我曾經看過這一幕。如果家長就是性侵孩子的人，通常他們會對孩子說這是愛的表現。但是納坦尼不斷地用力搖頭，頭髮跟著左右甩動。「停下來，納坦尼，拜託你停下來。」他停下動作，用怪異的表情看著我，彷彿完全不明白我的意思。

就是因為這樣，我才會大聲把話說出來。我必須聽到真相，必須讓我兒子確認。「爸爸有沒有傷害你？」我低聲問出羅比許醫師不讓我問的關鍵問題。

納坦尼放聲大哭，躲進了棉被底下。我向他道歉，但是他仍然不願意出來。

汽車旅館裡的一切——包括破損的地毯、洗臉槽，和讓人看了就不舒服的被單在內，全都散發出潮濕的苔蘚味。凱利伯打開暖氣和收音機，脫掉鞋子，整齊地放在床邊。

這裡不是家，甚至稱不上是個住處。凱利伯真想知道，其他人之所以會來到薩寇這地方住進簡易套房，是不是也和他有相同的原因？

他無法想像自己要如何在這裡過夜。但是他知道，如果這樣能幫得了兒子，他可以在這裡住一輩子。他願意為納坦尼放棄一切，包括他自己在內。

凱利伯坐在床邊拿起電話，發現自己沒有通話的對象。但是他還是將話筒放在耳邊，好一會兒之後，接線生連上線，他才想起：無論如何，另一端總是會有人聆聽。

不消說，派屈克一定是以巧克力可頌來當作一天的開始，別無其他選擇。其他警察老愛拿這件事來取笑他：甜甜圈不夠高檔，是嗎，杜沙姆？而他總是充耳不聞。他不在乎成為他人嘲笑的對象，只要負責採購當日新鮮麵包糕餅的祕書買來他的最愛就好。但是那天早上，當他走進自助餐廳拿點心倒咖啡的時候，派屈克卻沒找到可頌麵包。

「喔，拜託，」他對身邊的管區警員說：「是你們這些混蛋傢伙在搞鬼嗎？是不是又把可頌藏到女廁裡去了？」

「我發誓我們連碰都沒碰，小隊長。」

派屈克邊嘆氣邊走出自助餐廳來到櫃臺，夢娜正在查看她的電子郵件。「我的可頌在哪裡？」她聳聳肩。「我訂的東西和平常一樣，別來問我。」

派屈克開始搜尋整個警察局，檢查其他幾個警探的辦公桌，走進外勤警員的休息室。他在走廊上和局長擦身而過。「派屈克，你有沒有空？」

「現在沒空。」

「我有個案子要派給你。」

「能不能麻煩你放我桌上？」

局長咧嘴一笑。「真希望你在辦案的時候和找該死的甜甜圈一樣專心。」

「是可頌，」派屈克看著局長遠去的背影大聲說：「不一樣。」

他終於在收押室裡找到罪嫌。有個小子坐在百無聊賴的內勤警員身邊，看起來像是個穿著老爸制服的假警察。這傢伙有一頭深棕色的頭髮，一雙淺藍色的眼珠，下巴上還沾著巧克力。「你是什麼人？」派屈克問道。

「奧里昂警員。」

內勤警員交叉起雙手，擱在分量十足的肚子上。「這位即將動手摘掉你腦袋的人，是杜沙姆小隊長。」

「他為什麼吃掉我的早餐，法蘭克？」

年長的警察聳聳肩。「因為他才報到一天——」

「六個小時！」年輕小伙子驕傲地糾正。

法蘭克翻了個白眼。「他根本不知道。」

「可是你知道。」

「是沒錯，但是如果我先告訴他，我就看不到這場精彩好戲了。」

菜鳥遞出吃得剩下一小口的可頌，當作求和的獻禮。「我，呃，我很抱歉，小隊長。」

派屈克搖搖頭，考慮是否該沒收冰箱裡那個小伙子的母親幫他準備的便當。「不要再犯。」

真是該死，一天竟然用這種方式揭開序幕，他本來想靠巧克力可頌內餡的咖啡因和咖啡來啟動精力。這下子，他的頭痛絕對會在十點鐘準時發作。派屈克慢慢走回自己的辦公桌，聽語音信箱裡的留言。他有三個留言，但真正在乎的只有妮娜的來電。「打電話給我。」留言裡只有這句話，沒留名字，什麼都沒說。他拿起電話，看到局長放在他辦公桌上的檔案。

派屈克打開牛皮紙檔案夾，裡面是兒少暨家扶局的報告。話筒掉到桌上，在他跑出辦公室之後，依然繼續嗡嗡作響。

「好。」派屈克平靜地說。「我馬上處理。我一離開，就立刻去找凱利伯。」

他的音調中有種令人難以置信的冷靜，讓我瀕臨崩潰。我伸手抓著頭髮。「看在老天爺份上，派屈克。你可不可以不要這麼……這麼像警察？」

「你想要聽我說，我真想為了他對納坦尼的所作所為把他毒打到頭破血流？然後，我還會為了他對你造成傷害，再狠狠地毆打他？」

他狂暴的聲音讓我嚇了一跳。我歪著頭，想要利用他的憤怒。「對，」我輕聲回答：「我想聽你這樣說。」他用雙手圈住我的後腦勺，這個動作像極了禱告。「我不知道該怎麼做。」

派屈克伸手圈著我的頭，然後撥開我的頭髮。我放下防備，想像他正在透析我的想法。「所以我才會在你身邊。」他說。

當我告訴納坦尼我們要去什麼地方的時候，他有些畏怯。但是，如果我繼續留在家裡，我絕對會發瘋。

光線從聖安妮教堂的彩繪玻璃天花板灑落下來，納坦尼和我彷彿沐浴在彩虹當中。今天不是週末，在這個時間，教堂安靜得猶如祕境。我謹慎地踏出腳步，不想製造出不必要的噪音。納坦尼拖拉著腳上的球鞋，一路摩擦馬賽克拼貼地板。

「不要這樣，」我低聲說，卻立刻後悔。我的聲音打在石材拱頂和上了蠟的長椅上，然後又彈了回來。教堂裡有好幾盤點亮的白色蠟燭，其中有多少是為我兒子祈福呢？

「我只要一分鐘就好了，」我告訴納坦尼。我讓兒子坐在長椅上，留了好幾輛火柴盒小汽車陪他。上過蠟的木頭長椅很適合當作跑道，我一揮手，把玩具汽車推到長椅的另一端以茲證明。接著，我趁自己還沒後悔之前，走向告解室。

告解室很小，暖氣又開得過熱。我肩膀旁邊有扇小窗，雖然我看不到席辛斯基神父，但是聞得到他上了漿的教袍味道。

告解總是能為人帶來安慰，因為你必須依循亙古不變的規則。不管你有多久沒告解，你仍然會記得自己應當怎麼做，彷彿冥冥之中存在著天主教徒的潛在記憶。你負責說，讓神父回答。你從小罪小惡開始，一件一件堆砌出以文字築起的高塔，然後神父為你祈禱，敲垮高塔，讓你能重新開始。

「請神父祝福。我是個罪人，願在教會內悔改。我上次告解到現在，已經有好幾個月的時間了。」

如果他感到震驚，也隱藏得很好。

「我……我不知道自己為什麼要來。」我頓了好一下子沒說話。「最近，我發現了一些事，讓我身心俱疲。」

「說下去。」

「我兒子……受到傷害。」

「我知道。我一直在為他祈禱。」

「我覺得……好像……侵犯他的人是我丈夫。」我在小小的折疊椅上彎下了腰，整個人縮成一團。劇痛穿過我的身子，然而我展臂相迎。在此刻之前，我一直以為我不再有感受的能力。

久久的沉默，讓我懷疑神父是否聽見了我的話。接著他說：「那麼，你的罪過是什麼？」

「我的……什麼？」

「你不能替你丈夫告解。」

憤怒猶如沸騰冒泡的瀝青，灼傷了我的喉嚨。「我沒這種打算。」

「那麼，你今天想為什麼事告解？」

我來這裡，只是想來對一個負責聆聽的人說出心裡的話。但結果我卻說：「我沒有保護好我的兒子。我根本沒看見這件事。」

「不知情不是罪過。」

「那麼無知呢?」我瞪著兩人之間的格子窗。「那麼天真到以為我瞭解自己當初愛上的男人呢?想要讓他承受和納坦尼同樣的痛苦算不算罪過?」

席辛斯基神父沒有否定這番話。「也許他正在承受痛苦。」

我穩住呼吸。「我愛他,」我苦澀地說:「我愛他和恨他的程度不相上下。」

「你必須原諒自己沒注意到這件事。原諒自己想要反擊。」

「我不知道我能不能做到。」

「那麼,」他停了一會兒才說:「你能不能原諒他?」

我看向一片黑暗,盯著應該是神父臉孔的位置。我說:「我沒有那麼神聖。」在他還沒來得及阻止我之前,我起身離開了告解室。

這有什麼意義?反正我已經開始苦苦贖罪了。

他不想來這裡。

教堂聽起來和他腦子裡的聲音一樣,嘶嘶作響的呼嘯聲比任何說出口的句子還要響亮。納坦尼盯著母親走進去的小隔間看,他在長椅上滑動小汽車,清楚聽到自己的心跳。

他把其他幾輛玩具汽車停好,然後一吋一吋地移動,離開長椅。納坦尼像隻小動物一樣,把雙手藏在襯衫下面,躡手躡腳地踏在教堂的中央走道上。

他來到祭壇前面,跪在階梯上禱告。他在主日學校裡學會了禱辭,應該要每天晚上祈禱,可是卻經常忘記。然而他記得：任何人都可以為任何事祈禱，這就像透過生日蠟燭許願一樣，不同之處，在於祈禱是直接向上帝許願。

他希望下次自己用手語說話時，大家都能看懂。他祈禱這樣就能讓爸爸回家。

納坦尼注意到身邊的大理石像，那是個女人，懷裡抱著小耶穌。他忘了她叫什麼名字，但是這裡到處都看得到她，不但畫像裡有她，牆上還掛著許多她的雕像。每個雕像都是母親抱著孩子。

他真想知道爸爸是否曾經站在雕像的臺座上，或出現在畫像裡，這樣，神聖的一家人就到齊了。難道每個人的爸爸都被帶走了嗎？

派屈克敲了敲溫馨旅棧經理指給他看的門。門打開來，凱利伯站在門裡，他的雙眼紅腫，鬍子也沒刮。「聽我說，」派屈克立刻說：「這實在很難堪。」

凱利伯看著派屈克手上的警徽。「我怎麼覺得這對我比對你更難堪。」

這個男人和妮娜共同生活了七年，睡在她身邊，和她生了個小孩。這個男人過著派屈克想要擁有的生活。他原本以為自己早就接受事情的發展，妮娜很快樂，派屈克就是想看到她快樂，如果這代表他不能出現在和樂的畫面當中，他也只好認了。但是先決條件必須是妮娜選了個值得託付的人，而且，這個男人不能讓她落淚。

派屈克一直相信凱利伯是個好父親，然而他現在卻驚訝地發現自己十分希望凱利伯就是罪魁禍首。如果真是凱利伯，這會立刻讓他失去眾人的信任，也證明妮娜看錯了人。

派屈克感覺到自己握緊了拳頭，但是他努力克制動手的慾望。不管怎麼樣，這都幫不了妮娜，也幫不了納坦尼。

「是你要她這樣做的嗎？」凱利伯冷冷地說。

「是你自己造成的，」派屈克回答：「你願意和我到警察局走一趟嗎？」

凱利伯一把抓起放在床上的外套。「我們現在就去。」他說。

凱利伯來到門口，伸手碰派屈克的肩膀。派屈克本能地全身緊繃，但是他的理智要他放鬆。他轉過頭，冷冷地看著凱利伯。「不是我，」凱利伯靜靜地說。「妮娜和納坦尼是我的半條命。有誰會笨到去拋棄這一切？」

派屈克不想讓自己的眼神流露出心裡的想法。但是，他首度認為凱利伯說的可能是實話。

換成別的男人，可能會對妻子和派屈克．杜沙姆的關係感到不舒服。雖然凱利伯從來沒有懷疑過妮娜的忠貞——或是她對他的感情，但是派屈克可是明目張膽地把破碎的心掛在身上。凱利伯曾經在好幾次晚餐時，看著派屈克的眼光跟著妻子在廚房裡打轉，他看過派屈克在自以為沒人注意時，舉起納坦尼繞圈圈，享受孩子的笑聲。但是，說真的，凱利伯並不介意。畢竟，妮娜和納坦尼都是他的。如果一定要說他對派屈克有什麼感覺，那麼他也只能說是同情，因為派屈克沒有他來得幸運。

剛開始，凱利伯也曾經嫉妒妮娜和派屈克之間的友誼。但是她的男性朋友不少，而且他很快就瞭解到，派屈克在妮娜過去的生命中佔了太大的分量，硬要她把派屈克從生命中抹殺掉，就像是分割共用一顆心臟的連體嬰一樣，只會是一樁憾事。

他和派屈克以及莫妮卡．拉法蘭一起坐在警察局的偵訊室裡，心裡想著妮娜。他正在回憶妮娜如何排除派屈克的嫌疑，不願相信派屈克有可能是傷害納坦尼的人，然而卻在幾天之後，毫不猶豫地指控凱利伯。

凱利伯打起哆嗦。派屈克曾經說過，他們刻意將偵訊室的溫度調低，比警察局裡的其他地方要低個十度，目的就是要讓嫌犯感覺到身體上的不適。「我被捕了嗎？」他問道。

「我們只是談談。」派屈克沒有直視凱利伯的雙眼。「老朋友聊聊天。」老朋友，喔，這就對了，他們的關係好比希特勒和邱吉爾。

凱利伯不想坐在這裡為自己辯護。他想和兒子說話，想知道妮娜有沒有為他念完那本海盜故事書，還想知道納坦尼有沒有又尿床。

「開始了。」派屈克按下錄音機。

凱利伯突然發現最好的消息來源就坐在三呎之外。「你見過納坦尼，」他喃喃地問：「他還好嗎？」

派屈克驚訝地抬頭看。他習慣當開口發問的人。

「你去家裡的時候他還好嗎？看起來有沒有哭過的樣子？」

「他……在這種情況下，還算不錯，」派屈克說：「好了——」

「請告訴妮娜，有些時候，如果他不吃東西，可以說些他喜歡聽的故事來轉移他的注意力。比方說足球或是青蛙等等。記得說話的時候要一邊把食物放在他的餐具上。」

「我們來談談納坦尼的事。」

「你以為我現在在做什麼？他說話了嗎？我是說，開口說話，不是用手語。」

「你為什麼這樣問？」派屈克充滿防備地問：「你擔心他會說出更多事？」

「擔心？就算他只能說出我的名字也沒關係，就算這樣會讓我被關一輩子，我也不在乎。我只想親耳聽見。」

「聽見他的指控嗎？」

「不，」凱利伯說：「聽見他的聲音。」

能去的地方我全都去過了。銀行、郵局、帶納坦尼去買了冰淇淋，還去過公園和寵物店。離開教堂之後，我們在不同的地方來來去去，採購沒有必要的雜貨，只因為我不想回到自己的家中。

「我們去找派屈克。」宣布地點之後，我在最後一刻把車子開進畢德佛警察局停車場裡。他一定不喜歡我這麼做——來警局監督他的調查進度，但是不管如何，他一定能夠體諒。後座上的納坦尼滑向門邊，表達出他的感覺。

「五分鐘就好，」我承諾。

我帶著納坦尼沿著步道走向警局大門，美國國旗在冷風中劈啪作響。法律之前，人人平等。就在我們離門口還有二十呎的時候，大門打開來。派屈克先走出來，在陽光下瞇起眼睛，莫妮卡・拉法蘭和凱利伯緊跟在後。

納坦尼喘了一口氣，掙脫我的手。凱利伯也在同一個時間看到孩子。凱利伯單膝跪了下來，伸出雙手緊緊抱住兒子。納坦尼抬頭看我，臉上露出開懷的笑容。在這個心驚的一刻，我發現他以為我特別為他安排這個美妙的驚喜。

派屈克和我隔了一段距離分別站在兩端，看著事情發生。

派屈克先恢復理智。「納坦尼。」派屈克冷靜又堅定地說，然後走過去拉開我的兒子。但是納坦尼堅決不肯，他用雙手環住凱利伯的脖子，想一頭鑽進爸爸的大衣裡面。

凱利伯從兒子腦袋的上方看過來，與我四目相望。他站起身，牽著納坦尼。

我強迫自己移開視線，努力回想自己見過的上百名孩童，那些身上留著淤青，骯髒、挨餓而且被忽視的孩子，他們聲嘶力竭地哭喊，不願意離開家，懇求社工讓他們留在施暴的父親或母親身邊。

「小朋友，」凱利伯靜靜地說話，要納坦尼看著他。「你知道我現在最想的，就是和你在一起。但是……我還有別的事要處理。」

納坦尼搖搖頭，皺起一張小臉。

「我一有辦法，就會立刻去看你。」凱利伯抱起納坦尼向我走過來，硬是拉開兒子，然後把孩子塞進我的懷裡。到了這個時候，納坦尼已經哭得喘不過氣來，他的肋骨貼著我的手心上下起伏，好像活生生的小恐龍。

凱利伯走向他的卡車，納坦尼這時才抬頭看。他瞇著眼睛，目光陰暗，握起拳頭敲打我的肩膀。他接二連三地敲打，把怒氣全出在我身上。

「納坦尼！」派屈克嚴厲地喊他。

但是我一點兒也不痛。比起其他的痛楚，這實在不算什麼。

「退步是可以預期的，」羅比許醫師靜靜地說。我們看著無精打采的納坦尼，他趴在遊戲間地毯上。「他的家庭面臨瓦解，在他的內心裡，會認為自己應該負責。」

「我們巧遇他的父親，」我說：「你真該看看那個場面。」

「妮娜，你比任何人都清楚，這並不能證明凱利伯的無辜，處在這種狀況下的孩子，常會覺得自己和動手侵犯的家長之間，有一種特別的聯繫。納坦尼跑向爸爸，這是制式的行為反應。」

要不然就是——我讓自己胡思亂想——凱利伯根本沒做錯事。但是我排除這個懷疑，因為在這個節骨眼上，我站在納坦尼這一邊。「那麼我該怎麼做？」

「什麼都不必做。你只要當個和從前一樣的母親就好。納坦尼越清楚自己生活當中有些部分永遠不會相同，就越能克服變化。」

我咬著嘴唇。對納坦尼最有幫助的方式，是我承認自己的錯誤，但是這不容易做到。「這不見得是最理想的方式。我每個星期工作六十個小時，也不是那種事必躬親的家長，凱利伯才是。」我說完立刻後悔，我不該這麼說。「我是說……呃，你明白我的意思。」

納坦尼翻個身側躺。不同於以往，今天他來到羅比許醫師的診所，顯得意興闌珊，任何玩具都不能讓他提起興致。他沒去動蠟筆，角落裡的積木依然整整齊齊，木偶劇的小舞臺冷冷清清。

醫師摘下眼鏡，拉起衣角擦拭鏡片。「知道嗎，我是個講究科學的人，一向深信我們有能力打造自己的生活。但是我仍然無法完全說服自己，因為我同時認為事出必有因，妮娜。」羅比許醫師看向納坦尼。這孩子站起身來，終於朝桌邊走過去。「也許他不是唯一得重新開始的人。」

納坦尼想消失。這絕對不難，每天都有各種各樣的東西消失。太陽高高掛在天空上的時候，學校外面的積水就會消失。他的藍牙刷一消失，新牙刷馬上跑出來。他一想到這些，就好想哭。所以，他試著幻想一些好事，比方說X戰警、聖誕節，或是甜酒黑櫻桃等等。但是他沒辦法在腦子裡找到這些畫面。他試著去幻想明年五月的生日派對，但是他只看到一片黑暗。

他希望能夠閉上眼睛永遠沉睡，留在那個夢境宛如實景的地方。他突然想到：也許現在才是惡夢。也許等他醒來之後，一切都會回到原來應有的狀況。

納坦尼從眼角看到了那本愚蠢又厚重的手語教材。如果不是那本書，如果他沒學會用手說話，如果他安安靜靜，這事就不會發生。他站起來，朝放書本的桌子走過去。

這本教材是三孔裝訂的活頁本。納坦尼知道怎麼打開裝訂的大圈環，因為他們曾經把書帶回家。他一拉開裝訂環，立刻抽出第一頁，圖片上有個男人高高興興地用手語說「你好」。第二頁有一隻狗和一隻貓，以及貓狗的手語圖片。納坦尼把兩張紙都丟到地板上。

他動手抽出一疊疊的紙張丟向腳邊，像是紛飛的雪花。他用力踩畫著食物的圖片，把畫著家庭的教材撕成兩半，還一邊看著神奇鏡子裡的自己。這片單面鏡的另一側只是一片玻璃。接著他低下頭，看到一個東西。

他一直在找這張圖片。

他用力抓起這張紙，紙張在他的拳頭裡揉成一團。他穿過門，跑進羅比許醫師的辦公室，他的母親正看著他。圖片裡有個身穿黑白兩色教袍的男人正在打手勢，納坦尼比劃出相同的手勢，夾起拇指和食指在喉嚨前面橫著比劃，好像要切開自己的喉嚨。

他想自殺。

「不，納坦尼，」我搖著頭說：「不可以，寶貝，不可以。」他的臉頰上淌著淚水，緊緊拉著我的襯衫。我想伸手拉住他，但是他拼命抵抗，把一張紙攤開在我膝蓋上，用指頭用力戳著圖片。

「慢慢來，」羅比許醫師開口指引，納坦尼轉過去面對著她。他再次在喉嚨前橫著比劃，然後互觸兩手的食指，再指向自己。

我低頭看紙，看著我不認得的手勢。這一頁是「宗教符號」，歸類方式和美國手語教材中的其他內容相同。納坦尼的手勢與自殺無關，他比出假想中神職人員配戴的白領，這個手勢代表神父、修士等神職人員。

神父。傷害。我。

我心裡念頭一轉：納坦尼看到父這個字頓時呆滯，但是他一直稱呼凱利伯爸爸。我們還來不及在睡前讀席辛斯基神父帶來的故事書，書就消失無蹤了。還有，今天早上我告訴兒子說我們要到教堂去，他明顯表現出不願意。

我還記得另一件事。幾個星期前的星期日，我們終於鼓起勇氣去望彌撒。那天晚上我幫納坦尼換衣服時，發現他穿的不是自己的內褲。他穿了一件廉價的蜘蛛人內褲，而不是我花了七塊九九美金，從品牌童裝店裡買來，和他爸爸相同的迷你版四角褲。你的褲子呢？我當時這麼問過他。

他的回答是：在教堂裡。

我當時以為他在主日學校上課時意外尿濕了褲子，所以老師從衣物捐贈箱裡翻出一件備用的褲子借給他。我提醒自己要記得向費奧雷女士道謝，感謝她幫忙照顧納坦尼。但是我得洗衣服，幫孩子洗澡，還有一大堆文件要看，所以一直沒找到時間和老師說話。

現在，我握住兒子顫抖的雙手，親吻他的指尖。現在，我有的是時間。「納坦尼，」我說：「媽咪在聽你說話。」

一個小時之後，莫妮卡在我家裡。她把馬克杯拿到水槽邊。「你介不介意由我去告訴你丈夫？」

「沒問題的。我可以自己告訴他，但……」我沒把話說完。

「這是我的職責。」她接著說，省得我說出實話：如今我原諒凱利伯了，只是不知道他能不能原諒我。

我讓自己忙著沖洗馬克杯，擠乾茶包，然後丟進垃圾桶裡。離開羅比許醫師的診所之後，我特別注意納坦尼的一舉一動，因為這是該做的事，而且也因為我心裡十分膽怯。凱利伯會怎麼說呢？

莫妮卡輕輕碰了我的額頭一下。「你是為了保護納坦尼。」

我直視她。難怪，社工人員的確有必要存在。人與人之間的關係像是太容易糾結在一起的線團，的確需要有個懂得溝通的人來理清紊亂的結。雖然說，在某些時候，切割才是解決纏結、重新開始的唯一方式。

她讀出了我的心思。「妮娜，假如他是你，也會做出相同的推論。」

有人敲門，轉移了我的注意力。派屈克推門進來，向莫妮卡點頭致意。「我正要離開，」她解釋：「如果一會兒後要找我，我會在辦公室裡。」

這句話是對我們說的，也就是派屈克和我。派屈克想必會找她，以瞭解案情進度。我一定也需要她在精神上的支持。莫妮卡隨手關上門後，派屈克立刻走上前。「納坦尼呢？」

「在他房間裡，他沒事。」我哽咽地說：「喔，天哪，派屈克，我早該知道的。我做了什麼事？我究竟做了什麼事？」

「你只是做了該做的事。」他的回答很簡單。

我點點頭，想要相信他的話。但是派屈克知道我辦不到。「嘿。」他帶我到廚房，讓我坐在凳子上。「我們小時候經常玩『妙探尋凶』[2]，你還記得嗎？」

我用袖子擦擦鼻子。「不記得。」

---

2 Clue，一種桌上遊戲，參與的玩家都是嫌犯，先找出謀殺案凶手者是贏家。

「那是因為我每次都贏你。不管證據怎麼顯示，你總會選芥末先生。」

「那是我故意讓你贏的。」

「很好。因為，妮娜，如果你從前玩過，現在再玩就不會太難。」他伸出雙手搭在我的肩膀上。「放手吧。妮娜，我瞭解這個遊戲，而且是高手。如果你讓我做我該做的事，不要把自己扯進來，我們絕對不會輸。」他突然走開，把雙手插進口袋裡。「而且你眼前還有別的事。」

「別的事？」

派屈克轉過來直視我的雙眼：「比方說，凱利伯？」

這像是一場老掉牙的比賽，看誰會先眨眼。這次，我撐不住，是我先移開了視線。「去把他抓起來，派屈克，是席辛斯基神父。我知道，你也知道。有多少神父因為這種……該死！」我瑟縮了一下，想到自己犯的錯。「我在告解的時候，和席辛斯基神父談起過納坦尼。」

「什麼？你腦袋裡在想什麼啊？」

「我只想到他是我的神父。」接著，我抬頭看。「等等，他以為是凱利伯。我那時候是那麼想的。這對我們有利，對不對？他不知道自己是嫌犯。」

「重點是納坦尼知不知道他是嫌犯。」

「事情不是很清楚了嗎？」

「可惜不是。的確，『父』這個字代表了不只一個意義。如果照這個邏輯來推理，全國上下都有神父。」他冷靜地看著我。「你是檢察官，你知道這個案子經不起任何錯誤。」

「天哪，派屈克，孩子才五歲。他比出『神父』的手勢，而席辛斯基神父是他唯一認識、唯一經常和他接觸的神父。你去問問看納坦尼，看他指的是不是這個人。」

「這在法庭上站不住腳，妮娜。」

突然間，我發現派屈克不僅僅是為了納坦尼而來，也是為了我。他來提醒我，我雖然身為人母，但仍然要以檢察官的邏輯思考。我們沒辦法替納坦尼指出嫌犯，他必須親自做這件事。否則，加害者無法定讞。

我的嘴巴乾澀。「他還不能說話。」

派屈克朝我伸出雙手。「那麼，我們來看看他今天能告訴我們什麼。」

納坦尼在上鋪整理他爸爸的棒球卡，分成好幾疊堆放。他喜歡觸摸卡片參差的邊緣，也喜歡卡片陰陰涼涼的味道。爸爸老是要他小心點玩，說不定有朝一日，這些卡片可以支付他的大學學費，但是納坦尼才不管。現在他就是喜歡摸卡片，瞪著卡片上的滑稽臉孔，想著爸爸曾經也做過同樣的動作。

有人敲門，媽咪和派屈克一起走進來。派屈克絲毫沒有猶豫，一下子就爬到上鋪，把六呎二的高大身軀擠進床墊和天花板之間的小小空隙裡。納坦尼覺得好好笑。「嗨，小草兒。」派屈克用拳頭敲了敲床鋪。「好舒服喔，我也要買一個。」他坐直身子，假裝敲到了腦袋。「你覺得呢？我要不要叫你媽咪也幫我買個這樣的床鋪？」

納坦尼搖搖頭，遞了張卡片給派屈克。「要給我的嗎？」派屈克問道。他念出卡片上的人名，開心地咧嘴笑。「費城人隊的邁克・許密特欸！你老爸知道你這麼大方一定會很開心。」他把棒球卡放進口袋，順手掏出筆記本和一枝筆。「納坦尼，我可不可以問你一些問題？」

又是問題，他真是受夠了。真的。但是派屈克費了千辛萬苦爬上來。納坦尼點個頭表示同意。

派屈克慢慢地伸手碰孩子的膝蓋，速度緩慢讓納坦尼不至於跳起來。這一陣子，任何事都會嚇到他。「你可不可以把實話告訴我，小草兒？」他輕聲地問。

納坦尼又點頭，但是這次動作慢了些。

「你爸爸有沒有弄痛你？」

納坦尼先看著派屈克再望向母親，然後果斷地搖頭。他覺得胸口似乎有東西打了開來，讓他更容易呼吸。

「有沒有別人弄痛你？」

點頭。

「你知道那個人是誰嗎？」

點頭。

派屈克緊盯著納坦尼的雙眼，不讓他避開視線，無論納坦尼多麼想，都躲避不掉。「是男生還是女生？」

納坦尼努力回想，那該怎麼說？他望向母親，但是派屈克搖搖頭，於是他明白了，現在全由他主導。他試著把手舉到額頭邊，輕輕碰一下眉毛，好像自己戴了頂棒球帽。「男生，」他聽到母親的翻譯。

「是大人還是小孩？」

納坦尼對他眨眨眼，他還不會這幾個字的手語。

「嗯，是像我這麼高，還是和你一樣小？」

納坦尼的手在兩人間來來去去，然後刻意停在兩個人中間。

派屈克忍不住笑了出來。「好，是中等大小，是你認識的人嗎？」

點頭。

「你能不能告訴我那個人是誰？」

納坦尼覺得整張臉僵硬起來，肌肉不停抽動。他用力閉上眼睛。拜託，拜託，拜託，他心想，讓我說。「派屈克，」媽咪說話了，而且還往前走了一步，但是派屈克舉起手，示意她不要過來。

「納坦尼，如果我帶一疊照片——」他指著棒球卡，說：「像這樣的照片過來，你能不能把那個人指出來給我看？」

納坦尼伸手拍倒一疊疊的棒球卡，慌亂地想找個地方躲起來。他不識字，不能說話，但是他知道羅利．芬格斯留著一把鬍子，艾爾．拉普斯基看起來像一頭凶悍的棕熊。印在他腦子裡的景象不可能消失，永遠都在，再次出現只是時間問題。

納坦尼抬頭看著派屈克，點了點頭。這他辦得到。

莫妮卡拜訪過比這個汽車旅館簡易套房更糟糕的住處，但是相較之下，這裡要刺眼得多，她認為這是因為她見識過他真正的住家。凱利伯從鎖孔往外看，一認出莫妮卡，立刻拉開門。「納坦尼怎麼了？」他問，臉上浮現了真心的恐懼。

「沒事，一點也沒事。他指出了新的嫌犯。」

「我不懂。」

「這表示你沒有嫌疑了，佛斯特先生。」莫妮卡平靜地說。

疑問像營火般出現在他的臉上。「誰？」凱利伯終於問，這個字聽起來猶如死灰。

「我覺得你應該回家去，和你的妻子談談這件事。」她說完話，用胳膊夾住皮包，迅速地轉身離開。

「等一下，」凱利伯大聲喊著，他深吸了一口氣，問道：「妮娜……同意嗎？」

莫妮卡笑了，眼睛同樣出現笑意。「你以為是誰要我來的？」

我要到地方法院去撤銷禁制令，而彼得也同意到那裡和我碰面。手續只花了十分鐘，蓋個橡皮章就完成了，從頭到尾，法官只問了一個問題：「納坦尼還好嗎？」

我走到大廳的時候，彼得剛好跑進門。他立刻朝我走過來，把擔心全寫在臉上。「我盡快趕過來了，」他上氣不接下氣地說，看著牽住我的納坦尼。

他以為我要請他幫我編造出天花亂墜的法律言辭，從麻木不仁的法官身上榨出血來，或是為了我在法律的天平上動手腳。我突然為了自己打電話給他的理由感到十分難為情。

「什麼事？」彼得問：「妮娜，你儘管說就是了。」

我把手伸到外套的口袋裡。「其實，我只是想喝一杯咖啡，」我承認：「我想要感覺一下，就算是五分鐘也好，感覺一切都恢復了原來的樣子。」

彼得的目光就像一盞聚光燈，看進我的靈魂深處。「這我也辦得到，」他說，然後伸手勾住我的手臂。

派屈克踏進「龍舌蘭模仿鳥」的時候，吧檯已經沒有空位，但是酒保看了派屈克一眼，暗示他吧檯尾端有個喝完飲料的生意人正打算離開。派屈克低落的情緒像是件裹在身上的外套，他跳上高腳凳，向史戴凡森打個手勢。酒保靠過來，一如往常地為他倒了杯格蘭菲迪威士忌。但他隨後把整瓶酒交給派屈克，還在吧檯後面放了一個杯子。史戴凡森解釋：「說不定還有別的客人會點。」

派屈克看著酒瓶，再看看酒保。他把車鑰匙往櫃臺上一丟，然後大口喝下酒。賣酒的和喝酒的，雙方誰也不占便宜。

這時候妮娜應該已經從法庭回到家了，也許凱利伯還來得及回家吃晚餐。說不定他們提早讓納坦尼上床睡覺，也說不定他們此刻在黑暗中彼此依偎。

派屈克再次拿起了酒瓶。他進去過他們的臥室，知道裡面有張加大的雙人床。如果是他娶到妮娜，一定會挑張小小的吊床，讓自己盡可能靠近她。

他經歷過一段為期三年的婚姻，因為他深信如果不想看到坑洞，只需要把洞填平就可以大功告成。在那個時候，他還不明白填補空缺的材料眾多，但是實質意義卻迥然不同。這讓他如今依然空虛。

有個金髮女郎用力推了他的肩膀一把，派屈克猛然往前趴去。「你這個變態！」

「搞什麼東西？」

她瞇起雙眼。她的眼眸是綠色的，睫毛膏已經凝結成塊。「你剛剛是不是偷摸我的屁股？」

「沒有。」

她突然笑了出來，擠進派屈克和坐在他右側的老男人中間。「呃，那可真糟糕。我還得在你面前來回走多少趟？」

她把自己的飲料擱在派屈克的酒瓶旁邊，伸出一隻精心塗抹了指甲油的手。他最討厭的就是上了指甲油的手。「我叫桑妮雅，你呢？」

「我真的沒興致。」派屈克僵硬地一笑，把視線轉回吧檯。

「我老媽生我出來，可沒教我輕言放棄，」桑妮雅說：「你做哪一行的？」

「我是葬儀社經理。」

「不會吧，講真的啦。」

派屈克嘆了一口氣。「我在偵防隊服務。」

「不是啦，說真的嘛。」

他再次和她面對著面，說：「真的。我是警察。」

她睜大眼睛：「難道這表示我被逮捕了嗎？」

「難說。你有沒有犯法？」

桑妮雅上下打量他。「還沒。」她伸出指頭沾了冒著泡泡的粉紅色飲料，然後摸上他的襯衫說：

「要不要到我住的地方去把這件濕衣服換下來？」

他的臉紅了起來，卻假裝沒事。「不用吧。」

她把下巴靠在自己的手上。「那，你最好請我喝杯酒。」

他本來想拒絕，但猶豫了一下。「好吧，你喝什麼？」

「高潮。」

「那當然，」派屈克忍住微笑。這實在太簡單了，和這個女孩回家，花個保險套和幾個小時的睡眠來抒解流動在血液裡的慾望。說不定他連名字都不必說出來，就可以和這個女郎共度春宵。至少在這短短的幾個小時，他可以感覺到有人需要他。至少在這一夜，他是某人的第一選擇。

只可惜眼前的「某人」不是他的首選。

桑妮雅用指甲輕輕劃過派屈克的頸子。「我去把你的姓名縮寫刻在化妝室的門上。」她一邊喃喃地說，一邊離開。

「你不知道我的縮寫是什麼。」

「我會編。」她輕輕揮個手，消失在人群當中。

派屈克招來史戴凡森，幫桑妮雅付清第二杯酒帳，然後把她的飲料放在杯墊上，任由杯子冒出水珠。接著，他清醒地走出「龍舌蘭模仿鳥」，面對事實：不必等到任何人動手，妮娜已經早一步毀了他。

納坦尼躺在下鋪聽我為他讀睡前的床邊故事。突然間，他彈了起來，飛奔過房間，衝向站在門邊的凱利伯。「你回來了。」我平淡地說出明顯的事實，但是他沒聽見，完全迷失在這一刻當中。

我看著這對父子相聚，真想狠狠踢自己一腳。我當初怎麼會相信凱利伯是罪魁禍首呢？

房間似乎突然變小，容不下我們三個人。我走了出去，隨手關上房門，到樓下清洗放在水槽架上早就洗過的乾淨餐具，收拾納坦尼丟在地板上的玩具。我走進起居室坐在沙發上，接著又煩躁地起身整理靠枕。

「他睡了。」

凱利伯的聲音嚇了我一跳。我轉過身，雙手環抱在胸前。這個姿勢會不會顯得太過防備？於是我垂下雙手。「我……看到你回家，我很高興。」

「是嗎？」

他的臉上沒有流露出任何感情。他從暗處向我走過來，停在兩呎之外，但我們兩人間的這段距離，也可能是整個宇宙之遙。

我熟悉他臉上的每一道紋路。在我們剛結婚時，他因為時常開懷大笑，所以在臉上留下了線條。他離開承包公司自行創業的那幾年，憂慮操煩也曾經留下痕跡。當他專注地凝視納坦尼搖搖晃晃地踏出第一步，開始牙牙學語的時候，新的紋路出現在他的臉上。我的喉嚨彷彿被螺絲緊緊鎖住，所有的歉意只能苦澀地停留在胃中。我們曾經單純地相信自己百毒不侵，可以蒙著眼睛奔跑在人生蜿蜒的道路上而不致碰撞。「哦，凱利伯，」我帶著眼淚，終於說出口：「這些事，根本不應該發生在我們身上。」

他也跟著掉下眼淚，我們彼此攀附，想把痛苦擠壓進對方的每吋曲線之間。「他竟然這樣做，對我們的寶貝做出這種事。」

凱利伯捧起我的臉。「我們可以克服。我們要幫助納坦尼，讓他好起來。」但是這些話聽來卻像是小動物的哀求。「妮娜，我們三個人一起面對，」他低聲說：「我們一起面對。」

「一起面對，」我重複他的話，把嘴唇貼在他的頸子邊，「凱利伯，對不起。」

「噓。」

「真的對不起，不對，我——」

他用親吻堵住我的嘴。這個出乎我意料之外的動作震住了我，但是我隨即拉住他襯衫的領口回吻他。我全心全意地親吻他，讓他嘗盡哀傷的滋味。一起。

我們粗暴地扯掉彼此的衣服，拉破了布料。脫落的釦子滾到沙發下，彷彿不為人知的祕密。我們遏止不住心中的憤怒，兒子的遭遇讓我們氣憤難平，而我們卻沒辦法讓時光倒流。這一天，我首度擺脫掉狂暴的情緒，將一切宣洩在凱利伯身上，明白他也有相同的感受。我們抓破了對方的皮膚，又咬又啃，但隨後凱利伯輕柔無比地讓我躺在地上。當他進入我體內的時候，我們直視對方，兩個人都沒敢眨眼。我的身體還記得：這應該要充滿愛戀，而不是絕望。

我上回和莫妮卡．拉法蘭合作的案子稱不上成功。她寄了份報告給我，表示葛拉迪太太打了電話給她。當葛拉迪太太幫七歲大的兒子洗完澡，正在幫他擦身體的時候，伊萊拿起印著米老鼠花樣的毛巾，模仿起性交的姿勢，然後指稱他的繼父是嫌犯。他們把孩子帶到緬因州醫療中心，但是並沒有發現生理上的證據。在接下來的日子裡，伊萊飽受所謂對立性反抗症所苦。

我們在我辦公室一間專門用來評估孩童是否具備出庭能力的房間裡見面。房間的一邊有一片單面鏡，裡面有張小桌、幾張小椅子和一些玩具，牆壁上還漆著彩虹。莫妮卡和我在房間的這一側，看到伊萊像個小壞蛋一樣到處跑，甚至還爬上窗簾。「呃，」我說：「這應該很好玩。」

葛拉迪太太在房間相連的另一側，開口制止孩子。「伊萊，靜下來。」她雖然這麼說，但是伊萊卻變本加厲，開始大吼大叫，並且跑得更凶。

我轉身對莫妮卡說：「『對立性反抗症』究竟是什麼？」

這位社工人員聳聳肩。「我說啊，」她問道，然後指著伊萊：「大概就像這樣。只要叫他做什麼，他就會做出相反的舉動。」

我驚訝地問：「這真的是精神科的診斷嗎？我是說，難道不是所有七歲大的孩子都是這樣？」

「你自個兒去想吧。」

「鑑識有沒有採得證據？」我打開雜物袋，拉出折疊整齊的毛巾，上面的米老鼠斜眼看著我。我心想，這雙大耳朵加上歪嘴的笑容，這些特色還真讓人有點毛骨悚然。

「那天晚上葛拉迪太太幫兒子洗完澡之後，也洗了毛巾。」

「她當然會洗。」

我把毛巾遞給莫妮卡，她嘆了一口氣。「葛拉迪太太打算告上法庭。」

「這由不得她來決定。」但是當伊萊的母親來到我和負責調查此案的警官身邊時，我還是說了一番冠冕堂皇的說詞，表示我們應該看看拉法蘭女士是不是可以從伊萊身上問出一些資訊。

我們透過玻璃看到莫妮卡要伊萊坐下。

「不要。」他說完話，立刻開始繞著圈圈跑。

「我得請你坐在這張椅子上。可不可以請你坐下來？」

伊萊拿起椅子，一把丟到角落裡去。莫妮卡表現出過人的耐心，拿回椅子，然後放在自己的椅子旁邊。「伊萊，請你在這張椅子上坐一下，然後我們去找你媽咪。」

「我現在就要找媽咪。我不要留在這裡。」但是，他坐了下來。

莫妮卡指著彩虹，說：「你可不可以告訴我這是什麼顏色，伊萊？」

「紅色。」

「好棒！這個又是什麼顏色呢？」她指著黃色的部分。

伊萊對她翻了個白眼，說：「紅色。」

「是紅色，還是和其他線條不同的顏色？」

「我要找媽咪，」伊萊喊著：「我不要和你說話，你這個大屁股。」

「好，」莫妮卡平靜地說：「你想不想去找媽咪？」

「不要，我不要我媽咪。」

莫妮卡繼續進行了五分多鐘，然後結束訪談。她透過單面鏡對我揚揚眉毛，聳了聳肩。葛拉迪太太立刻靠向前，問道：「接下來要怎麼做？預定出庭的日期嗎？」

聽到這句話，我深深吸了一口氣。「我不能確定你的兒子遭遇了什麼事，」我婉轉地說：「也許遭受過侵犯，他的行為似乎可以作為佐證。我認為你應該評估你丈夫和孩子之間的關係。但儘管如此，我們沒辦法以刑法起訴這個案子。」

「可是……你剛剛也說了，他可能遭受過侵犯。我們還需要什麼證據？」

「你看到伊萊現在的狀況了。他沒有辦法走進法庭，坐在證人席上回答問題。」

「如果你多花一點時間——」

「葛拉迪太太，這不只是我。他必須面對辯護律師和法官提出來的種種問題，更何況在幾呎之外，還有一整個陪審團盯著他看。你比任何人都要清楚伊萊的行為模式，因為你每天都和他接觸。但是很不幸的，對無法適應這個司法架構的人來說，司法制度完全幫不上忙。」

葛拉迪太太的臉色蒼白。「那麼……像這樣的案子，你會怎麼做？你要怎麼去保護像伊萊這樣的孩子？」

我轉過頭去看玻璃的另一側，伊萊把蠟筆折成兩截。「我們幫不上忙。」我只能承認。

我從床上跳了起來，心跳狂亂。原來是夢，那只是個夢罷了。我的心臟怦怦跳，身上覆著一層冷汗，但是我的房子不動如山。

凱利伯躺在床鋪的另一邊，他面對著我，呼吸十分深沉，臉上有銀色的痕跡，他在夢裡哭了。我伸手輕碰他的淚水，然後放到嘴裡。「我懂。」我輕聲地說，醒著度過這一夜。

我在黎明時昏昏睡去，醒來正好看到冬季的第一場霜。緬因州很早降霜，一降霜之後，整個景觀也會隨之改變。白色世界彷彿長了針刺，一腳踏出去可能會震碎一切。

我放眼看去，沒找到凱利伯和納坦尼。屋子裡安靜無聲，讓我在穿上衣服走下樓時，似乎都能感覺到悸動的靜默。冷風從門縫裡鑽了進來，在我喝咖啡閱讀紙條時，緊緊裹住我的腳踝。紙條放在桌上，上面寫：我們在穀倉裡。

我找到他們的時候，這對父子正在攪拌灰泥。呃，應該說是凱利伯動手做，納坦尼則是蹲在工作間的地板上，用磚頭的碎屑圍圈圈，將躺在水泥地面沉睡的大狗環在圈內。「嗨，」凱利伯抬起頭，微笑地說：「我們今天要蓋一道磚牆。」

「我看到了。納坦尼怎麼沒戴手套和帽子？外面這麼冷——」

「我幫他帶了。」凱利伯揚起下巴，指著放在左邊的藍色刷毛配件。

「嗯，我得出個門。」

「去啊。」凱利伯拿著鋤頭攪拌水泥。

但是我不想離開。我知道他們並不需要我留下來。這幾年來，我一直是家裡主要的經濟支柱，但也像是多出來的一分子。然而在最近，我漸漸熟悉了自己的家，不太想離開。

「也許我——」

凱利伯低頭斥喝納坦尼，打斷了我還沒說出口的話。「不行！」納坦尼往後縮了，但是凱利伯已經早一步抓住他的手臂，將兒子往後拉。

「凱利伯——」

「不可以碰防凍劑，」凱利伯斥責納坦尼：「我說過多少次了？防凍劑有毒，後果很嚴重。」防凍劑是用來加入泥漿當中攪拌，以免泥漿在這麼冷的天氣裡結凍。凱利伯拿起防凍劑的瓶子，用布蓋住納坦尼闖下的禍，怪異的綠色液體已經流向四方，擴散開來。大狗想去舔帶著甜味的液體，凱利伯趕開牠。「梅森，出去。」

納坦尼站在角落裡，眼淚就快流下來了。「過來。」我張開雙臂對他說，他立刻飛奔到我懷裡，我親吻他的頭頂。「你到你房裡拿玩具來玩，讓爸爸工作，好不好？」

納坦尼跑進屋裡，梅森跟在他腳邊，兩個小傢伙都懂得藉機開溜。凱利伯不可置信地搖著頭說：「妮娜，你就這樣大剌剌地破壞我的權威。」

「我沒破壞你的權威，我只是……嗯，你看看他，凱利伯，你把他嚇壞了。他又不是故意的。」

「這不是重點，重點是我告訴過他，但是他沒聽。」

「你不覺得他最近已經夠可憐了嗎？」

凱利伯用毛巾擦擦手。「我知道。那麼，假如他不聽我特別警告過他的話，不守規則，最後害他心愛的小狗暴斃，他又該怎麼面對？」他蓋上防凍劑的蓋子，把瓶子放到架子上。「我想讓納坦尼重新覺得自己和別的孩子一樣。如果他在三個星期前做這種事，我絕對會好好修理他一頓。」

我完全摸不著他的邏輯。我忍下心裡的話，轉身離開，一直到我走進警察局，看見派屈克趴在桌上睡覺時，我仍然在生凱利伯的氣。

我用力甩上他辦公室的門，嚇得他幾乎從椅子上滾下來。接著他縮起身子，用手護住腦袋。「我真樂意看到你們這些公僕盡心盡力支領納稅人的錢，」我尖酸刻薄地說：「嫌犯的特寫照片進行到哪個階段？」

「我正在做，」派屈克回答。

「是嗎，看得出來你很努力。」

他站起來，對我皺著眉頭說：「誰給你氣受了？」

「對不起，不過是些雞毛蒜皮的家庭瑣事罷了。等你找到可以把席辛斯基神父關起來的證據之後，我的修養一定已經恢復應有的水準。」

派屈克直視我的雙眼。「凱利伯還好嗎？」

「很好。」

「聽起來不像很好……」

「派屈克。我來這裡，是想要確定事情有進展。任何進展都好，拜託，讓我看個成果。」

他點點頭，握起我的手臂。我們穿過畢德佛警局幾處我從沒到過的走廊，最後終於走進一個沒比衣櫃大多少的密室。密室裡沒開燈，嗡嗡作響的電腦螢幕閃著綠光，前面坐著一個滿臉青春痘的男孩，他手裡還抓著一把薯片。「嘿，兄弟。」男孩向派屈克打招呼。

我也轉頭看派屈克。「你開什麼玩笑？」

「妮娜，這位是艾密利歐，負責幫我們處理電子影像。他是個電腦天才。」

他越過艾密利歐，敲下鍵盤上的按鈕，螢幕上立刻出現十張照片，其中一張正是席辛斯基神父。

我湊上前去看。我實在沒辦法從神父的眼神或輕鬆的笑容中，找出任何蛛絲馬跡，讓我相信他會犯下這種令人不齒的罪行。在這些照片中，半數以上的人都穿著神職人員的衣服，另外一半的人則穿著本地監獄的連身制服。派屈克聳聳肩，說：「我只找到席辛斯基神父穿教袍的照片，所以我也得讓其他人看起來像傳教士。這樣一來，在納坦尼指證過後，我們才不會有後續的問題。」

看他說話的方式，好像他能確定事情一定會這樣發展。為此，我對他深感佩服。我們一邊看，艾密利歐一邊幫一個滿臉橫肉的惡棍重疊上教袍的影像。「你有空嗎？」派屈克問道。他看到我點頭，於是帶我走出這間臨時辦公室，穿過側門之後走進庭院。

院子裡擺了一張野餐桌，一個籃球架，四周用高高的鐵絲網圍了起來。「好，」我立刻說：「有什麼問題。」

「沒問題。」

「如果沒問題，你大可在那個駭客小子的面前和我談。」

派屈克在野餐桌邊的板凳上坐了下來。「和列隊指證有關。」

「我就知道。」

「拜託你先停一下好嗎？」派屈克等我坐下，直視我的雙眼。他的一雙眼睛和我分享了太多故事。當年還在少棒隊的派屈克投出一顆棒球正中我的腦袋，我一醒來，第一個看到的就是他的雙眼。我十六歲那年搭乘高山纜車，對懼高的我而言，這雙眼睛無疑是一座堡壘。在我這輩子的大多數時刻裡，這雙眼睛都會在我無法掌控全局時告訴我：我表現得不錯。「妮娜，你要明白，」派屈克說：「就算納坦尼能夠指出席辛斯基神父的照片……這個指證依然很薄弱，五歲大的孩子沒辦法真正瞭解在一排人當中指出嫌疑犯的意義。他可能會為了安寧，而選擇一張熟悉的面孔，或者隨便指個人。」

「你以為我不知道嗎？」

「你知道什麼樣的證據才能確實定罪。我們不能因為你想讓案子進行的速度快一點，就引導他指證嫌犯。我想說的是，納坦尼說不定再過一個星期就能開口說話，也說不定明天就可以。他總有一天能親口說出罪犯的名字，這樣的指控才能站得住腳。」

我彎下腰，把頭埋入手掌當中。「到了那個時候，我該怎麼做？讓他出庭作證嗎？」

「制度就是這樣。」

「當我兒子成了受害者的時候就不是。」我厲聲回答。

派屈克輕碰我的手臂。「妮娜，如果納坦尼不作證指控席辛斯基神父，案子就沒辦法成立。」他搖頭，以為我沒有仔細思考過這件事。

然而我這輩子再也沒有更篤定的想法了。為了不讓我兒子出庭作證，我願意不計一切代價。「你說的沒錯，」我告訴派屈克：「所以我才會指望你讓神父認罪。」

看到聖安妮教堂之後，我才發現自己開著車來到這個地方。我把車子停進停車場，下車後沒從大門走進教堂，而是躡手躡腳地繞到教堂後面。這裡是神父的宿舍，與教堂後側相連。我的球鞋踩在冰霜上留下了腳印，彷彿隱形人的足跡。

如果我站到排水溝突起的邊緣上，就可以看進窗內席辛斯基神父的私人寓所。起居室的矮桌上有一杯茶，茶包放在一邊，沙發上攤著一本湯姆．克蘭西的諜戰小說，到處都看得見教區居民送給他的禮物，包括一條手織的羊毛毯，一座木頭聖經架，還有一幅畫作，看得出是孩子的手筆。這些人全都相信他，顯然我不是唯一的笨蛋。

我不知道自己究竟期待些什麼。但是當我站在這裡的時候，我想起了納坦尼停止說話的前一天，那天，我們全家一起來望彌撒。那天有場歡送會，送餐桌上掛了送別的布條，祝福來訪的兩位傳教士一路順風。我還記得那天早上的加味咖啡飄送一股榛果的香氣，而且儘管納坦尼想吃，但灑了粉霜的甜甜圈一個也沒剩。我也記得自己在和一對幾個月沒見面的夫婦閒談時，看到其他孩子跟在席辛斯基神父身後，到樓下去參加每星期一次的說故事時間。「去啊，納坦尼。」我對兒子說。他躲在我身後，緊緊抱著我的腿。我幾乎是用推的，才讓他加入其他幾個小朋友的行列。

我推他，讓他去經歷這件事。

我在排水溝邊站了一個多小時，才等到神父走回起居室。他坐在沙發上端茶喝，一邊看書。他不知道我正盯著他看，沒發現我可以偷偷溜進他的生活裡，就和他用見不得人的方法溜進我生命中一樣。

派屈克說到做到，他總共拿出了十張照片。每張照片的大小都和棒球卡一樣，上面也印著不同的「神父」臉孔。凱利伯檢視其中一張。「聖地牙哥戀童癖，」他喃喃地說：「只欠數據了。」

納坦尼和我手牽著手走進房間。「啊哈，」我用輕快的語氣說：「看看誰來了。」

派屈克站起身來。「你好啊，小草兒。記得我前幾天告訴你的事嗎？」納坦尼點點頭。「你今天也願意和我聊聊天嗎？」

從他拖拉著腳步走向沙發的模樣，我看得出他已經對照片充滿了好奇。派屈克拍拍身邊的椅墊，納坦尼立刻爬了上去。凱利伯和我分別坐在他們兩側的軟墊沙發上。我心想：這個場景看起來真是正式。

「我答應過了，所以帶這些照片來給你看。」派屈克從牛皮紙信封袋裡拿出其他幾張照片，一起排列在咖啡桌上，像是準備玩撲克牌。他先看了我一眼，然後望向凱利伯，無聲地警告我們：現在由他發揮。「你記不記得你告訴過我，有人弄痛了你，小草兒？」

對。

「然後你說你知道那個人是誰？」

過了好一下子之後，納坦尼才再次點頭。

「我要拿幾張照片給你看，如果其中有那個傷害你的人，你就指出來。但是，如果你沒有在這些照片當中看到那個傷害你的人，你要搖頭，好讓我知道那個人不在裡面。」

派屈克的措辭非常妥善，用明確又合法的有效說詞來讓納坦尼指證，卻又不至於讓納坦尼以為問題一定有正確答案。

雖然說，答案一定就在照片裡。

我們盯著納坦尼的眼睛，這雙深邃的眼睛輪番看著一張張照片。他把雙手墊在大腿下坐著，雙腳還踩不到地。

「你明白我要請你做什麼事嗎，納坦尼？」派屈克問道。

納坦尼點點頭，悄悄地抽出一隻手。我希望他做得到，急切的希望隱隱作痛，因為我想讓案子能夠成立。但是我又為了相同的理由，希望兒子失敗。

他的手依次停在每張卡片的上方，彷彿盤旋在溪水上方的蜻蜓，輕快，但偏又不肯停留。他的指頭掃過席辛斯基神父的臉孔，然後繼續前進到下一張卡片。我想要藉由我的眼神呼喚他回頭。「派屈克，」我衝口而出：「問問他，卡片裡有沒有他認識的人。」

派屈克不自在地微笑，咬著牙說：「妮娜，你知道我不能這樣做。」接著，他對納坦尼說：「你看呢，小草兒？有沒有看到弄痛你的人？」

納坦尼的手指像節拍器一樣點來點去，劃著席辛斯基神父的卡片。他猶豫了一下，然後移到其他的卡片上。我們全都在等待，想知道他會怎麼表示。但接著他拿起一張張照片往上滑，直到剩下兩張照片才停下來。他把照片排成一條對角線，他的動作顯然是經過思考，因為他排出了一個字母：N。

「他碰了那張卡片，對的那張。」我堅持我的說法：「這就算指證了。」

「不能算是。」派屈克搖搖頭。

「納坦尼，再試一次。」我伸手弄亂照片。「把那張照片指出來。」

納坦尼氣我毀了他的作品，揮手把半數卡片拍落到地上。他把頭埋進雙膝中間，不願意看我。

「你還真懂得幫忙，」派屈克低聲嘀咕。

「我可沒看到你幫什麼忙！」

「納坦尼。」凱利伯從我面前伸過手去碰兒子的腿。「你做得很好。別聽媽媽的話。」

「真貼心，凱利伯。」

「我沒這個意思，你也知道。」

我的臉孔一陣燥熱。「喔，是這樣嗎？」

尷尬的派屈克動手把卡片收進信封裡。

「我認為，我們該去別的地方好好談談。」凱利伯刻意地說。

納坦尼舉起手遮住耳朵，往側面一倒，躺在沙發靠枕和派屈克的大腿之間。「好啦，你們看看，你們對他做了什麼好事。」我說。

房間裡的一團混亂和火焰的顏色一樣紅，向他團團包圍了過來，於是納坦尼只好讓自己縮小，才能塞進椅墊的縫隙裡。派屈克的口袋裡有個硬硬的東西，他剛好就壓在上頭。派屈克的褲子還飄著楓糖漿和十一月的味道。

他的母親又開始哭，爸爸對她大吼大叫。納坦尼還記得，以前，光是早上起床這件事就夠讓他們高興了。但是現在不管他怎麼做都不對。

他知道這是真的，事情都是因他而起。現在他和以前不一樣，而且又髒，連自己的爸媽都不知道該拿他怎麼辦。

他希望自己能夠再次逗爸媽開心，希望能說出答案。他知道答案一直在他的喉嚨裡面，就藏在「不能說的祕密」後面。

他的母親甩手走向壁爐，背對著所有的人。她假裝別人都看不到，但是她現在真的哭得很厲害。他的父親和派屈克努力不要去看對方，兩個人的眼睛像是玩具彈力球一樣，在小房間的每一樣東西上跳來跳去。

納坦尼聽到了自己重新出現的聲音，這讓他想起母親的車在去年冬天拋錨。她轉動鑰匙，引擎隆隆作響，轟隆隆了好久才活了起來。納坦尼現在也有相同的感覺，位置在他的肚子。小小的火花，沙啞的聲音，迷你泡泡從他的氣管往上竄。他覺得自己好像哽住了，胸口跟著疼痛。從他口中吐出來的名字薄弱無力，和粥一樣稀，和過去幾個星期以來偷走他所有話語的吸音板簡直有如天差地別。如今這個名字就停在他的舌尖，像顆苦苦的藥丸，他實在難以相信這麼渺小的東西竟然一度佔據了他體內所有的空間。

納坦尼很擔心，怕沒有人聽到他說話，因為憤怒的言語像是風箏一樣在房間裡飛來飛去。所以他只好跪起來，靠在派屈克身上，用手圈住這個大個兒的耳朵。接著，他開口說話。

派屈克可以感覺到納坦尼暖暖的體溫依偎在他的左側。這也難怪，聽到凱利伯和妮娜互相指責，連派屈克自己都覺得無處躲藏，更何況是納坦尼。他伸手環住孩子，「沒事，小草兒。」他低聲安慰。但接著他隨即發現納坦尼撥開他耳邊的頭髮，一個聲音鑽進了他的耳朵裡。這聲音沒比吐氣聲來得大，但是派屈克已經等待好久了。他輕輕地抱了抱納坦尼，作為鼓勵。接著他轉頭打斷凱利伯和妮娜的爭論。「哪個傢伙是，」派屈克問道：「葛倫神父？」

搜索教堂最理想的時機，不外乎是在彌撒進行當中，亦即席辛斯基神父——也就是包括納坦尼在內，所有念不出這個姓氏的孩子們口中的葛倫神父——無法抽身的時候。派屈克不記得上回自己穿西裝打領帶去搜索證據是什麼時候的事了，但是他這麼穿是為了想要混在教友當中。他在早晨九點前，就來到教堂門口排隊，還對陌生人微笑打招呼。走進教堂之後，他沒有隨大夥兒一起沿著中央通道前進，而是走到另一側的樓梯下方。

派屈克沒有搜索票，但因為教堂是公共場所，所以也沒有必要。儘管如此，他仍然靜靜地穿過走道，不想引人側目。他經過一間教室，坐在小桌椅旁邊的孩子像魚一樣不安分地扭來扭去。如果他是神父，他會把衣物捐贈箱放在哪裡？

妮娜把那個星期日的事情告訴過他，他曉得納坦尼在自己衣服下穿著不同的內褲。這也許不代表什麼，但是話說回來，這個事件難保沒有特殊意義。派屈克的工作就是要推翻障礙，以便掌握所有的證據，將席辛斯基神父逼入死角。

捐贈箱沒放在飲水器旁邊，不在廁所裡，也沒在席辛斯基神父的辦公室裡。神父的辦公室是一間小小的隔間，牆面上擺滿了宗教書刊。走廊上有幾扇鎖住的門，他試著去轉動門把，想看看是否能打開。

「需要幫忙嗎？」

主日學校的老師站在派屈克身後，這位女老師看起來就像個母親。「喔，對不起，」他說：「我不是故意要打斷你們的課程。」

他努力施展自己的魅力，但是這個女人似乎聽多了無傷大雅的小謊言，也看多了人贓俱獲的場面。派屈克杵在原地繼續說：「其實是這樣的，我有個兩歲大的孩子，他在席辛斯基神父講道的時候尿濕了褲子……有人告訴我，這裡有個衣物捐贈箱，對嗎？」

老師露出同情的笑容，說：「這些孩子每次都會變水為酒。」她領著派屈克走進教室，在十五張小臉孔同時轉頭過來打量他的同時，交給他一個藍色的大塑膠箱。「我不知道裡面有什麼東西，但是，祝你幸運。」

幾分鐘之後，派屈克躲進了鍋爐室裡，這是讓他不至於受到干擾的最近去處。他站在及膝的舊衣服當中，其中有起碼三十年歷史的洋裝，破了洞的鞋，還有學步幼兒穿的雪褲。他找到七件內褲，其中三件粉紅色小褲子上印有芭比娃娃的圖案。他把其他四件排在地上，掏出口袋裡的手機打電話給妮娜。

「褲子長什麼樣子？」妮娜接了電話之後他問：「我是說內褲。」

「為什麼有轟隆隆的聲音？你在哪裡？」

「在聖安妮教堂的鍋爐室。」派屈克低聲回答。

「今天？現在？你在開玩笑吧。」

派屈克不耐煩地用戴了手套的手指翻動內褲。「好，我眼前有一件印著機器人，一件印了卡車，另外兩件都是白底藍條紋。有沒有哪件比較像？」

「沒有。納坦尼穿的是四角短褲，上面印的是棒球手套。」

他實在無法想像她怎麼能記得那麼清楚，他連自己今天身上穿什麼內褲都說不出來。「這裡找不到吻合的褲子，妮娜。」

「一定在那裡的。」

「雖然我們不能確定，但如果他真的留下內褲，有可能會放在他的私人住處裡，而且會藏起來。」

「拿來當獎盃一樣珍藏。」妮娜哀傷的語氣讓派屈克心頭一痛。

「如果在他那裡，我們就申請搜索票去找。」他承諾。然而他並沒有說出真心話：光是一條內褲證明不了任何事。這樣的證據可以有千百種解釋，而且他可能全都聽過。

「你有沒有和——」

「還沒。」

「和他談過之後，你會打電話給我吧？」

「你說呢？」派屈克說完，切掉電話，然後彎下腰把散落在地上的衣服塞回塑膠箱裡。這時他突然發現鍋爐後面的角落有個淺色的東西。他縮起高大的身軀，伸手去拿卻搆不到，於是用在置物櫃裡找到的火鉗去勾角落裡的東西。他先勾到了一角，心想可能是張紙，接著伸出手去拉。

棒球手套。百分之百純棉。品牌童裝最小號四角內褲。

他從口袋裡拿出棕色的紙袋，戴著手套檢視內褲，在褲子偏左後方的位置有一塊乾掉的污漬。

就在置物櫃前方，正好就是席辛斯基神父正在講道的聖壇下方，派屈克低下頭祈禱。在如此不幸的情況當中，說不定他們終究還是得到幸運之神的眷顧。

凱利伯感覺到一陣咯咯響的震動一路從納坦尼的胸骨往上竄，彷彿小規模的地震。他把耳朵重重地壓在兒子的胸口。納坦尼躺在地上，凱利伯靠在兒子身上，把耳朵湊向孩子的嘴邊。「再說一次。」凱利伯要求兒子。

納坦尼的聲音依然顫巍巍的，音節連成了一串。他的喉嚨必須再次學習如何運用一塊塊的肌肉將字句送到嘴邊。在眼前這個階段，一切都是嶄新的經驗，而且是件辛苦的差事。

但是凱利伯實在忍不住，當兒子嘗試著用破碎的聲音說出「爸爸」的時候，他按了按納坦尼的手。

凱利伯笑了，高興到整個人幾乎裂成兩半。他親耳聽到了由兒子肺部傳出來的奇蹟。凱利伯請求孩子：「再說一次。」然後準備聆聽。

我還記得一件事。我在屋裡翻箱倒櫃找我的車鑰匙，我已經來不及送納坦尼上學，自己上班也遲到了。納坦尼已經穿好外套和外出的靴子，正等著我。「仔細想！」我大聲自言自語，然後轉頭看納坦尼。「你有沒有看到我的鑰匙？」

「在那下面。」他說。

「在哪下面？」

他咯咯發笑。「我讓你說出『內褲』[3]。」

我跟著捧腹大笑，忘了自己在找什麼東西。

兩個小時後，派屈克再次步入聖安妮教堂。這次，教堂裡沒有人，搖曳的燭光投射出光影，塵埃在彩繪玻璃照射進來的光束中舞動。派屈克沒有遲疑，直接下樓走向席辛斯基神父的辦公室。辦公室的門敞開著，神父坐在書桌後面。好一會兒，派屈克就這麼享受著窺探的樂趣。接著他堅定地敲了兩次門。

葛倫・席辛斯基抬起頭，微笑地問道：「我能為你效勞嗎？」

派屈克心想：希望如此。接著他走進了辦公室。

在偵訊室裡，派屈克將一份印有米蘭達規則[4]的文件推到桌子的另一側給席辛斯基神父。「這只是一般流程，神父。你並沒有遭到羈押，也沒被逮捕……但是如果你願意回答問題，根據法律規定，我

---

3 underwear，發音近似妮娜方才的問話：under where。

4 Miranda，警方偵訊在押嫌犯之前，必須告知對方可以保持緘默並有權聘請律師。

必須在開口問話之前，先告知你的權利。」

派屈克讀出米蘭達規則之後，神父絲毫沒有猶豫，立刻在上面簽了名。

「如果能幫助納坦尼，我很樂於盡一己之力。」

席辛斯基自願協助調查，當派屈克提起警方必須排除納坦尼身邊人士的嫌疑時，神父也同意提供自己的血液樣本。派屈克在醫院裡看著醫師抽血，不禁懷疑這個男人血管當中的病態程度是否和血漿中的血紅素一樣，可以測量得出來。

這會兒，派屈克往後靠著椅背，眼睛直視神父。他見過的罪犯不下千名，這些人不是聲稱自己無辜，就是表示自己不知情。大多數時候，憑著執法人員冷靜客觀的判斷，他可以一眼認出這些人殘暴的內心。但是在這一天，這名瘦小的男人坐在他對面，呃，他得壓抑下怒火，才不至於在神父說出納坦尼的名字時動手痛毆神父。

「你認識佛斯特一家人有多久時間了，神父？」派屈克問道。

「啊，我一來教區報到時，就認識他們了。之前，我病了一陣子，因此重新分配教區。佛斯特一家人在我報到的一個月之後，就搬到畢德佛來。」他微笑地說：「納坦尼的受洗典禮是我主持的。」

「他們會固定到教堂來嗎？」

席辛斯基神父的眼光落到腿上。「沒有我期望的頻繁，」他承認：「當我沒說。」

「你有沒有在主日學校教過納坦尼？」

「我沒有在主日學校授課，課程由一名家長——珍奈特．費奧雷負責。樓上進行彌撒的時候，她在樓下上課。」神父聳聳肩，說：「但是我愛孩子，也喜歡和小傢伙們交流——」

派屈克心想：我看也是。

「——所以在彌撒結束之後，大人參加團契享用咖啡，我會帶孩子到樓下，讀故事書給他們聽。」他羞澀地笑了。「恐怕，我有點像失意的演員。」

這也不令人驚訝。「你為孩子讀故事書的時候，家長都在哪裡？」

「大部分家長都留在樓上，享受清靜的時光。」

「有沒有別人和你一起說故事，還是說，只有你一個人？」

「只有我。主日學校的老師通常會在清理完教室之後，上樓去喝咖啡。說故事時間大約只有十五分鐘。」

「有沒有孩子會中途離席？」

「只有在上廁所的時候會離開。廁所就在走廊上。」

派屈克思考了一會兒。他不知道席辛斯基神父要怎麼樣在其他孩子都在場的時候，讓自己和納坦尼獨處。也許他會讓孩子們自己看書，然後跟著納坦尼到廁所去。「神父，」派屈克問：「你有沒有聽說過納坦尼遭受到什麼樣的侵犯？」

神父猶豫了一下，接著點點頭說：「有。很不幸的，我聽說了。」

派屈克盯著席辛斯基神父的雙眼問道：「你知道證據顯示納坦尼的肛門遭到外物侵入？」他想看神父會不會臉紅，或是讓急促的呼吸洩了密。他想找的是驚訝、退縮，或是慌亂等表現。

但是席辛斯基神父只是搖頭。「願上帝幫助他。」

「神父，你知不知道納坦尼告訴我們，是你傷害了他？」

派屈克等待已久的震驚終於出現。「我……我……當然沒傷害他。我絕對不可能做這種事。」

派屈克沒有說話。他想讓席辛斯基去思考，全世界有多少神職人員因為這項罪名遭到定罪。他想要讓席辛斯基明白，是他自己步上了處決的絞架。「啊，」派屈克說：「那就有趣了。因為我前一天晚上才剛和他說過話，他明確地告訴我是葛倫神父。孩子都這樣喊你，對吧，神父？那些……怎麼說：你愛的孩子？」

席辛斯基不停地搖頭。「不是我。我不知道該怎麼說，那孩子一定是迷糊了。」

「嗯，神父，所以我們今天才會請你過來。如果你沒有傷害納坦尼，我必須弄清楚他為什麼會這樣說。」

「那個孩子度過了一段難熬的——」

「你是否曾經將任何東西放進他的肛門裡？」

「沒有！」

「你有沒有看過任何人把異物放進他的肛門裡？」

神父深深地吸了一口氣。「完全沒有。」

「那麼依你看，納坦尼為什麼會這樣說？假如沒有，你能不能想出任何讓納坦尼以為真的發生這種事情的原因？」派屈克往前靠。「也許在你和他單獨相處的某個時候，你們之間發生了什麼事，導致他有這種想法？」

「我從來沒有和他單獨相處。我們身邊還有其他十四個孩子。」

派屈克用椅子支撐住身子，前後搖晃。「你知不知道我在置物箱後面的鍋爐邊，找到納坦尼的內褲？我拿去化驗，鑑識人員在上面找到精子。」

席辛斯基神父張大了眼睛。「精子？是誰的？」

「是你的嗎，神父？」派屈克靜靜地問。

「不。」

斷然否認。派屈克沒有猜錯。「那麼，為了你好，我希望你沒說錯，神父，因為我們會從你血液的DNA中，查證你的說法是否屬實。」

席辛斯基的面容扭曲，臉色蒼白。「我現在想離開。」

派屈克搖頭。「很抱歉，神父，」他說：「但是我要逮捕你。」

湯瑪斯．拉克瓦雖然聽過妮娜．佛斯特的名字，但卻從來沒見過她本人。他記得她起訴過一樁發生在浴缸裡的強暴案，儘管所有的證據都被沖掉，但是她還是一舉讓嫌犯定讞服刑。他擔任地方檢察官的時間已經長到讓他不再懷疑自己的能力，去年，他曾經以同樣的罪名讓波特蘭的一名神父鋃鐺入獄。但是，他同時也知道這類案件通常很難勝訴。無論如何，他都要好好施展身手。這和妮娜．佛斯特或她的兒子無關，他只想讓約克郡的檢察官看看波特蘭的人怎麼辦事。

鈴聲才響了一聲，她就接起電話。聽他自我介紹完畢之後，她這麼說：「也該是時候了，我真的得和你談談。」

「那當然。我們可以在明天早上法院傳訊之前先談一談，」湯瑪斯開口說：「我只是想先打個電話——」

「他們為什麼找上你？」

「你說什麼？」

「華萊士為什麼覺得你是最出色的起訴檢察官人選？」

湯瑪斯吸了一口氣。「我在波特蘭服務了十五年，起訴過上千起類似案件。」

「所以你現在打電話來，只是做個表面工夫？」

「我沒這麼說，」湯瑪斯堅持自己的說法，但是腦子裡想：她在交叉質詢的表現一定很精彩。「我知道明天的事讓你很緊張，妮娜。但是傳訊嘛，你也清楚是怎麼一回事。我們先完成這個步驟，然後才可以坐下來為你兒子的案子好好擬定策略。」

「好。」接著，她冷冷地問：「你知道怎麼走嗎？」

她又在挖苦他了。這裡是她的地盤，這是她的生活，就兩者而言，他都只是個外人。「聽著，我可以想像你的心情。我有三個孩子。」

「我從前也覺得自己可以體會，而且以為這就是讓我表現出色的原因。但是，我現在才發現這根本大錯特錯。」

她沒有繼續說話，體內的火花似乎已經燃燒殆盡。「妮娜，」湯瑪斯承諾：「我會盡全力起訴這個案件，就像你親自上場一樣。」

「不，」她靜靜地回答：「要做得更好。」

「我沒有拿到自白書，」派屈克承認。他踏著大步經過妮娜身邊，走進廚房。他只想趕快為自己的失敗做個了斷。所有該罵的話，他都已經責罵過自己了。

「你……」妮娜瞪著他看，沉沉地坐在凳子上。「喔，派屈克，不會吧。」

痛苦壓住了他的雙肩，讓他也坐了下來。「我試過了，妮娜，但是他就是不露口風，連我說出褲子上沾到了精子，還有納坦尼說出了證詞都沒有用。」

「怎麼樣！」凱利伯用輕快的語調刻意打斷談話。「小朋友，冰淇淋吃完了嗎？」他用銳利的眼神警告妻子和派屈克，別有用意地歪起頭指向納坦尼。派屈克根本沒注意到孩子正坐在桌邊吃睡前點心。他只不過看了妮娜一眼，就忘記屋裡還有別人。

「小草兒，」他說：「這麼晚了，你還沒睡啊？」

「睡覺時間還沒到。」

派屈克忘了納坦尼原來的聲音像什麼樣子。但現在這個聲音依然粗啞，比較像是出自滿頭銀髮的牛仔，而不像個孩子應有的聲音，但是無論如何，這聲音聽起來都像是天籟。納坦尼從凳子上一躍而下，伸出細瘦的手臂跑向派屈克。「你想摸摸看我的肌肉嗎？」

凱利伯笑了出來。「納坦尼一直在看體育頻道轉播的鐵人三項競賽。」

派屈克壓壓納坦尼瘦弱的二頭肌。「哇，有這麼結實的手臂，你都可以打倒我嘍，」他嚴肅地說，接著轉頭看妮娜：「他好壯。你有沒有看到這小傢伙多強壯？」

他想要說的是另一種不同的力量，而她也明白。妮娜交疊雙臂。「就算他是大力士赫克力斯，派屈克，他還是我的小兒子。」

「媽！」納坦尼唉聲嘆氣。

妮娜在兒子的上方無聲地說：「你有沒有逮捕他？」

凱利伯雙手按著納坦尼的肩膀，帶他走回正在融化的冰淇淋旁邊。「嘿，你們兩個得談談，但是這裡不是理想的地點。你們何不乾脆到外面去？等納坦尼睡了之後，你再告訴我就好了。」

「可是，難道你不想——」

「妮娜，」凱利伯嘆口氣說：「你能夠聽得懂派屈克說的話，但是我得經過說明解釋才能瞭解。乾脆就讓你來當翻譯員好了。」他看著納坦尼吃下最後一口冰淇淋。「來，小朋友。我們去看看羅馬尼亞選手的頸動脈脹破了沒有。」

納坦尼在廚房門口放開父親的手。他跑向妮娜抱住她的膝蓋，動作彷彿是橄欖球員的擒抱。「再見，媽咪，」他面帶微笑，酒窩顯得更深了，「做個大夢。」

派屈克想：錯得真可愛。假如妮娜辦得到，她一定很想把納坦尼這個遭遇當作大夢一場。他看著妮娜親吻兒子道晚安，當納坦尼朝凱利伯跑去的時候，她低頭眨了眨眼睛，讓眼眶裡的淚水沒那麼閃爍。「好，」她說：「那我們走吧。」

為了挽救星期日夜晚的慘澹收入，「龍舌蘭模仿鳥」推出了自助餐卡拉OK之夜，用無限量供應的漢堡大餐來搭配歌聲。派屈克和我一走進酒吧就覺得所有的感官都飽受攻擊。吧檯上用燈光排列出棕櫚樹圖案，天花板上掛著一隻縐紋紙做的鸚鵡，一個妝太濃、裙子太短的女孩正在荼毒電影《情比姊妹深》的主題曲〈你是我羽翼下的風〉。史戴凡森看到我們走進來，咧嘴一笑，說：「你們兩個從來沒有在星期日夜晚出現過。」

派屈克望著可憐的女侍，她穿著比基尼邊發抖邊上菜。「現在我們終於知道為什麼了。」

史戴凡森在我們面前擺了兩張紙巾，招呼著：「第一杯瑪格麗特算我招待。」

「多謝了，但是我們想要一點沒那麼……」

「歡鬧的飲料。」我接著把話說完。

史戴凡森聳聳肩。「隨便啦。」

史戴凡森轉身為我們準備飲料和漢堡，我感覺到派屈克盯著我看。他已經準備好了，打算和我談談，但是我還沒有，就是沒有。因為只要話一說出口，即將發生的事便無法改變。

我望著唱歌的女孩，她握住麥克風的樣子彷彿手執魔杖。她的歌聲實在讓人不敢恭維，但是她還是站在這裡，荒腔走板地表演這首一開始就不該選的歌。「是什麼理由讓人做那種事？」我心不在焉地說。

「為什麼有人會做出那種事？」派屈克拿起杯子，啜了一口飲料之後露出笑容。女孩終於走下臨時舞臺，可能是唱夠了吧，周遭響起零零落落的掌聲。「我聽說卡拉OK可以幫助一個人發現自我，知道嗎，就像瑜伽一樣。你走上臺，鼓起勇氣做出再過一百萬年也不敢做的事，當一切結束之後，你會因此而成為一個更好的人。」

「是喔，然後讓其他聽眾不得不吞下頭痛藥，我還不如赤腳過火。喔，這就對了，我不是已經經歷過了嗎？」我尷尬地發現自己眼眶含淚，為了掩飾，我大口喝下威士忌。「你知道嗎，當我對他告解的時候，他提到了原諒。你相信嗎，派屈克，他竟敢對我說出這種話？」

「他什麼都不願意承認，」派屈克輕柔地回答：「他看著我的樣子，好像根本不知道我在說什麼。比方我提到內褲和精子的痕跡，他就顯得十分震驚。」

「派屈克，」我抬起眼睛看著他，說：「我該怎麼辦？」

「如果納坦尼作證——」

「不要。」

「妮娜……」

我搖頭。「我不要當那個逼他出庭作證的人。」

「那麼，你就等，等到他更堅強一點的時候。」

「面對這種事，他永遠不可能足夠堅強。難道我要等到他的心智決定抹滅這件事之後，才又讓他坐在證人席上重新恢復記憶？告訴我，派屈克，怎麼做對納坦尼才會最有利？」

派屈克久久沒有說話。他和我一樣瞭解整個制度，也知道我是對的。「也許，如果精子檢驗的結果相符，神父的辯護律師有辦法說服他認罪協商。」

「協商，」我重複這個字眼。「拿協商來交換納坦尼的童年。」

派屈克什麼都沒說，拿起我的酒杯將威士忌遞給我。我先嘗了一小口，然後不顧喉嚨火辣辣的感覺大口喝下烈酒。「這……太可怕了。」我又喘又咳。

「那你為什麼要點？」

「因為你每次都點。而且，我今天晚上不想當自己。」

派屈克笑了。「也許你該喝平常點的白葡萄酒，然後上臺唱首歌給大家聽。」

操作伴唱機的女人彷彿接到了指示，拿著一本活頁簿朝我們走過來。她漂染過的頭髮垂在臉上，熱帶風情的印度紗麗下只穿著絲襪。「這對愛情鳥，」她對我們說，「要不要來個男女對唱？」

派屈克搖頭。「我不想。」

「喔，好啦。歌本裡有好幾首適合你們這種情侶唱的歌，比方說音樂劇《油脂》的〈夏夜〉，還是說，想不想試試亞倫．納維爾和琳達．朗絲黛的那首歌？」

不會吧，這不可能是真的。我來這裡是想討論如何將強暴我兒子的罪犯送進監獄，這個女人竟然要我去唱歌。「走開。」我簡短地說。

她低頭看著我面前原封不動的漢堡。「也許你可以拿禮貌配漢堡吃。」她說完話，就轉頭走回舞臺。

當她離開之後，派屈克凝重的眼神重重地落在我身上。我問：「怎麼樣？」

「沒事。」

「顯然有事。」

他先深深地吸了一口氣，然後呼氣。「妮娜，你也許永遠無法原諒席辛斯基，但除非你不再對他心懷怨懟，否則你沒辦法度過……沒辦法幫助納坦尼度過這件事。」

我喝光杯裡的酒。「我會詛咒他，派屈克，直到他死亡那天才可能停止。」

新出場的歌手填補了我和他之間的空間。這個重量級的女人長髮及臀，隨著伴唱機播放的旋律扭動分量十足的臀部。

只要一分鐘……

就足以讓你的生命往前邁進……

「她在舞臺上幹什麼？」我喃喃抱怨。

「是啊……她其實唱得很不錯。」

我們的眼神同時離開舞臺，四目相望。「妮娜，」派屈克說：「你不是唯一一個受到傷害的人。我看到你這樣……唉，簡直難過得要命。」他低頭看自己的飲料，攪拌一下。「我希望——」

「我也希望。我可以一直希望到地球停止轉動為止，然而一切都不可能改變，派屈克。」

過去一度是當下……

在記憶褪色之前……

寶貝啊，好人總是最後才退場。

派屈克的指頭纏住我放在桌上的手。他認真地看著我，好像要記住我臉上的每一處細節。接著，他似乎用盡了所有的力量，才轉過頭去。「事實是，對他這種混蛋而言，審判根本不該存在。這種人就應該槍斃。」

我們相握的手像是一顆心。派屈克按了按我的手，我也回以同樣的動作。我們唯一需要的溝通，就是兩人的脈搏，我的答覆。

隔天早上最急迫的議題，是我們該如何安置納坦尼。在這之前，不管是凱利伯或我都完全沒有想到這一點，一直到法院出現在我們的面前，我才意識到納坦尼不能在傳訊的時候出面，而且，我們也不能將他一個人留下來。我們站在法院的走廊上，他左右手分別牽著凱利伯和我，宛如一道有生命的橋梁。

「我可以陪他坐在大廳裡。」凱利伯自告奮勇的提議，但是我立刻否決這個方案。凱利伯低頭看著納坦尼。「你有沒有祕書，可以幫我們照顧一下納坦尼？」

「這不是我的轄區，」我指出重點：「而且我也不要把他交給我不認識的人。」

那當然，這種事絕對不可再犯。儘管到了現在，我們發現，該留意的其實不是陌生人。

就在這個進退兩難的時候，一名守護天使現身了。納坦尼先看到她，接著立刻掙脫我們的手。

「莫妮卡！」他大聲喊出她的名字，莫妮卡將他舉到半空中旋轉。

「這是我聽過最美妙的幾個字。」莫妮卡笑著說。

納坦尼也笑了。「我可以說話了。」

「羅比許醫師告訴了我。她說，只要你一走進她的辦公室，她連說話的機會都沒有。」莫妮卡將納坦尼甩到她的另一側掛在腰邊，然後對我們說：「你們還好嗎？」

難道今天就會有答案？

「呃，」聽莫妮卡說話的方式，好像我們已經回答了她的問題似的。「我們到家事法庭旁邊的遊戲間去好嗎，納坦尼？」她揚了揚眉毛。「還是說，你們對他另有計畫？」

「不……沒有。」我囁嚅地說。

「我猜也是。今天早上找人帶小孩……這應該不是你們的首要事務。」

凱利伯撫摸納坦尼的一頭金髮。「要乖喔。」說完話，他在兒子的臉頰上印下一個親吻。

「他一直都好乖。」莫妮卡放下納坦尼讓他站好，邁步帶他離開。「妮娜，結束後，你知道該上哪裡找我們。」

我定定地看著他們離開。兩個星期之前，我還完全無法忍受莫妮卡．拉法蘭，然而現在卻接受了她的幫助。「莫妮卡！」我出聲喊她的名字，她回過頭。「你為什麼不生？」

她聳聳肩，帶著一抹淡淡的微笑說：「沒人約我嘍。」

我們四目相接，這一眼足以抹去兩人間過去的恩怨。我說：「這是他們的損失。」然後露出微笑。

湯瑪斯．拉克瓦比我矮兩吋，而且過不了多久就會腦門全禿。這當然都無關緊要，但是在這次的會面當中，我發現自己仍然會忍不住盯著華萊士看，並且百思不得其解：他為什麼不能找一個在各方面都完美無瑕，並且內外兼修，讓陪審團挑不出毛病的模範檢察官。

「我們把這件事完全交付給湯姆，」我老闆說：「你知道我們都會支持你和凱利伯，是你們的後盾，但是我們不想給起訴造成任何問題。如果我們走進法庭，會讓人覺得我們仗勢欺人。」

「我懂，華萊士，」我說：「我沒有亂想。」

「那好！」華萊士完成他今天的重責大任，站起來說：「我們期待接下來的發展。」走出去之前，他拍了拍我的肩膀。他離開之後，室內只剩下我們三個人——凱利伯、我，以及湯瑪斯·拉克瓦。湯瑪斯表現出優秀檢察官的態度——像我一樣——立刻討論正事。「這個案子有太多人矚目，所以他們會在午餐過後才傳訊他，」湯姆說：「你們進來的時候，有沒有看到媒體的陣仗？」

看到？稍早時，我們甚至得閃避圍攻。如果我不知道可以從員工出入口進入法院，我根本不可能把納坦尼帶進來。

「不管如何，我已經和法警說過了。他們會先處理完其他幾個案子的罪嫌，再把席辛斯基帶進來。」他看看手錶。「目前我們的時間安排在一點，所以你們還有些時間。」

我把雙手平攤在桌子上。「你不可以要我兒子坐上證人席。」我宣布了自己的立場。

「妮娜，你也知道現在只是傳訊，頂多蓋個戳章就結束了。我們——」

「我是要讓你知道，現在就知道。納坦尼不會出庭作證。」

他嘆口氣，說：「我處理這種案子已經十五年了，我們必須看發展來行事。現在呢，你比我清楚什麼叫做證據，而且你當然比我更清楚納坦尼的進展。但是你同樣明白我們還在等待幾片拼圖，比方說實驗室的報告，以及你兒子的復原狀況。也許在六個月或一年之後，納坦尼的狀況可能更好，到時候出庭作證也許就沒那麼辛苦。」

「他才五歲。在你十五年的經驗當中，有多少五歲大的孩子可以讓性侵犯終身監禁？」

一個都沒有，而且他也知道。「那麼我們就等，」湯姆說：「你知道我們有時間，辯方也需要時間。」

「你不可能永遠關著他。」

「我打算提出十五萬美金的保釋金要求，我不認為教會願意為他負擔這筆錢」。他對我微笑。「他哪裡都去不了，妮娜。」

凱利伯的手滑到我的腿上，我緊緊握住。剛開始，我以為他是在表達對我的支持，但是他接著卻用力回握，緊到讓我的指頭疼痛。「妮娜，」他的語氣輕快：「也許就眼前這個階段，我們應該讓拉克瓦先生負責處理。」

「這也是我的責任，」我指出重點：「我每天都在讓兒童出庭作證，然後親眼看他們崩潰，接著還要目睹性侵犯拍拍屁股離開。你怎麼可能要我在討論納坦尼的時候忘記這些事？」

「正是，我們討論的是納坦尼。對他來說，他今天需要母親的程度更勝過需要擔任檢察官的母親。我們必須按部就班來處理，今天要做的，是把席辛斯基先關起來，」湯姆說：「我們先把重點放在這裡，一旦清除了障礙之後，再決定後續要怎麼進行。」

我低頭看著自己的雙腿，我早已緊張地揉皺了裙子。「我明白。」

「那好。」

我抬起眼睛，略帶微笑的說：「面對受害者，當我沒辦法確定是否可以讓加害者定罪的時候，我也和你說過一樣的話，」

湯姆果然沒有辜負自己的聲譽，他點了點頭。「你沒說錯，而且我不打算騙你。我們永遠不知道哪些案子會成功，哪些案子的罪嫌會認罪，哪些孩子會突然改變態度，或是哪些孩子會復原，且有能力在一年後說出最早那天無法表達的證詞。」

我站起身來。「但是你自己也說了，湯姆，今天我不應該去想到其他的孩子。今天，我只關心我的兒子。」我在凱利伯還沒來得及起身之前，就走到門邊。「一點見。」這句話同時也蘊含著警告。

凱利伯一直到大廳才追上她，而且還得將她拉到一個記者看不見的小角落。「剛剛是怎麼一回事？」

「我在保護納坦尼。」妮娜交叉雙臂，挑釁地看他會不會回嘴。

她和平常不同，顯得緊張又不安。也許這顯露出今天最真實的一面。天曉得，凱利伯自己也覺得不太好。「我們應該把傳訊時間往後延的事告訴莫妮卡。」

但是妮娜忙著穿大衣。「你去說，好嗎？」她問道。「我得進辦公室去。」

「現在？」位於亞爾福瑞的高等法院離這裡只有十五分鐘的路程，但這又是為什麼？

「我得拿個東西給湯瑪斯。」她向他解釋。

凱利伯聳聳肩。他目送妮娜走下階梯，此起彼落的鎂光燈彷彿子彈般投射過來，在她跑下階梯時，定定地落在她的身上。凱利伯看到她揮開蒼蠅般地揮開一名記者。

他想追上去，環住她，直到圍在她周遭的人牆崩落、所有的痛苦傾洩而出為止。他想要告訴她，有他在，她不必逞強，因為他們兩個人可以一起面對。他想帶她到樓下明亮的遊戲間裡，讓兒子坐在中間，全家一起坐在鋪了字母地磚的地板上。她只要摘掉蒙蔽理智的眼罩，就會看到自己並不孤單。

凱利伯只走到玻璃門前，拉開門，探出頭。這時候，她穿過停車場的身影只剩下黑點大小。他還沒將她的名字叫出口，突然出現的強光就讓他什麼都看不見，又是報紙的攝影記者。他退回法院裡，想要甩開映在眼中的模糊光影，但是他花了好一段時間才恢復原來的視力。因此，他沒能親眼看見妮娜駕車駛離法院停車場，朝辦公室的反方向前去。

我遲到了。

我匆匆忙忙地走進法院大門，繞過在金屬探測器前面排隊的人。「嗨，麥克！」我上氣不接下氣地從熟識的法警身後走過，他只是對我點了個頭。這個案子的法庭在左邊，我拉開門走了進去。

法庭裡擠滿了記者和攝影師，他們全坐在最後面，活像佔據公車後座的壞孩子。對於緬因州的約克郡而言，這是件大案子。對任何地方而言，都是頭條新聞。

我走到前面，派屈克和凱利伯都坐在前排，他們幫我留了一個走道邊的座位。我花了一點時間，壓抑下油然而生的慾望，才沒有推開柵門，走到檢察官的桌邊和湯瑪斯・拉克瓦並肩而坐。所謂「通過柵門」的意思就在這裡，我們通過了考試，因而得以來到法庭的最前方工作。

我不認得辯護律師，也許他是從波特蘭過來的。教會總是有人手來處理這種事。辯護席的右邊有一名攝影師，他低著頭調整機器，準備開拍。

派屈克先注意到我。「嘿，」他說：「你還好嗎？」

果然不出所料，凱利伯老大不高興。「你去哪裡了？我一直想——」

他接下來的話被法警打斷。「主審法官傑若邁亞・巴特雷法官就位。」

我當然認識這位法官，是他為我簽了限制凱利伯的禁制令。他要大家坐下，我試著就座，但是我的身體僵硬得一如紙板，座位完全不合適。我的眼睛看著一切，卻同時什麼都看不見。

「我們準備好要召開州政府起訴席辛斯基一案的傳訊庭了嗎？」法官問道。

湯瑪斯俐落地站起身來。「是的，庭上。」

辯方桌邊的另一名律師跟著起立。「我代表席辛斯基神父，我們也準備好了，庭上。」

這個場景，我見過不下數千次，一名法警往前走向法官席。他這麼做，是為了保護法官。畢竟這些被帶進法庭的被告都是罪犯，任何事都可能發生。

拘留室的牢門打了開來，法警帶著雙手銬在身前的神父走出來。我可以感覺到身邊的凱利伯似乎忘了如何繼續呼吸。我抓住放在腿上的皮包，死命抓緊。

第二名法警領著神父走向辯護席，讓他坐在內側的位置，因為他必須在法官面前站起身來抗辯。他現在離我夠近，我可以向他啐口水，我就算低聲說話，他也能聽見。

我要自己耐心一點。

我看向法官，然後看著法警。我擔心的就是這幾個法警，他們站在神父身後，以確定他穩穩就座。退開。退開，退開。

我伸手探進皮包裡，略過熟悉的物品，直接握住跳入我手中的重擔。法警退開了，這個人渣被告依然有權和律師私下交談。法庭裡出現此起彼落的低語，彷彿嗡嗡作響的小昆蟲，但是我並沒有真的去注意。

我站起來的那一刻，彷彿縱身跳下懸崖。倏然退開的世界猶如一片模糊的色彩和光影，我倒栽蔥地越落越快。接著我心想：墜落是學飛的第一步。

我跨出兩步穿過法庭走道，一瞬間便舉起槍對準神父的頭顱。我接連擊發四槍。法警抓住我的手臂，但是我不願放下武器。我不能——除非我知道我已經完成任務。我看到四濺的血水，聽到滿堂尖叫，接著我繼續往前墜落，穿過柵門，來到我應該在的地方。「我射中了嗎？他死了嗎？」

他們將我壓制在地上，我一睜開眼就看到了他。幾呎外，倒臥在地的神父已經少了半邊腦袋。

我放開手上的槍。

壓在我身上的重量看起來十分熟悉，我聽到派屈克在我耳邊說：「妮娜，住手。不要反抗。」他的聲音帶我回到真實世界，我看到辯方律師躲到了速記員的桌子底下，媒體記者的閃光燈沒有停歇，像極了一片螢火蟲。法官按下桌下的警鈴，高喊清場。而凱利伯呢，他的臉色蒼白，認不得我是誰。

「誰有手銬？」派屈克問道。一名法警解下腰帶上的手銬遞給他，派屈克將我的雙手銬在背後，一把拉起我，將我推向神父剛才走進來的門。派屈克的身體完全沒有退縮，下巴緊緊頂在我的耳邊。「妮娜，」他輕聲對我說：「你做了什麼事？」

不久之前，我曾經站在自己的家裡問派屈克同樣的問題。現在，我把他的答案還給他。我說：「我做了我該做的事。」然後要我自己相信這句話。

第二部

心生懷疑，便要斷然解決。

莎士比亞，《奧賽羅》

夏令營裡一定會有蟋蟀聲，而且還要綠到讓我眼睛看到乾澀。

我很怕到夏令營去，因為那是在戶外，而戶外會有蜜蜂。蜜蜂會讓我肚子痛，光看到一隻蜜蜂，我就想跑去躲起來。在我的惡夢裡，蜜蜂會吸我的血，就像吸蜂蜜一樣。

媽咪告訴夏令營輔導員我怕蜜蜂。他們說，這麼多年來，沒有任何一個小朋友曾經被蜜蜂螫過。

我想啊，事情總是會有第一次。

有天早上，我的輔導員——這個女生戴了一條流蘇花邊項鍊，連游泳的時候都不拿掉——帶我們到樹林裡健行。她說，我們該圍個圈圈說故事了。她搬了一塊木頭當作長椅，接著又搬開第二塊木頭，結果到處都有黃蜂亂飛。

我呆住了。蜜蜂蓋住輔導員的臉、手，還有她的肚子。她大聲尖叫，一邊想拍掉蜜蜂。我向她撲過去，動手拍打她的皮膚。雖然我被蜜蜂螫了好幾口，但是我還是救了她。

夏令營結束的時候，輔導員要頒獎，藍色緞帶上印著大大的黑色字母。我的緞帶上寫的是：最勇敢的男孩。

我還留著緞帶。

第四章

事後，派屈克完全無法理解，為什麼他知道妮娜最喜歡的數字是十三，她下巴的疤痕來自一次雪橇意外，她連續三年聖誕節都想要鱷魚當作禮物；然而他卻不知道在這段期間，她的內心竟然猶如一顆隨時會引爆的手榴彈。「我做了我該做的事。」她穿過法庭裡血水遍布的濕滑地板，口中喃喃地這麼說。

妮娜在他的懷裡抖個不停，整個人輕得像朵雲。派屈克既暈眩又混亂。妮娜仍然有種蘋果的味道，那是她的洗髮精；她依然沒辦法直行，但是卻不著邊際地含糊說話，這和派屈克所熟悉、條理分明的妮娜截然不同。當他們跨進拘留室的門檻，派屈克回頭望了身後的法庭一眼，他只看到一片吵雜混亂的地獄。他一向覺得說話的聲音聽起來就像個吵鬧的馬戲團，眼前正是如此。辯護律師的西裝前襟沾滿了腦漿，旁聽席的地上有一些散落的紙張和筆記本，有些記者低聲啜泣，有些則忙著指揮攝影師錄影。凱利伯依然像座雕像般文風不動，法警巴比透過夾在肩膀上的無線電說：「是，發生了槍擊，我們需要救護車。」另一名法警羅諾克急忙推著面色如土的巴特雷法官進到法官辦公室。法官吼著：「清場，法庭清場！」羅諾克則回答：「我們不能這麼做，庭上。他們全是證人。」

席辛斯基神父的屍體依然躺在地板上，完全沒人理會。

殺掉他是正確的決定，派屈克來不及阻止自己突然冒出來的念頭。但馬上又想到：天哪，她究竟做了什麼事？

「派屈克。」妮娜喃喃地喊他。

他沒辦法直視她。「別和我說話。」老天爺行行好，他必須在妮娜因謀殺受審時出庭作證。不管她對他說什麼話，他都必須在證人席上一五一十地說出來。

有個急著搶新聞的攝影記者朝拘留室擠過來，派屈克稍微移動身子，幫妮娜擋下鏡頭。他現在的工作是要保護她。他只希望當初有人保護他。

派屈克推著妮娜進到拘留室裡面，好關上門。在這裡面等待畢德佛警局派人過來會比較輕鬆。門關上之前，他看到緊急醫療人員已經來到了法庭，正俯身打算檢視屍體。

「他死了嗎？」妮娜問：「請你告訴我，派屈克。我殺死他了，對不對？我開了幾槍？我一定得這樣做，你知道我必須這樣做。他死了，對嗎？醫護人員救不活他了，是不是這樣？告訴我，說他們救不了他。拜託，告訴我他已經死了。你可以去看看他是不是死了嗎？我保證我一定會乖乖坐在這裡不動。」

「他死了，妮娜。」派屈克輕聲地說。

她閉上眼睛，晃動著身子。「感謝上帝，喔，天哪，感謝主。」她重重地坐在拘留室的鐵板凳上。

派屈克轉身背對她。他的同僚已經來到法院。局裡的另一名警探伊凡・趙負責指揮封鎖犯罪現場，他拉開嗓門，想壓下越來越刺耳的哭聲和尖叫。警員蹲著採指紋，一邊拍照，記錄下四濺的血漬，以及當派屈克壓制妮娜奪槍時折斷的欄杆。緬因州警的人馬也到了，以狂風般的聲勢捲向法庭的中央走道。有個被帶去問話的女記者瞥見了神父殘缺的屍體，開始嘔吐。整個混亂的場景令人生畏，宛如一場夢魘。然而派屈克的眼神沒有游移，他寧願正視現實，也不想去看在他身後哭泣的人。

納坦尼討厭這個桌上遊戲的原因，是參加遊戲的人必須用錯誤的方式旋轉轉盤，這樣一來，玩家的小人偶棋子就會順著中央長長的溜滑梯往下滑。如果你用正確的方式，沒錯，你的確可以往上再爬一層梯子，但是這遊戲偏不是這樣玩，因為你會在不知不覺中輸得一塌糊塗。

莫妮卡讓他贏，但是納坦尼並沒有如他想像中一樣的高興。這讓他想起有次他從腳踏車上跌下來，下巴嚴重擦傷。看到他的人都假裝沒事，其實他知道那些人只想轉頭不看。

「你要玩嗎？還是我得呆呆地等到你滿六歲？」莫妮卡逗著他玩。

納坦尼撥動轉盤。四。他把小人棋子往右移四格，果然來到其中一道滑梯的頂端。他停在上面，但是他知道如果自己只移動了三格，莫妮卡也不會說什麼。

但是就在他拿不定主意，不知是否該作弊的時候，他的注意力忽然轉移到莫妮卡的背後。遊戲間的大玻璃窗外有一個警察……不，兩個……五個……他們全都跑向走廊。他們看起來和派屈克在工作的時候一模一樣，雖然穿襯衫打領帶，可是衣服都皺巴巴的。他們腳上的靴子發亮，配戴銀色的警徽，手放在槍上。如果納坦尼在晚上下樓喝水，而爸媽剛好來不及轉開電視頻道的時候，電視上就有這副德性的警察。

「開槍，」他輕聲說。

莫妮卡對著他微笑。「對，滑下去[5]。但是你下次的運氣應該會好一點，納坦尼。」

「不……是開槍。」他彎起指頭，比劃出槍枝，正好是美國手語當中的G。「你知道啊，砰！」

他知道莫妮卡聽懂他的話了。她回頭看向腳步聲的出處，然後瞪大了眼睛。但是她回頭的時候面帶微笑，封住想從顫抖雙唇間冒出來的問題。「輪到你轉了，對不對？」莫妮卡問。但是他們兩個都

---

5 chute，與開槍（shoot）發音相近。

知道他才剛剛輪過。

當凱利伯的手腳恢復知覺之後，冰凍如霜的情緒卻緩緩地侵襲到他的末梢神經，使他的四肢腫脹，幾乎不像自己的肢體。他踉蹌地往前走，經過妮娜在不久之前才冷血槍殺一個人的地點，穿過那些一擁而上、訓練有素的工作人員身邊。凱利伯遠遠地避開席辛斯基神父的屍體。這具屍體倒向一扇門邊，凱利伯剛才看見妮娜就是被拉進這扇門內。

天哪，牢房。

一名不認識他的警探拉住他的手。「你以為你要上哪兒去？」凱利伯沒說話，一把推開警探，接著透過這扇門的小窗看到派屈克的臉。凱利伯動手敲門，但是派屈克似乎在考慮是否該開門。

這時候凱利伯才發現，這些人和這些警探全以為他可能是妮娜的共犯。

他突然感到口乾舌燥，因此當派屈克終於拉開一道門縫的時候，他甚至沒辦法開口要求見自己的妻子。「去接納坦尼，帶他回家。」派屈克冷靜地建議：「我再打電話給你，凱利伯。」

對，納坦尼。納坦尼。一想到兒子在事情發生的時候就在樓下，凱利伯的胃不由得痙攣。他以高大男子少有的敏捷，迅速地穿過人群，來到法庭的正後方，也就是走道盡頭的門。站在門口戒備的法警看著凱利伯越靠越近。「我兒子在樓下。拜託你，你得讓我去找他。」

也許是因為凱利伯神情痛苦，也許是因為他語氣哀傷，但不管是為了哪個原因，這名法警開始動搖。「我發誓我會馬上回來。但是我得先確定他沒事。」

法警點個頭，凱利伯等的就是這個動作。當法警轉頭看向別處的時候，凱利伯從他的身後溜出去。他三步併作兩步，衝下樓梯跑向遊戲間。

他在厚玻璃前面站了好一會兒，看兒子玩遊戲，想先讓自己集中精神。納坦尼看到他，帶著笑容跳起來開門，然後投向凱利伯的懷抱。

莫妮卡緊張的臉孔出現在他眼前。「發生什麼事？」她用嘴型無聲地問道。

然而凱利伯只是將臉埋入兒子的頸邊沒有說話，和納坦尼當初無法解釋自己的遭遇時一樣。

妮娜對派屈克說過，她曾經站在納坦尼的嬰兒床邊看他睡覺。簡直令人讚嘆，她說：毯子下蓋著一個純潔無瑕的孩子。他現在終於懂了。看著妮娜的睡姿，沒有人會知道兩個小時前發生了什麼事，也絕對看不出她平順的眉毛下藏著什麼念頭。

難過的人反而是派屈克。他似乎沒辦法順暢地呼吸，每踏出一步，胃部就跟著隱隱作痛。他每次凝視妮娜的臉，都猶豫不決的想：究竟自己寧願相信她今早完全抓狂……或是她根本沒瘋。

門一打開，我就完全清醒過來了。我彈坐在床板上，拉平派屈克拿給我當枕頭用的外套。毛料外套有種搔刺的感覺，在我的臉頰上留下了印痕。

有個我不認識的警員探頭進來。「小隊長，」他的語氣很正式：「我們需要你的證詞。」

沒錯，派屈克當然也看到了。

警員的目光彷彿是小蟲子般從我身上爬過。派屈克走向門口的時候，我站了起來，抓住牢房的鐵欄。「你可不可以幫我看看他是不是死了？拜託？我一定得知道。一定。我得知道他死了沒有。」我的話像是刀刃，直接射到派屈克的背上，讓他慢下了腳步。但是他並沒有看我。他邁步準備離開拘留室，先經過另一名警員的身邊，然後打開門。

我從門縫裡看到派屈克在過去幾個小時裡一直不想讓我看到的場景。這一定是謀殺案的機動偵查小組，一組州警的偵查人員帶來了專門調查謀殺案的器材和操作人員。這些人像蛆一樣佔據了法庭，正在為證人採指紋、登記姓名，和記錄證詞。有人動了一下，我看到一隻灰白色的手攤開在地上，四周有一片緋紅色的污漬。我看到攝影師彎腰拍下血跡潑濺的角度。我的心猛抽了一下。我心想：這是我做的，是我。

老天爺清楚得很，昆丁・布朗一點也不喜歡開車到任何地方，尤其是長途車程，更別提要從奧古斯塔一路開到約克郡。當他開到布藍斯維克的時候，他非常確定，如果再繼續下去，他六呎五吋的堂堂身軀，就會被這輛小得離譜的福特Probe雙門跑車永遠固定成型。等他到了波特蘭，絕對需要復健治療。但是他是處理謀殺案件的助理州檢察長，只要有人召喚，他就得報到。如果有人在畢德佛槍殺了一名神父，那麼畢德佛就是他的去處。

儘管如此，當他到達地方法院的時候，用「心情愉快」這幾個字還不足以形容他的感覺。根據一般標準而言，昆丁・布朗的氣勢過人——這包括刻意剃光的腦袋、超乎常人的身高，加上更不尋常的膚色。在這個放眼望去皆是白人的州境之內，大多數的人都會以為他是重罪犯或是正在度假的職籃選手。但是，檢察官?黑人檢察官?套句當地人的話：怎麼可能。

其實，緬因州大學的法律學院一直積極招收有色人種，來彌補校園內「色彩」的不足。許多人和昆丁一樣來到這裡就讀，但是，和昆丁不同，留下來的人並不多。他在州法院待了二十年，讓不少另有期待——人也好，事也好——的辯護律師難以置信。老實說，昆丁頗能享受這種感覺。

他大步走進畢德佛地方法院，一如往常，人群自動為他分開，瞠目結舌地看著他。他走進門口用封鎖線圍起來的法庭，然後繼續穿過走道，穿過柵門。昆丁完全明白身邊的人動作全都慢了下來，對話也戛然停止，這時他彎下腰檢視死者。「對一個瘋女人來說，」他說：「她還真神準。」接著昆丁抬頭瞪著把他當成火星人看的警員。「怎麼，」他面無表情地說：「你沒看過身高六呎五的人嗎？」

一名警探走了過來，神氣活現地問：「有何貴幹？」

「我是昆丁．布朗。來自州檢察長辦公室。」他伸出手。

「我是伊凡．趙。」警探竭盡全力壓抑恍然大悟的表情。天哪，昆丁真是愛透了這一刻。

「有多少證人目睹槍擊案發生？」

趙警探在本子上計算了一下。「目前有三十六個，但是我們大約還有五十個人等著採錄證詞。他們說的都一樣，而且槍擊經過全程拍攝了下來，因為WCSH電視臺[6]來為五點鐘的新聞拍攝審訊經過。」

「槍在哪裡？」

「被巴比搶下來，已經封袋了。」

昆丁點點頭。「嫌犯呢？」

「在拘留室裡。」

「好。我們準備以謀殺案起訴。」他四處張望了一下，評估調查進度。「她的丈夫呢？」

「我猜，大概是和其他人在一起吧，等待問話。」

「有沒有任何證據顯示他也涉及這起案子？他有沒有以任何形式參與犯案？」

6 附屬於美國全國廣播電臺（NBC），播送範圍為緬因州南部及新罕布夏州北部。

問話。」

趙警探瞥了幾名警官一眼，他的幾名同僚喃喃地說了些話，然後聳聳肩。「顯然我們還沒有找他

「那麼，把他帶過來，」昆丁說：「我們來問問他。」

趙警探轉身對法警說：「羅諾克，能不能麻煩你去把凱利伯・佛斯特帶過來？」

年紀稍長的法警看著昆丁，顯得有些畏縮。「嗯，這個，他不在這裡。」

「你確定嗎？」昆丁慢慢地說。

「欸。他啊，他問我說他可不可以先去帶小孩，但是他一定會回來。」

「他說什麼？」昆丁的聲音只比低語大一點點，然而這句話出自他龐大的身軀，於是威脅意味變得比較濃厚。「在他妻子謀殺了被控性侵他兒子的男人之後，你還讓他走出去？這是哪裡？烏合之眾的集散地嗎？」

「不是，長官，」法警嚴肅地說：「是畢德佛地方法院。」

昆丁下巴的肌肉開始抽動。「派人去找這傢伙，帶他來問話，」他告訴趙警探：「我不清楚他知道什麼事，不曉得他是否涉案，但是，如果我們必須逮捕他，立刻去做。」

趙警探開始備戰。「別把事情推給警方，這是法警的疏失。根本沒人告訴我，他人是不是在法庭裡。」

他不在兒子的性侵犯審訊庭上要在哪裡？然而昆丁只是深深地吸了一口氣。「不管怎麼樣，我們都得處理開槍射擊的人。法官還在嗎？我們可不可以請法官審訊嫌犯？」

「法官目前……身體不適。」

「身體不適。」昆丁重複。

「槍擊發生之後，他吞了三顆安眠藥，目前還沒醒過來。」

雖然他們可以請另一位法官來法院，但是時間已經不早了。而昆丁最不樂於見到的，就是因為保釋官愚蠢，而放掉這個女人。「控告她。我們拘留她過夜，然後安排在明天早上審訊。」

「過夜？」趙警探問。

「對。我上次看過，約克郡的亞爾福瑞有座監獄。」

警探低頭看自己的鞋子，好一會兒之後才說：「是沒錯，但是……呃，你知道她是地方檢察官嗎？」

他當然知道，在檢察長辦公室接到要求來進行調查的那一刻就知道了。「我只知道，」昆丁回答：「她是謀殺犯。」

伊凡．趙認識妮娜．佛斯特，所有在畢德佛任職的警探或多或少都和她合作過。而且他和警方的每一名同仁一樣，一點也不責怪她。該死了，如果換成自己遭遇相同的處境，少說也有半數人希望自己有膽量做同樣的事。

他不想做這件事，但是話說回來，由他出馬，總比讓那個渾球布朗出面去問話來得好。至少他可以保證接下來的程序可以不至於讓她覺得太過痛苦。

他支開看守她的警員，自己來到牢房的前面。如果他能做到，他會帶她到會議室，幫她倒杯咖啡，讓她舒服一點，才比較容易開口。但是法院裡沒有其他具備安全警戒設備的會議室，所以這次的問話只能隔著鐵欄進行。

妮娜的頭髮披散在臉上，眼眸綠得發亮。她手上有些紅色的印子，看起來像是她自己抓的。伊凡搖搖頭，說：「妮娜，我真的很遺憾……但是我必須以謀殺席辛斯基神父的罪名起訴你。」

「我殺了他？」她喃喃地問。

「是的。」

她的臉上綻放出笑容，整個人為之改觀。「請問我可以看他嗎？」她禮貌周到地問：「我保證不會亂碰，但是拜託你，我得看看他。」

「他已經被帶走了，妮娜。你沒辦法看他。」

「但是我殺了他，是嗎？」

伊凡重重地吐氣。上次他見到妮娜的時候，她正在法庭上為了他的一樁約會強暴案進行辯論。她直接走到坐在證人席上的被告面前，將他修理得體無完膚。妮娜現在就和那名被告的模樣一樣。「你願意錄口供嗎，妮娜？」

「不，我不能。我做了我該做的事，沒辦法繼續了。」

他掏出米蘭達規則。「我必須宣讀你的權利。」

「我做了我該做的事。」

伊凡只好抬高音調蓋住她的聲音。「你有權利保持緘默，你所說的一切都將當作呈堂證供。你有權……」

「沒辦法繼續了，我做了我該做的事。」妮娜含糊地說。

伊凡終於宣讀完妮娜的權利。他將筆穿過欄杆遞給她，讓她在表格上簽名，但是筆從她的指頭間掉了下去。她低聲說：「沒辦法繼續了。」

「別這樣，妮娜。」伊凡柔聲說。他打開牢門的鎖，帶她穿過走廊來到警長辦公室，然後走到等在外面的警車裡。他幫她拉開門，扶她坐進車裡。「我們明天才能審訊你，所以我必須帶你到監獄裡過夜。你會有一間單人牢房，我會要他們好好照顧你，好嗎？」

妮娜・佛斯特在警車後座像個胎兒般地蜷起了身子，似乎完全沒聽見。

收押檯後面的矯正官一邊吸吮薄荷圈圈糖，一邊要我把自己簡化成監獄所需要的資訊：姓名、出生日期、身高體重、眼睛顏色、是否對任何東西過敏、是否正在接受用藥，以及一般醫療項目。我輕聲細語回答這些讓我為之著迷的問題。過去，我通常在第二個階段才會出現在劇本當中，從頭參與是一種全新的體驗。

一陣薄荷藥味直撲我而來，矯正官再次敲他的筆。「特徵？」他問道。

他指的是胎記、痣，或者是刺青。我有傷疤，我無聲地想著：在我的心裡。

我還沒回答，另一名矯正官就已經拉開了我的黑皮包，把裡面的東西全倒在桌上。口香糖，三顆沾了毛屑的圈圈糖，一本支票簿，以及我的皮夾。此外，還有幾件我作為人母的雜物：納坦尼去年的照片，一個早就沒人記得、孩子長牙時咬的橡皮圈圈，一組從墨西哥餐廳拿來的四枝裝蠟筆。最後，是另外兩排子彈。

我突然打了一陣寒顫，於是環起雙臂。「我沒辦法。沒辦法繼續了。」我低聲囁嚅，想要蜷起身子。

「還沒結束呢，」矯正官說了。他握著我的指頭在印臺上滾了滾，接著蓋下三組指紋。他把我架起來靠牆壁站好，然後遞給我一塊牌子。我沒有直視他的眼睛，行屍走肉般地聽從他的指示進行所有的步驟。他並沒有說他會在哪一刻按下閃光燈，現在我才知道，為什麼所有罪犯的照片看起來都滿臉意外。

我的視力在白光一閃之後漸漸恢復，隨後看到一名女警衛站在我的面前。她的兩道眉毛連成一線劃過前額，體格可比橄欖球後衛。我腳步蹣跚地跟在她身後走進一間沒比衣櫥大多少的房間，牆邊一排排的架子上排滿折疊整齊的鮮橘色囚衣。我突然想到康乃迪克州的監獄之所以賣掉所有嶄新深綠色囚衣，就是因為受刑人經常逃進森林裡。

警衛遞給我一件制服。「脫掉衣服。」她下達命令。

我一定要，我聽到她啪一聲戴上乳膠手套，我心裡想：一定要不惜一切，離開這個地方。於是我強迫自己放空心思，當成是電影映畢之後的銀幕。我可以感覺到警衛用指頭檢查我的嘴巴、耳朵、鼻孔、陰道，以及肛門。我心頭一驚，突然想到了兒子。

檢查完畢之後，警衛拿起我依然沾著神父鮮血的濕衣服，然後裝袋。我慢慢地套上囚衣，拉緊腰帶，緊到連自己都難以喘氣。走回大廳的時候，我左右張望。這些牆壁彷彿在盯著我看。

當我們回到位在監獄最前方的收押室之後，女警衛把我帶到一座電話前面。「去吧，」她指示：「去打你的電話。」

我有憲法保障的權利，可以私下打一通電話，但是我仍然可以感覺到落在我身上的目光。我拿起話筒把玩，敲打長長的手柄。

無論他們聽到我說了什麼話，在聽證會上都不會承認。我曾經想讓幾個矯正官出庭作證，但是他們一概拒絕，因為他們最後仍然得回到監獄，每天看守受刑人。

有史以來的第一次，我發現這個狀況對我有利。

我看了離我最近的矯正官一眼，慢慢開始演戲。我撥打電話，等待與外界連上線。「喂？」凱利伯回答。這是所有語言中最美麗的字眼。

「納坦尼還好嗎？」

「妮娜。老天爺啊，你究竟在做什麼？」

「納坦尼還好嗎？」我重複相同的問題。

「你覺得他會怎麼樣？他母親才剛因為殺人被捕！」

我閉上雙眼。「凱利伯，你得聽我說。我見到你之後會再解釋。你和警方談過了嗎？」

「還沒有——」

「別說。我現在在監獄裡，會在這裡過夜，明天才會傳訊。」我的眼淚開始湧了上來。「我要你打電話給費雪．卡靈頓。」

「誰？」

「他是一名辯護律師，而且是唯一能讓我脫身的人。不管你得怎麼做，反正就是找他來替我辯護就對了。」

「我要怎麼告訴納坦尼？」

我深吸了一口氣。「說我很好，明天就會回家。」

凱利伯很生氣，他雖然沒說話，但是我還是聽得出來。「在你對我們做出這種事之後，我何必為你去聯絡他？」

「如果你以後還想過有『我們』的生活，」我說：「你最好是去聯絡。」

凱利伯掛斷電話之後，我依然將話筒靠在耳邊，假裝他還在線上。接著我掛上電話，轉身看那名等著帶我到牢房去的矯正官。「我必須這樣做，」我解釋：「他不懂。我沒辦法讓他瞭解。換成你，你也會這樣做，對不對？如果受害的是你的孩子，難道你不會做相同的事？」我的眼睛瞥向右邊，目光卻沒有焦點。我啃咬指甲，咬到皮肉出血。

我刻意表現出瘋狂的舉動，因為我就是要他們看見。

我發現自己被帶進了單人牢房，這絲毫沒讓我驚訝。首先，新入獄的囚犯總是會有人監督，防範受刑人自殺。再者，這裡的女囚有半數都是我關進來的。矯正官離開後，隨手砰一聲關上門，這個空間便成了我的新世界：六呎長八呎寬，金屬床上放了塊骯髒的床墊，另外還有個廁所。

警衛轉身離開，我首度讓自己在今天鬆開揪緊的心。我殺了人。我直接走向他撒謊的臉孔旁連開四槍。我的記憶像是零碎的片段：我按下扳機踏上不歸路，槍聲隆隆作響，我的雙手可以感受到手槍擊發之後的後坐力，雖然太遲，但槍枝似乎也想要停止。

他溫熱的血水潑濺到我的襯衫。

喔，天哪，我殺了一個人。我有冠冕堂皇的理由，我是為了納坦尼才這麼做，但是，我殺了人。

我無法遏制地顫抖，這時候，我的失控完全不是假意的表演。在可能會對我做出不利證詞的證人面前刻意表現瘋狂是一回事；發現自己有能力殺人則又完全不同。席辛斯基神父不可能再次主持教堂的星期日彌撒，不可能在睡前享用熱茶，不可能晚禱。死在我手中的神父沒有得到臨終儀式和禱告，我會跟在他身後一起下地獄。

我屈起雙膝，把下巴埋在中間。在暖氣過強的監獄當中，我凍到了極點。

「你還好嗎，姊妹？」

有個聲音從走廊對面另一個單人拘禁室裡傳了出來。黑暗中，有個不知名的女人正在凝視我。我感覺到臉上一陣燥熱，抬頭看見一個黑皮膚的女人。她將囚衣綁在肚臍上方，腳趾甲漆成了橘色，剛好搭配制服。

「我叫亞德蓮，最擅長聆聽了。我沒什麼機會和人說話。」

她以為我會踏進她設下的陷阱嗎？警方經常在牢裡布下狀似清白的眼線，這我當然知道，因為這兩造的說法我都聽過。我本來打算開口說自己知情，但再仔細一想，才發現自己錯了。從一雙長腿、布滿皺紋的腹部和手背上的青筋看來，亞德蓮根本不是個女人。

「我不會把你的祕密說出去。」這個有變裝癖的男人說話了。

我直視她——他——壯觀的胸脯說：「有紙巾嗎？」我平淡地問。

好一下子，兩人之間只有一片沉默。「說得真好。」亞德蓮回應。

我再次移開目光。「可不是嗎。不過呢，我還是不打算和你說話。」

從我們的上方傳來熄燈的廣播。但是，監獄裡永遠不可能是漆黑的。這裡是一片無盡的暮色，魑魅魍魎在這個時間爬出沼澤，蟋蟀選擇此時佔領大地。我在昏暗的光線下看到亞德蓮光滑的皮膚，在牢房的欄杆之間的夜色中，她的膚色看來沒那麼暗。「你做了什麼事？」亞德蓮問道。她的問題十分明確。

「你呢，你做了什麼事？」

「毒品，寶貝，還不就是毒品嘛。但是我打算戒掉，真的。」

「販毒？那獄方為什麼把你關在單人牢房裡？」

亞德蓮聳聳肩。「這個啊，我不屬於男孩子那邊，知道嗎，他們老是想揍我。我想關在女監，但是他們不肯，因為我還沒動手術。我一直都按時服藥，但是他們說這沒有用，因為我的管線不對。」她嘆口氣：「老實說啊，寶貝，他們還真不知道該拿我怎麼辦。」

我瞪著用煤渣磚砌起來的牆壁，看著天花板上的安全燈，瞄向我致命的雙手。「他們也不知道該拿我怎麼辦。」我說了。

州檢察長辦公室安排昆丁住進長住型的公寓酒店裡，房間裡除了簡易廚房、有線電視之外，還有聞起來滿是貓羶的地毯。「謝謝你。」他冷冷地說，遞給充當門僮的打工少年一塊錢。「這地方簡直像宮殿一樣。」

「隨便啦。」孩子回答。

讓昆丁大感訝異的是，青少年似乎是唯一不會在看見昆丁之後有意外反應的族群。不過話說回來，他有時候覺得就算有一群野馬擦過這些人穿著球鞋的腳邊狂奔而去，他們恐怕也不會多看兩眼。他實在搞不懂這些青少年──不管就族群或個體而言都一樣。

昆丁拉開冰箱，一股詭異的味道竄了出來，直撲軟塌塌的床墊上。哎，他就算住進五星級的麗池卡登酒店都能挑出毛病，畢德佛這個小地方不讓他心浮氣躁才怪。

他嘆口氣，拿起車鑰匙，開車離開旅館。還是早點解決吧。他漫無目的地開著車。當然啦，他知道她會在。這些日子以來，支票的收件地址一直沒變。

他驚訝地發現車道上有座籃框。不知怎麼著，歷經了去年那場風波，他現在只希望基甸恩的新嗜好沒那麼讓檢察官尷尬。車庫裡停了一輛破舊的五十鈴 Trooper 越野休旅車，車門邊的腳踏板已經鏽蝕不堪。昆丁深吸一口氣，站直身子，然後伸出手敲門。

譚雅來應門，昆丁覺得自己的胸口彷彿遭到重擊。這女人一身皮膚的顏色如同威士忌酒，加上巧克力色的眼睛，整個人就像一道等待品嘗的甜點。但是昆丁提醒自己：就算是最頂級的松露巧克力，內餡依然有可能苦口。他發現，當她看到他的時候，也往後退了幾步，這讓他心裡好過了些。「昆丁．布朗，」譚雅搖搖頭，喃喃地說：「我怎麼會有這種榮幸？」

「我來這裡處理案子，」他說：「要待上多久還不確定。」他想要偷瞥她的背後，想知道她的家裡面會是什麼樣子。「我覺得最好是來一趟，因為這陣子，你可能會在附近聽人提到我的名字。」

「不只如此吧，應該還有其他四個字也會出現。」譚雅低聲嘀咕。

「我沒聽懂。」

她微微一笑，讓他完全忘了兩人正在聊些什麼。「基甸恩在嗎？」

「不在。」她的回答太迅速。

「我不相信你。」

「而我不喜歡你，所以啦，你何不把可憐兮兮的身子塞回那輛小車裡，然後——」

「媽？」基甸恩的聲音比人早出現，他突然來到母親身後。雖然他剛滿十六歲，但幾乎和昆丁一樣高。當他看見站在門口的人，黝黑的臉龐湊得更近了些。「基甸恩，」昆丁說：「我們又見面了。」

「你是來拖我回戒治中心的嗎？」他嗤之以鼻地說：「我不需要你幫忙。」

昆丁知道自己握起了拳頭。「之前我的確幫上了你的忙。我不顧辦公室的壓力，費盡心思透過和一名法官的私人關係，才讓你不必進青少年感化中心。」

「所以，我就該向你道謝嘍？」基甸恩大笑。「就像我每天晚上跪下來感謝有你這個父親一樣？」

「基甸恩！」譚雅斥責他，但是他擠過她的身邊。

「晚點再說吧。」他用力推了昆丁一把，像是個警告，然後走下階梯，坐進了休旅車裡面。沒多久，車子便呼嘯地衝到街上。

「他沒有再犯吧？」昆丁問道。

「你是關心他才這麼問，還是因為你不想為了這件事再次玷污你的事業？」

「你這樣說就不公平了，譚雅——」

「人生本來就不公平，昆丁。」在這短短的一瞬間，她的眼角浮現了一抹悲哀的神情，宛如希望的種子。「你自己去體會吧。」

昆丁還來不及回答，她便關上了門。一會兒之後，昆丁小心地倒車退出車道。足足開了五分鐘之後，他才發現自己完全不知道車子正朝哪個方向前進。

凱利伯側躺著，所以看得見天空。弦月纖細如絲，說不定在他眨個眼之後就會消失無蹤，但是今晚，天邊卻掛滿了繁星。他注意到有顆星星特別閃亮。那顆星星離地球大概有五十或一百光年之遠吧。凱利伯盯著這顆星星看，其實他看到的是過去的歷史。百代萬世以前的一場爆炸花了這麼久的時間，才出現在他的眼前。

他轉個身躺正。假如他們也能這樣就好了。

這些日子以來，他一直認為妮娜病了，她需要協助，就和那些被病毒感染或斷了腿的人一樣。如果她的心理出現任何狀況，凱利伯會最先知道，因為當他想到納坦尼的遭遇時，自己也曾經面臨崩潰的邊緣。但是妮娜打電話回家的時候，顯得十分理性冷靜，並且有所堅持。這表示她一開始就打算要殺害席辛斯基神父。

不管就本質或結果而言，凱利伯對這件事都不覺得震驚。每個人的內在都有無限寬廣的空間來保留種種情緒，例如愛、喜悅，以及決心。但是如果負面的情緒同樣強烈，就有可能擠進這些空間然後全盤佔領，這是理所當然的結果。讓他驚訝的是她的方式和想法：她認為自己是為了納坦尼而做出這件事。

這件事徹頭徹尾都只與妮娜有關。

凱利伯闔上眼睛不想再看那顆星星，但是星星似乎仍然映在他的眼皮上。他想要回憶妮娜說出自己懷孕的那一刻。「這原本不可能發生的，」她對他說：「就是這樣，我們才永遠不會忘記。」毛毯和床單下傳來一陣窸窣聲響，接著凱利伯感覺到一股暖意貼到他的身邊。他轉過身，希望——並且祈禱——這不過是一場夢，當他醒過來的時候，妮娜已經安安穩穩地躺在他的身邊睡覺。但是，躺到她枕頭上的是納坦尼，兒子的眼眶裡還泛著淚光。「我想要媽咪回家，」他低聲說。

凱利伯想起妮娜懷著納坦尼的樣子，她的臉色亮得一如星星。也許這抹光芒在許久之前就已經褪了色，經過數個光年的漫長旅途才來到他的面前。他轉身對兒子說：「我也想要。」

費雪．卡靈頓背對會議室的門，站著看向外面的運動場。當矯正官走出會議室並且隨手帶上門，留下他一個人之後，他才緩緩轉身。他的樣子和我們上次在瑞秋聽證會上見面時沒有兩樣，依然穿著亞曼尼西裝搭配馬格利皮鞋，濃密的銀髮往後梳，凸顯出一雙充滿感情的藍眼睛。這雙眼睛先看了我過大的囚衣一眼，然後立刻回到我的臉上。「嗯，」他嚴肅地說：「沒想到會在這裡和你說話。」

我走向椅子，重重地坐了下去。「你知道嗎，費雪？天下事無奇不有。」

我們互相打量，想調適角色的變換。他不再代表敵營，而是我的希望。接下來將由他主導，我只能配合演出。一切將以專業態度處理：他不會問我做了什麼事，而我也不會告訴他。

「你得幫忙我回家，費雪。我想要在兒子吃午飯之前到家。」

費雪僅僅點了個頭。他不是第一次聽到這種話，而在一切都成了定局之後，我想要如何已經不再是重點。他說：「你知道檢方會要求召開漢尼許特別聽證會（Harnish Hearing）。」

我當然知道，如果由我負責起訴，我也會這麼做。在緬因州，如果州政府能夠提出謀殺案的充分證據，那麼被告有可能遭到羈押，並且不得交保，一直在監獄裡關到審判出庭為止。時間可能長達好幾個月。

「妮娜。」這是費雪第一次沒有以檢察官來稱呼我。「聽我說。」

但是我不想聽他說，我要他聽我說。經過一番努力自制，我才抬起一張面無表情的臉看著他。

「接下來會怎麼樣，費雪？」

他可以看透我的心思，然而費雪・卡靈頓紳士風範十足，所以他和我一樣刻意佯裝。他露出微笑，彷彿我們是多年老友。「接下來，」他回答：「我們要出庭。」

派屈克站在最後面，他的前方是一群蜂擁而來的記者，這些人為了冷血槍殺神父的檢察官而來，打算拍下審訊的過程。這個題材簡直可以拍成電視影集或寫成小說，也可以當作同事之間在茶水間閒聊的話題。事實上，派屈克一直在收看幾個電視臺的評論。記者的毒舌不時說到「報應」和「報復」這類字眼，有時候卻連妮娜的名字都未曾提起。

那些人談到子彈射擊的角度，說到她得跨多少步才能來到神父身邊，還整理出歷年涉嫌性侵兒童的神職人員資料。他們完全沒提到妮娜為了擺平兒子的好奇心，費盡心思去探究正鏟挖土車和平土機的差別；沒報導在監獄點收的皮包裡面有一輛火柴盒小汽車，還有一枚夜光蜘蛛造型戒指。

他們不認識她，派屈克心想：所以他們沒辦法瞭解。

他的前方有個一頭金髮的女記者正即席採訪一名生理學家，攝影師一邊拍，女記者一邊活力十足地點頭贊同。「杏仁核以神經傳導的路徑將情緒傳達至海馬迴，」生理學家表示：「將一波波的電流刺激發放到終紋，引發憤怒的情緒。當然，我們另外還要考慮到外在的環境因素，但是如果沒有初始模式……」

派屈克對這段對話充耳不聞。旁聽席上突然出現一片騷動，大家紛紛就座，攝影機的燈光亮了起來。派屈克留在法庭的最後方，背抵牆站著。雖然他自己也不知道確切的原因何在，但是他不想讓別人認出他來。是因為愧於見證了妮娜的憾事？還是擔心她看到他臉上的表情？

他實在不該來的。派屈克心裡正這麼想，就看到拘留室的門打了開來，兩名法警帶著妮娜出現。她看起來既弱小又害怕，他想起昨天下午，當他推著她離開一團混亂的場面時，她背抵著他的前胸，止不住顫抖。

妮娜閉上眼睛往前走，臉上的表情和她十一歲那年剛坐上滑雪纜車時一模一樣，當時派屈克擔心她會昏倒，不得不想盡辦法說服纜車操作員放她下去。

他實在不應該來，但是派屈克知道自己沒辦法置身事外。

我要在我昨天謀殺了一個男人的同一法庭接受審訊。法警把手放在我的肩膀上，戒護我穿過一扇門。我雙手銬在背後，踏上昨天神父走過的路。如果我仔細看，可能可以看到他的腳印依然白熱發亮。

我們經過檢察官的桌邊。今天的記者有昨天的五倍之多，甚至還有好些來自NBC和CNN的熟面孔。你們知道嗎？電視臺攝影機發出來的聲音很一致，聽起來很像蟬鳴。我看向旁聽席，想找凱利伯，但是費雪．卡靈頓的身後只有一排空蕩蕩的座椅。

我身穿囚衣，腳踏低跟鞋。監獄不提供鞋子，所以只能穿著被押時穿的同一雙鞋。昨天我還是個職業婦女，到了今天，我卻有一種恍如隔世的感覺。我的鞋子勾到墊子上的毛球，我絆了一下，然後低頭往下看。

我們正好來到神父昨天倒地喪命的位置。我猜，清潔人員應該是沒辦法完全刷掉地板上的血跡，於是用一小塊墊子遮住痕跡。

突然間，我一步也沒辦法繼續走。

法警施力握住我的手臂，拉我走過墊子，來到費雪・卡靈頓身邊。來到這裡，我恢復了神智。神父昨天也坐在同一個位子上，而我走上前來對他開槍。座位是暖的，也許是因為法庭天花板的燈光直射，也許是逝去的靈魂還來不及離開。法警離開我身邊的瞬間，我感覺到一股冷風掃到我的脖子，我猛然轉身，以為後面有人拿槍等著我。

沒有子彈，也沒有槍殺。我身後只有所有旁聽人士猶如強酸般熾熱的目光。為了滿足這些人，我開始啃咬自己的指甲，在座位上不停扭動身子。緊張的表現很容易被人當成瘋狂。

「凱利伯呢？」我低聲問費雪。

「我完全不知道，但是他今天早上帶了授權狀到過我的辦公室。抬起頭來。」我還沒回答，法官就敲下了議事槌。

我不認識這名法官，他應該是從路易斯頓調過來的。我也不認識坐在檢方席位——我的老位子——的助理檢察長。他個頭高大、禿頭，看起來令人膽戰心驚。他看了我一眼，但目光沒有多作停留，我知道他已經將我打入邪惡勢力的一方。

其實我現在最想做的事，是走向這位檢察官，然後拉拉他的袖子。不要評斷我，我想說：除非你先從這個角度觀察。不要以為自己多麼堅強，沒有弱點，這些弱點的確微不足道，好比沉睡嬰兒的睫毛，或孩童的小小手掌。生命無常，一個人對善惡的觀點也是一樣。

「州政府準備好了嗎？」法官問道。

助理檢察長點點頭。「是的，庭上。」

「被告律師準備進行了嗎？」

「是的，庭上。」費雪說。

「被告請上前。」

一開始，我沒站起來。我不是存心抗拒，而是因為我不習慣在審訊庭的這個節骨眼上起立。法警一把將我從椅子上拉起來，過程當中一直沒鬆開手。

費雪．卡靈頓還坐著，這讓我全身發冷，這是他侮辱我的大好機會。如果被告起立，而律師依然坐在位子上，明眼人一看，就知道律師對客戶的處境毫不關心。當我抬起下巴轉過頭去的時候，問題解決了，費雪終於慢慢起身。他站在我的右側，像座碉堡一樣值得信賴。他轉頭，揚起一道眉毛看著我，似乎在質疑我的信心。

「請說出你的名字。」

我吸了一口氣。「妮娜．莫里耶．佛斯特。」

「麻煩書記官為我們宣讀訴狀好嗎？」法官說。

「緬因州政府控訴妮娜．莫里耶．佛斯特於二〇〇一年十月三十日，在緬因州約克郡畢德佛謀殺葛倫．席辛斯基致死。被告是否認罪？」

費雪伸手撫平領帶。「我們要提出無罪答辯，法官。另外，我要告知法庭和州政府，我們日後將以喪失心智來答辯。」

法官聽到這番話，絲毫不顯得驚訝。雖然費雪和我並沒有事先討論是否以喪失心智來答辯，但是我也同樣不覺得訝異。「布朗先生，」法官問：「你打算在什麼時候安排漢尼許聽證會？」

這也是意料當中的問題。過去我視「州政府控訴漢尼許」[7]一案為天賜恩典。由於這案子的影響，檢方可以於短期內監禁重罪犯，讓我有足夠的時間做好準備，以便將他們終身監禁。畢竟，有誰會希望一個犯下謀殺罪的人大搖大擺地走在街上？

不過話說回來，過去我從來不是當事的被告。

昆丁．布朗看著我，然後回頭面對法官。他深色的眼睛一如黑曜石，完全沒有透露任何資訊。「庭上，由於本案的嚴重性以及在法庭公然犯案的大膽程度，檢方要提出美金五十萬的保釋金要求，並且被告必須提出連帶保證人。」

法官驚愕地看著他眨了眨眼，費雪也轉過頭看他。我也想瞪他，但是我不能，因為這無異對他承認我明白這份意外餽贈的意義。「我有沒有聽錯，布朗先生?你是說檢方打算放棄召開漢尼許聽證會的權利？」法官想要問得更清楚。「你打算讓被告保釋，而不是反對？」

布朗僵硬地點頭。「請容我們上前說明好嗎？」

他往前靠近一步，費雪也如法炮製。我積習難改，也跟著往前走，但是站在我身後的法警拉住我的手臂。

法官用手蓋住麥克風，不讓其他人聽見這段對話，我雖然站在幾呎之外，但仍然聽得到。「布朗先生，我知道你手上的證據相當有力。」

「法官，老實說，我不知道她是否能夠成功地用喪失心智的理由抗辯，但是，我不能要求法庭不

7 一九八九年發生在緬因州的真實案例。

得讓她交保。她擔任檢察官已經十年了，我不認為她會逃亡，我也不覺得她會對社會造成危害。我完全沒有冒犯之意，庭上，但是我和我的長官以及她的上司討論過這件事，我想請求庭上不要讓媒體拿這件事來大做文章。」

費雪立刻展現出感激的笑容。庭上，我想讓布朗先生明白，我的客戶和我都很感謝他的體貼。對每個相關的人來說，這件案子都很棘手。」

我呢，我覺得自己好像在跳舞。略過漢尼許聽證會等同小小的奇蹟。「檢方要求五十萬美金的保釋金。卡靈頓先生，被告對於這點有什麼意見嗎？」法官問道。

「庭上，被告是緬因州的永久居民，在這裡還有個年幼的兒子。被告會樂意交出護照，並保證不離開州境。」

法官點點頭。「有鑑於被告長期擔任檢察官，我必須限制她不得與約克郡地方檢察官辦公室的所有現職員工交談，來作為保釋的附帶條件之一，這是為了確認她無法接觸相關資訊。」

「沒問題，庭上。」費雪為我回答。

昆丁・布朗在這時候插嘴。「除了保釋之外，庭上，我們還要一項特殊要求，請求精神科專家進行評估。」

「這我們也沒問題，」費雪回答。「辯方想提出自己的精神評估，由私人醫師來進行。」

「檢方對於是否由檢方或私人委任的醫師來進行評估有沒有意見，布朗先生？」法官問道。

「我們希望由州政府指派醫師。」

「好。我也將這點納入保釋條件當中。」法官在檔案上寫了些資料。「但是我不認為要這名女子留在州境內需要五十萬美金。我要將保釋金設定在十萬美金，外加保證人。」

接下來的程序宛如一陣旋風，有人拉著我的手臂將我推往拘留室的方向，費雪的臉孔出現在我面前，告訴我他會負責打電話給凱利伯，記者衝向走道，急著到大廳打電話給所屬單位。我和一個骨瘦如柴、腰帶鬆鬆垮垮掛在身上的副警長待在一起。他將我鎖進牢房，然後立刻埋頭讀他的運動雜誌。

我馬上就要出去了。我會回家和納坦尼一起吃午飯，就像我昨天告訴費雪．卡靈頓的一樣。

我緊緊環住屈在胸前的膝蓋，開始哭泣，讓自己相信我有可能度過這一關。

事情第一次發生的那天，他們正好學到了諾亞方舟。費奧雷太太告訴納坦尼和其他學生，說那是一艘大船，大到裝得下全部的小朋友，還有他們的家長和寵物。她發下蠟筆和紙片，讓每個小朋友畫出自己最喜歡的動物。「看看我們會看到什麼動物，」她說：「然後在葛倫神父說故事之前，全都拿給他看。」

那天，納坦尼坐在愛玟麗雅．安德伍的旁邊，這個女孩聞起來老是像義大利麵醬和卡在浴缸出水口的雜屑。「大象有沒有上船呢？」她問道。費奧雷太太點頭回答：「所有動物都上去了。」

「浣熊呢？」

「也有。」

「獨角鯨呢？」問話的是奧倫．惠福德。在納坦尼還不認得幾個字母的時候，奧倫就已經可以看兒童讀本了。

「有啊。」

「蟑螂呢？」

「很不幸，蟑螂也上去了。」費奧雷太太說。

菲爾・費伯特舉手說話：「聖羚羊呢？」

費奧雷太太皺起眉頭。「是『聖靈』，菲利浦，這完全不同。」但接著她考慮了一下。「不過，我想應該也有吧。」

納坦尼舉起手。老師對他露出微笑。「你想到什麼動物？」

然而他想的根本不是動物。「我想去尿尿。」他說完話，其他孩子都笑了出來。他的臉開始燥熱，拿起費奧雷太太遞給他的放行小木塊之後就衝出教室。洗手間在走廊的另一邊，納坦尼在廁所裡逗留了許久。他沖了好幾次馬桶，只為了聽沖水的聲音，搓洗雙手，讓洗手槽裡的肥皂泡浮得像座小山。

他不急著回去主日學校。首先，大家一定都還在笑他，接著呢，是因為愛玫麗雅・安德伍的味道比廁所便斗裡的除臭劑還要臭。於是他繼續在走廊上閒逛，來到葛倫神父的辦公室。辦公室的門通常都是鎖上的，但是現在卻開了一條縫，剛好讓納坦尼的小身軀可以溜得進去。他一點也沒有猶豫，直接滑進門裡。

辦公室裡有檸檬的香氣，味道和教堂大廳一樣。納坦尼的母親曾經告訴過他，這是因為有很多女士自願來擦洗教堂的長椅，讓長椅發亮。所以他猜想她們一定也經常來辦公室裡擦擦洗洗。只是這裡沒有一排排的長椅，只有一排排的書架。書脊上寫了太多字，納坦尼看得暈頭轉向，看不懂這些到底是什麼書。掛在牆上的畫作引起他的注意，畫中有個男人騎著白馬，一劍刺穿巨龍的心臟。

也許方舟裝不下大龍，所以現在才看不見這種動物。

「聖喬治勇敢得嚇人，」他身後有個聲音，納坦尼這才發現自己不是獨自一人。「你呢？」神父慢慢地微笑，問道：「你是不是也很勇敢？」

如果妮娜是派屈克的妻子，他一定會坐在旁聽席的最前排。他會在她穿過門走進法庭的那一刻，與她四目相望，讓她知道他無論如何都會支持她。他不可能需要別人來到家中，把審訊的結果送到他的耳邊。

等到凱利伯來應門，派屈克對他的怒火已經又重新燃了起來。

「她可以保釋，」派屈克劈頭就說：「你得想辦法弄來一張十萬美金的支票送到法庭。」他瞪視凱利伯，雙手插在外套口袋裡。「我想你應該辦得到。還是說，你打算在同一天裡，讓你的妻子體會兩次孤立無援的滋味？」

「你說的是她丟給我的處境吧？」凱利伯反駁：「我走不開，我找不到人看顧納坦尼。」

「狗屁不通。事實上，你可以要我看孩子，我現在就幫你帶納坦尼。你走，去接妮娜，她在等你。」他又起雙臂，知道凱利伯在虛張聲勢。

「我不去。」凱利伯說，接著，派屈克在轉瞬之間就把他壓制在門板上。

「你他媽的是在搞什麼？」他咬著牙說：「她現在需要你。」

凱利伯的塊頭比派屈克來得壯，他動手推開派屈克，一拳將他揮向門前小徑的矮樹叢邊。「我不必你來告訴我，說我妻子需要什麼。」後面傳來一個微弱的聲音，喊著爸爸。凱利伯轉身走回去關上門。

派屈克倒在樹叢邊，試圖穩住自己的呼吸。他慢慢地站起身，拍掉衣服上的樹葉。現在，他該怎麼辦？他不能讓妮娜留在監獄裡，但也沒有錢去保她出獄。

門突然又打了開來。凱利伯站在門口，手裡拿著一張支票。派屈克接下支票，凱利伯點頭表示感謝，兩人都沒提到幾分鐘前彼此幾乎殺掉對方。這是歉意的貨幣，這樁交易完全是為了讓兩人生命天翻地覆的女子。

我打算好好斥責凱利伯一頓，因為他沒有出席傳訊庭。但是這得稍候，等到我緊緊抱住納坦尼，讓他融在我懷中之後再說。我惶惶不安地等待副警長打開牢門，他帶我走進警長辦公室的接待室。我看到一張熟悉的面孔，但這不是我等待的人。

「我繳納了保釋金，」派屈克說：「凱利伯給我一張支票。」

「他……」我開口說話，接著才想起站在面前的人是誰。就算是派屈克，但我仍得小心。我眼神茫然地轉身讓他帶我走向法院的員工出入口，好避開媒體。「他真的死了嗎？你沒騙我，他真的死了吧？」

派屈克攫住我的手臂，讓我轉身面對他。「夠了。」他的臉上寫滿了痛苦。「拜託你，妮娜，真的夠了。」

他知道，他當然知道。他是派屈克。就某個層面來說，這讓我鬆了一口氣，因為我不必繼續在他面前假裝，也可以和一個能夠瞭解的人談談。他帶我穿過建築物內部複雜的走道，來到員工出入口，接著壓低我的身子，讓我坐進停在一旁的福特 **Taurus** 轎車裡。停車場裡停滿了媒體的廂型車，車頂上的衛星接收器像極了詭異的大鳥。派屈克把一疊東西往我腿上扔，原來是厚重的《波士頓環球報》。

報紙的頭條標題是：超乎法律。下面的副標題寫著：緬因州神父慘遭謀殺——地方檢察官的神聖正義，旁邊是派屈克和法警聯手撲倒我的彩色照片。右手邊還有一張席辛斯基神父倒臥在血泊當中的照片。我用指頭劃過照片上的派屈克。「你出名了。」我輕聲說。

派屈克沒有回答。他瞪著路，把全盤注意力放在前方。

我曾經和他無所不談。這不可能因為我做了這件事而有所改變。但是當我望向窗外，我看到了一個不一樣的世界——兩腳貓在街上跳著前進，乞討的流浪漢湧向車道，殭屍伸手敲門。我怎麼會忘了今天是萬聖節，沒有任何人和前一日的自己相同。「派屈克。」我再次開口。

他抬手一揮，阻止我繼續。「妮娜，情況已經夠糟了。我每次想到你做的事，就會想起事發前一晚，我在龍舌蘭模仿鳥酒吧裡對你說的話。」

這種人就應該槍斃。直到現在，我才想起他的這句話。還是說，我早就想到了呢？我伸手到鄰座去碰觸他的肩膀，想要安撫他，告訴他這不是他的錯，但是他避開我的手。「不管你想的是什麼，你都錯了，我——」

派屈克突然將車子停到路肩。「拜託，什麼都別對我說。我得在你的審判上出庭作證。」

但是我一向信賴派屈克。要我縮回精神失常的假面之下，似乎是一件更瘋狂的舉動，那個訂製的軀殼畢竟小了兩號，完全不合身。我用疑問的眼光看著他，而一如往常，他在我開口之前就先說出回答：「你可以找凱利伯談。」說完話，他將車子駛回正午的車流當中。

有時候，當你抱起自己的孩子時，雙手似乎可以感覺到自己的骨骼脈絡，或者你會在孩子頸背之間聞到自己皮膚的味道。為人母最奇妙的體驗，是你發現自己身上的某個部分脫離了身軀，但儘管如此，你的日子依然不能沒有它。這種感覺就像是將最後一塊碎片拼進了一千片的拼圖當中，是勝負難分的足球賽事當中最後一記進球，是孩子用小手環抱、從缺了乳牙的口中呼喊出來的興高采烈、衣錦還鄉、令人難以置信的奇蹟。納坦尼像陣颶風般衝進我的懷裡，他毫不費力，卻讓我無法站穩腳步。

「媽咪！」

喔，我心想：這就是原因。

我從兒子的頭頂望過去，看到凱利伯遠遠地站著，臉上毫無表情。我說：「謝謝你的支票。」

「你很出名，」納坦尼告訴我：「報紙上有你的照片。」

「小朋友，」凱利伯問：「你要不要挑一支錄影帶到我房裡去看？」

納坦尼搖搖頭。「媽咪要不要一起來？」

「等一下就去。我要先和爸爸說話。」

接下來我們開始克盡父母的責任，凱利伯將納坦尼安置在我們浩瀚如海洋的床罩上，我按下開關，播放迪士尼錄影帶。他陶醉出神地在這裡等待，而凱利伯和我則避到小男孩的房裡去面對真實世界，這似乎相當自然。我們坐在他的小床邊，身邊圍滿了色彩過分豔麗的亞馬遜樹蛙，吊在天花板上的毛毛蟲玩具掛飾兀自轉動，似乎一點也不在乎俗世的一切。「你究竟在搞什麼，妮娜？」凱利伯發動攻擊：「你到底有沒有用腦袋思考？」

「警方找你談過了嗎？你是不是也有麻煩？」

「我怎麼會有麻煩？」

「因為警方不知道你是不是和我共謀計畫。」

凱利伯彎下腰去。「你是這樣嗎？經過計畫？」

「我計畫讓這件事看起來像是臨時起意，」我解釋道：「凱利伯，他傷害了納坦尼。他傷害到我們的兒子，而且很快就會逍遙法外。」

「你又不知道——」

「我就是知道。這種戲碼我每天都在看。但是這次，傷害到我的兒子就是不行。他是我們的寶貝。你知不知道這件事會讓納坦尼連續幾年惡夢不斷？他得接受多少年治療？我們的兒子不可能回復到原來的樣子。我們不可能要回席辛斯基從他身上取走的東西。所以為什麼我不能對他做同樣的事？」我心想：己所不欲，勿施於人。

「但是妮娜，你……」他沒辦法說完他的句子。

「當你發現這件事，當納坦尼第一次說出這個名字的時候，你心裡第一個念頭是什麼？」

凱利伯低下頭。「我想殺了他。」

「對。」

他搖頭。「席辛斯基馬上就要受審。他原本可以受到應得的懲罰。」

「那不夠。你也知道法官不可能判下足以彌補一切的刑責。我做的是所有人父人母都會做的事。我只要假裝發瘋就可以成功。」

「你怎麼會這麼想？」

「因為我知道在法庭上被宣判喪失心智需要哪些條件。我只要看著被告走進法庭內，就可以判斷哪些人可以脫身，哪些會被判刑。我知道怎麼說、怎麼表現。」我直視凱利伯的雙眼。「我是個檢察官。但是我在法官面前，在一整個法庭的旁聽民眾面前槍殺了一個人。如果我沒瘋，怎麼可能這麼做？」

凱利伯沒有說話，思索事情的真相。「你為什麼要對我說這些話？」他輕柔地問。

「因為你是我的丈夫，你不會在法庭上說出對我不利的證詞。你是我唯一能傾吐的對象。」

「那麼，當你打算動手的時候，為什麼不告訴我？」

「因為，」我回答：「你會阻止我。」

凱利伯起身走到窗邊，我跟在他後面。我把手輕輕地放在他的背後。對一個大男人來說，他的後腰看起來仍然十分脆弱。「這是納坦尼應得的。」我喃喃地說。

凱利伯搖搖頭。「任何人都不該承擔這種遭遇。」

隨著時間流轉，你會發現就算你的心正在撕裂，你卻能正常運作，血液依然循環，呼吸不會停歇，神經細胞照常執行傳導的任務。漸漸消失的只有情感，你的語調與動作中會出現一種難以理解的平板與單調——當然先決條件是要有人發現——訴說著深不見底的無底洞。凱利伯瞪著這個女人看，昨天她還是他的妻子，現在卻成了個陌生人。他聆聽她的解釋，一邊納悶不解地想：她在哪裡學來這種他從未聽過，並且毫無道理可言的語言。

當然，面對一個染指兒童的惡魔，任何父母都會這麼做。但是這些人當中，有百分之九十九點九的人都不會付諸行動。妮娜也許認為自己是為納坦尼復仇，但是這種不顧後果的行為，是拿她自己的生命來作為賭注。如果席辛斯基被關進牢裡，這個家庭會有修補過後的痕跡，但他們仍然是一家人。但如果妮娜被關，凱利伯會失去妻子，納坦尼也沒了母親。

凱利伯感覺到怒意宛如強酸般腐蝕了肩膀上的肌肉。除了憤怒和震驚之外，他也許還有些畏怯。他對這個女人瞭如指掌，知道什麼事會讓她落淚，什麼會讓她歡喜。他熟悉她身上每一吋肌膚、每一道曲線，然而他卻不認識她。

妮娜懷著期待的心情站在他身邊，等待他贊許她做了正確的事。真好笑，她可以藐視法律，卻依然想得到他的贊同。正是因為如此，也為了其他所有的原因，她想從他口中聽到的話絕對不會出現。

當納坦尼披著餐廳的桌布走進房間的時候，凱利伯一把抱起兒子。在這場不可思議的風暴當中，納坦尼是他唯一認得的人。「嗨！」凱利伯用過於熱切的聲音招呼，把兒子拋到半空中。「這件披風太酷了！」

妮娜也轉過身來，原來寫在臉上的誠摯表情現在換成一個微笑。同樣的，她也對納坦尼伸出手，但是凱利伯將孩子舉到肩膀上讓她碰不到，這個舉動完全是為了洩憤。

「天快黑了，」納坦尼說：「我們可以走了嗎？」

「去哪裡？」

納坦尼指向窗戶作為答覆。外頭的街道上出現了成群結隊的小精靈、迷你怪物和仙女。凱利伯這時才發現樹葉全落了，咧著嘴笑的南瓜彷彿是蹲在鄰居家石牆上的母雞。他怎麼沒注意到萬聖節的徵象呢？

他望向妮娜，但是她似乎有心事。門鈴在這個時候像是接到暗示般地響了。納坦尼坐在凱利伯肩膀上咯咯地笑著說：「開門！去開門！」

「我們得等一下才能去開門。」妮娜無助地看了他一眼，家裡沒有糖果。家裡什麼甜的東西都沒有。更慘的是，他們沒有準備道具服裝。凱利伯和妮娜同時想起這件事，這個想法拉近了兩個人的距離。兩個人都想起了納坦尼歷年來的萬聖節裝扮，由近而遠往前推分別是：穿著閃亮甲冑的國王、太空人、南瓜、鱷魚，以及嬰兒時期的打扮：一隻毛毛蟲。「你想當什麼？」妮娜問。

納坦尼上下拍動肩膀上的神奇桌布。「超人英雄，」他說：「新的超人英雄。」

凱利伯有信心，認為他們可以在最短的時間裡打扮出一個超人。「舊的超人有什麼不好。」

一切都不好。納坦尼不喜歡超人，因為一塊克利普頓石就可以撂倒超人；綠燈俠的神祕綠色隕石戒指對任何黃色的東西都無效；無敵浩克太笨，甚至連神奇隊長都有面臨危機，如果他中計說出「沙贊！」就會變回原來的小比利・巴特森。

「鋼鐵人怎麼樣？」凱利伯建議。

納坦尼搖頭。「他會生鏽。」

「水行俠呢？」

「他要有水。」

「納坦尼，」妮娜輕聲說：「沒有哪個人是完美的。」

「但是他們應該要完美。」納坦尼辯解道，凱利伯完全能懂。今天晚上，納坦尼必須要所向無敵。他要知道過去的遭遇絕對不可能再次發生。

「我們要的是，」妮娜沉思著，說：「沒有『阿基里斯足踝』的超級英雄。」

「沒有什麼？」納坦尼問。

她拉住他的手。「我們來想想看。」她從兒子的衣櫃裡找出一條海盜頭巾，俏皮地綁在兒子的頭上，接著拿出一捲從前派屈克帶過來的黃色封鎖條捆在兒子胸前。她給他一副藍色鏡片的泳鏡，這是為了讓他有X光透視力，然後在他的運動長褲外，套上紅色的短褲——畢竟這裡是緬因州，她不想讓兒子穿著短褲出門。最後她向凱利伯打個手勢，要他脫下紅色的保暖襯衫遞給她。妮娜把紅襯衫圍在納坦尼的脖子上當作第二件披風。「喔，老天爺，你看看這像誰？」

凱利伯完全摸不著頭緒，但是他仍然配合演出。「我簡直不敢相信。」

「誰？像誰？」納坦尼興奮地幾乎跳起舞來。

「哈，當然是超能小子啦，」妮娜回答：「你沒看過他的漫畫書嗎？」

「喔，他是超強的超級英雄。他有兩件披風，所以他可以飛得更高更遠。」

「沒有……」

「酷斃了！」

「而且他甚至不必和人說話，就可以讀出別人腦袋瓜裡在想什麼事。其實啊，你這麼像他，我敢說，你一定已經具備了這些超能力。試試看，」妮娜閉上眼睛。「你猜我在想什麼。」

納坦尼皺起眉頭，全神貫注：「嗯……你在想，我和超能小子一樣會猜？」

她拍了拍前額。「喔，我的老天爺啊！納坦尼，你是怎麼猜到的！」

「我想，我應該也有他的透視眼，」納坦尼大聲說：「我看以看穿房子，知道大人要發什麼糖果！」他往前衝向樓梯。「快一點啦！」

為兩人帶來緩衝的兒子離開之後，凱利伯和妮娜不自在地對彼此微笑。「如果他沒辦法看穿門，你打算怎麼辦？」凱利伯問。

「就說他的視覺接收器發生故障，得修理一下。」

妮娜走出去，但是凱利伯在樓上逗留了一會兒。他從窗口看著披披掛掛的兒子一大步就跳下前廊，而且動作優雅自信得沒話說。即使在樓上，凱利伯仍然看得見納坦尼的笑容，聽到他響亮的笑聲。他想，說不定妮娜是對的，也許超級英雄只是個相信自己不可能失敗的凡人。

當我問話的時候，她拿著一把槍對準腦袋——其實是吹風機。「『愛』再過來是什麼？」

「你說什麼？」

我說不清自己想說的話。「你愛梅森，對吧？」

小狗聽到自己的名字開始笑。「呃，那當然。」她回答。

「然後，你愛爸爸比愛梅森多？」

她低頭看我。「對。」

「那你愛我是不是更多？」

她的眉毛抬了起來。「的確是。」

「那再過來是什麼？」

她抱起我，讓我坐在浴缸邊。她剛剛放吹風機的洗手臺上還暖暖的，說不定吹風機有生命。她認真想了一下。「『愛』再過來，」她告訴我：「是『當媽媽』。」

第五章

在我的人生歷程當中，我曾經動過拯救世界的念頭。我天真地睜大眼睛聆聽法學院教授講課，打從心底相信：一旦擔任了檢察官，我絕對可以一舉殲滅邪惡帝國。之後，我才學到，如果手上同時處理五百個案件，就必須慎重做出決定，盡量達成和解；瞭解到正義與說服的關連更勝過裁決；而且還發現自己選擇的不是聖戰，而是一門職業。

儘管如此，我仍然從未想要擔任辯護律師，甚至沒辦法想像自己起身為道德淪喪的罪犯撒謊。因為對我而言，這些人在證明其無辜之前，全都有罪。但是當我坐在費雪・卡靈頓花大錢裝潢著豪華飾版的事務所裡，從他俐落又有效率的祕書手上，接下一磅要價二十七塊九九美金的牙買加咖啡時，我開始明白吸引力何在。

費雪走出來接待我。他那雙保羅・紐曼般的藍眼睛明亮閃爍，彷佛能夠看到我坐在他的接待室裡，是他最感到愉快的事。何嘗不是呢?他可以開口索價，就算得賠上我一隻手和一條腿，他也知道我會心甘情願地支付。他有這個機會在一樁備受矚目的謀殺案中擔任辯護律師，新的客戶絕對會源源不絕而來。而且重點是：這個案子太簡單了，費雪就算閉著眼睛也能贏得官司。

「妮娜，」他說：「看到你真好。」他好像忘了，不到二十四小時之前，我們才在監獄的會議室裡見過一面。「來，到我的辦公室去。」

辦公室壁面依然裝飾了大量的飾板，相連的休息室裡飄出雪茄和白蘭地的味道。他的書架和我的一樣，擺著同一套法令全書，這讓我心裡稍微舒坦了些。「納坦尼還好嗎?」

「很好。」我坐在一張巨大的皮革高背安樂椅上，眼睛四處打量。

「看到媽媽回家，他一定很高興。」

我心想：比他父親高興多了。我的目光停在牆上一幅畢卡索的素描上。這不是複製品，是真跡。

「你在想什麼？」費雪問道，在我對面坐了下來。

「我在想，政府付我的薪水實在微不足道。」我轉過頭看著他說：「謝謝你昨天幫忙，讓我回家。」

「我雖然很想居功，但這實在是天上掉下來的禮物，而且你很清楚。我沒料到布朗會這麼寬宏大量。」

「我不敢期待第二次。」我感覺到他用目光打量我。比起昨天短暫的見面，我現在顯得十分自制。

「我們來談正事，」費雪宣布：「你錄過警方的口供了嗎？」

「他們要求過，但是我一直說我做了我該做的事，沒辦法繼續了。」

「你說了多少次？」

「反覆不停地說。」

費雪放下華特曼名筆，雙手交疊，臉上的表情融合了驚愕、尊敬，與無可奈何。他說：「你清楚知道自己在做什麼。」這是個陳述。

我從咖啡杯緣的上方看著他。「你不會想要這樣問我的。」

費雪往後靠向椅背，咧開嘴笑了。他有酒窩，一邊臉頰各有一個。「你進法學院之前是不是主修戲劇？」

「那當然，」我說：「你不也一樣？」

他有太多問題想問，我看得出來，這些問題像是搶著要參加戰役的小兵。我不怪他。到了現在，他已經知道我其實神智正常，對我選擇的這場遊戲也瞭如指掌。但這和家中後院有火星人降落一樣，不管是誰，都一定想去戳弄一下，看看裡面是什麼東西。

「你為什麼要你丈夫打電話給我？」

「因為陪審團都愛你，大家都相信你。」我猶豫了一下，才說出實話：「還有，因為我最討厭和你打對臺。」

費雪欣然接受我的理由。「我們要準備用喪失心智，要不然就是以極端憤怒來作為辯護。」在緬因州的法律當中，謀殺案並沒有區分等級，宣判的刑期一律是二十五年的監禁。這也就是說，如果我打算得到無罪釋放，我必須完全無罪，但是這很難，因為一切有錄影為證。要不，就是因喪失心智而獲判無罪，或是受到某種極端程度的挑釁，而出現同等程度的憤怒情緒。如果採取最後這項辯護方式，我的罪名可以減輕到一般殺人。這實在很難相信，但是在緬因州，如果你受到刺激而殺人，同時陪審團也認同你的理由，那麼你等於有某種程度的合法性。

「我的看法是，我們採用這兩種方式來辯護，」費雪建議：「如果——」

「不。提出兩項說法反而會在陪審團面前顯得站不住腳。相信我。這樣看起來，會像是連你也沒辦法斷定我為什麼無罪。」我想了一會兒。「此外，要十二個陪審員同時認定挑釁的性質太困難，不如讓他們認定在法官面前槍殺嫌犯的檢察官喪失心智。況且，以極端憤怒的理由來作為辯護並不能一了百了，只能減低刑責。如果用喪失心智來答辯，才能真正無罪釋放。」

我心底的答辯策略開始有了雛形。「好。」我往前靠，準備讓他加入陣營。「布朗會打電話給我們，告知檢方的精神科醫師會著手評估。我們可以早一步去找這個醫師，然後根據他的評估報告去找一個我們自己的精神科專家。」

「妮娜，」費雪耐心地說：「你是委託人，我才是律師。你必須先瞭解這一點，否則我們很難繼續下去。」

「少來了，費雪。我知道該怎麼做。」

「不，你不知道。你是檢察官，你對辯護一竅不通。」

「重點不就在於精彩的演出嗎？我不是已經這麼做了？」費雪好整以暇，看我挫敗地靠回椅背，雙手交抱在胸前。「好吧。那我們要怎麼做？」

「去找檢方委任的精神科醫師，」費雪冷冷地說：「然後去找個我們自己的精神科專家。」我揚起眉毛，但是他刻意不理會。「我會去調出杜沙姆警探關於你兒子這個案件所蒐集到的資料，因為這是讓你相信你必須殺害這個男人的關鍵證據。」

殺害這個男人。這句話讓我脊背發寒。我們輕輕鬆鬆地說出這些字眼，彷彿我們談的是天氣或是紅襪隊的得分。

「你覺得我需不需要再調閱其他資料？」

「內褲，」我告訴他：「我兒子的內褲上沾到精子。褲子送去做DNA檢驗，但是報告還沒回來。」

「呃，其實這沒有關係了——」

「我想看，」這件事沒有爭辯的餘地。「我必須看這份報告。」

費雪點頭，記錄下來。「那好，我會去要。還有別的嗎？」我搖頭。「很好。我一拿到報告就會打電話給你。同時，你在這段期間不要離開緬因州，不可以和檢察官辦公室的任何人說話。別搞砸了，因為你只會有一次機會。」他站起來，準備結束會談。

我走向門口，一邊用手指輕輕劃過牆壁上的拋光飾板。就在我握住門把的時候，我停下腳步回頭看他。他就像我開始處理案件的時候一樣，正在檔案中加註筆記。「費雪？」他抬頭看。「你有沒有孩子？」

「兩個。一個女兒在達特茅斯學院讀二年級，另一個還在讀高中。」

我突然覺得吞嚥困難。「嗯，」我輕聲說：「真好。」

上主啊，求爾垂憐。基督啊，求爾垂憐。

來聖安妮教堂參加席辛斯基神父追思彌撒的記者或教區的居民不少，但是沒有任何人認出坐在教堂倒數第二排身穿黑衣、對垂憐曲毫無反應的女人。我小心地用面紗遮住臉，而且保持沉默。我沒告訴凱利伯我要去哪裡，他以為我和費雪見過面之後就會回家。但結果我這個犯下不赦之罪的人卻是坐在教堂裡，聆聽樞機主教讚揚一個死在我手中的男人。

他也許曾經遭到起訴，但是沒有被定罪。諷刺的是，我讓他成了受害者。長椅上擠滿了他的會眾，這些人來教堂為他獻上最後的敬意。放眼望去，無論是來將席辛斯基神父送交天主的神職人員衣袍、排在走道上的百合花、捧著小蠟燭引領隊伍的輔祭侍僮，以及棺木的罩布，盡是一片銀白，教堂看起來就和我想像中的天堂一樣。

樞機主教在棺木邊誦念禱文，他身邊有兩名神父手持香爐和聖水。這兩個人似乎有些面熟，我認出他們是前一陣子才剛來教區拜訪的神父。我想，既然教區少了個神父，或許其中有一人會接任。

我向全能的天主和各位教友，承認我思、言、行為上的過失。

蠟燭甜膩的煙和花朵的香味讓我頭暈。在這之前，我參加的最後一場追思彌撒是我父親的喪禮，雖然規模沒有這麼盛大，但是儀式過程同樣充滿感傷。我還記得主持儀式的神父用雙手握住我的手，致上最深的哀悼之意：「他現在同上帝在一起了。」

誦讀福音的時候，我環顧四周的會眾。幾名年長的女人不停地低聲啜泣，大多數的人則是凝視著樞機主教主持莊嚴的儀式。如果席辛斯基的身軀屬於基督，那麼是誰控制了他的心靈？誰在他的腦子裡種下傷害兒童的種子？誰讓他選上我的兒子？

我猛然聽到：讚美他的靈魂，齊聲讚美我主。管風琴的樂聲跳動，接著樞機主教起身獻上悼詞。「葛倫．席辛斯基神父，」他開口說道：「深受會眾的關愛。」

我說不出自己為什麼要來，為什麼要遠渡重洋、擺脫束縛、踏破鐵鞋般地來見證席辛斯基的追悼儀式。也許這對我來說是一個結束，也許我依然需要證明。

這是我的身體。

我的腦海中出現我扣下扳機前一刻，他側面輪廓的線條。

這一杯是我的血。

他的頭骨碎裂。

在一片寂靜當中，我倒抽了一口氣，坐在我兩邊的人好奇地轉頭看我。

當大家像機器人一樣站起來，依序踏上走道準備領取聖餐的時候，我發現我的雙腳跟著移動，卻不記得去阻止。我在手持聖體的神父面前張開嘴。「聖體，」說完話，他直視著我的雙眼。

「阿們。」我回應。

我轉頭看向左側最前排的長椅，有個身穿黑衣的女人彎下腰哭泣，幾乎喘不過氣來。她黑色的鐘型帽壓著一頭鐵灰色的捲髮，雙手緊緊握住長椅的邊緣，木板看起來似乎要應聲碎裂。剛才主持聖餐式的神父對另一名神父低聲說了幾句話，要他過來接替位置，然後自己過去安撫這個女人。這時候我才驀然想到：

席辛斯基神父也是人子。

我的胸口像是灌了鉛般的沉重，雙腿癱軟無力。我可以告訴自己：我為納坦尼討回了公道；我能夠說，在道德上我沒有犯錯。但是，我不能忽視這項事實：因為我，一名母親失去了她的兒子。開啟另一個痛苦的循環來結束前一個循環，這個決定正確嗎？

教堂開始打轉，花籃離我的腳踝越來越近。我的面前出現一張比月亮還大的臉，口中念念有詞，說些我聽不見的話。如果我昏過去，他們會知道我是誰，會將我釘上十字架。我聚集了體內所剩無幾的力量，撥開擋住我去路的人，搖搖晃晃地穿過走道，推開聖安妮教堂的大門，掙脫枷鎖。

儘管黃金獵犬梅森在納坦尼出生的十個月前，就已經是這個家庭的一分子，但是從納坦尼有記憶以來，梅森一直被稱作「納坦尼的狗」。奇怪的是，如果先後次序互換——納坦尼先來到這個家——他會告訴父母，其實他想要一隻貓。他喜歡那種可以把貓咪掛在手臂上的感覺，天氣太熱的時候，大家就是這樣把外套掛在手上。他也喜歡聽貓咪在他耳朵旁邊發出呼嚕呼嚕的聲音，好像連皮膚都會隨著顫動。他還喜歡貓咪不必洗澡，從高處落下可以四腳穩穩著地。

他許過願，希望聖誕節能夠收到一隻貓，聖誕老人雖然幫他帶來其他東西，但唯獨漏了貓咪。他知道，一定是因為梅森的關係。這隻狗會習慣性地帶禮物回家，比方說沒啃乾淨的老鼠、在車道尾端撿到而且還奄奄一息的蛇，或是直接叼著活生生的蟾蜍。天知道，納坦尼的母親說過：牠會怎麼對付貓咪。

所以，那天，當納坦尼在教堂地下室閒逛、走進葛倫神父辦公室裡去看龍的圖片時，他首先注意到的就是貓咪。那隻黑色的母貓有三隻白色的爪子，彷彿是三隻腳踩到了油漆之後，才突然發現不妥急忙撤退。另外，牠尾巴抽動的方式像極了弄蛇人的眼鏡蛇，牠的臉甚至沒納坦尼的手掌心大。

「啊，」神父說：「你喜歡愛思米。」他彎下腰來搔弄貓咪的雙耳之間。「乖女孩。」他抱起貓坐在沙發上，就在龍的畫作下面。納坦尼覺得神父很勇敢，因為如果換成是他，他一定會擔心這隻怪獸活過來吞掉他。「你想不想摸摸牠？」

納坦尼點頭，他覺得幸福漲到了喉嚨邊，讓他完全說不出話來。他走向沙發，靠近神父腿上的小毛球，然後把手放在貓咪背上。他感覺到貓咪的體溫和心跳。「嗨，」他低聲說：「嗨，愛思米。」貓尾巴搔得納坦尼的下巴發癢，他忍不住笑了起來。神父也跟著笑，還把手放在納坦尼的後頸上。納坦尼正好撫摸著貓咪的相同部位，在這一瞬間，他覺得自己好像在遊樂場裡看著魔鏡一樣，他摸貓咪，神父摸他，說不定上帝也伸出隱形的大手正在撫摸神父。納坦尼抬起手，往後退開。

「牠很喜歡你。」神父說。

「真的嗎？」

「絕對是真的。牠對大部分的孩子都不是這樣。」

這讓納坦尼覺得自己長得好高。他又伸手搔弄貓咪的耳朵，他敢發誓，貓咪高興地笑了。

「這就對了，」神父鼓勵他：「別停下來。」

昆丁．布朗坐在地方檢察官辦公室妮娜原來的位置上，他百思不解，不曉得欠缺了什麼。由於辦公室的空間不足，因此他們臨時讓他借用她的辦公室，他沒有忽略其中的譏諷之處：他將要坐在這個女人的位置上研擬策略來將她定罪。根據他的觀察結果，妮娜．佛斯特有潔癖。天哪，她的迴紋針竟然依大小尺寸擺放在不同的碟子裡。他在她依字母順序排列的檔案裡找不到任何線索，沒有寫著槍販的揉皺立可貼，桌墊上也沒有席辛斯基神父的臉部塗鴉。任何人都不可能在這樣的空間裡工作，昆丁心想：因此問題一定藏在某處。

哪有女人不在辦公桌上擺孩子或丈夫的照片？

他仔細思考了一下：這會不會有什麼特殊的意義？接著，他掏出自己的皮夾。他從內側隔層裡抽出基甸恩嬰兒時期的舊照片。那是他們在西爾斯百貨拍的。當初為了博得小男孩的燦爛一笑，他拿起玩具橄欖球假裝扔向譚雅的頭，結果不小心打掉了她的隱形眼鏡。他把照片放在妮娜．佛斯特桌墊的角落上，這時候門剛好打開。

兩名畢德佛的警探走了進來，如果昆丁沒記錯，他們分別是伊凡．趙和派屈克．杜沙姆。「請進，」他指著面前的兩張椅子：「請坐。」

這兩個人塊頭都不小，肩膀幾乎要碰在一起。昆丁拿起遙控器，按鈕播放兩人身後錄放影機裡的帶子。他自己已經看過不下千次，他相信這兩個警探一定也看過。該死，到了這個時候，整個新英格蘭地區應該都已經看過了，哥倫比亞廣播電臺的所有分臺都在播放。趙和杜沙姆兩個人轉過頭去，目不轉睛地看著妮娜．佛斯特以異常優雅的姿勢走向旁聽席的欄杆，接著舉起手槍。在這個未經處理的毛帶中，葛倫．席辛斯基的右腦隨著槍擊迸裂。

「天哪，」趙警探喃喃地說道。

昆丁讓影帶繼續轉。這次他看的不是電視上的影像，而是兩名警探。他並不瞭解這兩個人，但是他很清楚一件事：他們和妮娜．佛斯特共事了七年，和他一起工作則只有短短的二十四小時。鏡頭開始劇烈搖動，帶到妮娜和法警扭打成一團的畫面，趙低下頭去，杜沙姆的眼神雖然沒有閃躲，但是臉上毫無表情。

昆丁咔噠一聲關掉電視。「我看完證人的口供了，總共一百二十四份。但是讓這一場混亂活生生地重現當然也無妨。」他往前靠，手肘撐在妮娜的辦公桌上。「我們手上的證據確鑿。唯一的問題是：當時她究竟是不是因為精神失常才犯罪。她如果不用這個理由答辯，就是會採用極端憤怒作為理由。」他轉頭問趙：「你有沒有陪同驗屍？」

「有。」

「結果呢？」

「法醫已經將屍體送到葬儀社去了，但他們要等到受害者的醫療記錄送到之後，才會把報告給我。」

昆丁翻了個白眼。「難道死因會因此改變？」

「不是這樣，」杜沙姆插進來說：「他們得附上醫療報告，這是正式流程。」

「那只好叫他們快一點，」昆丁說：「就算席辛斯基是個愛滋病患者我也不在乎，因為那不是他的死因。」他翻開桌上的檔案，拿起一張紙在派屈克．杜沙姆面前揮舞。「這是什麼鬼東西？」

他讓警探自己去讀。這份偵訊報告的對象是凱利伯．佛斯特，當時他涉嫌侵害自己的兒子。「那孩子當時沒辦法說話，」派屈克解釋：「他學了一些基本手語，當我們要他指認嫌犯的時候，他不停地比劃出『父』的手勢。」派屈克把報告還給昆丁。

「當時她有什麼反應？」昆丁問道，沒有必要指名道姓。

派屈克伸手揉臉頰，手掌遮住了含糊的回答。

「我沒聽清楚，警探。」昆丁說。

「她申請了禁制令，不讓她丈夫接近孩子。」

「在這裡申請？」

「在畢德佛。」

「我要一份副本。」

派屈克聳聳肩。「已經撤銷了。」

「我不管。妮娜．佛斯特射殺了一名遭指控性侵她兒子的男人。但在事發的四天之前，她以為加害者是另一個男人。她的律師準備告訴陪審團，說她之所以殺害神父，是因為神父傷害了她的孩子，但是她當時有多確定？」

「我們在她兒子的內褲上，」派屈克說：「發現了精子。」

「沒錯。」昆丁繼續翻閱資料。「是誰的DNA？」

「還在實驗室，報告應該會在這個星期出來。」

昆丁慢慢抬起頭。「在槍殺那傢伙之前，她沒有看到DNA的檢驗報告？」

派屈克下巴的肌肉抽動。「納坦尼告訴了我。她的兒子做了口頭指控。」

「我五歲大的姪子告訴我牙仙會帶錢給他，但是這並不表示我相信他，小隊長。」

昆丁還沒說完話，派屈克就已經從椅子上彈起來，越過桌面俯視昆丁。「你不認識納坦尼．佛斯特，」他惡狠狠地說：「你也無權質疑我的專業判斷。」

昆丁站了起來，以身高恫嚇警探。「我就是有權。因為從你的調查報告看來，就是因為你讓一個太早下定論的地方檢察官享受特權，才會把事情搞得一團糟。我們起訴她的時候，絕對不可能讓你再犯。」

「她沒有太早下定論，」派屈克爭辯：「她知道自己在做什麼。天哪，如果是我的孩子，我也會有相同的舉動。」

「你們兩個都聽好了。妮娜·佛斯特是殺人嫌犯，她選擇犯罪，在法庭所有人的面前冷血殺人。你們的工作是捍衛法律，沒有人，沒有任何人可以為了自己的利益扭曲法律，連檢察官都不行。」昆丁轉頭對另一名警探說：「這樣清楚了嗎，趙警探？」

伊凡·趙僵硬地點點頭。

派屈克直視昆丁的雙眼，重重的坐回椅子上。一直到兩名警探離開辦公室的久久之後，昆丁才想到杜沙姆根本沒有回答。

對凱利伯而言，所謂「預作準備好過冬」，純粹是一廂情願的想法。就算你做了最周全的準備，風暴依然防不勝防。東北風之所以棘手，就在於它難以預測，就算出海去了，還會回頭逆襲，狠狠地摧殘緬因州。最近幾年來，凱利伯好幾次在拉開門之後發現積雪及胸，他也曾經目睹世界在隔日之間完全變了個樣子，讓他只好拿出放在門邊櫃子裡的雪鏟挖出一條路。

今天他準備打點屋子，也就是說，將納坦尼的腳踏車收到車庫裡，找出塵封多時的雪橇和雪屐之前，凱利伯已經為門前的灌木搭好了棚架，讓脆弱的枝葉不致受凍，或是被屋頂滑下來的積雪打傷。

接著只剩下貯存足夠的木柴來過冬。目前他已經砍回了三堆木柴，正在地下室裡忙著交叉堆疊。他動作規律，一次撿起兩塊堆放在隔牆邊的柴堆上，整齊地排列在一起，橡樹的碎片隨著他的動作刺進了厚厚的手套。凱利伯感覺到一股越來越深的渴望，彷彿柴堆每增高一吋，夏天的氣息，比方說亮麗的金翅雀群、奔流的溪水，或是農夫翻開的每一鏟沃土，就跟著堆積起來。當凱利伯在漫漫冬日燃燒這堆木柴的時候，他總是會像解謎一樣推敲想像。被他扔進火中的木柴讓他想起蟋蟀的叫聲，或是七月的星空。如此這般，直到地下室再度成為空蕩蕩的一片，春天嫣然來到他的產業上為止。

「你覺得這樣夠我們過冬嗎？」

妮娜的聲音突然出現，讓凱利伯嚇了一跳。她來到地下室，站在階梯的下面，雙手環胸打量著柴堆。「看起來沒多少。」她補充。

「還有很多，」凱利伯繼續堆下兩塊木柴。「我只是還沒全拿下來。」他轉身彎腰，抱起一大塊木柴放在高高的柴堆上面，知道妮娜的眼光跟著他打轉。「就這樣。」

「嗯。」她答道。

「律師怎麼說？」

她聳聳肩。「他是個辯護律師。」

凱利伯猜想這應該是某種程度的侮辱。碰到這種與法律相關的主題，他一向不知該如何回答。地下室才半滿，但是凱利伯突然發現自己身軀有多麼龐大，他和妮娜有多麼接近，而這個空間對他們兩個人來說似乎過於狹小。「你還要再出門嗎？因為我得去趟五金店買防水油布。」

他根本不需要防水布，車庫裡已經放了四塊了。他不知道這些話怎麼會突然冒出來，簡直像是急著想從煙囪逃脫的鳥。然而他仍然繼續說：「你能不能看著納坦尼？」

妮娜靜靜地站在他面前。「我當然可以看著納坦尼。還是說，你覺得我情緒太不穩定，沒能力照顧他？」

「我沒這個意思。」

「你就是有，凱利伯。你也許不願意承認，但你就是這個意思。」她的眼眶裡有淚水。但是凱利伯想不出該說什麼來打消她的淚意，於是他只好簡單地點個頭，然後和她擦肩而過，走上樓梯。

當然，他並沒有開車到五金店去，而是漫無目的地開在鄉間的小路上，最後停在龍舌蘭模仿鳥酒吧前面。妮娜偶爾會提到這個地方，他知道她每個星期會在這裡和派屈克共進一次午餐，甚至知道綁著馬尾的酒保叫做史戴凡森。但是凱利伯從來沒有來過這裡，他推開門走進在下午幾乎空無一人的酒吧內，他覺得心底好像有個祕密逐漸在膨脹，他十分瞭解這個酒吧，但是這地方卻完全不知道他。

「午安，」史戴凡森看到凱利伯走進酒吧，於是開口招呼。妮娜都坐在哪個位置？他瞪著像齒列一般整齊的座位，想要猜出是哪一個。「我能幫忙嗎？」

凱利伯喝啤酒，對烈酒一向沒有多大興趣，但是他點了一份泰利斯卡威士忌。他坐在吧檯，看到正前方的瓶子標籤上印著這個品牌，他想，這款威士忌嘗起來應該會像名稱一樣滑順。史戴凡森把酒擺在他面前，還附上一碟花生。與凱利伯隔了三個凳子之外的吧檯邊，坐了個生意人模樣的男人，一旁的卡座還有個女人，邊寫信邊忍住淚水。凱利伯舉杯對酒保說：「乾了！」他曾經在電影裡聽到這個說法。

「你是愛爾蘭人嗎？」史戴凡森一邊問，一邊拿布擦拭吧檯抛光的木面。

「我老爸是。」其實凱利伯的雙親都在美國出生，祖先來自瑞典和英國。

「沒開玩笑吧！」旁邊的生意人看了過來。「我姊姊住在柯克郡，好地方。」他笑著說：「你搞什麼，怎麼會到這裡來？」

凱利伯啜了口威士忌。「沒辦法，」他撒謊：「兩年前的事了。」

「你住桑佛？」

「不是。我是業務員，來這裡出差。」

「我們不都是嗎？」男人舉起啤酒。「上帝祝福公帳，對吧？」他向史戴凡森招個手，說：「幫我們都再上一輪，」說完，他對凱利伯說：「我請客。或者應該說：我公司請客。」

他們閒聊即將到來的生意旺季，說起看似即將來臨的降雪，爭辯生意人的家鄉——美國中西部與新英格蘭的優缺點。凱利伯不知道自己為什麼不對這名生意人說實話，但是謊言來得太容易，而且，光知道這個男人願意相信他此刻的每一句話，就讓他感到一種奇特的解脫。於是凱利伯謊稱自己來自新罕布夏州的羅契斯特——一個他從來沒去過的地方，編造出公司的名字和一系列建築工具的商品，以及輝煌的業績。他讓謊言滾落雙唇，將這些話當作賭桌上的籌碼，來不及看自己抓到了多少，就已經全盤出手。

男人看了手錶一眼，低聲咒罵。「我得打個電話回家。如果晚了，我老婆會以為我開著租來的車到處轉。你懂嗎？」

「我沒結過婚，」凱利伯聳聳肩，向鬍鯨一樣，從牙縫間吸了一口威士忌。

「算你聰明。」生意人跳下高腳凳，走向酒吧後面的公共電話。妮娜在手機沒電的時候，曾經用這支公共電話打過一兩次電話給凱利伯。生意人在經過凱利伯身邊的時候伸出手來。「對了，我叫做邁克·強生。」

凱利伯和他握手。「我是葛倫，」他回答：「葛倫·席辛斯基。」

隨後他才想起自己應該是愛爾蘭人，不是波蘭人，而且史戴凡森住在這一帶，一定會注意到這個名字。但是，這都沒關係。當生意人回到吧檯邊，而史戴凡森仔細想過之後，凱利伯已經離開了酒吧。他覺得借用另一個男人、並且不太可能成真的身分，比這幾天以來當自己來得好多了。

坐在桌子另一邊的檢方精神科醫師很年輕，我真想伸手撫平他前額上的捲髮。但是，如果我這麼做，史托若醫師很有可能會以為我打算用皮包的肩帶勒死他，然後活活嚇死。這就是他之所以會選擇亞爾福瑞法院作為我們會面地點的原因，而我一點也不怪他。這個男人面對的患者不是精神失常就是有殺人傾向，除了監獄之外，進行會談最安全的地點就是法警穿梭不停的公共場所。

我刻意打點了自己的行頭。我沒穿常穿的保守套裝，而是套件卡其褲搭配高領棉衫，腳上踩了雙平底便鞋。當史托若醫師看到我的時候，我不想讓他想到檢察官，而是要讓他想起站在足球場邊為他喝采歡呼的母親。

我以為他一開口說話，一定會沙啞到不成聲。「你曾經在約克郡擔任檢察官對不對，佛斯特太太？」

我在回答之前先思考了一下。瘋到哪種程度才叫做瘋狂？我是不是該露出聽不懂的樣子？該不該開始啃咬襯衫的領口？要欺騙史托若這樣經驗不足的精神科醫師並不難，但是，這不再是重點了。現在我必須確認我當時的失去心智是暫時性的。這樣，才會得到我們所謂的無罪開釋。於是我對著他微笑。「叫我妮娜就好，」我向他示好。「還有，對。」

「好，」史托若醫師說：「我有張問卷，嗯，必須填妥交給法庭。」他拿出一張我看過至少上千次、列滿填充題的表格，然後開始讀：「請問你今天來到這裡之前有沒有服藥？」

「沒有。」

「過去你曾否因犯罪而被起訴？」

「沒有。」

「你是否曾經出庭？」

「十年以來，」我說：「每天都出庭。」

「喔……」史托若醫師眨眨眼，彷彿現在才發現自己在和誰說話。「啊，對。呃，如果你不介意，我還是得問完這些問題。」他清了清喉嚨。「你知道法官在法庭上扮演什麼角色嗎？」

我翻了個白眼。

「這應該表示知道。」史托若醫師繼續填寫表格。「你知不知道檢察官的角色是什麼？」

「這個，我想我應該相當清楚。」

你知不知道辯護律師的角色？你是否瞭解檢方排除各項合理懷疑，試圖證明你有罪？問題一條接著一條出現，蠢得和扔到小丑臉上的奶油派不相上下。費雪和我會善加利用這個只為了蓋上橡皮戳章的約談報告。紙上的答案少了聲調的抑揚頓挫，所以不顯得荒謬，只會讓人覺得有些閃爍和怪異。而史托若醫師太沒有經驗，他不可能在證人席上表達出我從頭到尾都聽得懂他的話。

「如果在法庭上出現你不瞭解的狀況，你應該怎麼做？」

我聳聳肩。「我會請我的律師去詢問法庭上依循的是哪個判例，然後再去查閱。」

「你知不知道你的律師不能透露你對他所說的一切資訊？」

「真的嗎？」

史托若醫師放下表格。他毫無表情地說：「我們應該可以繼續下個問題了。」他看著我的皮包，當時我就是從這個皮包裡掏出手槍。「你過去有沒有精神疾病的病史？」

「沒有。」

「你曾否因為精神上的問題而服藥？」

「沒有。」

「有沒有因壓力而引起情緒崩潰的病史？」

「沒有」

「你曾否擁有槍枝？」

我搖頭。

「你曾否接受過任何形式的輔導？」

這個問題剛好讓我喘口氣。「有的，」我承認，想到我曾經到聖安妮教堂去告解。「那是我這輩子最嚴重的錯誤。」

「怎麼說？」

「我發現兒子受到性侵之後，曾經到教堂裡去告解，和我的神父談起這件事。之後，我才發覺他就是下毒手的混蛋東西。」

聽到我的用詞遣字，一陣紅暈從他的襯衫領口一路往上爬。「佛斯特太太，呃，妮娜，我還有些問題得問你，是有關那天事情……事情發生的狀況。」

我開始將套頭毛衣的袖子往下拉。不多，稍微往下拉一點點好蓋住我的手。我低頭看自己的雙腿。「我一定得做，」我低聲說。

我越來越會演戲了。

「你那天有什麼感覺？」史托若醫師問道。他的聲音裡有一絲懷疑，就在幾分鐘之前，我的神智似乎完全正常。

「我一定得做……你懂的。這種事我看太多了，我不能把兒子賠進去。」我閉上眼睛，腦子裡想的是在我的經驗中，在法庭上成功地以心智喪失答辯的案例。「我別無選擇。我控制不住自己……感覺上像是看著別人做了那整件事，是別人在動手。」

「但是你當時知道自己在做什麼，」史托若醫師回答，我及時阻止自己，沒有太快抬起頭來。

「你曾經起訴過一些犯下嚴重罪行的人。」

「我沒有犯下什麼嚴重的罪行。我救了我的兒子，難道母親不就該這麼做嗎？」

「你認為母親該怎麼做？」他問。

在嬰兒感冒的時候熬夜看顧，以為不睡覺就可以幫助孩子呼吸。學會兒童之間的祕密語言，約束自己一整天只能這樣講話。每種不同材料的蛋糕都必須烤出至少一個成品，這樣才能比較口味的優劣。

每天多愛你的兒子一點。

「妮娜？」史托若醫師說：「你還好嗎？」

我抬起頭，含著眼淚點頭。「對不起。」

「你是嗎？」他靠向前來。「你真的感到抱歉？」

我們說的不再是同一回事。我想像著席辛斯基神父一路下到地獄。我找遍了能夠詮釋這個想法的字眼，接著我迎視史托若醫師的目光，說：「他呢？」

妮娜的滋味比任何女人都好，凱利伯一邊讓嘴唇沿著她肩膀的弧度滑動，心裡一邊這麼想。從她的嘴角一路滑到後膝，嘗起來像蜂蜜、陽光和焦糖。凱利伯一直以為自己可以恣意享用妻子，而且絕對會意猶未盡。

她抬起雙手扣住他的肩膀，她的頭在昏暗的光線中往後仰，頸部的線條宛如美景。凱利伯把臉靠在她的頸子上，試著用雙手探索。這裡，在這張床上，她是他上輩子愛上的女人。他知道她會在什麼時候碰觸他的哪個位置，能夠預知她的每個步驟。

她的雙腿圈住他身體的兩側，凱利伯讓自己往她推進。他的背部弓起，想像自己在她體內的那一刻，想像蓄積到頂點才終於像子彈般爆發的壓力。

就在這時候，妮娜的手滑進了兩個人的身軀之間握住他，就這樣，凱利伯完全鬆軟。他試著靠緊她摩擦，妮娜的指頭彷彿吹笛手一樣舞動，但是他仍然什麼動靜都沒有。

凱利伯感覺到她抬起手，再次放到他的肩膀上，也感覺到少了這隻手，包覆他的成了冷冷的空氣。「嗯，」當他翻身躺在她身邊的時候，妮娜說：「這可是頭一遭。」

他瞪著天花板，除了身邊這個陌生人之外，看什麼都好。他心想：這不是唯一的事。

星期五下午，納坦尼和我一起去採買家用。P&C大賣場對我兒子來說等於一場美食集會，納坦尼先在熟食區試吃了一片起司，接著我們走到餅乾區買了一盒動物造型餅乾。來到麵包區之後，他又領到一個原味貝果。「你覺得怎麼樣，納坦尼？」我問道，從我剛剛放進推車裡的葡萄串裡摘了幾顆遞給他。「我該不該花四塊九九買一顆甜瓜？」

我拿起甜瓜聞瓜蒂的味道。其實，我從來就不懂如何挑選水果。我知道要憑軟度和香氣挑選，但是我覺得有些甜美的果實偏偏就是有堅硬的外殼。

納坦尼拿在手上吃到一半的貝果突然掉到我的手上。「彼得！」他大聲喊。納坦尼坐在購物車的兒童座椅上，身上繫著安全帶。「彼得！嗨，彼得！」

我抬起頭，看到彼得．艾伯哈特從食品區的走道朝這裡走過來，手上拿著一袋薯片和一瓶白葡萄酒。打從我撤銷凱利伯禁制令的那天起，我就沒有再見到彼得。我有好多話想對他說，不，應該說是想要問他，因為我沒有再進辦公室，所以太多事不知道，但是法官在保釋條件中明白要求我不得和自己的同事聯絡。

納坦尼當然不知道。他只知道辦公桌抽屜裡永遠有棒棒糖、打噴嚏的聲音最像鴨子、而且已經好幾個星期沒看到的彼得，就突然站在我們的六呎之外。「彼得，」納坦尼大聲喊，向彼得伸出手臂。

我從彼得的臉上可以看得出他想了一下，但是，他太喜歡納坦尼，世上沒有任何理由足以對抗我兒子的笑容。彼得把薯片和葡萄酒放在紅蘋果陳列架的上面，給納坦尼一個熊抱。「聽聽你的聲音！」他輕吼：「你的聲音全回來了，對不對？」

彼得撐開納坦尼的嘴巴檢查，逗得孩子咯咯笑個不停。「音量也恢復正常了嗎？」他問道，轉動納坦尼肚子上的假想按鈕，讓孩子的笑聲越來越響亮。

接著彼得轉頭看著我。「他聽起來好極了，妮娜。」在這短短的幾個字之間，我聽出他其實想要說：你做了正確的事。

「謝了。」

我們互相打量，兩個都在思索哪些話能說，哪些不能提。因為我們正忙著盤算友誼的分量，於是我沒有注意有輛購物車漸漸靠近，還輕輕地碰到我這輛購物車的後側，清脆的碰撞聲剛好讓我抬起頭，看到昆丁．布朗站在一堆汪洋似的臍橙旁邊微笑。「好哇，好啊，」他說：「這裡是不是一切談定啦？」他掏出放在胸前口袋裡的手機開始撥號。「請派輛警車過來，我要逮人。」

「你不懂，」我想要解釋，這時他收起手機。

「有什麼難懂的？你公然違反保釋條件，佛斯特太太。這位是不是你在地方檢察官辦公室的同事？」

「看在老天爺分上，昆丁，」彼得搶著說話：「我是在和這孩子說話，是他喊我過來的。」

昆丁抓住我的手臂。「我大膽信任你，結果你反而給我難看。」

「媽咪？」納坦尼的聲音像河水一樣湧向我的耳邊。

「沒事，寶貝。」我轉身看著助理檢察長，咬著牙說：「我會和你走，」我壓低聲音說：「但是請你有點氣度，不要讓我的孩子再次陷入恐慌。」

「我沒有和她說話，」彼得吼道：「你不能這樣做。」

當昆丁轉頭看他的時候，眼神深不可測。「艾伯哈特先生，我相信你沒有說出來的話是：『他聽起來好極了，妮娜。』妮娜，你沒交談的女人，名字正好就是妮娜。老實說，就算你笨到去靠近佛斯特太太，她也應該推著購物車避開你。」

「彼得，沒關係。」我說話的速度很快，因為我聽到店外已經有警笛的聲響。「麻煩你帶納坦尼回家給凱利伯好嗎？」

兩名警員跑向走道過來，把手按在槍把上。納坦尼張大眼睛看著這一幕，最後才發現警察想做什麼。「媽咪！」他大聲尖叫，昆丁一邊下令要警察銬住我的雙手。

我面對納坦尼，用力裝出的笑容幾乎要繃裂我的臉。「沒事，你看，我很好。」我的雙手被往後拉，原來夾住的頭髮跟著散落下來。「彼得，現在就帶他走。」

「來，乖孩子。」彼得開口安慰納坦尼，將他從購物車的座位抱出來。他的鞋子勾到推車的金屬橫桿，納坦尼開始拼命反抗。他向我伸出雙手，放聲大哭，激動之下開始打嗝。「媽咪——！」

購物的人群自動讓開一條通道，正在堆貨的員工看得目瞪口呆，收銀員手上的掃瞄槍定定地停在半空中。我從這些人面前走過，一路上仍然聽得到兒子的哭喊。他的尖叫聲跟著我來到停車場，進到了警車裡。車頂的警示燈不停閃動。沒多久之前，納坦尼才指著一輛追逐嫌犯的警車，以為是熱鬧的假日景象。

「很抱歉，妮娜。」押我進警車裡的警員對我說。透過車窗，我依然看得到雙手環胸的昆丁・布朗。柳橙汁，我心想：烤牛肉和切片美式乳酪。蘆筍、起司餅乾、牛奶以及香草優格。我一路默念著回到監獄裡，這些我留在賣場手推車裡的物品會慢慢變壞，除非有人想到，去將它們放回原來的位置。

凱利伯打開門，看到兒子在彼得．艾伯哈特的懷裡啜泣。「妮娜怎麼了？」他立刻開口問，並且伸手去抱納坦尼。

「那傢伙簡直是個渾球，」彼得垂頭喪氣地說：「他這麼做，是為了在所有人面前留下深刻的印象，他——」

「彼得，我太太在哪裡？」

彼得瑟縮了一下。「回監獄裡了。她違反了保釋條件，助理檢察長下令逮捕她。」

有那麼一會兒，納坦尼彷彿和鉛塊一樣沉重。凱利伯抱著兒子，責任讓他略有搖晃，但接著他站穩了腳步。納坦尼還在哭，但現在安靜多了。孩子的襯衫背後濕了一整片，凱利伯揉搓孩子的脊背。

「先等等，告訴我發生了什麼事。」

凱利伯聽進了幾個關鍵的字眼：雜貨、食品、昆丁．布朗。但是他的腦子裡一片轟隆隆的聲音吶喊著：妮娜，你這下又做了什麼事？聲音大到讓他幾乎聽不見彼得的話。彼得解釋著：「納坦尼喊我過去，我聽到他再次開口太興奮了，不可能不理他。」

凱利伯搖頭。「你……是你去接近她？」

彼得足足比凱利伯矮了一呎，在這一刻，他清楚感覺到每一吋的分量。他往後退了一步。「我絕對不可能讓她惹上麻煩的，凱利伯，這你也知道。」

凱利伯想像兒子放聲哭叫，兩名警察夾著他的妻子離開，在這個混亂的場面中，還有一堆水果滾到地上。他知道這不是彼得的錯，不完全是。一個巴掌打不響，對話也要有兩個當事人，妮娜應該直接離開才對。

但妮娜想必會告訴他：她當時可能沒有多加思考。

彼得把手搭在納坦尼的小腿上輕輕按摩，但這個動作反而讓孩子再次抓狂，不但在前廊瘋狂的哭喊，還扯掉了樹上的枝葉。「天哪，凱利伯，我很抱歉。這太荒唐了。我們什麼也沒做。」

凱利伯轉過身，讓彼得看到納坦尼的後背因為恐懼而上下起伏。接著他撫摸兒子濕漉漉的頭髮。「什麼都沒有嗎？」凱利伯撂下質疑，讓彼得站在屋外。

我渾身僵硬地被帶進單人牢房，但是我不知道自己為什麼會失去知覺，是因為遭到逮捕，或是只是單純地感覺到冷。監獄裡的暖氣設備故障，矯正官全穿上了厚外套。通常只穿短褲或內衣的受刑人也套上了毛衣，但由於我什麼都沒有，只好在被鎖進囚室之後坐著發抖。

「甜心。」

我閉上眼睛，轉頭面對牆壁。今天晚上我不想理會亞德蓮。今晚我必須弄清楚昆丁．布朗究竟是怎麼整慘我的。第一次得到保釋出獄是個奇蹟，好運通常不會再次駕臨同一個地點。

我真想知道納坦尼好不好，也想知道費雪是否已經和凱利伯談過。這次被收押，我選擇打電話給我的律師。這是懦弱的解決方式。

凱利伯會說這是我的錯，但是，這也要他願意再和我說話才行。

「甜心，你的牙齒再這樣咯咯咬個不停，就得去做根管治療了。來。」有個東西在欄杆邊窸窣作響，我一回頭，看到亞德蓮丟了件毛衣過來給我。「是安哥拉羊毛的，別太用力拉。」

我笨手笨腳地套上毛衣，活動的空間還大得很，因為亞德蓮比我高六吋，罩杯起碼也比我大兩號。我還在發抖，但至少現在我可以確定這和寒冷無關。

當警衛宣布熄燈的時候，我試著想像熱氣。我記得，當梅森還是幼犬時，經常躺在我的腳邊，溫暖又柔軟的肚子就靠在我的光腳丫上。當我們在聖湯瑪斯海邊度蜜月的時候，凱利伯曾經用沙子埋住我，只露出頭來。還有，我在一大早脫下納坦尼的睡衣時，還感覺得到衣服上的溫度和孩子睡覺的味道。亞德蓮在走廊的對面嚼綠色的圈圈糖。糖果在昏暗的光線中閃著綠光，看起來就像是亞德蓮知道怎麼製造光線。

即使在監獄這片壓抑的沉靜之中，我仍然聽得見當我被戴上手銬時，納坦尼哭喊著要找我的聲音。納坦尼恢復得如此之好，慢慢地恢復正常，這件事會對他造成什麼影響？雖然我不能回家，但是他是不是會在窗口等我？他會不會睡在凱利伯身邊好躲開惡夢？

我像倒帶播放監視錄影帶般地回想自己在賣場裡的一舉一動：我做了什麼事，以及我應該怎麼做才對。我也許把自己當作納坦尼的守護者，但是在今天，我的表現一點也不傑出。我以為和彼得說話沒什麼關係，但是這個行為卻可能讓納坦尼的狀況急遽惡化。

幾呎之外，亞德蓮囚室裡的綠光像極了舞動的螢火蟲。事情不能光看表面。

比方說，我一直以為自己知道怎麼樣做對納坦尼最好。

但是，如果我錯了怎麼辦？

「我倒了些熱可可在杯子裡，好讓你配著鮮奶油喝。」凱利伯說了個冷笑話，一邊把馬克杯放在納坦尼的床頭桌上。納坦尼甚至連看都沒看他一眼。他面對牆壁，整個人蜷了起來，哭得紅腫的雙眼讓他一點也不像平常的納坦尼。

凱利伯脫掉鞋子，直接鑽到納坦尼的床上，然後用雙臂緊緊圈住兒子。「納坦尼，沒事的。」

他感覺到兒子的小腦袋搖了一下。他用手肘支起身子，輕輕地將床上的兒子轉過身來讓他躺好。他咧開嘴笑，努力想裝出一切正常的樣子，想假裝納坦尼的世界沒有變成水晶雪花球，不會在雪花落定沒多久之後又開始飄動不安。「怎麼樣，要不要喝點熱可可？」

納坦尼慢慢地坐起來。他抽出被子裡的雙手，朝自己身體方向縮，接著舉起手掌伸直指頭，用拇指抵住下巴。要媽咪。

凱利伯整個人愣住了。的確，自從彼得帶他回家之後，納坦尼就光是哭，和他沒有什麼互動。只有在凱利伯幫他洗完澡，要穿上睡衣之前，才稍微停止啜泣。但是，如果他想要，他當然能說話。

「納坦尼，你能不能告訴我你想要什麼？」

又是手語。接著納坦尼又比了第三次。

「你能不能用說的，小朋友？我知道你想要媽咪。來，說給我聽。」

納坦尼的淚光一閃，眼淚跟著落下來。凱利伯握著孩子的手。「說說看，」他乞求：「拜託，納坦尼。」

但是納坦尼一聲不吭。

「好，」凱利伯喃喃地說，把納坦尼的手放回孩子的腿上。「沒關係。」他盡全力擺出笑容，然後下床。「我馬上回來。你用這個時間喝熱可可，好嗎？」

凱利伯回到自己的房間，從皮夾裡掏出一張名片，撥打上面的電話號碼。他找的是兒子的精神科醫師：羅比許醫師。打過電話之後，他握起了拳頭，在牆上捶出個洞。

納坦尼知道這都是他的錯。彼得嘴裡雖然說不是，但是他在撒謊，大人在半夜裡就是用這種語氣說話，要孩子相信床下沒躲著可怕的東西。他們帶貝果走出賣場時，沒有先通過機器刷條碼；開車回家時，車子裡也沒有兒童座椅，就看看現在好了，他的爸爸把熱可可帶進臥室，可是他明明就不准在樓上吃東西。他的媽媽走了，沒有人遵守規矩，這全是因為納坦尼的關係。

他看到彼得，開口和他打招呼，結果這變成壞事。非常、非常不好的壞事。

納坦尼只知道他一說話，那個男人就抓住他母親的手。他一說話，警察就來。他開口說話，媽媽就被抓走。

所以，他再也不要說話了。

到了星期六早上，暖氣終於開始運作。但由於修得太好，因此監獄裡的溫度大概有二十七度。當我被帶到會議室和費雪碰面的時候，我只穿著短袖上衣和囚服的褲子，而且還在冒汗。反觀費雪呢，就算穿西裝打領帶，他仍然是一副怡然自得的模樣。「要找法官安排撤銷假釋的聽證，最快也得等到星期一。」他說。

「我得看我兒子。」

費雪的臉上沒有任何表情。他很生氣，如果我們角色互換，我一定也會如此，因為我讓自己的案子變得更複雜。「今天的探監時間是從早上十點到十二點。」

「費雪，請你打電話給凱利伯。請你盡力，要他帶納坦尼過來。」我整個人沉沉地坐在他對面的椅子上。「他才五歲，親眼看到警察把我帶走。現在，他必須看到我沒事。就算他得在這裡看也好。」

費雪沒有承諾。「我不必說你也知道，你的保釋被撤銷了。你好好想一想，你到底要我在法官面前怎麼說，妮娜，因為你沒有別的機會了。」

一直等到他直視我，我才開口問：「你會不會幫我打電話回家？」

「你願不願意承認這個案子由我主導？」

我們久久對望，誰也不願先眨眼，最後我先讓步。我低頭瞪著自己的腿看，聽到費雪走出會議室之後順手關上門。

亞德蓮知道，隨著探視時間即將結束，我的心情也越來越焦慮。時間已經接近中午，但是一直沒有人叫我去會見訪客。她趴著，正把指甲塗成螢光橘色。據她說，這是為了向狩獵季節致意。當我看到矯正官在例行的每刻鐘巡邏時間走過來的時候，我站起身來。「你確定沒有人來找我？」

他搖搖頭，繼續往前走。亞德蓮對著指甲吹氣，想吹乾指甲油。「指甲油還有剩，」她拿著瓶子說：「要我把它滾過去給你嗎？」

「我沒有指甲，我會咬指甲。」

「哎，太離譜了，有些人就是不懂得善用上帝賜予我們的天賦。」

我笑了。「和你說話還真有趣。」

「就我自己本身的狀況來說，甜心哪，上帝在分發的時候剛好老年失憶症發作。」她坐到下鋪，脫掉了球鞋。昨天晚上她仔細在腳趾甲上繪了迷你版的美國國旗。「呃，我真該死，」亞德蓮說：「把腳趾甲弄花了。」

時鐘完全沒有動靜，一秒都沒有走動，我可以發誓。

「說說你的兒子，」亞德蓮發現我又探頭看著走廊，於是開口問：「我一直想生個兒子。」

「我還以為你想要女兒。」

「甜心寶貝，我們女人需要細心呵護。男孩子呢，萬事都在意料當中。」

我試著想，應該要怎麼來好好形容納坦尼。這很像試著用紙杯裝進一片大海。我要怎麼去解釋一個依照顏色吃東西、在半夜吵醒我只為了急著要知道人為什麼要呼吸氧氣而不是水、還會拆開迷你錄音機想在裡面找出自己聲音的男孩？我太瞭解我兒子，而且，用來形容他的字句太多，讓我自己都感到驚訝。

「有時候，當我握住他的手，」我終於慢慢地說：「我會覺得他的手和我的手越來越不相配。我是說，他才五歲，你曉得嗎？但是我已經可以感覺到即將來臨的一切。有時候我覺得他的手掌有點太大，或是指頭太有力氣。」我瞟了亞德蓮一眼，聳聳肩。「每次牽他的手都像是最後一次。因為接下來，可能要換成他牽住我的手。」

她輕柔地對我微笑。「甜心，他今天不會來的。」

時間是十二點四十六分，我轉過頭去，因為亞德蓮是對的。

矯正官在接近傍晚的時候走過來對我說：「來吧。」然後拉開我的牢門。我揉著眼睛，跌跌撞撞地站起身。他帶我沿著走廊來到監獄裡一處我沒到過的地方。我的左邊有一排小房間，像是迷你監獄。獄警打開其中的一扇門，帶我走進裡面。

這個空間沒比放打掃用具的雜物箱來得大，裡面有一面塑膠玻璃，玻璃前放了張板凳，旁邊的牆上掛了一具話筒。玻璃的另一邊有個一模一樣的小房間，凱利伯正坐在裡面。

「啊！」我脫口驚呼，急忙衝向電話邊，將話筒靠在我的耳邊，說：「凱利伯，」我知道他看得到我的臉，也聽得到我的話。「拜託，拜託，請你拿起電話。」我不斷地比手劃腳，但是他的臉色嚴峻，雙手緊緊環抱在胸前。他連這一點小小的滿足都不願意給我。

我挫敗地沉坐在凳子上，前額靠向了塑膠玻璃。凱利伯彎腰抱了個東西起來，我這才發現納坦尼一直都在，只是他在檯面的下方，我沒看到他。他跪在凳子上，瞪大眼睛，看來十分警戒。他猶豫地碰著玻璃，似乎想知道我不僅只是光影下的錯覺。

我們曾經在沙灘上看到過寄居蟹。當時，我把寄居蟹翻了過來，好讓納坦尼看寄居蟹蠕動多節的腳。把寄居蟹放在你的手掌上，我說：牠會爬。納坦尼伸出了手，但是每當我想把寄居蟹擺上去，他就縮回小手。他想碰，但是又害怕，兩種情緒程度相當，也僵持不下。

所以，這時候我露出微笑，揮了揮手，讓他的名字充滿在這個小空間裡。

我做出方才對凱利伯做的動作，拿起話筒。「你也拿起來，」我無聲地說，然後又拿了一次話筒，讓納坦尼知道他該怎麼做。但是他搖搖頭，把手放到下巴。媽咪，他打出手語。

我手上的話筒掉了下來，像條蛇一樣打向旁邊的牆壁。我甚至不必看凱利伯，光是這個手勢，我就知道了。

我的淚水順著臉頰往下滑，我伸出右手打出I－L－Y的組合手勢：我愛你。接著我憋住呼吸，看著納坦尼舉起小拳頭，手指展開和我一樣的手勢。然後又是個代表和平的手勢，他用手指比出數字二，說：我也愛你。

到了這時候，納坦尼已經哭了出來。我聽不到凱利伯對他說了什麼話，但孩子搖搖頭。獄警這時拉開了他們背後的門。

喔，天哪，我就快看不到他了。

我輕輕敲著玻璃要他看過來，把臉貼向玻璃，然後指著納坦尼點頭示意。他照我的手勢做，把自己的臉頰貼在透明的隔牆上。

我靠過去，親吻母子間的這道障礙物，假裝玻璃並不存在。即使在凱利伯帶他離開會客室之後，我依然頭靠玻璃坐著，要自己相信我還能感覺到納坦尼在玻璃的另一側。

事情發生不止一次。過了兩個星期之後的星期日，納坦尼的父母到了麻州。費奧雷太太當時正在為小朋友讀某個小傢伙用彈弓對付巨人的故事，神父走進教室裡來。「我要徵求一個自願幫忙的小朋友。」雖然大家都舉起了手，但是神父直直看著納坦尼。

「你也知道，」他在辦公室裡對納坦尼說：「愛思米想念你。」

「牠真的想嗎？」

「喔，千真萬確。這幾天牠一直在念你的名字。」

納坦尼笑了。「牠才沒有。」

「你聽，」神父用手圈住耳朵，靠向躺在沙發上的貓咪。「牠又叫了。」

納坦尼也湊上前去，但是他只聽到貓輕柔地咪嗚叫。

「你可能要再靠近一點，」神父說：「上來坐這裡。」

納坦尼稍有猶豫，他想起來了。他的母親告誡過，和陌生人單獨相處時要小心。但是這不是陌生人，對吧？他坐在神父的腿上，把耳朵貼在貓咪的肚子上。「這樣才是乖孩子。」

這個男人動了動雙腿。有時候，當納坦尼在父親的腿上睡著，父親也會這樣挪動雙腿。「我可以起來。」納坦尼建議。

「不，不必。」神父的手沿著納坦尼的背往下滑，經過孩子的臀部，然後放到自己的腿上。「這樣很好。」

這時候納坦尼發現自己的襯衫被掀了起來，感覺到神父又熱又濕的指頭靠在他的脊椎上。納坦尼不知道該怎麼拒絕。他滿腦子只想到那天當他們開車的時候，有隻被困在車裡的蒼蠅拼命撞向窗戶只想脫身。「神父？」納坦尼囁嚅地說。

「我只是在祝福你，」他回答。「只有最特別的小幫手才有資格得到。我要上帝每次看到你的時候都會注意到你。」他的指頭停了下來。「你應該也這麼希望吧？」

祝福是好事，讓上帝格外注意嘛——呃，納坦尼確定爸媽應該也會高興。他將注意力放在懶洋洋的貓咪身上，這時候他聽到了，一個輕得像喘氣般的聲音，是愛思米——但也可能不是愛思米——在輕嘆他的名字。

矯正官在星期日下午第二次帶我去會客。他帶我來到樓上的會議室去，受刑人通常在這裡私下和律師見面。也許，是費雪來探視我的狀況。也許他想和我討論明天的聽證會該怎麼準備。

門一打開，我嚇了一跳，在裡面等著我的是派屈克。會議室的桌子上一字擺開了六盒外帶的中國菜。「你愛吃的菜我全買來了，」他說：「左宗棠雞，蔬菜撈麵，花椰菜炒牛肉，洞庭蝦，還有蒸餃。對了，另外還有那道吃起來像橡膠的東西。」

「豆腐。」我抬起下巴挑釁。「我以為你不想和我說話。」

「我是不想。我只想和你一起吃飯。」

「你確定？你想想看，在你塞得滿嘴食物的時候，我可以說多少話，你甚至沒機會——」

「妮娜。」派屈克的藍眼睛似乎褪了色，看起來很疲憊。「閉嘴。」

他儘管斥喝，但依然伸出手擺在桌上，這比桌上的任何東西都吸引我。

我在他對面坐下，握住他的手。派屈克立刻緊緊回握，在這一刻，我瞬間崩潰。我把臉頰貼在冰冷斑駁的桌面，派屈克梳理我的頭髮。「我偷看了你幸運餅裡面的籤，」他自首：「籤上說你會無罪獲釋。」

「那你的籤詩怎麼說？」

「也說你會獲釋。」派屈克笑了。「我不知道你要選哪一個。」

我放下警戒，眼神開始游移。「沒事了。」派屈克對我這麼說，而我相信他。我拿起他的手掌貼在我滾燙的臉上，好像他的掌心可以帶走我的羞愧，然後遠遠地扔到別的地方。

當你撥打監獄的付費電話時，受話的一方會知道是誰來電。每隔三十秒，線上就會自動出現語音提示，告知受話人這通電話來自位於亞爾福瑞的約克郡郡立監獄。去洗澡之前，我用派屈克在那天下午給我的五十分銅板打了一通電話。「嘿，聽著，」我一接通費雪家中的電話，立刻開口說：「之前你想要我告訴你星期一早上該怎麼說。」

「妮娜？」我聽到電話另一頭的遠處有個女人的笑聲。還有杯子或瓷器在水槽裡碰撞的聲音。

「我得和你談談。」

「我們正在吃晚飯。」

「天哪，費雪。」這時剛好有一群男人從外面的院子走進來，於是我背過身去。「我乾脆等你方便的時候再撥過來好了，我一定還有機會的，比如說，再等個三、四天就好。」

我聽到遠處的聲音越來越模糊，接著是喀噠的關門聲。「好了。怎麼了？」

「納坦尼不說話了。你得把我弄出去，因為他又開始崩潰。」

「他不說話？又不說了？」

「凱利伯昨天帶他過來，他又……開始打手語。」

費雪想了想。「如果我們讓凱利伯出庭作證，還有納坦尼的精神科醫師——」

「你必須傳喚他。」

「你是說精神科醫師？」

「凱利伯。」

如果他感到驚訝，那麼他也沒有表現出來。「妮娜，老實說，你搞砸了。我會想辦法讓你出來，但是我還是覺得可能性不大。如果你要我試，就得先安分一個星期。」

「一個星期？」我抬高音調。「費雪，我們說的是我兒子。你知不知道納坦尼在一個星期內可能會惡化到什麼程度？」

「我就是指望這樣。」

一個聲音切進了我們的對話。這通電話來自亞爾福瑞的郡立監獄。如果要繼續通話，請投入二十五分錢銅板。

當我對費雪口出惡言的時候，電話線已經斷了。

獄方讓亞德蓮和我一起到院子裡活動筋骨，時間有半個鐘頭。我們先沿著牆邊散步，在覺得太冷之後，便逆風站在高聳的磚牆下方。當矯正官走進院子的時候，亞德蓮正在抽菸。她撕下《簡愛》——這是她露露阿姨寄來的生日禮物——的超薄紙張，然後捲起從自助餐廳撿來的乾橘子皮充當香菸。她已經撕到第兩百九十八頁了。我告訴她，明年要她阿姨寄《浮華世界》過來。

我翹起腿坐在乾枯的草地上。亞德蓮跪在我後面抽菸，雙手插進我的頭髮裡。她出獄之後想當美容師。她用指甲幫我的頭髮從太陽穴到後頸分線撥開。「不要綁辮子。」我吩咐她。

「別侮辱我。」她又幫我的頭髮分了另一道線，和第一道分線平行，接著開始一排排編起緊緊的髮辮。「你的髮質很好。」

「謝謝。」

「我不是在稱讚你，甜心。你瞧瞧……還從我的指縫間往外彈。」

她又編又扭，好幾次讓我痛得瞇起眼睛。如果整理腦袋裡糾結成一團的思緒也能這麼簡單就好了。她的香菸抽到只剩下一吋長，越過我的肩膀落到籃球場上。「好啦，」亞德蓮說：「你成了辣妹嘍。」

我自己當然看不到。我先伸手觸摸服貼在頭皮上凹凹凸凸的髮辮，接著鬧彆扭地動手鬆開亞德蓮精心編織的辮子。她聳聳肩，坐到我身邊來。「你一直都想當檢察官嗎？」

「不是。」有誰會想當呢？有哪個孩子會認為檢察官是個魅力十足的行業？「我想要當馬戲團裡的馴獅人。」

「呵，難道我還不知道嗎？那些個縫滿亮片的戲服還真搶眼。」

對我來說，戲服從來都不是重點。我愛極了馴獸師潔伯－威廉斯的能耐，他可以走進獸籠裡，讓一群野獸以為自己是家貓。就這點而言，我發現我的工作與這個目標並沒有太大的落差。「你呢？」

「我老爸希望我當芝加哥公牛隊的中鋒，而我比較希望成為拉斯維加斯的歌舞女郎。」

「啊。」我弓起膝蓋，用雙手抱住。「你老爸現在怎麼想？」

「我猜，他沒什麼機會去想吧，他已經過世了。」

「我很遺憾。」

亞德蓮抬起頭來。「沒必要。」

但是她縮回到自己的小世界裡去，我驚訝地發現我想要她回來。我想起我和彼得・艾伯哈特常玩的遊戲，我轉頭對亞德蓮說：「最好看的肥皂劇，」我挑戰她。

「什麼？」

「跟著我玩就是了，說出你的答案。」

「〈青春歲月〉，」亞德蓮說：「順道一提，這些個在低設防監獄當警衛的孩子們真傻，竟然不懂在下午一點該收看什麼電視節目。」

「最難看的蠟筆顏色？」

「赤赭色。那到底算什麼顏色？還不如說是『嘔吐色』。」亞德蓮咧嘴笑，臉上閃過一絲白光。

「最好穿的牛仔褲？」

「Levi's五〇一。最醜的矯正官？」

「哈，那個午夜過後才會出現，應該要把鬍子漂白的女人。你有沒有注意到她的屁股有多大？甜心寶貝，讓我為你介紹珍妮・克雷格小姐出場。」

我們一起大笑，仰躺在冷冷的地上，感覺到冬天滲入我們的體內。當我們終於緩過呼吸之後，我的胸口卻有種空洞沉重的感覺，我實在不應該還有能力感受喜悅。「最希望去的地方？」過了一會兒，亞德蓮問了。

這堵牆的另一邊。在我家，我的床上。任何有納坦尼在的地方都好。

「從前。」我回答，因為我知道她懂。

昆丁坐在畢德佛一家咖啡店裡，這裡的凳子連矮人都會嫌小。他靠著馬克杯沿啜飲，熱可可立刻燙傷了他的嘴唇。「該死！」他咕噥抱怨，拿起餐巾摀住嘴，譚雅正好在這個時候走進店裡，她穿著護士的制服，連身衣上印著迷你泰迪熊。

「你閉嘴，昆丁，」她滑坐上他身旁的凳子，說：「我沒心情聽你取笑我的制服。」

「我沒有。」他指著馬克杯，棄械投降不打算爭吵。「要我幫你點什麼東西？」

他幫譚雅點了一杯低咖啡因的摩卡其諾。「這麼說，你很喜歡嘍？」他問道。

「你是說咖啡？」

「當護士。」

他在緬因大學結識了譚雅，當時她也是學生。這叫什麼，在第一次約會結束的時候，他伸手劃過她的鎖骨。叫鎖骨，她說。這裡呢？他的手沿著她的脊椎往下滑。尾骨。他張開手掌包覆住她的臀部。這是你身上最讓我喜歡的部位。他碰觸她光裸的肌膚，然後親吻她的臀部，她的頭隨著他的動作往後仰，喃喃地低語：腸骨。

基甸恩在九個月之後現身報到。他們在他出生的六天之前結了婚，這是個錯誤的決定，這樁婚姻撐不到一年就宣告結束。從此之後，昆丁一直提供兒子經濟上的援助——暫且不談精神上的支持。

「如果我能撐這麼久，就表示我一定很討厭。」譚雅說。昆丁想了好一會兒，才明白她只是在回答他的問題。他的臉上一定是流露出什麼表情，因為她伸手碰他的手。「對不起，我太粗魯，反而是你這麼有禮貌。」

她的咖啡送了過來，她先輕吹了一下才喝。「我在報紙上讀到你的名字，」譚雅說：「他們要你過來起訴謀殺神父的嫌犯。」

昆丁聳聳肩。「其實這案子很單純。」

「那當然，如果你光是看新聞的話。」但是譚雅依然搖搖頭。

「這是什麼意思？」

「世界不止黑白兩色，但是你一直學不會。」

他揚起眉毛。「我沒學到教訓？當初是誰把誰踢出家門的？」

「是誰發現誰和某個看起來像隻老鼠的女孩胡搞？」

「情況並沒有那麼嚴重，」昆丁說：「我當時喝醉了。」他猶豫了一下，然後補充道：「而且，說真的，她看起來比較像兔子。」

譚雅翻個白眼。「昆丁，那已經是十六年半之前的事了，你還像律師一樣在狡辯。」

「呃，要不然你想怎麼樣？」

「要你當個男人，」譚雅的答案很簡單。「要你承認高高在上、影響力深遠的布朗先生偶爾也會犯個錯。」她推開喝不到半杯的咖啡。「我老是在想，你當檢察官會這麼傑出，是不是因為這個工作可以減輕你自己身上的壓力。你知道的，規範其他人的行為會讓你覺得自己充滿正義感。」她從皮包裡掏出五塊錢放在櫃臺上。「起訴那個可憐女人的時候，你自己先想想。」

「你究竟想說些什麼？」

「你有沒有辦法想像她的感受，昆丁？」譚雅歪著頭問道：「還是說，你根本沒辦法想像那種親子間的聯繫？」

她起身，他跟著站起來。「基甸恩不想和我有什麼關係。」譚雅扣上外套，朝門口走過去。「我老是說，他遺傳到你的聰明才智。」說完話，她又再一次地脫離他的掌握。

到了星期四，凱利伯已經建立起一套生活作息：早上叫醒納坦尼之後讓他吃早餐，帶他一起蹓狗散步。隨後父子開車到凱利伯正在施工的工地，凱利伯砌牆的時候，他會讓納坦尼留在小卡車的車斗裡把玩裝在鞋盒裡帶過來的樂高積木。父子倆一起吃午餐，有時候是花生醬三明治夾香蕉，有時候喝裝在保溫壺的雞湯，搭配小冰櫃裡的汽水。接著他們會到羅比許醫師的診所，這位精神科醫師雖然努力嘗試，但仍然無法讓納坦尼再次開口說話。

這一切宛如一齣芭蕾舞劇，一個沒有話語的故事，但是任何人看到之後，都能瞭解凱利伯和兒子緩緩地度過每一個日子。凱利伯驚訝地發現這套作息甚至開始像個正常生活了。他喜歡這種寧靜，因為，如果不必說話，他就不會說錯話。而且，就算納坦尼不說話，至少他也已經不再哭泣。

凱利伯沒有多想，一項一項地進行手邊的工作，餵飽納坦尼，幫他穿好衣服，送他上床，一天下來，可以胡思亂想的時光所剩無幾。通常他在這個時候已經躺在床上，原來妮娜躺的位置如今空了下來。儘管他試著不去想，但是他口中的事實比檸檬還苦澀：沒有她，生活變得簡單多了。

費雪在星期四帶來新資料讓我看，裡面包括一百二十四名證人對於我殺害席辛斯基神父的證詞、派屈克寫的性侵案報告、當初伊凡．趙為我採錄，而我說詞反反覆覆的口供，以及驗屍解剖報告書。

我先讀派屈克的報告，這種感覺很像選美皇后在翻閱自己的剪貼簿。這份報告足以解釋放在我手邊的其他資料。我接下來讀的是案發當天法庭內所有人員的證詞。我當然把最精彩的驗屍報告留在最後才看，我虔誠地將報告捧在手上，彷彿我面對的是一冊《死海古卷》。

我先看照片，目不轉睛地凝視，一直到閉上眼睛之後，仍然看得見神父破碎臉孔的殘缺輪廓，也能夠想像他乳白色的腦漿。根據驗屍官凡恩．波特的記錄，他心臟的重量為三百五十公克。

「冠狀動脈解剖顯示，」我大聲念出來：「動脈粥樣硬化斑塊導致管腔狹窄，以左前降支動脈最為明顯，此一部位的管腔橫切面縮小程度達百分之八十。」

管腔。我重複讀著這個字眼和這個怪物殘存的部位：無血栓跡象，膽囊外壁光滑，膀胱有輕微小梁化狀況。

胃部殘留尚未完全消化的培根與肉桂捲。

後腦在子彈穿入孔周圍有一圈彈藥灼傷痕跡，子彈路徑四周有壞死現象，殘餘的腦為八百一十六公克，小腦扁桃體挫傷。死亡原因：頭部遭受槍擊。死亡方式：他殺。

突然間，我發現可以流暢地說出這些原來陌生的語言。我伸手觸摸驗屍報告。接著，我想起他母親在葬禮上的扭曲臉孔。

驗屍報告中還夾著另一份報告，上面蓋了本地內科診所的戳章。這應該是席辛斯基神父的病歷。這份檔案相當厚，遠超過五十年例行體檢的分量，但是我沒費心去翻閱。何必呢？我做了一般感冒、乾咳、疼痛和痙攣做不到的事。

我殺了他。

「這是給你的。」助理把一份傳真遞給昆丁。他抬起頭接下這幾張傳真，再低頭看了一會兒，覺得有些困惑。實驗室的報告上有席辛斯基的名字，但是和他的案子無關。接著他懂了，這是有關上一件案子，也就是與被告的兒子有關，而且已經結案的案子。他瞥了報告一眼，然後聳聳肩，這個結果並不令人驚訝。「這不是我的。」昆丁說。

助理看著他，眨了眨眼睛。「那你要我拿它怎麼辦？」

他本來想遞回給女助理，但想想又放在桌邊。「我來處理。」他說完話，隨即再次埋首工作，讓助理離開辦公室。

凱利伯能說出上千個他寧願去的地方，比方說戰俘的宿舍，或是在龍捲風襲擊的時候站在空曠的野地。但是他今天一定得出席，因為他接到了傳票。他身穿唯一的西裝還打上舊領帶，站在法院的自助餐廳裡捧著一杯熱到燙手的咖啡，一邊還要假裝自己的手沒有因為緊張而顫抖。

他想，費雪．卡靈頓不是壞人。至少一點也不像妮娜講的那麼糟。「放輕鬆，凱利伯，」律師說：「一下子就過了。」他們一起走向餐廳出口。再過五分鐘就要開庭了，法警說不定正帶著妮娜走進法院。

「你只要回答一些我們早就準備過的問題就可以了，接著布朗先生會問一些他自己的問題。你只需要說實話，好嗎？」

凱利伯點頭，想啜一口熱呼呼的咖啡。其實，他一點也不喜歡咖啡。他想知道納坦尼和莫妮卡在樓下的遊戲室裡玩什麼遊戲。他想要分散自己的注意力，於是在腦中為一名保險公司退休總裁即將砌的複雜磚牆構圖。幾分鐘之後，十多個記者加上好奇的民眾還有一名法官，都要聆聽這個男人說話，而他寧願保持沉默。「費雪，」他先開口，然後深深吸了一口氣。「他們不能問任何，你知道的，任何她告訴我的事，對吧？」

「任何妮娜告訴你的事？」

「有關……有關她做的事。」

費雪瞪著凱利伯看。「她和你談過？」

「對，在她——」

「凱利伯，」律師圓滑地打斷：「別告訴我。而且我會確保你不必告訴任何人。」

凱利伯還來不及弄清楚自己究竟鬆了多大的一口氣，費雪就已經穿過門口，消失無蹤。

彼得為昆丁．布朗在撤銷保釋的聽證會作證，他迅速地看了我一眼，眼神中充滿歉意。他不能撒謊，但是他也不想個當將我送進監獄的黑手。為了讓他好過一些，我盡量不要與他有眼神的接觸。我把注意力放在派屈克身上，他坐在我身後，而且距離非常近，我可以聞到他肥皂的香氣。至於布朗呢，他個頭實在太大，不適合在小小的法庭裡踱步。

費雪用手壓住我的腿。我完全沒注意到自己緊張得抖起了腿。「停下來。」他以嘴型默示。

「你在那天下午是否曾和妮娜．佛斯特見面？」昆丁問。

「沒有，」彼得說：「我沒有和她碰面。」

昆丁揚起眉毛，露出一臉不可思議的表情。「你有沒有朝她走過去？」

「是這樣的，我走在食品區，她的推車正好就和我在同一個走道，她的兒子坐在上面。我朝孩子走過去。」

「佛斯特太太有沒有也向手推車靠過去？」

「有，但是她朝她的兒子走過去，不是朝著我。」

「請你就我的問題回答。」

「聽著，她站在我身邊，但是沒有和我交談。」彼得說。

「你有沒有開口和她說話呢，艾伯哈特先生？」

「沒有。」彼得轉頭看著法官。「我朝納坦尼走過去。」

昆丁碰了碰檢方桌上的文件。「你可以閱讀這個案子的資料嗎？」

「你也知道，布朗先生，她的案子並非由我處理。你才是負責的人。」

「但是我借用她的辦公室工作，而你的辦公室就在隔壁，是不是？」

「是的。」

「而，」昆丁說：「辦公室的門都沒有鎖，對不對？」

「是的。」

「我以我猜想她之所以會接近你，是因為她想探聽內情？」

彼得瞇起眼睛。「她不想惹麻煩，我也不想。」

「你現在想幫她擺脫這個麻煩，是不是這樣？」

昆丁沒等彼得回答，直接將證人交給辯方律師質詢。費雪起身扣好西裝。我感覺到汗水沿著我的脊椎往下淌。「當天誰先開口說話，艾伯哈特先生？」他問道。

「納坦尼。」

「他說什麼？」

彼得看著欄杆。這時候他已經知道納坦尼又不說話了。「我的名字。」

「如果你不想讓妮娜惹上麻煩，你為什麼不轉身直接走開？」

「因為納坦尼想找我。而且在……在性侵事件之後，他有好一陣子沒開口說話。當時是事發後，我首度聽到他的聲音。我不可能直接轉身離開。」

「布朗先生就是在這個時候繞過來看到你們？」

「是的。」

費雪的雙手在背後交握。「你有沒有和妮娜談起她的案子？」

「沒有。」

「你有沒有提供這件案子的任何內線消息？」

「沒有。」

「她有沒有開口問你？」

「沒有。」

「你有沒有處理任何與妮娜這件案子相關的事宜？」

彼得搖頭。「我永遠是她的朋友。但是我瞭解我的職責，以及我身為檢察官對於法庭的義務。我絕對不可能讓自己和這個案子有任何關連。」

「謝謝你，艾伯哈特先生。」

費雪回到辯護席坐在我身邊，昆丁則是抬頭看法官。「庭上，檢方沒有問題了。」

我心想：至少我們有一方是如此。

凱利伯朝她望過去，卻大吃了一驚。他的妻子過去一向清新整齊，現在卻穿著亮橘色囚服坐著。

她的頭髮亂成一團，眼旁出現了黑眼圈。她的手背有一道傷痕，一腳的鞋帶也鬆脫了。雖然不可能，但是凱利伯想要跪在她面前幫她綁緊鞋帶，把頭埋在她的腿上。

他明白了，你可以恨一個人，卻又同時瘋狂地愛著她。

費雪盯著他看，將凱利伯拉回現實的責任當中。如果他搞砸了，妮娜可能無法回家。然而費雪也說過，就算他在證人席上的表現毫無瑕疵，她也可能得留在監獄裡等待正式開庭。他清了清喉嚨，想像自己漂浮在一片語言的大海上，努力將頭抬出水面。

「在你們發現納坦尼遭到性侵之後，他從什麼時候才開始再度說話？」

「大約三個星期之前。那天晚上杜沙姆警探來找他談話。」

「從那個晚上開始，他的語言能力是不是逐漸有進展？」

「是的，」凱利伯回答：「幾乎恢復正常。」

「她的母親花了多少時間陪他？」

「比平時來得多。」

「你覺得納坦尼有沒有什麼改變？」

凱利伯想了一下，說：「變得比較快樂。」

費雪移動腳步，來到妮娜背後。「在賣場的事件發生之後，有什麼變化出現？」

「他開始歇斯底里，哭到幾乎不能呼吸，完全不肯開口說話。」凱利伯直視妮娜的雙眼，把這句話當作禮物送給她。「他一直打手語，要媽咪。」

她發出像貓咪般的微弱聲響。這讓他頓時無言，還必須請費雪重複問題。「他在過去一個星期之間有沒有說話？」

「沒有。」凱利伯回答。

「你有沒有帶納坦尼去看他的母親？」

「去過一次。這對他來說……很不容易。」

「怎麼說？」

「他不想離開她，」凱利伯承認，「會客時間截止的時候，我必須拖著他離開。」

「你兒子晚上睡得還好嗎？」

「除非我陪他一起上床，否則他不睡。」

費雪嚴肅地點頭。「佛斯特先生，你覺得孩子是否需要母親回家？」

昆丁．布朗立刻起身。「抗議！」

「這是保釋聽證會，我允許辯方提出這個問題，」法官回答。「佛斯特先生？」

凱利伯看到許多個答案出現在他眼前。答案太多了，他該選擇哪一個？他張開嘴然後閉上，接著又是同樣的動作。

就在這個時候，他看到了妮娜。她明亮的眼光熱切地看著他，他試圖回想這個眼光為什麼如此熟悉。他想起來了：幾個星期之前，當她努力說服納坦尼用「心」來說話，而且任何字眼都比不出聲好的時候，他也曾經看到這道目光。「我們都需要她回來。」凱利伯畢竟還是說出了正確的回答。

羅比許醫師的證詞才說到一半，我就發現，如果當初我沒有槍殺神父，那麼我們應該會藉這場審判讓神父定罪。證詞的重點集中在納坦尼受到的性侵和隨之而來的影響。羅比許醫師在法庭上陳述了她對納坦尼遭受性侵之後的評估、他的療程，以及他如何運用手語。「納坦尼是否曾經回復到能夠再次開口的狀態？」

「有的。在他對杜沙姆警探親口說出性侵犯的名字之後。」

「在那之後，根據你的瞭解，他是否可以正常說話？」

羅比許醫師點點頭。「情況逐漸恢復正常。」

「在過去這個星期當中，你有沒有見過他，醫師？」

「有的。他的父親在星期五晚上打過電話給我，而且非常沮喪。納坦尼又不願意說話了。當我在星期一早上看到孩子的時候，他的退步十分明顯，態度退縮，而且沒有意願溝通，我甚至沒辦法說服他使用手語。」

「依據你的專業判斷，和母親分開是否會讓納坦尼在心理上受到打擊？」

「絕對會，」羅比許醫師說：「事實上，如果這個情況持續越久，就越可能造成永久性的傷害。」

醫師離開證人席之後，布朗起身結辯。他一開始就指著我說：「這個女人公然藐視規範，而且顯而易見的，這不是第一次。她在看見彼得．艾伯哈特當下，就該轉身離開。但事實證明她沒有這麼做。」他轉身面對法官。「庭上，你設定了妮娜．佛斯特的保釋條件，規定她不得接觸地方檢察官辦公室的任何成員，因為你也同樣擔心他們會提供她和其他被告不同的待遇。但是，如果你對她沒有任何制裁，那麼你就是在做同樣的事。」

儘管我十分緊張，卻也發現昆丁犯了一個策略上的錯誤。你可以對法官提出建議，但是絕對，絕對不可以告訴法官該怎麼做。

費雪站起身。「庭上，布朗先生在生鮮食品區看到的不過是酸葡萄罷了。就本質來看，當時根本沒有任何資訊的交流。事實上，沒有證據顯示出雙方曾經開口詢問相關資訊。」

他把雙手放在我的肩膀上。我過去曾經在辦公室裡看過他為其他委託人擺出相同的姿勢，我們都稱之為「祖父的架式」。「這是一場不幸的誤會，」費雪繼續說：「但不多不少，僅止於此。如果你把將孩子和妮娜．佛斯特分開作為這個事件的結局，那麼孩子可能會無辜犧牲。在大家都經歷過這麼多事之後，我相信這個法庭絕對不會願意看到這種情況。」

法官抬頭看著我。「我不會把她和孩子分開，」他做了裁決：「但是我也不打算給她任何機會來違抗本庭的規則。我同意開釋妮娜．佛斯特，但是條件是她必須在自宅監禁。她必須配戴電子手銬，並且遵循緩刑和假釋的所有電子監控規定。佛斯特太太。」他看到我點頭之後才說：「除了與律師見面或出庭之外，你不得離開自宅。只有在這些時候，電子手銬才可以依狀況重新設定行動範圍。如果我必須親自到你住的街上巡邏，才能確定你確實遵守這些規則，我絕對樂於執行。」

我的新電子手銬透過通訊網絡來運作。如果我離開自宅超過一百五十呎，手銬便會觸發警報。此外，保釋官有可能隨時來找我，要求我提供血液或尿液的檢體，來檢查我是否服用任何藥物或酒精。我決定直接穿囚衣回家，並且請副警長安排將我的舊衣服直接送給亞德蓮。那些衣服對她來說太短也太緊——但換句話說，正符合她的理想。

「你好像有九條命。」費雪低聲說。設定好我的電子手銬之後，我們一起離開了假釋官辦公室。

「還剩七條。」我嘆氣。

「希望你別全用掉。」

「費雪，」走到樓梯口，我停住了腳步，說：「我只想告訴你……換成是我，也不可能表現得更好。」

他笑了。「妮娜，我想，如果真要你開口說出『謝謝』兩個字，你可能會噎到。」

我們並肩走上樓梯來到大廳。費雪到最後一秒鐘還保持著紳士風度，他推開厚重的防火門，拉住門讓我先過。

瞬間迸發的閃光燈讓我幾乎看不見，過了好一會兒，我才再次看到這個世界。恢復視力之後，我才發現除了記者之外，派屈克、凱利伯和莫妮卡全都在等我。接著，我看到我的兒子從他父親的高大身軀旁邊衝出來。

她穿著滑稽的橘色睡衣，頭髮像極了納坦尼上次在車庫汽水瓶後面發現的鳥巢，但是她有張母親的臉，當她開口喊他名字的時候，說話的聲音也和母親一樣。她的微笑像個鉤子，他一口吞下這個鉤子，感覺到喉嚨直接卡了上去，讓他從這個小空間中脫身往前衝。媽咪。納坦尼舉起手臂，他先踩到電線，又被大人的腳絆了一下，接著開始往前跑。

她立刻跪了下來，這個動作讓拉力更強。納坦尼靠得好近，看得到她在哭，但其實他看不太清楚，因為他自己也在哭。他感覺到鉤子鬆了開來，拉出在他肚子裡足足脹了一個星期的沉默，在他衝進她懷抱的前一秒鐘，沙啞顫抖的聲音從他的雙唇之間迸了出來。「媽咪，媽咪，媽咪！」納坦尼放聲呼喊，他的音量大到蓋過一切，孩子耳邊只剩下母親如雷的怦怦心跳。

才一個星期的時間，他就長大了。我一把抱起納坦尼，像傻子般蠢笑，攝影機捕捉住每一個鏡頭。費雪將記者們集合在一起，開始長篇大論地陳述。我把臉埋進納坦尼甜蜜的頸際，拿現實來比對記憶。

凱利伯突然站到我們的身邊。他的表情和我們上次隔著監獄探視室玻璃單獨見面時一樣，深不可測。雖然他的證詞幫了我，但是我瞭解我的丈夫。他的表現符合眾人的期待，但這不代表他真心想這麼做。「凱利伯，」我激動不安地開口，「我……我不知道該說什麼。」

我驚訝地發現他獻上了求和的橄欖枝，他竟然露出一抹微笑。「嗯，這可是有史以來頭一遭。難怪有這麼多記者出現。」凱利伯展開笑臉，同時伸出手臂環住我的肩膀，引領我往回家的路上前進。

我聽過好幾個笑話。
水母（jellyfish）的肚子上有什麼？
肚臍眼（jellybutton）。

骷髏為什麼不會過馬路？
因為沒膽。

餅乾為什麼要去醫院看醫生？
因為軟掉了。

蜥蜴會把什麼東西放在牠們的廚房地板上？
爬蟲[8]。

怎麼稱呼瞎了眼的恐龍？
不恐怖的龍。

8 reptiles，音近 rep tiles，格紋磁磚。

還有一個：

扣、扣、扣。

誰在敲門？

ㄕ—ㄨ—ㄛ。

誰是ㄕ—ㄨ—ㄛ？

ㄕ—ㄨ—ㄛ出通關密語「納坦尼」，你就可以走。

當他說這個笑話的時候，我並沒有笑。

第六章

我就這樣回到了原來的生活當中。一家三口坐在早餐桌邊，和其他家庭沒兩樣。納坦尼用手指描著早報頭條的標題，「媽，」他靜靜地說：「咪……」我從咖啡杯口上方望過去，看到一張照片。照片中的我抱著納坦尼，凱利伯站在我旁邊。費雪不知怎麼著，也把臉湊進照片裡來。派屈克站在幾步之後，我是看到鞋子才認出他來的。照片上方斗大的標題寫著：「媽咪。」

凱利伯收拾兒子吃完穀片的空盤，納坦尼跑進遊戲室，他在裡面築起了兩支恐龍大軍，準備來場侏羅紀大戰。我瞥了報紙一眼，說：「我是惡人父母的典範人物。」

「總比『緬因州女謀殺犯』好。」他朝桌子點個頭。「信封裡有什麼？」

這像是公務部門之間傳遞文件用的牛皮信封，封口有紅線纏了起來，就夾在報紙的當地新聞版和體育版之間。我翻到信封背面，但是上面沒有寄件人地址，也沒有任何記號。

信封裡裝了一份州政府檢驗室的報告，過去我經常看到這種圖表。圖表上有八個欄位，每項欄位代表不同的人體DNA序列，其中有兩排數字在每一點上都完全吻合。

結論：內褲上所找到的DNA圖譜與席辛斯基的DNA圖譜完全吻合。因此我們無法排除於這處痕跡上取得的遺傳物質來自席辛斯基之可能性。於隨機挑選出的無關人士身上取得吻合於內褲上之遺傳物質的比率，約為六十億分之一強，相當於全球人口數。

用白話文來說，就是：我兒子內褲上的精子來自席辛斯基神父。

凱利伯從我背後探頭看。「那是什麼？」

「赦免令。」我嘆口氣。

凱利伯從我手上拿走報告，我指著第一行數字對他說：「這是席辛斯基血液採樣的DNA。下面這行是內褲污漬的DNA。」

「數字一樣。」

「對。你全身上下的DNA都相同。所以警察逮捕到強暴犯之後，會取他的血液樣本。你想想看，如果要他交出精子的取樣豈不是太荒謬了？關鍵是，如果嫌犯的血液DNA和證據相符，幾乎就可以保證將嫌犯定罪。」我抬頭看他。「這代表那件事是他做的，凱利伯。就是他。而且……」我沒把話說完。

「而且什麼？」

「而且我做了正確的事。」

凱利伯把報告蓋在桌上，站起身來。

「怎麼樣？」我挑釁地問道。

他慢慢地搖頭。「妮娜，你做的不是正確的事。你自己也說了，如果你拿嫌犯的血液DNA來比對證據，就可以將他定罪。所以，如果你肯等，他一定會得到懲罰。」

「然後納坦尼就必須坐在法庭上作證，重新經歷他的遭遇，因為如果沒有他的證詞，檢驗報告根本就沒有用。」我尷尬地發現自己眼眶含淚。「我認為不用出庭作證，納坦尼受的罪也已經夠多了。」

「我知道你在想什麼，」凱利伯溫柔地說：「問題就在這裡。納坦尼要怎麼去面對因為你這個作法而帶來的一切？我不是說你做錯，我也不是說我不會去做這種事。但是，就算這是正義的、恰當的舉動……妮娜，這仍然不是正確的事。」

他穿上靴子，拉開廚房的門，留下我和這份檢驗報告。我用手支著頭，深深地吸了一口氣。凱利伯錯了，他一定是錯的，因為假如他沒錯，那麼——

我的注意力轉移到牛皮紙信封上。是誰拿過來的，難道是什麼間諜？是不是檢方有人從檢驗室攔截下這份報告？說不定是彼得放的，也說不定是那個助理認為這份報告有助於神智失常的抗辯。但不管怎麼說，我都不該拿到這分報告。

因此，我也不能告知費雪。

我撥電話給他。「妮娜，」他說：「你有沒有看到今天的早報？」

「很難錯過。嘿，費雪，你有沒有看到神父的DNA檢驗報告？」

「你是指內褲污漬的採樣嗎？沒有。」他頓了一下。「現在那案子已經結案了，可能有人通知檢驗室，不必繼續比對。」

不太可能。地方檢察官辦公室的人員太忙，不可能去處理這樣的細節。「這樣吧，如果報告下來，我會很想看看的。」

「這和你的案子實在沒什麼關連——」

「費雪，」我很堅持：「你的助理有沒有打電話給昆丁·布朗，要他把報告傳真給你？我一定得看看這份報告。」

他嘆口氣。「好吧。我再回你消息。」

我放下話筒，坐在桌邊。凱利伯在外面劈柴，藉由沉重的力道來抒發心理的挫折。昨天晚上，他溫暖的手在被子下輕觸我的電子手銬。不過僅止於此，接著他翻個身，躺到床的另一側去。

我端起咖啡，再次閱讀報告上的兩行數字。凱利伯錯了，這份報告舉足輕重。這些文字和數字都是證據，白紙黑字來證明我是英雄。

昆丁粗略地再瞥了檢驗室報告一眼，然後把報告放在辦公桌的角落上。毫無驚奇可言，任何人都知道她為什麼要槍殺神父。問題是，這些全都不重要了。這場審判與性侵案無關，這是謀殺案。

那名不斷騷擾他、一頭金髮還褪了色的書記官——他忘了她叫做朗黛、汪黛還是什麼諸如此類的名字——把頭探進他的辦公室裡。「這地方的人都不懂得敲門嗎？」昆丁嘀咕。

「席辛斯基的檢驗報告在你那裡嗎？」她問道。

「就在我桌上。怎麼了？」

「辯方律師剛剛打電話過來，想要一份副本傳真，而且昨天就要。」

昆丁把報告遞給書記官。「急什麼呢？」

「天曉得。」

昆丁瞧不出個所以然來。費雪・卡靈頓一定知道這分報告對辯方不會有突破性的幫助。但是，話說回來，這對檢方也沒有任何意義。他確定妮娜・佛斯特一定會定罪，任何和死人相關的報告都不可能改變這個事實。當書記官走出辦公室帶上門的時候，昆丁已經把卡靈頓的要求拋到了腦後。

瑪綺拉・溫沃斯討厭雪。她在緬因州長大，在那個地方工作了十年，真的受夠了。她痛恨一早醒來發現自己得鏟出一條路才能走到車邊，痛恨腳下踩著雪屐的感覺，更討厭輪胎在薄冰上無可控制地打滑。事實上瑪綺拉這輩子最高興的日子，就是當她從緬因州立檢驗室辭職的那天：她搬到維吉尼亞州，把雪靴丟在高速公路上麥當勞速食店的垃圾桶裡。

她在「細胞核心」私人檢驗室工作有三年了。瑪綺拉一年到頭都保持著日曬後的淺棕膚色，衣櫥裡也只有一件中等厚度的大衣。但是她的桌上擺了一張妮娜・佛斯特寄來的明信片，這位地方檢察官在去年的聖誕節寄來這張卡片，上面的漫畫是錯認不了的緬因州地圖——她的出生地看起來像極了連指手套——圖片上還有一雙曲棍球眼睛和小丑帽，上面寫著：一日為緬因人，終身是緬因人。

瑪綺拉看著卡片，想到北方的緬因州現在應該已經開始積雪，這時妮娜正好打電話過來。

「你絕不會相信的，」瑪綺拉說：「但是我正好想到你。」

「我需要你幫忙，」妮娜回答。她老是公事公辦，但妮娜一向如此。瑪綺拉離開州立檢驗室之後，妮娜打過一兩次電話給她，都是為了請她再確認報告內容。「我有份DNA報告，需要確認一下。」

瑪綺拉瞄了瞄堆在桌上收件箱裡的文件。「沒問題。說來聽聽。」

「兒童性侵案。我們有血液採樣，還有遺留在內褲上的精子。我不是專家，但是結果看起來很制式化。」

「啊，我猜他們又耍白爛了，你是不是覺得州立檢驗室搞砸了？」

「其實他們表現還不錯，我只是要完全確定。」

「看來你真的不想放這傢伙逍遙法外。」瑪綺拉開起玩笑。

妮娜猶豫了一下。「他死了，」妮娜說：「我開槍殺了他。」

凱利伯一向喜歡劈柴。他愛極了力大無窮的那一刻：舉起斧頭往下劈，就好像在嘉年華遊樂場裡丈量自己的力氣一樣。他喜歡木頭裂開來的聲音，先是爆裂，接著咚一聲往兩邊落地。他也喜歡劈柴的節奏，可以撫慰思緒和記憶。

也許當他劈完所有的木柴之後，會覺得自己已經準備好，可以回到屋裡面對妻子。

妮娜率直的個性一向吸引人，對生性容易猶豫的男人更是如此。但現在這個缺失卻被放大檢驗，成為巨大的缺憾。她就是不願放手。

凱利伯曾經接過一個工作，要為公園築一道磚牆。在工作的這段期間，他逐漸習慣了住在紀念涼亭下的一名流浪漢。有人告訴凱利伯，這個流浪漢叫做煤塊。煤塊雖然精神不太正常，但也無害。凱利伯工作的時候，煤塊偶爾也會坐在旁邊的凳子上。煤塊會花好幾個小時解開鞋帶，脫掉鞋子搔腳踝，然後再把鞋子穿上去。「你看到了嗎？」流浪漢問凱利伯：「你看到傷口流出毒藥了嗎？」

有一天，社工人員到公園找煤塊，想帶他去收容所安置，但是他不肯。他堅稱毒藥雖然有傳染性，但他不會傳染給別人。幾個小時之後，那位女性社工人員終於耐心盡失。「我們想要幫忙，」她對凱利伯說：「卻得到這種結果。」

於是凱利伯來到煤塊身邊坐下。他脫掉腳上的工作靴和襪子，指著腳踝說：「你看到了嗎？每個人的腳上都出現一個傷口。」

之後，流浪漢便乖得像隻貓一樣的離開了。腳上是否真的有傷口並不重要，重要的是，煤塊在當下真的相信凱利伯的腳上有個洞。那一刻，凱利伯讓流浪漢知道他是對的。

妮娜現在就是這樣。她為自己的行為設下了新的定義，因此，就算對別人不然，但是對她而言，她怎麼做都有道理。說她殺人是為了保護納坦尼？這個嘛，不管出庭作證會對孩子造成什麼創傷，都不可能和他親眼目睹母親被戴上手銬送進監獄一樣嚴重。

凱利伯知道妮娜尋求的是正當性，但是他沒辦法像當初對待煤塊一樣直視她的雙眼，然後對妻子說：是的，他瞭解。他就是沒辦法直視她。

他不知道自己為什麼要在兩人之間築起一道牆。是不是因為這樣一來，在她被判刑之後，他會比較容易放手。

凱利伯拿起另一塊木頭放在砧板上。斧頭往下劈，木頭俐落地一分為二，實情出現在正中央。妮娜的行為並不會讓凱利伯覺得自己在道德上比較崇高，而是讓他成了個懦夫，因為他不夠勇敢，不敢將想法付諸行動。

納坦尼記不得所有的細節，比方說，在他第一次搖頭拒絕的時候說了什麼話，或是他們之中是誰解開他褲子上的鈕釦。儘管有些時候他拼命想忘記，但是他還是記得當褲子脫掉的時候空氣有多冷，以及事後他的手有多麼燙。他也記得那有多痛，雖然他嘴巴說不痛，但其實痛徹心扉。納坦尼記得自己緊緊抱住愛思米，緊到貓咪叫了出來。他也記得在貓咪金色的眼睛裡看到一個不再是自己的小男孩。

這會讓妮娜樂壞了。

瑪綺拉讀過了DNA的結果，看到精子痕跡和神父的血液採樣完全吻合之後，立刻就有這個念頭。雖然沒有哪個科學家會在出庭作證時這麼說，但是這些數字和數據就是明證。毫無疑問，這傢伙就是罪犯。

她拿起電話打算把這個消息告訴妮娜。她用下巴夾住話筒，用手將橡皮筋圈起附在檢驗報告上的醫療檔案。之前，瑪綺拉沒去讀這些東西，因為妮娜說得很清楚，神父死於槍殺。儘管如此，妮娜還是請瑪綺拉再次仔細閱讀這些檔案。她嘆口氣，然後掛回話筒，打開厚厚的檔案閱讀。

兩個小時後，她讀完整份文件。而且還明白了一件事：雖然她想置身事外，但是她仍然得回緬因州一趟。

我在這個星期當中學到了一件事：不管形狀和尺寸有多大的不同，監獄就是監獄。我和狗一起看著窗外，渴望能走向玻璃的另一邊。我願意付出一切代價來換取最平凡的瑣事，比方說跑銀行、開車到保養廠，或是耙樹葉。

納坦尼開始回學校上課。這是羅比許醫師的建議，算是邁向常態。然而我難免懷疑凱利伯在其中是否也提供了一些意見，因為他可能不希望讓我和兒子單獨相處。

一天早上，我不假思索地走到車道去拿報紙，事後才想起電子手銬這回事。凱利伯後來才發現我坐在門廊上一邊哭，一邊等警車出現，因為我確定他們一定會過來巡查。但不知發生了什麼奇蹟，我並沒有觸動警鈴。我在戶外待了六秒鐘，而且沒人發現。

為了讓自己有事可做，我偶爾也下廚。我做了義大利筆管麵、法式紅酒雞，甚至還有中式鍋貼。我挑選的都是異國料理，只要不是這裡，哪個地方的口味都好。但是今天我打算打掃屋子。我已經清理過放大衣的櫃子和廚房的櫥櫃，依據使用次數重新排列裡面的物品。我扔掉買了好幾年、卻一直放在樓上臥室忘了穿的鞋子。我把衣服排得像一道彩虹，從淺粉紅色到深紫再排到巧克力色。

凱利伯走進來脫掉髒襯衫的時候，我正在清理他的衣櫃。「你知道嗎，」我說：「樓下的櫃子裡有一組全新的鞋底防滑釘，尺寸足足比納坦尼的腳大了五號。」

「我在車庫拍賣買來的。納坦尼會長大，將來會派上用場。」

經過這一切之後，難道他還不瞭解未來不一定會順遂地出現？

「你在做什麼？」

「整理你的抽屜。」

「我喜歡我的抽屜。」凱利伯拿起我放到一旁的破襯衫，胡亂塞進抽屜裡。「你何不睡個覺？或是看書，做點別的事？」

「那是浪費時間。」我找到三只落單的襪子。

「為什麼花時間就叫做浪費時間？」凱利伯一邊問，一邊穿上另一件襯衫。他抓起我擺在旁邊的襪子，丟回放內衣的抽屜裡。

「凱利伯。你在搞破壞。」

「怎麼會？抽屜本來就好好的！」他把襯衫塞進牛仔褲裡，打上皮帶。「我就是喜歡襪子原來的樣子。」凱利伯很堅持。有那麼一會兒，他看起來還想繼續說，但他搖了搖頭，接著跑下樓去。沒多久，我從窗口看著他走進清涼明亮的陽光之下。

我拉開抽屜抽出那幾只落單的襪子，再拉出破掉的襯衫。他可能要過好幾個星期才會發覺不同，到了那一天，他一定會感謝我。

「喔，天哪，」我從窗口看到一輛眼熟的車停到路邊，不禁脫口驚呼。一名身材嬌小，一頭深色濃密頭髮的女人用雙手環住自己抵禦寒風。

「怎麼了？」凱利伯聽到我的驚呼，走進屋裡來。「什麼事？」

「沒事。一點事都沒有！」我拉開門，對瑪綺拉展露大大的笑臉。「我簡直不敢相信，你竟然來了！」

「讓你驚喜一下啊，」她說完話後給我一個擁抱。「你還好嗎？」她的眼神閃了一下，但我還是看到了——她往下瞄，想看我的電子手銬。

「我……很好，現在更好了。沒想到你會親自把報告帶過來。」

瑪綺拉聳聳肩。「我猜，你應該會希望有人陪伴。而且，我好一陣子沒回來了，還真想家呢。」

「騙人，」我笑了。我將她拉進屋裡，凱利伯和納坦尼正好奇地觀望。「這是瑪綺拉．溫沃斯，在她拋棄我們到私人公司去工作之前，曾經在州立檢驗室服務。」

我的心情十分愉快。這倒也不是因為瑪綺拉和我有多親近，而是在這陣子以來，我實在沒機會見到太多人。派屈克偶爾會來，此外，我的家人當然也會來探視。但是我大多數的朋友都是同事，在上一場聽證會過後，他們全都嚴格地保持距離。

「你是出差，還是來玩？」凱利伯問道。

瑪綺拉看了我一眼，不知道該怎麼說。

「我請瑪綺拉幫我看看那份DNA報告。」

凱利伯的笑容黯淡了些，但也只有像我這樣對他如此熟悉的人，才捕捉得到這個細微的變化。

「這樣好嗎，不如我帶納坦尼出門，讓你們兩個好好聊聊？」

他們離開之後，我帶瑪綺拉來到廚房。我們聊著維吉尼亞州在這個季節的天氣，提到緬因州已經開始降霜。我也為她準備了冰茶。終於，我們再也憋不住，於是我在她面前坐下。「是好消息，對不對？DNA是不是完全吻合？」

「妮娜，你在讀醫療記錄的時候有沒有注意到一件事？」

「其實，我沒去浪費時間。」

瑪綺拉伸出指頭在桌面上劃圈圈。「席辛斯基神父罹患了慢性骨髓性白血病。」

「那很好，」我冷冷地說。「我希望他受盡折磨。我希望他在每次化療之後都把五臟六腑給吐出來。」

「他沒有接受化學治療。他在大約七年前接受了骨髓移植，病情逐漸穩定。實質上的說法應該是他已經痊癒。」

我開始覺得有點僵硬。「你這是不是在說，槍殺了一個打敗癌症病魔的人，我應該要感到愧疚？」

「不是。是……嗯，是白血病的治療方式會影響到DNA的分析結果。簡單來說，要治療白血病，病患需要有新的血液，也就是說，可以透過骨髓移植達到這個目的，因為骨髓可以造血。經過幾個月的時間，患者的骨髓會完全被捐贈者的骨髓取代，舊的血液沒有了，白血病也跟著解決。」瑪綺拉抬起頭看著我。「這樣你懂嗎？」

「到目前為止都懂。」

「病患的身體會使用這些健康的新血，但是那不是病患本身的血，而且就DNA層面來說，也不會和病患原來的血液相同。病患的皮膚細胞、唾液，和精子的DNA都是出生時原有的DNA，但是血液中的DNA則來自骨髓捐贈者。」她伸出雙手蓋住我的手。「妮娜，檢驗室的報告正確無誤，席辛斯基神父血液採樣的DNA，的確和你兒子內褲上沾到的精子採樣DNA相符。但是席辛斯基神父的DNA並不是他自己的DNA。」

「不，」我說：「不可能是這樣。我前兩天才向凱利伯解釋過，你可以從身體的任何細胞採得DNA，就是因為這樣，血液採樣和精子採樣的DNA才會完全相符。」

「百分之九十九點九的狀況都是這樣沒錯。但是這是個非常特殊的例外。」她搖搖頭。「很遺憾，妮娜。」

我猛然抬起頭。「你是說……他還活著？」

她沒有回答。

我殺錯了人。

瑪綺拉離開之後，我在自己製造出來的困境中來回踱步，彷彿籠中的獅子。我的雙手顫抖，似乎怎麼樣也暖不起來。我究竟做了什麼事？我殺了一個無辜的人。一名神父。這個人曾經在我世界崩落的時候來安慰我，他愛孩子，包括納坦尼在內。我殺害了一個戰勝癌症的人，他本來可以活得長長久久。我犯下了謀殺案，而且我再也無法找出正當的理由來為自己開脫。

我一直相信最卑劣的惡人，例如連續殺人犯、專找兒童下手的性侵犯，或是為了錢包裡的十塊錢就可以動手割斷人喉嚨的反社會分子等等，都會淪落到地獄某個特殊的地方。就算我沒有辦法讓這種人定罪，我也會安慰自己：他們一定會得到應得的報應。

我也會。

我之所以會知道，是因為儘管我沒有力氣站起身來，儘管我想要把動手殺人的自己從這個軀體上撕裂剝除，但是我的心裡仍然有個念頭盤旋不去：他還逍遙法外。

我拿起電話撥給費雪，但想想還是掛掉。他必須知道這件事，但是他有能力自己去發現。然而，我還不知道這會為審判帶來什麼影響。這可能會激發檢方更強烈的同情心，因為死者是個貨真價實的受害人。但是話說回來，喪失心智的辯護就是喪失心智的辯護，如果我真的在那個時間點上喪失了心智，不管我殺的是席辛斯基神父，是法官，或是當天法庭裡的任何一個人都一樣，我仍然無罪。

事實上，這可能會讓我看起來更瘋狂。

我在廚房的桌邊坐下，把頭埋在雙手之間。我聽到門鈴響，接著派屈克突然就站在廚房裡，這地方對他來說太小了。他看到我留在他呼叫器裡的簡訊匆忙趕過來。「怎麼了？」他問道，全神貫注地看著我以及靜悄悄的屋子。「納坦尼怎麼了嗎？」

從這個問題中，我聽得出他關心的重點。我實在忍不住，開始大笑。我笑到胃部痙攣，上氣不接下氣，直到眼淚撲簌簌地落下，我才發現自己在哭。派屈克伸手觸摸我的肩膀、前額和腰間，他以為我體內破碎的部分不過是像骨頭這樣簡單的東西。我用袖口擤了擤鼻涕，強迫自己迎視他的目光。

「派屈克，」我喃喃地說：「我搞砸了。席辛斯基神父……他沒有……他不是——」

他讓我冷靜下來，好好說出一切。當我說完之後，他瞪了我整整三十秒之後才開口。「你這是在開玩笑吧，」派屈克說：「你殺錯人？」

他沒等我回答，倏然起身踱步。「妮娜，先等等。實驗室經常犯錯，這種事不是沒發生過。」

我抓住這條救命的求生索。「說不定就是這樣，某種醫學上的錯誤。」

「但是在拿到精子檢驗報告之前，我們就已經掌握到嫌犯了。」派屈克搖搖頭。「納坦尼當時為什麼會說出他的名字？」

我現在終於知道：時間會停止。你有可能感覺到心臟停止跳動，血液在血管中凝結靜止。你會發現自己被困在這一刻，無法脫身，這個感覺讓人驚恐卻又無法抵禦。「再說一次，」我的每一個字都像是散落的石子。「把他告訴你的話再說一次。」

派屈克轉身面對我。「葛倫神父，」他回答：「對嗎？」

納坦尼記得自己感覺到好髒，髒到就算洗過上千次澡，還是得再洗一次。但問題是骯髒的地方是在他的皮膚底下，他得先搓破皮才洗得乾淨。

那裡好燙，連愛思米都不肯靠近他，只管呼嚕呼嚕地發出聲音，然後一股腦跳到木頭大桌子上瞪著他看。這是你的錯，牠當時就是這樣說的。納坦尼想去撿褲子，但是他的手和木棍一樣僵硬，撿不起任何東西。在他終於撿起內褲的時候，他發現褲子濕答答的。這實在沒道理，因為他沒有尿褲子，他清楚得很。但是神父拿著他的內褲一直看，他一定很喜歡上面的棒球手套。

納坦尼不想再穿那條內褲，再也不要穿了。

「我有辦法。」神父說話的聲音像枕頭一樣軟，然後，他消失了一會兒。納坦尼數到三十五，然後又數了一遍，因為他最多只能數到這裡。他想要離開，想躲在桌子下或檔案櫃裡面，但是他得拿回內褲。沒穿內褲不能穿衣服，內褲要最先穿。有時候他忘了，媽咪會告訴他，然後要他上樓去穿內褲。

神父拿著一條小褲子回來，這和爸爸穿的那種短褲不一樣。納坦尼很確定神父一定從大箱子找來這條內褲，那個箱子裡有好多油膩膩的外套和臭兮兮的球鞋，都是大家留在教堂裡忘記帶走的東西。怎麼會有人忘了穿球鞋就離開，而且竟然沒發現？納坦尼一直想知道答案。接著他隨即又想：那麼怎麼會有人把內褲給忘了？

這件乾淨的內褲上面有蜘蛛人的圖案。穿起來太小，但是納坦尼不介意。「把你那件交給我，」神父說：「我會洗乾淨再還你。」

納坦尼搖頭。他穿上厚運動褲，把自己的四角短內褲放進運動衫上那隻袋鼠的袋子裡。他事先把褲子翻個面，才不必去摸到噁心又黏答答的那一面。他感覺到神父拍拍他的頭，他站得直挺挺的，像花崗石一樣，他的體內也有同樣粗重的感覺。

「你要不要我陪你走回去？」

納坦尼沒有回答。他等到神父抱著愛思米離開之後，才沿著走廊走到鍋爐室。鍋爐室裡很恐怖，不但沒有電燈開關還有蜘蛛網，他甚至在裡面看過死老鼠的骨骸。從來沒有人會走進這個地方，所以納坦尼才會進去，把壞內褲塞到嗡嗡作響還會冒熱氣的大機器後面。

納坦尼回到教室之後，葛倫神父還在讀聖經的故事。納坦尼坐下來，試著去聽故事。他仔細聽，甚至在他感覺到有人盯著他看的時候還是這樣。他抬起頭，看到另一個神父單手抱著愛思米站在走廊上微笑。他舉起另一手的指頭放在嘴唇上。噓，不能說。

在這一刻，納坦尼喪失了他所有的話語。

在我兒子停止說話的那一天，我們曾經到教堂望彌撒。彌撒結束後有場團契的點心時間，凱利伯老是愛稱之為「聖經行賄」，為的是讓出席彌撒的人換個甜甜圈當獎賞。納坦尼繞著我打轉，把我當成了五朔節的花柱[9]，等待席辛斯基招呼所有的孩子去聽他講故事。

這場點心時間算是某種形式的歡送會，因為兩名來聖安妮教堂潛修教化的神父要回到自己的教區。斑駁的桌邊掛了一面歡送布條，祝他們一路順風。由於我們一家人沒有固定上教堂，因此我沒去注意兩位神父是否達成了學習目標，做了該做的事。有幾次我看見其中一名神父的背影，將他誤認成席辛斯基神父，直到他轉過身之後，才發現自己認錯了人。

我兒子不太高興，因為糖霜甜甜圈全被吃光了。「納坦尼，」我對他說：「別一直拉我。」

我將他從我的腰邊拉開，帶著微笑向一對正在和凱利伯聊天的夫婦致歉，我們有好幾個月沒看到這對夫妻了。他們年紀和我們差不多，但是沒有小孩，我想，凱利伯之所以喜歡和他們聊天，似乎和我有相同的原因。我們的對話之間充滿了想像的空間，凱利伯和我似乎把陶德和瑪格麗特當作歡樂屋裡面的魔鏡看待，暗自猜想：假如我當年沒有懷孕，今天是不是就是這個樣子。陶德提到他們即將到

---

9 maypole，在五朔節的慶典上，群眾會繞著花柱起舞。

希臘旅行，還打算包下一艘船去不同的小島遊玩。

納坦尼不知怎麼著突然咬了我一口。

我嚇了一跳，驚嚇的程度大過於疼痛，我一把拉住納坦尼的手腕。這讓我陷入了兩難的窘境，孩子應該為自己的行為接受懲罰，但因為我們身在公共場所，有一定的規則該遵循。他因此逃過一劫，沒被我痛揍兩下屁股。「不可以再這樣嘍，」我咬著牙說話，一邊擠出微笑，「你聽到了嗎？」

接著我看到其他孩子急著跟席辛斯基神父下樓，神父彷彿身懷魔力的吹笛手。「去啊，」我催他：「你不會想錯過神父說故事。」

納坦尼把臉埋進我的毛衣底下，湊在我小腹的腦袋隆了起來，像是假懷孕。「好了。你的朋友全都跟過去了。」

我花了一番力氣才拉開他的手臂，把他朝正確的方向推過去。他回頭看了兩次，而我兩次都點頭鼓勵他繼續往前走。「對不起，」我帶著微笑對瑪格麗特說：「你剛剛說到科西嘉島？」

直到現在，我才想起另一個個子比較高、老是把貓當成長袍一部分抱在身上的神父也匆匆跟著孩子下樓。他追上納坦尼，把手搭在我兒子的肩膀上，他的姿勢熟稔，不可能是第一次這麼做。

納坦尼說出了他的名字。

一個回憶跳進了我的眼前：「左」的相反是什麼？

「六」。

「白色」的相反是什麼？

「灰」。

我想起席辛斯基神父的喪禮，這個神父將聖體遞給我的時候，直視著我面紗下的雙眼，似乎認得我的臉。我想起那天，在納坦尼停止說話之前，咖啡桌邊的布條上寫著：祝奧圖神父和葛文神父一路平安。

我要派屈克：把他告訴你的話告訴我。

葛倫神父。

也許派屈克的確聽到了。但是納坦尼不是這樣說的。

「他說的不是葛倫神父，」妮娜喃喃地對派屈克說：「他說的是葛文神父。」

「是啊，但是你也知道納坦尼說話的毛病，他的L老是說不清楚。」

「這次不是這樣，」妮娜嘆口氣。「這次他的發音很正確。葛溫，葛文，這兩個名字的發音太接近。」

「誰是該死的葛文？」

妮娜站起來，把指頭扒進了頭髮裡。「就是他，派屈克。他就是傷害了納坦尼的人，而且他還有可能繼續對其他上百個孩子做這種事，而且——」她沮喪地跌靠在牆邊。派屈克伸出一隻手扶住她，驚訝地發現她抖得十分厲害。他的第一個直覺是去攬住她，接下來比較明智的念頭則是讓她走開。

她靠在冰箱上往下滑坐到地板上。「他是骨髓捐贈者。他一定得是。」

「費雪知道了嗎？」她搖頭。「凱利伯呢？」

他此刻想到的是許久以前在學校讀過的特洛伊戰爭。帕里斯當時有幾個選擇：當個全世界最有錢或最聰明的人，抑或是愛上另一個男人的妻子。同樣不智的派屈克也會犯下相同的錯誤。因為妮娜雖然亂髮糾結，雙眼紅腫，哀傷的情緒潰堤，但是在他眼中仍然和當年的海倫一樣美麗。

她抬起頭看他。「派屈克……我該怎麼辦？」

這個問題嚇得他立刻開口回答。「你，」派屈克清楚地說：「什麼也不要做。你要乖乖待在家裡，因為你要為殺人案接受審判。」妮娜想爭辯，派屈克抬起手阻止她。「你已經被關過一次了，看看這對納坦尼造成什麼影響。你想想看，如果你再次走出家門去動用私刑，納坦尼會怎麼樣，妮娜？你唯一能保護他的方式是陪他在一起。讓我……」他猶豫了一下，知道自己就像是站在懸崖邊上，不是後退就是縱身一跳。「讓我來處理。」

她完全明白他許下了什麼承諾。這表示他必須違反自己的職責和道德觀，表示他將和妮娜一樣背棄整個體制，而且得面對後果——就像妮娜一樣。他看到她的臉上出現了驚訝的神色，一閃即逝的光彩讓他知道她有多麼想接受他的提議。「然後，讓你冒著失去工作、被關進監獄的危險？」她說。「我不能讓你去做這種傻事。」

你怎麼知道我是不是已經這麼做了？派屈克什麼也沒說，其實他根本不必開口。他蹲了下來，把手放在妮娜的膝蓋上。她伸手蓋住他的手。他從她的眼睛裡讀出她知道他對她的感情，一直都知道。這是她首度幾乎願意去正視。

「派屈克，」她靜靜地說：「我覺得，我已經毀掉許多我愛的人的生活了。」

當門驟然打開，納坦尼帶著冷風衝進廚房的時候，派屈克站了起來。孩子身上有爆米花的味道，外套裡還塞了青蛙玩偶。「你們猜怎麼樣，」他說：「爸爸剛剛帶我到商場去。」

「你真是個幸運的小傢伙，」派屈克回答，他的聲音連自己聽來都不覺得有力。凱利伯接著走了進來，隨手關上身後的門。他的眼光從派屈克身上轉到妮娜，然後不自在地笑了。「我以為你和瑪綺拉在一起。」

「她和別人有約，得先走了。她要離開的時候，派屈克剛好過來。」

「喔。」凱利伯揉了揉後頸。「所以……她怎麼說？」

「說什麼？」

「那份DNA報告。」

派屈克眼見妮娜突然變了個人。她對丈夫拋出一個修飾過的笑容。「符合，」她撒謊：「完全吻合。」

我一踏出屋外，就感覺到這個世界的魔力。冰冷的空氣凍得我鼻頭發僵，顫抖的太陽宛如一顆冷掉的蛋黃，寬闊的藍天一望無際。屋裡和戶外的味道截然不同，但這也只在其中一項被剝奪了之後，你才感受得到。

我要到費雪的辦公室去，所以電子手銬解除了鎖定。置身戶外實在太美好，幾乎壓過我隱藏的祕密。我在紅燈前減速，看到一個慈善組織救世軍的人員搖著鈴，輕輕擺動募捐箱。現在正是籌募愛心的季節，我一定也能分到一份。

派屈克的提議像是一縷輕煙，飄過了我的腦海，讓我很難保持清晰的眼力。在我認識的人當中，他是最講道德、最正直的一個。他不可能輕率地自願擔任我的一人民兵團。我當然不能讓他這麼做。但是我仍然暗自期待他忽視我的拒絕，決定逕自動手。我隨即為了這個想法而痛恨起自己。

我還告訴自己，我之所以不想讓派屈克動手處理葛文，還有另一個原因。但我也只有在黑夜最陰暗的角落裡才敢承認：我想要親自動手。因為這是我的兒子，我的不平，以及我要伸張的正義。

我成了這樣的人，不但有能力殺人，而且還想再次動手，不顧在這段歷程摧毀了哪些價值。難道我的這一面一直蟄伏在體內，等待出頭的時機？也許，在最正直的人──比方說派屈克──的內心當中，也有一顆罪孽的種子，只要所有條件具備，就會萌芽。這顆種子在大多數人的心裡處於休眠狀態，但是對其他人而言，種子會開花結果，而且一旦有了動靜，就會一發不可收拾，扼殺理智，抹滅了憐憫與同情。

聖誕節的氣氛也是如此。

費雪的辦公室同樣應景布置，火爐上掛著一串花環，祕書辦公桌的正上方吊了一圈槲寄生，咖啡壺旁邊也放了熱蘋果酒。在我等待律師來接待我的時候，我撫摸沙發上的皮靠枕，想摸摸家中起居室絨布老沙發之外的其他新穎家具。

我一直沒忘記派屈克講過的話：實驗室可能犯錯。我不打算把骨髓移植的事情告訴費雪，至少，在證明瑪綺拉的說法百分之百正確之前，暫時如此。昆丁・布朗沒理由去追究DNA這個不顯眼的差錯，所以在目前這個階段，我不必拿一個非絕對必要的資訊來困擾費雪。

「妮娜，」費雪朝我走過來，皺著眉頭說：「你瘦了。」

「這叫做俘虜的新時尚。」我跟在他後面，在心裡計算大廳和相連小房間的大小，因為我不熟悉這個地方。進到了他的辦公室，我瞪著窗外看，光禿禿的枝椏嘀哆地敲打著玻璃。

費雪注意到我的目光。「你想不想到外面去?」他靜靜地問。

這天很冷，氣溫接近零度。但是我不會拒絕送到手上來的禮物。「很想。」

於是我們走到律師事務所後面的停車場，寒風颳起一堆堆的枯枝，像是小小的龍捲風。費雪戴著手套的雙手拿了一疊文件。「我們拿到了檢方精神科醫師的評估報告。你沒完全直接回答他的問題，對吧?」

「喔，真是的。『你知道法官在法庭上的角色嗎』?天哪。」

費雪微微勾起了嘴角。「但是他還是認為你在攻擊的當下具有行為能力，而且神智清楚。」

我停下腳步。現在該怎麼辦？想要完成一度失敗過的任務是瘋狂的想法嗎？還是說，這是全世界最明智的決定？

「別擔心。我們應該有辦法讓這傢伙一敗塗地，讓他的報告被丟進碎紙機裡去。但是我希望找個精神科醫師來指證你當時喪失心智，而現在十分正常。我絕對不想讓陪審團認為你仍然是個威脅。」

然而現在的我的確還有威脅性。我想像自己去槍殺葛文神父，這次，我要把事情做對。我轉過頭，面無表情地看著費雪。「你想找誰？」

「席德維・麥凱如何？」

「我們在辦公室裡會拿他開玩笑，」我說：「任何檢察官都能在五分鐘內搞定他。」

「彼得・卡薩諾夫呢？」

我搖搖頭。「愛吹牛皮又浮誇。」

我們都轉身背對著風，想要做出最合理的決定，找個最佳人選來宣告我神智失常。也許這不是件難事，畢竟，有哪個理智的女人每次低頭時，都會看到手上沾染著錯殺被害人的血，然而卻還可以在洗澡的時候花一個小時，來想像如何去殺害正確的人？

「好，」費雪建議：「那麼波特蘭的歐布萊恩怎麼樣？」

「我打過幾次電話給他。他好像還可以，也許比較懂得配合。」

費雪點頭表示同意。「他的表現比較像學院派，我覺得這正好符合你的需要，妮娜。」

我堆起滿足的笑容。「嗯，費雪，你說了算！」

他謹慎地看著我，然後把精神科醫師的評估報告遞給我。「這是檢方送過來的。在你去見歐布萊恩之前，你得熟記自己說過的話。」

這麼說，辯護律師的確會要求委託人熟記他們對檢方精神科醫師說過的話。

「順道一提，尼爾法官會南下主持審判。」

我稍稍退縮。「喔，你一定是在開玩笑。」

「為什麼？」

「他太容易上當。」

「這麼說，你的運氣還真好，因為你是被告。」費雪冷冷地說：「說到這裡……我不認為我們該讓你坐到證人席上。」

「有兩名精神科醫師作證，我想你也不會讓我上去。」但是我心裡想的是：以我現在所知道的事，我也不能作證。

費雪停下腳步看著我。「在你準備把辯護策略告訴我之前，妮娜，我得先提醒你，你現在是以檢察官的立場來看喪失神智的辯護案，我——」

「費雪，」我打斷他的話，瞥了腕錶一眼。「我今天沒辦法和你說這些。」

「怎麼，灰姑娘的馬車變回南瓜了嗎？」

「對不起，今天不行。」我避開他的目光。

「你不可能永遠推諉。你的審判會在一月開庭，而我會和家人去度假。」

「讓我先想一想，」我討價還價地說：「然後我們再坐下來好好談。」

費雪點頭。我想著歐布萊恩，不知道自己是否能說服他相信我喪失神智。我懷疑屆時我是否還需要演戲。

十年來，昆丁第一次花了長長的時間吃午餐。地方檢察官辦公室裡不會有人注意，這些人容忍他的出現，如果他缺席，他們說不定還會跑到他的桌上去跳舞。他仔細看過從電腦上下載的位置圖之後，把車子停進高中的停車場。看到他經過，穿著臃腫羽絨外套的青少年匆匆地瞥著他一眼。昆丁的腳步毫不猶豫，直接穿過美式鍵球賽的場地，繼續朝學校後面走。

這裡有座不入流的足球場，一圈同樣破爛的跑道，以及一個籃球場。基甸恩在球場上，滴水不漏地防守矮他六吋的娘炮中鋒。昆丁兩手插在口袋裡，看著兒子搶下一球，接著輕鬆投進一個三分球。

上次他兒子拿起電話和他聯絡的時候，發話的地點是在監獄裡，當時基甸恩因為持有毒品而遭到逮捕。昆丁雖然為了自己的兒子遭受許多刻薄毒辣的批評，但是他仍然想盡辦法將課刑改為送交戒治。儘管如此，基甸恩對這個結果還是不滿意，他不想接受任何懲罰。「有你這個老爸實在沒什麼用，」他對昆丁說：「我早該知道，你當檢察官也一樣蹩腳。」

如今，事情已經過了一年。基甸恩蓋了對手球員一記火鍋，轉身時看見昆丁在一旁觀戰。「媽的，」他低聲嘀咕，「暫停。」其他幾名球員散開，到場邊拿起水瓶對著嘴喝，紛紛披上衣服。基甸恩走過來，雙手環胸。「你又要來叫我對著杯子撒尿是嗎？」

昆丁聳聳肩說：「不是，我來看你，來找你聊聊。」

「我沒話和你聊。」

「這可真意外，」昆丁回答：「我可是累積了十六年的話。」

「那再等一天又何妨？」基甸恩轉身回球場。「我很忙。」

「對不起。」

孩子聽到這幾個字，不禁停下了腳步。「對，是啦。」他咕噥地說道。他衝回場上，抓起一顆籃球放在指尖上旋轉，這也許是刻意製造的效果，目的是為了讓昆丁留下深刻的印象。「上場，開始了！」他吆喝，其他人擠到他身邊。昆丁離開球場，聽到有個孩子問基甸恩：「那傢伙是誰，兄弟？」基甸恩以為昆丁已經走遠，不會聽見，於是回答：「來問路的。」

派屈克從達納法博癌症研究中心的辦公室窗口望出去，看到了波士頓往外延伸的市區。奧麗薇雅．貝塞特是席辛斯基神父病歷上的腫瘤科醫師，她本人比派屈克想像中來得年輕，沒比他大幾歲。她雙手交疊地坐著，頭髮綰成了儉樸的髮髻，一隻腳上的膠底白色便鞋輕輕點著地板。「血癌只會影響血球，」她解釋：「慢性骨髓性白血病一般好發於四、五十歲左右的患者，但是我也見過二十多歲的病患。」

派屈克不知道坐在病床邊告訴病患他們生命將盡，會是什麼樣的感覺。他猜，這應該和他在半夜敲門，通知某戶人家說他們的兒子在酒駕意外中喪命，二者感覺約莫相同。「血球會受到什麼影響？」他問道。

「血球的壽命本來就有期限，和我們一樣。血球也是由初生階段開始慢慢發育，直到成熟之後才會離開骨髓。在這個階段，白血球應該可以幫助身體抵抗外來的侵入，紅血球應該要攜帶氧氣，而血小板也應該要有凝血的功能。但是如果你是白血病患者，那麼你的血球不會成熟，而且會永遠存在。所以，沒有功能的白血球數量急遽增加，超過其他的血球數。」

派屈克來這個地方並不算完全違背妮娜的心願。他只是想澄清他們知道的事，而不是進一步行動。他編了個藉口，謊稱自己正在為助理檢察長進行調查。他解釋：布朗先生有提供證據的責任。這也就是說，他們必須確定席辛斯基神父不是在攻擊者掏槍的當下因血癌病發而身亡。所以他想請問神父從前的腫瘤科醫師——也就是貝塞特——是否有什麼看法。

「骨髓移植有什麼作用？」派屈克問。

「如果移植成功，可以帶來奇蹟。我們的細胞中有六型蛋白質，也就是人類白血球抗原，或簡稱為HLA。這些組織配對抗原會讓身體認得你我的不同。當你要找骨髓捐贈者的時候，你必須要找到這六型蛋白質都和你相符的人。捐贈者多半是親手足，或是同父異母、同母異父的兄弟姊妹。表親也有可能，因為親屬之間骨髓移植的排斥率似乎比較低。」

「排斥？」派屈克問。

「是的。基本上，你這是在試著去說服你的身體，讓身體以為捐贈者的血球就是你的，因為血球中都有相同的六型蛋白質。如果這個嘗試失敗，那麼免疫系統會排斥移植的骨髓，而引發移植物反宿主疾病。」

「和心臟移植相同的道理。」

「完全正確，只是移植的不是器官。我們從骨盆抽取骨髓，因為骨盆是重要的造血骨骼。我們會先讓捐贈者接受麻醉，然後將抽吸針插入兩側骨盆，每側的穿針次數大約一百五十次，抽出早期的細胞。」他略有畏縮，醫師淺淺一笑。「這的確很痛。捐贈骨髓是一件無私的舉動。」

是嘍，這傢伙還是個該死的利他主義者，派屈克心想。

「另一方面，血癌患者必須先接受抑制免疫力藥劑的療程。在移植手術的前一星期，患者還必須接受相當劑量的化療，消滅體內的血球。這樣的時間安排，是為了消滅體內的骨髓細胞。」

「這樣不會危及病患的生命嗎？」

「病患會有遭到感染的危險，他的體內仍然有血球，只是不再繼續製造新的血球。接下來就是透過簡單的點滴注射法，為病患植入捐贈者的骨髓。手術時間大約是兩個小時，我們雖然不知道道理何在，但是捐贈者的骨髓細胞會進入患者的骨髓內開始成長。經過幾個月，捐贈者的骨髓就可以完全取代患者原來的骨髓。」

「所以，患者的血液細胞裡就會有捐贈者的六型蛋白質，也就是所謂的HLA？」派屈克問道。

「沒錯。」

「那麼捐贈者的DNA呢？」

貝塞特醫師點頭。「是的。就各方面而言，患者的血液其實是別人的。他只是讓身體去相信這是自己的血。」

派屈克靠向前去。「但是，在癌症康復之後，病患的身體會不會再次製造自己原來的血液？」

「不會的。如果是這樣，我們會視之為對於移植的排斥，白血病也會復發。我們要的是病患永遠以捐贈者的骨髓造血。」她敲了敲桌上的檔案。「以葛倫．席辛斯基的病例來說，在移植的五年之後，他完全恢復了健康。他的新骨髓發揮了良好的作用，白血病復發的機會低於百分之十。」貝塞特醫師點點頭。「我認為檢方可以確定地說，不管神父怎麼死的，絕對不是死於血癌。」

派屈克對她微笑。「看到案例這麼成功，你們一定很欣慰。」

「當然。席辛斯基很幸運，能找到完全吻合的配對。」

「完全吻合？」

「是指捐贈者的HLA與病患的完全相符。」

派屈克深吸一口氣。「尤其在兩者沒有親屬關係的情況之下。」

「喔，」貝塞特醫師說：「他的情況不同。席辛斯基神父和他的捐贈者是同母異父的兄弟。」

法蘭琪絲卡・馬丁在經歷了新罕布夏的工作之後，才來到緬因州立檢驗室，在這個好機會找上她之前，她在新罕布夏擔任DNA科學研究員。當時，某種不是出自子彈彈道的東西打碎她的心，於是她遷居北上療傷，發現一件自己早就知道的事：膠體和細菌培養皿可以帶來安全感，而且數字絕對不會傷人。

然而就算是數字，也無法解釋當她第一眼看到昆丁・布朗時所感受到的震撼。在電話裡聽到他的聲音時，她以為他和其他的公務員沒有兩樣，既操勞，薪水又低，皮膚還泛著病態的灰白色。但是從他走進她實驗室的那一刻起，她的眼光就只能跟著他打轉。他很顯眼，當然啦，他不但身高過人，還有一身赤褐的膚色，但是法蘭琪知道這不是他吸引她的地方。她感覺到兩人之間有一種牽引力，他們兩人都知道自己與眾不同，共同的經驗成了相吸的磁力。她不是黑人，但是她通常是所有場合中唯一智商超過二百二十的女人。

不巧的是，如果她要昆丁・布朗進一步認識她，那麼她得把自己變成法醫的驗屍報告。「你為什麼要再次檢視這份報告？」法蘭琪問道。

他眯起眼睛。「你怎麼會這樣問？」

「好奇。這對檢方來說，算是比較難以理解的資訊。」

昆丁猶豫了一下，似乎在考量是否該對她吐實。喔，好啦，法蘭琪想：放輕鬆一點嘛。「辯方特別要求要看，而且要快。但是這份報告似乎不值得如此重視。我實在看不出DNA報告的結果會對我們或他們造成什麼差別。」

法蘭琪環起雙手。「他們感興趣的不是我核發的實驗室報告，而是醫療檔案。」

「我不懂。」

「你記得DNA報告上面怎麼寫的：隨機挑選出無關人士，卻能比對出完全相符的遺傳因子的機率只有六十億分之一嗎？」

昆丁點點頭。

「呃，」法蘭琪解釋：「你剛好就碰上這一個。」

開棺驗屍大約要花掉納稅人兩千塊美金。「不行。」泰德．普藍斷然拒絕。緬因州檢察長——也就是昆丁的頂頭上司——既然這麼說，事情就應該這麼辦。但是昆丁不打算直接棄械投降，至少這回不行。

他緊緊握著電話聽筒。「州立檢驗室的DNA專家說，我們可以取牙髓來檢驗。」

「昆丁，這對起訴沒有幫助。她殺了他，事情就是這樣。」

「她殺害了一個侵犯她兒子的人。我得將他的身分由性侵犯轉變為受害者，泰德，這樣才對。」

泰德在電話的另一頭久久沒有出聲。昆丁掄起指頭輕敲妮娜．佛斯特辦公桌上的木紋。他不斷地重複這個動作，彷彿在把玩護身符。

「家人沒有反對意見？」

「他的母親已經同意了。」

泰德嘆了一口氣。「媒體絕對會大做文章。」

昆丁往後靠向椅背，咧嘴笑了。「交給我來處理。」他向老闆提議。

費雪一陣風似地衝進地方檢察官辦公室，神色罕見地慌亂。他以前當然來過這裡，但是，該死了，誰曉得他們會把正在處理妮娜這件案子的昆丁．布朗安置在哪裡。他正打算開口詢問書記官，布朗本人恰好端了杯咖啡從小廚房走了出來。「卡靈頓先生，」他和氣地打招呼：「在找我嗎？」

費雪從胸前的口袋裡掏出早上收到的公文：檢方要求開棺驗屍的申請。「這是什麼？」

昆丁聳聳肩。「你一定知道。畢竟，急著要看DNA報告的人是你。」其實費雪完全在狀況外。他是應妮娜的要求才急著要看DNA檢驗報告，但是他寧可布朗不知道這回事。「你打算做什麼，檢察官？」

「做個簡單的檢驗，證明你委託人槍殺的神父不是性侵她兒子的人。」

費雪眼神堅定地看著昆丁，說：「我們明天早上法庭見。」當他開車來到妮娜家的時候，他開始明白為什麼一個平凡的普通人也可能會沮喪到想要殺人。

「費雪！」我喊著，我真的很高興看到他。對此，我自己也感到驚訝，究竟是我和這個宿敵的關係漸入佳境，還是我在家裡拘禁了太久。我拉開門讓他進來，這才發現他大為光火。「你早就知道了。」他的聲音很冷靜，但是這種自持更嚇人。他遞給我一份助理檢察長的申請書。

我從心底開始打顫，真的很不舒服。我用盡全力地嚥下口水，抬起眼睛直視費雪的雙眼，全盤招供絕對比暗藏祕密來得好。「我不知道該不該告訴你，不知道這個資訊對案子來說是否重要。」

「那是我的工作！」費雪爆發出來。「你付錢雇用我是有原因的，妮娜，儘管你無意明顯表態，但是就某種程度而言，你知道我有能力讓你無罪開釋。事實上，我比緬因州任何其他律師都更有這個能力，這包括你在內。」

我轉開頭。就本質而言，我是個檢察官，而檢察官是不會將一切全告訴辯護律師的。這兩個角色宛如起舞般互相出招，但是檢察官永遠主導，而辯護律師則必須找到自己的立足點。

永遠如此。

「我不信任你。」我終於說了。

費雪巧妙地接下我的攻擊。「那麼，我們扯平了。」

我們瞪視著對方，彷彿兩頭齜牙咧嘴的大狗。費雪氣憤地轉開頭，就在這時候，我在窗戶的玻璃上看到我的倒影。其實，我已經不再是檢察官了。我無力為自己辯護，我甚至不知道自己是否想那麼做。

「費雪，」在他走出大門之前我出聲喊他：「這對我的傷害會有多大？」

「我不知道，妮娜。這件事不會讓你看起來比較正常，但是會讓你失去群眾的同情。你不再是槍殺戀童癖者的英雄，而是個殺害無辜——而且是個神父——的焦躁份子，不過如此而已。」他搖頭。「你是最好的範例，證明我們當初為什麼要制訂法律。」

我在他的眼中看到真相：我不再是為兒子而採取行動的母親，而只是個魯莽、有勇無謀又自以為比別人聰明的女人。當閃光燈照在一個人的皮膚上時，我不曉得那種感覺是否會因為你是罪犯或受害者而有所不同。而那些曾經揣摩過我、但不同意我作法的家長，當他們在今天之後看到我，會不會穿越馬路走到另一側來避開我，因為他們擔心錯誤的判斷具有傳染性。

費雪重重地吐了一口氣。「我沒辦法阻止他們開棺驗屍。」

「我知道。」

「還有，如果你還繼續瞞我，你會受到傷害，因為我不知道該怎麼處理。」

我低下頭。「我瞭解。」

離開時，他抬起手致意。我站在門廊上看著他走遠，用雙臂緊緊環住自己好抵禦寒風。當他的車子開到馬路上的時候，結凍的排氣管在寒冷的天氣中咳出一聲輕嘆。我深吸了一口氣轉過頭，看到凱利伯站在我身後三呎之外。「妮娜，」他說：「剛剛是什麼事？」

我推開他，搖了搖頭，想從他身邊經過。但是他抓住我的手臂不讓我走。「你對我撒謊。你騙我！」

「凱利伯，你不懂——」

他一把抓住我的肩膀，再搖了我一次，這次的手勁更強了些。「我不懂什麼？不懂你殺了一個無辜的人嗎？天哪，妮娜，你什麼時候才會醒？」

納坦尼曾經問過我，雪是怎麼消失的。緬因州就是這樣，融雪不需要經過長時間，只要有個溫暖的豔陽天，和大腿一樣高的積雪也會在日落之前全部蒸發。我們一起到圖書館去找答案：這叫昇華，是固體轉化成氣體的過程。

我在凱利伯的雙手之間徹底崩潰。我釋放出自己在過去一個星期以來不敢抒發的一切。我腦海中充滿了席辛斯基神父的聲音，他的臉孔游移到我的面前。「我知道，」我啜泣地說：「喔，凱利伯，我知道。我以為我辦得到，我以為我可以處理。但是，我搞砸了。」我抵著凱利伯牆壁般的胸膛蹲了下來，等著他伸出雙手抱住我。

但是他沒有伸手。

凱利伯往後退了一步，將雙手插進口袋裡。他的雙眼通紅，似乎著了魔。「你搞砸了什麼，妮娜？是你殺了人嗎？」他嘶啞地說：「還是你沒殺對？」

「真遺憾，」教堂祕書麥菈・里斯特搖搖頭，把自己為派屈克準備的茶遞給他。「聖誕節彌撒轉眼就要到了，結果我們卻沒有神父。」

派屈克知道最好的資訊管道不見得是鋪整得宜的康莊大道，而是那些曲折蜿蜒而且最常被人遺忘的小徑。由於他在許久之前也曾經接受天主教的薰陶，因此他還知道群眾的集體記憶以及蜚短流長，通常都會集中在祕書的身上。於是他在臉上擺出了最關心的表情，這個表情總是會讓年長的女士忍不住掐他的臉頰。「教堂的會眾一定很震驚。」

「有關席辛斯基神父的謠言滿天飛，再加上他的死法——呃，我只能說，這未免太不體面了。」她吸了吸鼻子，把可觀的臀部坐到神父住處的安樂椅上。

他其實希望自己在此刻能假扮成他人，比方說，某個剛搬來畢德佛，到教區打探環境的居民。但是當初在調查性侵案的時候，已經有人看過這位警探。「麥菈，」派屈克說完話，含笑看著她，「對不起，我是說里斯特太太。」

她漲紅了臉，開始吃吃地傻笑。「喔，沒關係，你高興怎麼叫我都可以，警探。」

「嗯，麥菈，我一直想聯絡在席辛斯基神父過世前，曾經來聖安妮教堂參訪的幾個神父。」

「喔，是的，他們真是好人。可愛極了！奧圖神父說話的時候帶著迷人的南方腔，每次他說話，我總是會想到桃子酒……咦，還是那是葛文神父？」

「檢方一直逼我。不知道你曉不曉得我可以在哪裡找到他們？」

「他們當然是回到原來自己的教區去了。」

「有沒有什麼資料呢？還是說，他們有沒有留下轉寄郵件的地址？」

麥菈皺起眉頭，她的前額出現幾道蜘蛛般的線條。「一定有的。這間教堂沒有我不知道的大小事。」她走向堆在她辦公桌後面的帳本和日誌，翻閱了一本用皮革裝訂的本子，找到一筆記錄。她用手拍了拍頁面。「在這裡。布蘭登．奧圖神父，麻薩諸塞州哈威治的聖德尼教堂。亞瑟．葛文神父，根據波特蘭主教轄區（see）的資料，他應該在下午離開。」麥菈用鉛筆頂端的橡皮搔了搔頭髮。「我猜，另一名神父應該也是從哈威治來的，但這沒辦法解釋為什麼我會想到桃子酒。」

「也許是因為他的動作和孩子一樣。」派屈克建議。「波特蘭海（sea）是什麼？」

「是S－E－E，主教轄區，當然就是管理緬因州這帶的主教轄區啊。」她抬頭看著派屈克說：「就是他們負責指派神父給我們。」

比起在午夜時分來到墓園裡和出土的棺材為伴，派屈克可以想出其他上千個更好的地方去。但是他還是站在兩個汗流浹背的男人身邊，看著他們把棺材從土堆裡拉出來，放在席辛斯基神父的長眠之處旁邊，在月光下，棺木看來彷彿一座祭壇。他許下了承諾，要當妮娜的雙眼，為妮娜跑腿。如果有必要，他也會為妮娜動手。

派屈克和伊凡．趙、費雪．卡靈頓、昆丁．布朗、法蘭琪．馬丁，以及驗屍官凡恩．波特全都穿上了全套的防護衣。在這圈手電筒的光線之外，一隻貓頭鷹在黑暗中發出尖銳的叫聲。

凡恩跳了起來。「老天爺。恐怕殭屍隨時都有可能從墓碑後面跳出來。難道我們不能在白天做這件事嗎？」

「我寧願看到殭屍，也不想和媒體對陣，」伊凡．趙低聲咕噥：「撐著點吧，凡恩。」

「遵命。」驗屍官拿起鐵橇挖開席辛斯基神父的棺木，從裡面冒出來的惡臭讓派屈克幾乎窒息。費雪．卡靈頓轉過頭，用手帕遮住面罩。昆丁迅速地走開，到樹後去嘔吐。

神父看起來並沒有太大的改變，依然缺了半張臉。他的雙手放在身體兩側，皮膚灰敗並且出現皺紋，但是屍體還沒開始腐敗。「嘴巴張開。」凡恩低聲說，然後他拉開屍體的下巴，用牙科的手術鉗拔出一顆臼齒。

「也幫我拔兩顆智齒，」法蘭琪說：「還有頭髮。」

伊凡對派屈克點頭示意，要他到一邊說話。「你相信嗎？」他問道。

「不欸。」

「說不定這混蛋真的是得到報應。」

派屈克愣了一下，才想到伊凡不可能知道派屈克已經曉得的事，也就是席辛斯基神父是無辜的。

「也許吧。」他勉強開口說。

幾分鐘之後，凡恩將一個小瓶子和一只信封交給法蘭琪。昆丁跟在她身邊離開，費雪緊跟在後。驗屍官蓋上棺木，轉身對挖墳的工人下達指示：「你們可以把他放回去了。」接著他對派屈克說：「你要離開嗎？」

「馬上就走。」派屈克看著凡恩離開，接著轉頭盯著兩名大漢鏟起泥土再次往棺木上堆。他等到他們完工之後才離開，因為他覺得應該要有人看著。

派屈克開車來到畢德佛地方法院的時候，仍然十分困惑，不知道亞瑟．葛文神父是否真有其人。他駕著車從開棺所在地的墓園來到波特蘭的主教轄區教堂，但是祕書室的教士告訴他，前去畢德佛的參訪記錄上只登錄了奧圖神父一人。如果葛文神父也去了聖安妮教堂，有可能是出自畢德佛當地神父的私人邀請。而這正是派屈克必須確認的疑點。

法院遺囑認證的管理人員將神父的遺囑交給他，這份資料在一個月前成了公開檔案，歸檔在法院裡。文件內容極其簡單，席辛斯基神父將百分之五十的資產留給他的母親，另一半則交給他的遺囑執行人，也就是人在路易斯安那州貝爾夏斯的亞瑟・葛文神父。

琺瑯質是人體內最堅硬的天然組織，因此，要敲開琺瑯質不是一件容易的事。為了達到目的，法蘭琪將拔出來的臼齒在液態氮中浸泡了五分鐘左右，因為牙齒在結凍之後比較容易碎裂。「嘿，昆丁，」她對檢察官一笑，焦躁地等待。「你有沒有零錢？」

他在口袋裡撈了撈，但是他搖搖頭說：「抱歉，沒有。」

「沒關係。」她從皮夾裡掏出一塊錢鈔票泡進液態氮，接著拿出來在臺面上敲碎。她笑著說：「我有。」

他嘆了一口氣。「這就是為什麼檢驗室報告永遠這麼耗時的原因嗎？」

「嘿，我不是讓你插隊了嗎？」法蘭琪從液態氮裡取出牙齒，放在滅菌過的研缽組裡。她開始研磨，然後又加了把勁，但是牙齒就是磨不碎。

「研缽和搗杵？」昆丁問道。

「我們以前是用法醫的骨鋸，但結果每次都得換新的鋸片。再說，如果切割面過熱，也可能會讓DNA產生變化。」她透過護目鏡看著他。「你不希望我搞砸吧？」她再用力一磨，但是牙齒仍然完好無缺。「老天爺行行好。」法蘭琪從液態氮裡拿出第二顆牙齒。「來，跟我走。我想趕快處理好。」

她用兩層夾鍊袋裝起牙齒，然後領著昆丁來到樓梯間，一路來到實驗室的地下停車場裡。「退後。」她說，接著蹲下來把袋子放在地上，從實驗袍的口袋裡拿出一把榔頭開始敲，她自己的下巴似乎也有所共鳴地痛了起來。敲了第四下之後，牙齒終於裂開，碎片散落在塑膠袋裡。

「現在要怎麼辦？」昆丁問。

牙髓呈淺棕色，體積很小……但是一定存在。「現在，」她說：「我們只好等了。」

昆丁不習慣先在墓園裡熬夜，然後一路開車到奧古斯塔的檢驗室，坐在大廳的一排椅子上睡覺。當他發現有隻冰冷的手貼在他的後頸上時，他倏地驚醒過來，由於坐起身子的速度太快，他一時感覺到短暫的暈眩。法蘭琪站在他面前，手上拿著一份報告。「怎麼樣？」他問。

「牙髓中有混合基因。」

「請說白話文。」

法蘭琪在他身邊坐下。「我們之所以要檢驗牙髓，是因為裡面有血球和組織細胞。對你、我或絕大多數的人來說，在這些細胞當中的DNA完全相同。但是對接受過骨髓移植的人來說，他們的牙髓細胞會出現混合過的DNA。第一種是病患本身與生俱來的DNA，會出現在組織細胞當中，第二種則是骨髓捐贈者的DNA，會出現在血球當中。在這個案例當中，嫌犯的牙髓出現混合DNA。」

昆丁看著報告上的數字，皺起了眉頭。「所以——」

「所以這是你的證據，」法蘭琪說：「侵犯孩子的另有其人。」

聽到費雪打電話來告訴我的消息之後，我立刻走進浴室嘔吐。我不停地吐，直到我的胃部清空，除了罪惡感之外什麼都沒剩下為止。事情的真相是我親手殺害了一個人，而這個人根本不該接受懲罰。這讓我成了什麼？

我想要淋浴，直到把自己洗乾淨為止，我還想撕下自己一層皮。然而最深的驚恐其實存在我的心裡。這種感覺椎心刺骨，好像是看著自己流血致死。

就像我看著他死去。

我在走廊上和凱利伯擦身而過，他一直沒和我說話。我們兩人之間完全沒話好說，每句話都有自己的能量，不是附著在他的身上就是在我身上，將我們彼此推得更開。我走進臥室，踢掉鞋子，穿著一身衣服就躺進了被子下。我拉起被子蓋住頭，把自己包在這個繭裡面呼吸。如果我昏過去，沒有了空氣，事情會有什麼變化？

我的身子暖不起來。我要留在這個地方，因為從這一刻起，我做的任何決定都會遭到質疑。最好是什麼也不做，然後再冒個可能會改變這個世界的險。

派屈克領悟了一件事：想要以同等程度去傷害讓你痛苦的人，是一種本能。過去在他當憲兵的時候，他逮捕過以暴力反抗的軍人，當時他的雙手覆滿鮮血，宛如塗了一層軟膏。現在他不但瞭解這個推論，而且還更進一步地發揚光大：如果有人傷害了你珍視的人，那麼你會出自本能，以同等的程度去傷害這個人。這是唯一的解釋，否則他沒道理搭乘波音七五七型班機，從達拉斯的沃斯堡機場飛往紐奧良。

問題不在於他願意為妮娜做什麼事。「任何事都願意。」如果真有人問，派屈克會毫不猶豫的這麼回答。妮娜刻意警告他，不讓他去追捕亞瑟．葛文，然而派屈克到目前為止的所有行動都可以歸類作「蒐集資訊」，但到了這個時候，就算是他本人也沒辦法忽視這項事實：如果不是為了來和這個男人面對面，他不會搭機飛來路易斯安那州。

即使是現在，他也說不準接下來會發生什麼事。他這輩子一直遵循著原則和規章，不管在海軍，當警察，或是作為一個得不到回報的愛人都一樣。但是規則只有在大家全都遵守的時候才有用。那麼如果有人犯規，結果對他的生命造成傷害呢？在這種情況下，究竟是維持法律的需要比較強，還是轉身背棄法律的動力會比較大？

派屈克震驚地發現罪犯的心理和理性的正常人相差無幾，追究起來，其實和渴望有關。毒蟲可以為一公克的古柯鹼賣身；縱火犯不惜冒生命危險，也要感受身邊有東西起火燃燒的刺激。派屈克一直以為自己身為執法者，一定可以凌駕於這股強烈的需要之上。但是，如果一個人迷戀的不是毒品、刺激或者錢財呢？如果你在這世上最想要得到的是生命回復到一個星期、一個月或一年之前的原貌，而且你願意不惜一切代價去換取呢？

妮娜就是犯了這個錯。她誤將「讓時間停止轉動」與「回到過去」劃上了等號。他沒辦法責怪她，因為每次和她在一起，他也會犯同樣的錯。

派屈克知道問題不是他願意為妮娜做什麼事，而是有什麼是他不願意的。

空服員推著像嬰兒推車般的飲料車過來，停在派屈克座位旁。「你想喝點什麼飲料呢？」她臉上的微笑讓他想起納坦尼去年萬聖節的面具。

「番茄汁，不加冰塊。」

坐在派屈克隔壁的男人摺起報紙。「番茄汁和伏特加，」他帶著笑，用拉長聲調的德州腔說：「對，要加冰塊。」

空服員繼續往前走，兩個男人都拿起飲料啜了一口。鄰座的男人低頭看著報紙，搖搖頭說：「真該斃了那個爛女人。」他低聲咕噥。

「你說什麼？」

「喔，是那起謀殺案。你一定也聽說了，有個蠢蛋要求將死刑延後十一個小時，因為她找到了主耶穌。其實，真相是州長不想注射毒液，因為她是個女人。」

派屈克一向支持死刑，但是他卻聽到自己說：「聽起來很合理。」

「我猜你是傾左派的北佬，」男人嘲笑地說：「我呢，我覺得這和一個人有沒有帶把子無關。如果你在便利商店裡對著別人的後腦勺開槍，你就得付出代價。你懂嗎？」他聳聳肩，一口喝完飲料。「你是出差還是來玩？」

「出差。」

「我也是。我是『良心捕獸器』的業務員。」他透露身分，彷彿這是有特殊身分的人才能知道。

「我是律師，在美國公民聯合會工作，」派屈克謊稱：「我這趟行程是為這個女人來向州長求情。」

業務員臉色立刻漲紅。「呃，我不是有意冒犯——」

「此話當真？」

他再次收起報紙，塞進座位前方的置物袋裡。「你們這些爛好人救不了全部的人。」

「一個就好，」派屈克回答：「我只希望救一個。」

有個女人穿了我的衣服，有我的皮膚和氣味，但是她不是我。罪孽和墨水一樣，會滲透到你的體內，幫你染色，讓你變成和過去不同的人，而且還會留下永遠無法抹滅的痕跡，不管你如何嘗試，就是找不回原來的自己。

話語無法將我拉回來，白晝也沒有作用。這無法克服，我必須在這片大氣當中學習如何呼吸。我得為自己的罪過長出鰓，隨著每一口氣將我的罪帶進肺裡。

太令人詫異了，我不知道這個偽裝成我、過著我生活的人是誰。我想要牽起她的手。

然後我要用力推，將她推下懸崖。

派屈克邁步走在路易斯安那州貝爾夏斯的街上，沿途經過一扇扇的鑄鐵柵門和搭有常春藤架的庭院，他開始剝掉身上層層的衣服。在這種氣候下，聖誕節似乎不太搭調，潮濕的熱氣讓聖誕裝飾看起來像是在冒汗。他實在不明白像葛倫·席辛斯基這樣在路易斯安那長大的孩子，要怎麼在遙遠的北方存活。

但是他已經得到了答案。和一群白人、印地安人、黑人和法國的混血兒一起長大，和照顧教區裡的北方法國後裔並沒有太大的差別。證據就在他胸前的口袋裡：他請位於紐奧良的路易斯安那戶口記錄處一名員工幫他影印下一份公開資料。亞瑟·葛文出生於一九四三年十月二十三日，父母親分別是亞歷山大·葛文和賽西麗雅·馬格特·葛文。四年之後，當時守寡的賽西麗雅·馬格特·葛文再嫁給泰奧鐸·席辛斯基，隨後於一九五一年生下葛倫。

同母異父的兄弟。

席辛斯基最後一次修改遺囑的時間是在一九九四年，亞瑟·葛文很有可能不再是貝爾夏斯的居民，但是這裡至少是個起點。天主教在這個地方是最主要的宗教，因此居民不可能沒注意到神父離開本地，如果葛文和鄰居保持書信聯絡，那麼派屈克知道自己一定可以追出他的行蹤。為了完成這個使命，派屈克的口袋裡還放著另一份線索：一張從電話分類簿撕下來的紙張。教堂。本地最大的教堂是仁慈聖母堂。

拿到這份資料之後，派屈克拒絕去思考他會怎麼利用。

派屈克轉個彎後就看到了教堂。他跑上石階，走進教堂大殿，迎面看到聖水臺。教堂裡，搖曳的燭光映在牆面上，彩繪玻璃窗在拼貼磁磚的地板上投射出明亮的光影。在祭壇上方，一座以扁柏雕刻的耶穌受難雕像向下逼視，彷彿在宣告預言。

教堂裡瀰漫著一片天主教信仰的氣氛，混合了蜜蠟、漿料、昏暗的光線以及平和寧靜，將派屈克帶回到童年。當他在大殿後方的長椅上坐下的時候，他發現自己無意識地在胸口劃十字。

他看到四個女人低著頭祈禱，她們無形的信念輕柔地落在身邊，宛如南北戰爭時期南方美人的裙擺。除了她們之外，另外還有個女人正在掩面啜泣，一名神父在她身邊低聲安慰。派屈克耐心等待，掄起指頭輕彈拋光的木料，無聲地吹起口哨。

突然間，他感覺到後頸的汗毛全都豎立起來。有隻貓沿著椅背走了過來，用尾巴拍打派屈克的頸子，他驚喘了出來。「該死的鬼東西，你嚇壞我了。」他低聲說完話，瞥了耶穌的雕像一眼。「呃，該打的小東西。」他趕緊修正自己的用詞。

貓咪對他眨眨眼，一躍跳進了剛走到派屈克身邊的神父懷裡。「太不應該了。」神父開口責罵。派屈克花了幾秒鐘才回過神，原來神父是在斥責自己的小貓。「請問，我想找亞瑟．葛文神父。」

「嗯，」這位神父笑著說：「你找到我了。」

每次納坦尼想找媽媽的時候，她總是在睡覺。不管是大白天，或是在兒童頻道播放《小烏龜法蘭克林》的時候都一樣。別吵她，他的爸爸說，她想靜一靜。但是納坦尼認為媽媽根本不想這樣。他想到自己有時候會夢到蜘蛛鑽進他的皮膚底下，或在半夜裡喊夢話驚醒。唯一沒讓他跑出房門的理由，是因為房裡太黑，以及床到門口的距離太遠。

「我們得想想辦法。」納坦尼告訴爸爸。已經三天了，母親還在睡覺。

但是父親臉色一沉，這個表情和他聽到納坦尼每次洗頭髮時喊得太大聲，叫聲在浴室裡迴盪的時候一樣。「我們什麼也不能做。」他告訴納坦尼。

不對。納坦尼知道事情不是這樣。所以當他的爸爸走到屋外，到車道盡頭去丟垃圾的時候（兩分鐘而已，納坦尼，你可以在這裡乖乖坐個兩分鐘，對吧？），納坦尼一直等到聽不見爸爸踩在碎石步道的聲音，立刻一鼓作氣，衝到樓上自己的臥室裡。他把垃圾桶翻過來當作踏腳梯，然後在衣櫃裡找到他所需要的東西。他悄悄地轉開爸媽臥室的門把，躡手躡腳地走進去，彷彿地板上鋪的是輕軟的棉花。

納坦尼連試了兩次，才點亮母親床邊的燈，然後他爬到了被子上面。媽媽根本不在這裡，毯子下只有一大塊隆起的東西，聽到他喊媽媽的名字，這東西甚至連動都沒動一下。他戳了戳，皺起眉頭。接著他拉開被單。

這個不是他母親的東西呻吟了兩聲，在突然出現的光線下瞇起了眼睛。

她的頭髮亂七八糟，糾結成一團，和寵物動物園裡的棕色綿羊一模一樣。她的眼睛深深地嵌在臉上，嘴邊還有又長又深的皺紋。她身上有股哀傷的味道。她看到納坦尼，眨了一下眼睛，他似乎存在她的記憶當中，但是她無法將他放到心裡最優先的位置。接著，她又拉起毯子蓋住頭，轉過身去。

「媽咪？」納坦尼低聲說話，因為這個地方好像很需要安靜。「媽咪，我知道你想要什麼。」

納坦尼一直在想這件事，也回憶起了自己困在一片黑暗當中，卻又無法解釋的感覺。他記起當時她為他做了什麼事。於是他拿出羅比許醫師給他的手語教材，塞到母親蓋在毯子下的手中。

當她的手碰到教材開始摸索的時候，他屏氣凝神地等待。納坦尼聽到一個從來沒聽過的聲音，有點像地震時世界隨之裂開，也說不定是心碎的聲響，接著教材從床單中間滑出來，啪的一聲掉到地上。突然間，被子站了起來，宛如白鯨的大嘴，吞噬掉他整個人。

接下來，他被包進了原來放手語教材的地方，被她的雙手緊緊捆住。她緊緊抱住他，兩人間容不下任何話語或手語。但是這一點兒也沒關係，因為納坦尼完全明白母親在對他說什麼。

天哪，我縮了一下，心想：把電燈關掉。

費雪逕自將文件檔案等資料攤在毯子上，面對疲憊到無法走出臥室的委託人似乎是他的家常便飯。不過話說回來，誰知道呢？說不定他真的就是每天面對這種人。

「走開。」我低聲咕噥。

「癥結在於他接受過骨髓移植，」費雪單刀直入地說：「你殺錯了神父。所以我們得想個辦法來利用這個重點讓你開釋。」在他想起要自我克制之前，我們的眼神先有了交會，他來不及掩飾他看到我這副模樣所感到的驚訝，以及——是的，沒錯——厭惡。我沒洗澡，沒打扮，而且心不在焉。

是啊，費雪，你瞧瞧，我心想：這會兒，你不必假裝我喪失心智了吧。

我翻個身，幾張紙掉到地上。「你不必和我玩這種遊戲，妮娜，」費雪嘆口氣說：「你聘請我，就是為了不想坐牢，而且，該死的，你就是不必去服刑。」他停了一下，彷彿要說出什麼重要大事，結果卻講些無關緊要的話。「我已經提出申請陪審團的文件了，但你是知道的，我們也可以在最後一刻取消要求。」他打量我的睡袍和亂髮。「試著去說服單一個人，說你……精神錯亂，會比較容易。」

我拉起被子蓋住頭。

「我們拿到歐布萊恩的報告了，你表現得很好，妮娜。我把報告留在這裡讓你讀……」

我躲在毯子下，在黑暗中哼唱，這樣才聽不到他的聲音。

「好吧。」

我用指頭塞住耳朵。

「應該沒別的事了。」我可以感覺到他在我的左邊動手收拾文件。「我過了聖誕節之後再和你聯絡。」他起身離開，昂貴的皮鞋踩在地毯上，腳步聲好似陣陣耳語。

我殺了一個人，我殺了一個人。這件事成為我不可切割的一部分，好比我眼睛的顏色和右肩胛骨上的胎記。我殺了人，這件事不可能抹滅。

當他走到門口的時候，我拉下被子露出臉。「費雪，」這是幾天來我說的第一句話。

他轉過身，面帶微笑看著我。

「我要上臺作證。」

「我要。」

他的笑容消失。「不行，你不可以。」

他再次走到床邊。「如果你上臺作證，布朗會把你攻擊到體無完膚。如果你上臺去，連我都幫不了你。」

我直直地瞪著他看，久久都沒有眨一下眼睛。「那又怎樣？」我說。

「有人想和你說話。」凱利伯說完，把手機丟在床上。他看我沒伸手拿，於是想了想之後又補充一句：「是派屈克。」

在某次海灘旅遊時，我曾經讓納坦尼將我埋在沙子下。他從我的雙腿開始埋，要等蓋在上面的沙堆乾燥變硬必須等一段很長的時間。到了他在我身邊築起沙丘，沙子壓住我的胸口之後，我記得自己開始感覺到禁閉的恐懼。當我終於能移動時，我像巨神泰坦般地從沙堆下站了起來，蓄勢待發的爆發力足以推倒神祇。

現在，我看著自己放在被單上的手爬向電話，卻沒有力氣阻止。原來，只要誘因夠強，我還是會受到引誘，脫離徹底的癱瘓和自卑自憐的情緒。這個誘因也就是採取行動的可能性。儘管我已經從中得到了教訓，但仍然無力戒除這個癮頭。嗨，我是妮娜，我要知道他在哪裡。

「派屈克？」我把話筒靠到耳邊。

「我找到他了，妮娜，他在路易斯安那一個叫做貝爾夏斯的鎮上。他是個神父。」

我肺裡的空氣一股腦地全被抽光。「你逮捕了他。」

我聽出猶豫。「沒有。」

我坐起身，被子往下滑。「你有沒有……」我沒辦法把話說完。我希望他可以告訴我某件讓人膽戰心驚的事，某種我急切想要聽到的狀況。然而我同時又希望：不管我自己變成什麼樣的人，都不該把他拖下水。

「我和那傢伙說過話，但是我不能讓他知道我是來找他的，也不能讓他知道我來自緬因州。你記得這種事應該怎麼著手，當時納坦尼……一旦性侵犯發現遭到鎖定一定會逃跑，而我們永遠不可能拿到他的供詞。再說，葛文更狡猾，因為他知道自己同母異父的弟弟就是因為被控性侵兒童才被殺，何況這件案子還是他做的。」派屈克猶豫了一下。「所以，我說我打算結婚，想找個舉辦婚禮的教堂。這是我第一個想到的藉口。」

淚水湧上我的眼眶。稍早，他就在派屈克的掌握之中，但是什麼事也沒發生。「逮捕他，看在老天爺的分上，派屈克，掛掉電話回教堂去——」

「妮娜，你先住嘴。我不是路易斯安那的警察，這裡也不是案發現場。我必須先拿到緬因州核發的逮捕令，才能在路易斯安那指控葛文為逃犯，就算這樣，他還是能拒絕引渡。」他猶豫地說：「況且，如果我的上司發現我利用職務之便來偵查沒有分派給我的案件，你想，他會有什麼反應？」

「但是，派屈克……你找到他了。」

「我知道，而且他會得到懲罰。」他在電話的那頭沒有出聲。「只不過，不會在今天。」

他想知道我是否還好，而我撒了謊。我怎麼可能好呢？我回到了原點。差別是，現在我即將因謀殺無辜的神父受審，而納坦尼則會捲入另一場審判當中。在我入監服刑的時候，他必須面對性侵他的人，重新回到惡夢當中。納坦尼會備受折磨，會受到傷害。

派屈克向我道再會，我切掉電話。我瞪著手上的話筒看了好一會兒，撫摸滑順的塑膠外緣。有生以來頭一遭，我可能要面對更大的損失。

「你在做什麼？」

我的腦袋才剛從套頭毛衣裡鑽出來，就看到凱利伯站在臥室裡。「我看起來像是在做什麼？」我扣上牛仔褲，套上便鞋。

「派屈克讓你下床。」他音調有些變化。

「派屈克告訴我的資訊讓我終於能夠下床。」我更正他的話，想要繞過凱利伯，但是他擋住我的去路。「拜託，我得去一個地方。」

「妮娜，你哪裡也去不了。你戴著電子手銬。」

我看著丈夫的臉。他的眉間有好幾道我沒見過的紋路，我有些驚訝，發現這些皺紋是我造成的。我應當要讓他知道這件事。

於是我拉住他的胳膊，帶他走到床邊，讓他和我並肩坐下來。「派屈克找到骨髓捐贈者的名字。他就是十月分來聖安妮教堂參訪的神父，養貓的那一個。他叫做亞瑟・葛文，是路易斯安那州貝爾夏斯教堂的神父。」

凱利伯的臉色發白。「為什麼……你為什麼要告訴我這件事？」

因為，在第一次，我單獨行動，而當時我應該要把自己的計畫告訴你。因為當檢察官在法庭上質詢的時候，你不必為此作證。「因為，」我說：「事情還沒有結束。」

他往後退去。「妮娜，不行。」我站起來，但是他抓住我的手腕，將我拉到他的面前。我的手腕被他扭得發痛。「你打算做什麼？違反居家監禁的條件，出去殺另一個神父嗎？被判處一次終身監禁對你還不夠？」

「路易斯安那州仍然執行死刑。」我反嗆回去。

我的回答就像是斷頭臺，切開了我們兩個人。凱利伯鬆開我的手，速度快到讓我跌坐在地板上。

「這就是你想要的嗎？」他靜靜地問：「你真的這麼自私？」

「自私？」到了這時候，我已經淚眼婆娑。「我是為了我們的兒子才這麼做。」

「你是為了你自己，妮娜。如果你為納坦尼想一想，就算是一點點也好，你會專心當一個母親。你會起床，繼續過日子，讓司法制度來處理葛文。」

「司法制度。你要我傻傻的等，等到法院傳喚這個混蛋？讓他在這期間繼續強暴十個、二十個孩子？然後再等，等這兩個州的州長爭辯該由誰來負責審判？接著再繼續等，等著看納坦尼出庭指控這個混帳東西？還要親眼看著葛文刑期服畢，而我們的兒子卻仍然為了他的所作所為惡夢連連？」我顫抖地吸了一大口氣。「這就是你所謂的司法制度，凱利伯。這值得等嗎？」

我看他沒有作聲，於是站起身來。「反正，我已經要為殺人入監服刑，我再也沒有人生了。但是納坦尼可以好好活下去。」

「你打算讓我們的兒子在沒有你的情況下長大？」凱利伯的聲音顫抖又沙啞。「讓我為你省下這個麻煩吧。」

他突然站起身，離開臥室去高喊納坦尼的名字。「嘿，小朋友，」我聽到他說：「我們去探險。」我雖然四肢發麻，但仍然勉強走到納坦尼的房間裡去，看到凱利伯隨手拿起衣物，胡亂塞進蝙蝠俠的背包裡。「你……你在做什麼？」

「我看起來像是在做什麼？」凱利伯的答覆像是我方才答話留下來的回音。

納坦尼在床上跳上跳下，頭髮像絲緞般往兩側飛。「你不能把他從我身邊帶走。」

凱利伯拉上背包的拉鍊。「為什麼不能？你原來不就是要讓自己離開他身邊嗎？」他轉頭看著納坦尼，硬擠出笑容。「準備好了嗎？」他問兒子，納坦尼跳到他的懷抱裡。

「再見，媽咪！」他大聲嚷嚷：「我們要去探險。」

「我知道。」我的喉嚨彷彿打了個結，實在很難裝出笑臉。「我聽到了。」

凱利伯抱著他從我身邊經過，樓梯間傳來轟隆隆的腳步聲，接著是錯不了的甩門聲。凱利伯發動貨車引擎，在車道上加速倒車。在接下來的一片沉默當中，我聽見自己的疑慮和不安化成耳語，竄入空氣當中環繞著我。

我趴在納坦尼的床上，把自己埋進充滿蠟筆和薑汁麵包味道的床單裡。眼前的實際狀況是我沒辦法離開這棟屋子。只要我一踏出家門，警車就會鳴笛來追我，在我搭上飛機之前就先逮捕我。

凱利伯成功了，他成功地阻止我去進行我極力想做的事。

因為他知道，如果我現在走出家門，絕對不會是去找亞瑟．葛文。我會去找兒子。

過了三天，凱利伯還是沒打電話給我。我聯絡過這一帶的每間旅館和汽車旅社，但即使他在其中任何一間，也不是以自己的名字登記。但是不管如何，這晚是聖誕夜，他們一定會回家。凱利伯一向愛過傳統節日，到了這時候，我也已經包裝好在閣樓裡藏了一整年，準備在這天拿出來送給納坦尼的禮物。我從冰箱裡找出所剩無幾的食材，準備好雞肉和芹菜湯，還拿出結婚時朋友送的瓷器擺在餐桌上。

此外，我也做了大掃除，因為我要凱利伯一走進家門就注意到不同之處。也許當他看到不同的外在環境之後，會明白我的內心也有了變化。我將頭髮在腦後綰成了一個法國髻，穿著黑絲絨長褲搭配紅色襯衫。耳朵上佩帶著納坦尼去年送我的聖誕禮物：用黏土做的小雪人。

然而這些都是表面。我的眼睛下出現了黑眼圈和眼袋，他們離家之後，我一直沒有闔眼過，這好像是一項嚴峻的懲罰，因為我在我們相聚的時候不停昏睡。夜裡，我會在走廊上徘徊，想要找出納坦尼在地毯上奔跑所留下的印記，還會盯著從前的照片看。我成了自己家中的鬼魂。

家裡沒放聖誕樹，因為我沒辦法出門去砍棵樹進來。我們一向會在聖誕節來臨前的星期六到自家產業巡視，找一棵樹砍回家。但是話說回來，今年的聖誕，我們並沒有家人間緊密的感覺。

還不到下午四點，我就點起了蠟燭，播放聖誕音樂。我坐下來，雙手放在膝頭安靜等待。

我一直在等待。

四點半，開始下雪了。我重新擺放納坦尼的禮物，依大小排列。我把裝飾著蝴蝶結的雪橇靠在牆邊，不知道這些禮物是否夠他堆放在上面滑下小山丘。

十分鐘之後，車道上傳來卡車引擎的聲響。我跳了起來，緊張地四處環顧，做最後一次的檢查，然後帶著明亮的笑容拉開門。一個優比速快遞人員拿著包裹站在我家門廊上，他看起來很疲憊，身上還沾著雪花。「妮娜·佛斯特嗎？」他用單調的聲音問道。

我接下包裹的時候，他說了聲聖誕快樂。我回到屋裡，坐在沙發上撕開包裹。裡面是一本皮革裝訂的二〇〇二年桌曆，封面內頁印了費雪的律師事務所名稱。節日快樂——卡靈頓、惠特康、霍洛比、普拉特同賀。「還真實用，」我大聲說：「尤其是在我入監服刑之後。」

當星星羞怯地躲進夜空之後，我關掉了音樂。我望向窗外，看著雪花掩去車道。

派屈克在離婚之前就已經自願在聖誕夜值班了，有時候甚至還連值兩班。他在聖誕夜接到的電話通常是老人家打進來的，而他們口中的碰撞或是可疑的車輛，總是會在派屈克抵達時消失無蹤。其實，這些人只是不想孤單地度過這個大家都有人陪伴的夜晚。

「聖誕快樂。」他離開梅西·簡肯斯的家門，這位八十二歲的女士剛成了寡婦。

「上帝祝福你。」她回應，然後走回冷冷清清的家裡。這和派屈克要回的家一樣。

他可以去看看妮娜，但是凱利伯一定會帶納坦尼回家過節。不，派屈克不想在這時候去打擾。於是他上車，開在畢德佛濕滑的街上。住家的門廊上和窗內都看得到閃爍的聖誕燈，這個世界上似乎零落點綴著富饒的意味。他慢慢地巡行，心裡想著安然入睡的孩童。誰在乎什麼是乾果夾心糖？

突然間，派屈克的車燈前方出現一團模糊身影，他用力踩下煞車，讓車子滑到一邊，以免碰撞到跑著過馬路的人，接著，他走到車外扶起倒在地上的男人。「先生，」派屈克問道：「你還好嗎？」

男人翻了個身，他身上穿著聖誕老人的服裝，棉花做的假鬍子下飄出一陣酒氣。「聖誕節快樂啊，小伙子，你站好。」

派屈克幫他坐起身來。「有沒有哪裡受傷？」

「走開。」聖誕老人掙扎著想離開他。「我可以告你喔。」

「因為我沒有撞到你，所以要告我？這恐怕行不通。」

「你開車不慎，你大概喝醉了吧。」

派屈克聽了忍不住大笑。「大概和你一樣嗎？」

「我一滴酒也沒喝！」

「好啦，聖誕老公公。」派屈克拉他站直身子。「你有沒有一個叫做『家』的去處？」

「我得去駕我的雪橇。」

「可不是嗎。」他用手臂撐住男人，帶他走向警車。

「如果我讓麋鹿留太久，牠們會啃掉屋頂的木瓦片。」

「那當然。」

「我不要進車裡，我還沒忙完，你知道的。」

派屈克拉開車子的後門。「我寧可冒險，老爹，上去吧，我帶你去睡在暖呼呼的床上，等你清醒。」

聖誕老人搖著頭說：「我家老太太會殺了我。」

「聖誕老婆婆會瞭解的。」

他看著派屈克，笑容退去了一點。「好啦，警官，放我一馬吧。你也知道回到只想叫你滾蛋的愛人身邊是什麼感覺。」

派屈克壓低男人的身子將他推進車裡，唔，也許太用力了點。不，他不懂那種感覺。他連這個句子的百分之五十都不懂：回到愛人身邊是什麼感覺？

等他開回警局的時候，聖誕老人已經昏睡了過去，派屈克只好請值班臺的警察幫他一起將男人抬進警察局。派屈克打了卡，坐進自己的卡車裡。但是他沒有回家，而是朝相反的方向開去，經過妮娜家的前方。他只想確定一切安好。自從他回到畢德佛之後——當時妮娜和凱利伯已經結婚——就不常這麼做了。他通常在值完夜班之後，才會開車過來，看著屋裡的燈光一盞盞熄滅，只留下他們臥室的燈。就當作額外的保全吧——至少，他當時是這麼告訴自己。

這麼多年之後，他仍然無法相信這個說法。

納坦尼知道，這應該很盛大。在這個聖誕夜，他不但晚睡，還能拆開一大堆心裡想要的所有禮物。而且，他們來到一個叫做加拿大的新國家，住進了一座真正的古堡裡。

他們在古堡的房間裡有一座火爐，還有一隻看起來活生生的死鳥。是填充的，他的父親這麼說，這隻鳥看起來似乎真的把自己吃得太撐，但是納坦尼不認為任何動物可能會因為這樣而死掉。房間裡有兩張大床，還有那種一躺就凹陷，不會立刻彈起來的枕頭。

這裡說的是不同的語言，納坦尼聽不懂，這讓他想起自己的母親。

他拆開的禮物有遙控卡車、絨毛袋鼠、直升機，還有顏色多到讓他頭昏腦脹的火柴盒小汽車。另外他還拿到了電腦遊戲和一個掌中彈球機。房間裡到處都是包裝紙，父親忙著把紙丟去餵火。

「收穫不少喔。」他笑著打趣。

父親讓納坦尼做所有的決定，他們甚至在一座碉堡裡玩了一整天，搭一種叫做鋼索纜車的東西上上下下玩。他們吃飯的餐廳門外竟然掛著麋鹿頭，納坦尼還一連點了五道甜點。他們回房間以後才開始拆禮物，但是把聖誕襪留到明天才看。一切都是納坦尼說了算，在家裡絕對不可能這樣。

「好，」父親說了：「接下來要做什麼？」

但是納坦尼只想回到從前的樣子。

門鈴在十一點鐘響起，門口出現了一棵聖誕樹。接著，派屈克從偌大的冷杉枝葉後面探出頭來打招呼：「嗨！」

我覺得自己的臉和橡膠一樣強韌，掛在上面的微笑顯得十分詭異。「嗨。」

「我幫你帶了一棵樹過來。」

「我看到了。」我往後退一步，讓他進屋裡來。他把樹靠在牆上，針葉像雨水般落在我們的腳邊。「凱利伯的卡車不在。」

「凱利伯也不在，納坦尼也一樣。」

派屈克的眼神黯淡了下來。「喔，妮娜。天哪，我很遺憾。」

「沒關係的。」我對著他展開最美的笑容。「我現在有棵聖誕樹，而且還有人幫我吃聖誕晚餐。」

「哈，莫里耶小姐，那是我的榮幸。」我們同時意識到派屈克的錯誤，他用他最初認識我——也就是我娘家的姓氏——來稱呼我。但是我們都懶得更正。

「進來吧，我去把東西從冰箱裡拿出來。」

「等等。」他跑回車邊，提著幾個沃爾瑪賣場的購物袋回到門口，幾個袋子上還裝飾著蝴蝶結。

「聖誕快樂。」他想了想，才靠過來親吻我的臉頰。

「你身上有威士忌的味道。」

「是那個聖誕老人，」派屈克說：「我得到一個空前未有的殊榮，把聖誕老公公關進牢裡，讓他睡到酒醒。」他一邊說話，一邊打開購物袋。裡面有爆米花、奇多玉米棒、綜合餅乾，還有無酒精的香檳。「東西不多。」他致歉。

我拿起冒牌香檳轉動瓶身。「不打算讓我喝個爛醉，是嗎？」

「如果會害你被捕就不行，」派屈克直視我的雙眼：「你知道規定，妮娜。」

就因為他一向知道怎麼做對我比較好，於是我跟著他走進起居室，一起把聖誕樹放到空檯子上。我們生了火，接著拿出我收在閣樓裡的裝飾品來點綴聖誕樹。「我記得這一個，」派屈克抽出一個裡面有個小人偶的淚滴形玻璃球說：「本來有兩個。」

「你坐壞了一個。」

「我以為你媽會殺了我。」

「她本來的確有這種打算，但既然你已經開始流血——」

派屈克忍不住笑了出來。「而且你還一直指著我說：『他的屁股割了一個洞。』」他把淚滴形玻璃球掛在及胸的高度。「告訴你，結果留下了疤痕。」

「真的嗎？」

「想看嗎？」

他在開玩笑，眼眸還閃閃發光。但儘管如此，我還是假裝忙著別的事。

裝飾好聖誕樹之後，我們坐在沙發上拿綜合餅乾配著冷雞肉吃。我們的肩膀相碰，我想起過去我們常並肩躺在鎮上池塘的漂浮平臺上，就這麼睡著，陽光照在我們的臉龐和胸前，將我們的皮膚加熱到完全相同的溫度。派屈克把另一個購物袋放到聖誕樹下。「說好了，你要到明天才能拆。」

我震驚地發現他要離開。

「但是還在下雪……」

他聳聳肩。「我的車是四輪驅動，沒事的。」

我旋轉手上的杯子，讓假香檳在杯裡轉動，說：「拜託。」我只說了這兩個字。從前，這樣就夠了。但現在派屈克就在這裡，起居室裡充滿了他的聲音，他的身體佔據了我旁邊的空間，如果他離開，這裡會變得太空虛。

「現在已經是明天了。」派屈克指著時鐘：時間是午夜十二點十四分。「聖誕快樂。」他把一個購物袋放在我的腿上。

「可是我什麼都沒為你準備。」我沒說出心裡的話：派屈克回畢德佛這麼多年了，從來也沒送我聖誕禮物。他會帶禮物給納坦尼，但是我們之間有個默契，如果多過於此，就無異是在禮儀規範的界線上走鋼索。

「打開就是了。」

第一個購物袋裡面是一個三角形的小帳棚，第二個袋子裡放了個手電筒和一組全新的「妙探尋凶」遊戲。派屈克露出一個大大的笑容。「你現在有機會打敗我了。不過話說回來，你不見得辦的到。」

我高興地回他一個笑臉。「我會打到你慘敗。」我們把帳棚從保護套裡抽出來，在聖誕樹前撐起帳棚，裡面的空間小到幾乎只容得下我們兩個人，但是我們還是爬了進去。「我覺得現在的帳棚越做越小。」

「不是，是我們變大了。」派屈克打開遊戲板，平鋪在我們盤起的腿上。「我可以讓你先下。」

「你真是王子中的王子啊。」我說完話，立刻拿起骰子開始玩。我們每擲出一次骰子，歲月就往後退了一年，直到最後，我們可以輕易地將屋外的白雪想像成安妮女王的蕾絲，把這場遊戲當作生死攸關的競賽，而全世界也只剩下派屈克、我和後院的營地。我們的膝蓋碰撞，小小的尼龍帳棚裡只聽得到彼此的笑聲，外面聖誕樹上的串串燈光像極了螢火蟲，我們身後的火爐就是營火。派屈克帶我回到過去，而這是我見過最美好的禮物。

順道一提，他贏了這場遊戲。凶手是史卡萊小姐，地點在圖書館，凶器是一把扳手。

「我要求重新比賽。」我大聲宣布。

派屈克笑得太開心，不得不喘一口氣。「你大學念了幾年？」

「閉嘴，派屈克，我們重來一次。」

「才不要，我見好就收。我領先——多少次了？——三百場了嗎？」

我伸手抓他的棋子，但是他舉得高高的不讓我搶。「你好可惡。」我說。

「你輸不起。」他把手舉得更高，我為了搶棋子不小心打翻遊戲板，順勢也扯倒了帳棚。我們被尼龍布和棋子卡片纏倒，滾在地上糾纏成一團。「下次我買帳棚送你，」派屈克笑著說：「我一定會挑大一號的尺寸。」

我的手碰到他的臉頰，他一動也沒動，淺色的眼眸大膽地鎖住我的視線。「派屈克，」我低語：「聖誕快樂。」接著，我親吻他。

幾乎就在同一刻，他從我身邊彈開。現在，我要怎麼面對他？我不相信自己竟然會這樣做。然而他握住我的下巴回吻我，彷彿想把他的靈魂灌注到我的體內。我們唇齒碰撞，又扯又抓，兩個人簡直分不開。在美國手語當中，朋友的手勢就是兩手的食指互勾。

不知怎麼著，我們滾出帳棚外。爐火的熱度溫暖了我的臉頰，派屈克的指頭仍然纏著我的頭髮。這很糟，我知道這樣很糟糕，但是我心裡有一塊屬於他的空間。他像是早於任何人的第一個人。我想——我不是頭一遭這麼想——敗德不見得就是錯。

我用手肘撐起身子俯視著他。「你為什麼離婚？」

「你說呢？」他輕柔地回答。

我解開襯衫的釦子，又紅著臉拉攏衣襟。派屈克伸手覆住我的雙手，拉下薄薄的衣袖。接著他脫掉自己的襯衫，我輕觸他的胸膛，在這片不是凱利伯的屬地上游移。

「別去想他，」派屈克懇求我，他一向能看透我的思緒。我親吻他的乳頭，一路來到消失在長褲下方的黑色毛髮。我解開他的皮帶，用雙手包覆住他，然後往下將他放進我的口中。

他毫不遲疑地扯著我的頭髮將我往上拉到他的胸前。他的心跳得飛快，宛如召喚。「對不起，」他對著我的肩膀喘氣，「太多了。一整個的你，這樣太多了。」

一會兒之後，他開始品嘗我。我試著不去想自己鬆弛的小腹、妊娠紋以及其他的缺陷。在婚姻關係中，這些都是不需要擔心的事。「我不……你知道的。」

「你不什麼？」他在我雙腿吐出這幾個字。

「派屈克。」我扯著他的頭髮。但是他的指頭滑入我的體內，讓我迷失。他來到我的上方，緊緊抱著我，不留任何空間，兩人律動的節奏，宛如這輩子一直如此熟悉彼此。接著派屈克抽出身子，在我們兩人的身軀之間來到高潮。

膠稠的愧疚將我們的肌膚黏著在一起。

「我不能——」

「我知道。」我輕觸他的嘴唇。

「妮娜。」他閉上眼睛。「我愛你。」

「這我也知道。」這時候，我只能容許自己這麼說。我碰觸他肩膀的弧度，手指劃過他的脊椎，想要把一切交付給記憶。

「妮娜，」派屈克埋在我的頸際偷笑，「我還是比你懂得玩『妙探尋凶』。」

在我的凝視下，他在我的懷抱中入睡。這時候我對他說出我沒辦法對別人說出口的話。我握起拳頭，做出手語中S的手勢，然後再他的胸口劃了一個圈。這是我最誠摯的道歉方式。

太陽亮晃晃地掛在天際線上，派屈克醒了過來。他伸手碰妮娜的肩膀，然後摸了摸自己的胸膛，只為了確定這是真的。他躺回去，瞪著火爐裡炙熱的木炭，想要用念力驅走早晨。

但是早晨仍然會報到，隨之而來的還有一堆解釋。儘管他對妮娜的認識遠勝過妮娜自己，但是他依舊不確定她會選擇什麼藉口，畢竟她以批判他人的不端行為維生。然而她的任何說法對他來說都一樣：這根本不該發生，整件事是個錯誤。

派屈克只想從她的口中聽到一樣東西，那就是他的名字。

任何其他的話，呃，只會讓這件事出現缺憾，而派屈克想要擁有一個無瑕的夜晚。於是他將手從妮娜的頭下輕輕抽出來，脫離這個甜蜜的重量。他親吻她的太陽穴，深深吸進了她的氣味。在她有機會放手之前，他先放開手。

我張開眼看到的第一樣東西就是搭好的帳棚。接著我發現派屈克不在身邊。在這場難以相信的熟睡當中，他離開了我。

也許這樣比較好。

當我清理完前一天的晚餐，也洗過澡之後，我幾乎就快說服自己這件事的確是真的。但是我無法想像下次再見到派屈克的時候，腦子裡不會出現他俯在我上方，黑髮刷過我臉孔的模樣。然而我也不認為在我體內宛如蜂蜜溶進血液的平和寧靜，要歸功於聖誕節。

原諒我，神父，我是罪人。

但是我真的有罪嗎？命運難道會遵守規定？「應該」和「想要」之間的鴻溝寬若汪洋，將我淹沒在其中。

門鈴響了，我從沙發上跳了起來，急忙擦擦眼睛。是派屈克，說不定帶著咖啡和貝果回來。如果他決定回來，一切就不是我的錯。就算是我打一開始就這麼期待也一樣。

但是當我打開門的時候，看到的是凱利伯站在門廊上，納坦尼站在他的前方。我兒子的笑容比車道上積雪的反光還燦爛，有那麼一會兒，我驚慌地望著凱利伯身後，想看看派屈克警車留下的車痕是不是已經被風雪遮去。罪過有味道嗎？會不會和殘留在皮膚上的香水一樣？「媽咪！」納坦尼喊著。我高高舉起兒子，欣喜地承受他的重量。我的心跳狂亂，像是卡在喉嚨的蜂鳥。「凱利伯。」

他不願意看著我。「我不會留下來。」

這麼說，這是個慈善拜訪。幾分鐘之後，納坦尼就要離開。我將兒子抱得更緊了些。

「聖誕快樂，妮娜，」凱利伯說：「我明天過來接他。」他向我點個頭，然後離開門廊。納坦尼嘰嘰喳喳說個不停，貨車駛離的時候，兒子興奮的情緒讓我們更形緊密。我細細地觀察凱利伯留在雪地上的腳印，把腳印當作線索，無可證明的鬼魂曾經來了又走。

第三部

我們的美德往往是經過偽裝的罪惡。

羅許佛寇公爵法藍索瓦

今天在學校裡，莉蒂雅小姐發給大家很特別的點心。

我們先領到一片萵苣，上面有一粒葡萄乾，這是蟲卵。

接著是長條形的起司毛毛蟲。

然後是蝶蛹——一顆葡萄。

最後是切成蝴蝶形狀的肉桂麵包。

之後，我們全都到外面去，把在教室裡出生的帝王蝶放出去。其中有一隻停在我的手腕上。牠現在看起來很不一樣，但是我知道這就是我上個星期撿來交給莉蒂雅小姐的毛毛蟲。沒多久，蝴蝶便飛向了太陽。

有時候事情變化得太快，害我的喉嚨從裡痛到外。

第七章

四歲那年，我在臥室的窗臺上撿到一隻毛毛蟲，決定拯救牠的性命，還央求母親帶我到圖書館去查詢野外圖鑑的資料。我拿了個罐子在頂上打洞，拿葉子和草給毛毛蟲吃吃，還放了一點點水。當時母親告訴我，如果我不放走毛毛蟲，小蟲會死，但是我相信我才是對的。毛毛蟲跑到外頭的世界，說不定會被卡車輾斃，或是被太陽烤焦。我的保護才能讓牠避開風險。

我用無比神聖的態度為毛毛蟲替換水和食物，太陽下山後還會唱歌給牠聽。結果到了第三天，不管我多麼呵護照顧，毛毛蟲還是死了。

幾年之後，事情再次重演。

「不行。」我告訴費雪。我們停下腳步，一月的寒風像是受到蠱惑的眼鏡蛇，一股腦地鑽進我的大衣裡。我把文件丟還給他，以為不要看到兒子的名字，就可以讓他免於出現在證人的名單上。

「妮娜，這由不得你，」他輕聲說：「納坦尼得出庭作證。」

「昆丁．布朗這麼做是為了要對我下手。他想要我目睹納坦尼在法庭上再次崩潰，然後看我會不會再度發狂，而且這回還要當著法官以及陪審團的面。」我的淚水在睫毛上結成了冰珠。我想要讓事情現在就結束。就是這樣，我才會殺害一個男人，因為我以為自己可以阻止雪球越滾越大；因為侵害我兒子的人一死，我的孩子就不必出庭作證，重新經歷不堪回首的遭遇。我想讓納坦尼就此打住，闔上慘不忍睹的章節，但諷刺的是，我並沒有做到。

這個犧牲——神父的生命和我的未來——沒能發揮應有的效果。

聖誕節過後，納坦尼和凱利伯一直和我保持距離，但是凱利伯每隔幾天，就會帶他來和我共度幾個小時。我不知道凱利伯怎麼向納坦尼解釋我們的安排。也許他會說我病得太嚴重或太憂鬱，所以沒有辦法照顧小孩；也說不定這兩個理由都正確。但無論如何，我能確定的是納坦尼最好不要看著我進行自我懲罰的計畫。他已經看得太多了。

我知道他們住在哪間汽車旅館，偶爾，當我覺得自己特別勇敢的時候，我會打電話過去。但接電話的永遠是凱利伯，也許我們已經無話可說；或許要說的話太多，塞住了兩人之間的電話線，於是我一個字也說不出來。

儘管如此，納坦尼的情況漸入佳境。每當他回到家裡，臉上總是會帶著笑容。他會唱莉蒂雅小姐在課堂上教的歌給我聽，當我從他背後碰他的肩膀時，他也不再驚嚇到跳起身子。

這些都是進步，但是一場能力聽證會足以抹滅一切。

在我們身後的公園裡，有個剛學步的幼童躺在雪地上揮動四肢，在地上畫出一個雪地天使。雪天使的問題在於孩子一起身就會毀了自己的作品，因為無論如何，雪地上都會出現起立時留下的腳步。

「費雪，」我簡單扼要地說：「我要去坐牢。」

「你不能——」

「費雪，拜託你。」我輕碰他的手臂。「我可以接受。我甚至相信這是我應得的懲罰。我之所以會殺人只有一個原因，這唯一的原因就是不要讓納坦尼受到更多的傷害。我不要他回想起自己的遭遇。如果昆丁想懲罰任何人，他可以找我。但是找納坦尼就太過分了。」

費雪嘆了一口氣。「妮娜，我會盡全力，但是——」

「你不懂，」我打斷他的話：「盡全力還不夠。」

尼爾法官來自波特蘭，他在亞爾福瑞的高等法院裡沒有自己的辦公室，所以在主持我這場審判的期間，他只好借用另一位法官的地方。只不過麥金泰爾法官把閒暇時間用來打獵，影響所致，這間小辦公室裡掛了好幾個麋鹿和巨角雄鹿的頭，這些都是麥金泰爾法官的手下敗將。那麼我呢？我心想：我會不會是下一個？

費雪提出了訴願，為了避開媒體的干擾，法官決定在辦公室裡直接解決。「庭上，這簡直是太無法無天了，」費雪說：「我實在無法表達自己有多難過。檢方已經掌握了席辛斯基神父死亡當時的錄影帶，為什麼還要這個孩子出庭指證？」

「布朗先生？」法官要檢察官回答。

「庭上，辯方聲稱這樁謀殺案的肇因是孩子當時的精神狀態，以及被告相信自己的兒子遭到席辛斯基神父性侵。檢方得知這並不是實情。陪審團必須親耳聽到，在被告殺害這個男人之前，納坦尼究竟告訴了他母親什麼話。」

法官搖搖頭。「卡靈頓先生，如果檢方指稱這與案情有關，我很難撤銷傳喚。的確，在審判開庭之後，我也許可以宣布這與案情沒有關係，但是就現在的情況來說，我們必須要聽聽這名證人的證詞。」

費雪再次嘗試。「如果檢方願意先提出書面說法，指出他們認為孩子應該會說些什麼樣的證詞，也許我們可以達成約定，這樣一來，納坦尼就不需要出面作證。」

「布朗先生，這似乎很合理。」法官說。

「我不同意。讓這名證人親自出席對這個案子來說，真的十分重要。」

辦公室裡頓時出現一片出自驚訝的寧靜。「再想一下，檢察官。」尼爾法官要求布朗三思。

「我想過了，庭上，請相信我。」

費雪看著我，我完全知道他想要怎麼做。他的眼神中充滿同情，但是他依然先等我同意，才又轉頭對法官說：「庭上，如果檢方完全不給我們商量的餘地，那麼我們要求舉行能力聽證會。我們所討論的這名對象，是一個在過去六個星期內曾經兩次失去說話能力的孩子。」

我知道法官絕對會欣然接受這個妥協。我同時也知道，在我見過的所有辯護律師當中，費雪是在能力聽證會上對孩童最慈悲的一個人。但是，這次他不必扮演這個角色。因為眼前最理想的狀況，是讓法官宣布納坦尼不具備出庭的能力，如此一來，他就不必歷經出庭的折磨。想要達成這個目的，費雪唯一能做的，就是讓納坦尼再次崩潰。

費雪沒說出來，但是依他看，藝術已經逐步演變為生活。這是因為他為妮娜設計的喪失神智已經離目標越來越近，然而這個理由打從一開始就是完全揑造出來的。為了不想讓她在這天早晨的聽證會過後就此一蹶不振，他決定帶她到一間時髦的餐廳共進午餐。她不太可能在這樣的地方崩潰。他要她說出檢察官在聽證會上會詢問納坦尼哪些問題，她過去同樣用這些問題來詢問兒童證人，而且不下千次。

稍晚，法院一片昏暗，除了管理人員、凱利伯、納坦尼和費雪之外別無他人。他們靜靜地沿著走廊往前走，納坦尼緊緊抓著父親的手。

「他有點緊張。」凱利伯說，清了清喉嚨。

費雪沒理會他的話。他寧願在一萬呎的高空走鋼索，也不想以嚴厲的方式對待這個男孩，但是話說回來，如果他的態度太過關切，納坦尼可能會在聽證會上表現自如，結果被判定必須在審判上出庭作證。不管怎麼做，妮娜都會要他好看。

進到法庭內，費雪打開頭頂的燈光。燈泡先是嘶的一聲，然後發出刺眼的光線。納坦尼緊緊地依偎在父親身邊，把臉埋在凱利伯寬厚的肩膀上。當你需要來錠制胃酸劑的時候，這些東西全到哪兒去了？

「納坦尼，」費雪簡潔地說：「我要麻煩你坐到那張椅子上去。爸爸得待在後面，沒辦法和你說話，而且你也不能和他說任何話。你必須回答我的問題。你聽懂了嗎？」

孩子圓睜的眼睛就和黑夜一樣深不可測。他跟著費雪來到證人席上，勉強爬上放在裡面的凳子。「先下來一下。」費雪從裡面將凳子拿出來，重新放了一張低一點的椅子進去。這下子納坦尼坐在上面，連眉毛都不及證人席的欄杆高。

「我……我什麼都看不見。」納坦尼囁嚅地說。

「你不必看。」

費雪正打算開始練習發問，一個聲音打斷了他，原來是凱利伯有條不紊地收起法庭裡的每張高腳凳排在門邊。「我覺得這些最好……最好放到別的地方去，才不會明天一大早又出現在法庭裡。」他迎視費雪的目光。

律師點點頭。「放到櫃子裡去，工友可以把這些凳子鎖進去。」

當他轉頭面對男孩的時候，他努力克制，不讓臉上出現笑容。

納坦尼現在終於知道梅森為什麼老想扯開頸圈。這個叫做「領帶」的東西上面沒有蝴蝶結，圈在脖子上讓他幾乎要窒息。他用力拉，結果父親抓住了他的手。他有點反胃，說實在的，他寧願去上學。這裡的每個人都會盯著他看，每個人都想要他說出他不想說的事。

納坦尼抓緊他的絨毛烏龜法蘭克林，而且越抓越緊。法庭出入口原來關上的門嘎一聲打了開來，有個像警察但又不是警察的人揮揮手要他們進去。納坦尼猶豫地踩在長長的紅地毯上。這裡面不像昨天晚上那樣昏暗，也沒那麼嚇人，但是那種走進鯨魚肚子裡的感覺完全沒變。他的心跳開始加速，跳得和打在擋風玻璃上的雨滴一樣快，於是他舉手摀住胸口，不讓別人也聽到。

媽咪坐在第一排。她的眼睛又紅又腫，在他站到證人席之前，她用指頭抹了抹眼睛。這讓納坦尼想到，有好幾次媽咪假裝自己沒哭，就算臉頰上還有眼淚，她也偏要說她在笑。

法庭的最前面還有一個高大的男人，他皮膚的顏色和栗子一樣。這就是賣場裡那個男人，就是他叫人來帶走納坦尼的母親。這個男人的嘴巴看起來好像被人縫了起來。

坐在母親旁邊的律師站起身走到納坦尼身邊。他不喜歡這個律師。律師每次到家裡來，納坦尼的父母都會大聲吵架。昨天晚上，他們帶納坦尼來這裡練習，律師真是凶得不得了。

這會兒，律師把手放在納坦尼的肩膀上。「納坦尼，我知道你擔心你媽咪，我也一樣。我想讓她和以前一樣快樂，但是這裡有個人不喜歡你媽咪。他的名字是布朗先生。你有沒有看到，他就在那裡，那個高高的男人？」納坦尼點點頭。「他會問你一些問題，這我沒辦法阻止他。但是，當你在回答的時候，你要記得一件事：來幫助你媽咪的人是我，不是他。」

接著他陪納坦尼走到法庭的最前面。這裡的人比昨晚多，有個身穿黑袍的男人手裡握著一支槌子，另一個人的捲髮直直地站在頭頂上，還有位女士坐在打字機前面。他們走到用欄杆圍起來的小格子前，昨天晚上納坦尼就坐在這裡。他坐在過低的椅子上，然後把雙手擺在腿上。

穿黑袍的男人說話了：「可以幫這孩子找張高一點的椅子嗎？」

大夥兒全開始東張西望。那個很像警察的人說出大家都看到的情況：「這裡好像沒有。」

「這是什麼意思？法庭裡一向會為兒童證人準備高腳凳。」

「呃，我可以去謝伊法官的庭上看看他那裡有沒有，但這樣就沒有人在這裡看管被告了，庭上。」

穿袍子的男人嘆了一口氣，把一本厚厚的書遞給納坦尼。「納坦尼，不然你坐在我的聖經上好不好？」他照著做，但還是扭來扭去，因為他的屁股一直往下滑。捲髮男人朝他走過來，帶著笑容說：「嗨，納坦尼。」

納坦尼不曉得自己是否可以開始說話。

「我要麻煩你把手放在聖經上。」

「可是我已經坐在聖經上了。」

這個男人取出另一本聖經，攤開來捧在納坦尼的面前，像一張桌子。「舉起你的右手，」他說。納坦尼高高舉起一隻手。「唔，你的另一隻右手。」男人糾正他。「你是否發誓你所說的證詞完全屬實，沒有虛假，願上帝幫助你？」

納坦尼拼命搖頭。

「有問題嗎？」這句話是穿黑袍的男人問的。

「我不能隨便發誓。」他低聲說。

他的母親露出微笑，接著忍不住笑出聲音。納坦尼覺得這是他聽過最悅耳的聲音。

「納坦尼，我是尼爾法官。我今天要請你回答一些問題。你覺得你辦得到嗎？」

他聳聳肩。

「你知不知道什麼叫做『承諾』？」法官看到納坦尼點頭之後，指了指正在打字的女士。「我要請你說出來，因為那位女士會記錄下我們講的每一句話，所以要讓她聽見你的話。你覺得你能不能為了她，好好的大聲說話呢？」

納坦尼往前靠，接著扯開嗓門喊：「可以！」

「你知道什麼叫做『承諾』嗎？」

「知道！」

法官往後縮了一下。「這位是布朗先生，納坦尼，他要先和你說話。」

納坦尼看到高個子男人面帶微笑站起身來。他的牙齒好白，好像大野狼。他幾乎和天花板一樣高，而且越走越近，納坦尼看了他一眼，想到他可能會先傷害他媽媽，然後又轉過頭來把納坦尼咬成兩截。

他深吸了一口氣，接著放聲大哭。

這個男人走到一半就停下腳步，好像失去了平衡。「走開！」納坦尼大聲嚷嚷。他收起膝蓋，把腦袋埋進膝蓋中間。

「納坦尼。」布朗先生慢慢靠過來，伸出他的手。「我只是要問你幾個問題，這樣可以嗎？」

納坦尼搖頭，但是不肯抬頭看。說不定這個高個子和X戰警的獨眼龍一樣有雷射眼。說不定讓他看一眼就會結凍，然後被他看了第二眼就會冒火燒掉。

「你的烏龜叫什麼名字？」高個子問他。

納坦尼把法蘭克林藏到膝蓋下，這樣烏龜也可以不要看到他。他用手遮住臉偷看，但是這個男人比他想像的還要靠近，於是他趕忙在椅子上轉身，幾乎要從椅背的橫木之間滑到地上去。

「納坦尼，」高個子又試了一次。

「不要，」納坦尼開始哭，「我不要！」

男人轉身離開。「法官，我們可以上前討論嗎？」

納坦尼從他坐的格子的欄杆上面往外偷看，看到了母親。她也在哭，不過這有道理啊，因為那個男人想傷害他。她一定和納坦尼一樣怕他。

費雪說過，要我不准哭，否則會被踢出法庭去。但是我實在克制不住，眼淚就和臉紅或呼吸一樣，會不請自來。納坦尼縮在木椅上，整個人躲在證人席裡面。費雪和布朗走向法官席，這時法官已經氣到怒火四射。「布朗先生，」他說：「我實在沒想到你會堅持到這種地步。你清楚得很，你不需要這個證詞。我不容許有人在我的法庭上打心理戰。你想都不用想，這件事不會重演。」

「你說得對，庭上，」那個混蛋東西回答：「我要求上前報告，就是因為這孩子顯然不該作證。」

法官敲下法槌。「本庭判決納坦尼・佛斯特不具有出庭作證的能力，傳喚取消。」他轉頭對我的兒子說：「納坦尼，你可以下去找你爸爸了。」

納坦尼從椅子上跳下來，跑下階梯。我以為他要去法庭的後方找凱利伯，結果他卻直接向我衝過來。他的衝力撞得我的椅子往後退了好幾吋。納坦尼伸手環住我的腰，擠出連我自己都不知道憋了多久的一口氣。

我等著納坦尼抬頭，他被這個陌生的世界——包括書記官、法官、速記員和檢察官——嚇壞了。

「納坦尼，」我激動地對他說：「你是我最好的證人。」

從他的頭頂望去，我和昆丁・布朗四目交接，然後露出微笑。

派屈克第一次見到納坦尼的時候，這孩子才六個月大。派屈克最先想到的是：他長得好像妮娜。接著他才想到，抱在他懷裡的，恰好就是讓他們永遠不可能在一起的理由。

儘管在探訪納坦尼之後，派屈克偶爾會痛苦個好幾天，但是他仍然努力去接近納坦尼。他不時會帶些陪孩子洗澡用的小海豚，或是可以任意塑形的軟膠玩具和仙女棒來，給納坦尼當作禮物。這麼多年來，派屈克一直想貼近妮娜的心坎，那麼，從她心頭鑽出來的納坦尼一定有技巧可以傳授給他。於是他跟著他們去踏青，和凱利伯輪流背走不動的納坦尼。他願意讓納坦尼坐在他的辦公椅上轉圈圈，甚至在凱利伯和妮娜出門參加親戚婚禮時充當保母。

結果一路走來，一直愛慕著妮娜的派屈克，也同樣愛上了她的兒子。

派屈克敢發誓，時鐘一定有兩個小時沒走動了。納坦尼正在能力聽證會上，就算派屈克想出席，也絕對看不下去。再說，他並不想出席，因為妮娜會在場。自從聖誕夜過後，他就沒再看到她，也沒有和她說過話。

他並非不想。天哪，他滿腦子裡只有妮娜，妮娜的感覺，妮娜的味道，妮娜在睡夢中貼著他，逐漸放鬆身軀。但是現在，派屈克這個記憶的表面附著了一層剔透的結晶。兩人在事後的隻字片語只會讓這個經歷失色。況且，讓派屈克憂心的並不是妮娜要說的話，而是她不願說出口的話：她愛他，她需要他，這件事對她的意義不下於對他的影響。

他把頭埋進掌心裡。其實他並非全然不知這是個嚴重的錯誤。派屈克想要說出心裡的話，向某個能夠瞭解的人道出他的疑慮。但是他的知己、他最好的朋友就是妮娜。如果她不再是這個角色……如果她不能屬於他……他們的關係會有什麼轉變？

他重重地嘆了一口氣，抓起電話撥打州境外的號碼。他想要一個解決方案，想要在自己出庭說出對妮娜不利的證詞之前，先送給她一個禮物。路易斯安那州貝爾夏斯警察局長法恩沃斯．麥基在鈴響三聲之後接起電話。「你好啊。」他慢吞吞地說話，拉長了語調。

「我是緬因州畢德佛的杜沙姆警探，」派屈克說：「葛文最近有什麼動靜？」

派屈克不難想像局長這時候的表情。他在離開貝爾夏斯之前和麥基見過面。這位局長起碼超重了五十磅，令人驚異地長了一頭貓王普里斯萊般的黑髮。他辦公桌後方的角落上放了一支釣竿，布告欄上貼著「怎麼樣，我就是曬紅後頸的大老粗」的貼紙。「你要瞭解，我們在這兒都謹慎行事，不打草驚蛇，你懂我意思吧。」

派屈克咬咬牙。「你到底逮捕他了沒？」

「你的主管還在和我的主管溝通，警探。相信我，如果有事發生，你一定會第一個知道。」

他狠狠掛掉電話，氣那個白癡警長，氣葛文，但最氣的是自己當初沒在路易斯安那親手解決這件事。但是派屈克無法忘記自己是執法人員，他必須遵守某些規章：妮娜說過「不行」，儘管這是她的違心之論。

派屈克凝視放在電話機上的話筒。換個角度想，任何人都有可能重新改造自己，尤其是把自己改造成英雄。

畢竟，他看過妮娜這麼做。

一會兒之後，派屈克拿起外套走出警局。他打算動手改變，而不是等著改變來到他的面前。

這天成了我這輩子最美好的一日。首先，納坦尼被判定沒有能力出庭作證，接著是凱利伯要我在聽證會之後照顧納坦尼，讓孩子在家裡過夜，因為他在加拿大邊境安排了一個工作。「你介意嗎？」他禮貌性地問。我甚至想不出該如何回答，因為我簡直是樂壞了。我開始幻想納坦尼在廚房裡站在我身邊，我們一起準備他最喜歡的晚餐；我們可能會連看兩次《史瑞克》，母子之間還擺著一大盆爆米花。

但結果是納坦尼經過了一整天的折騰，筋疲力盡地在六點半就睡著了，連我抱他上樓時都沒醒過來。他躺在床上，雙手大開地放在枕頭上，彷彿要送我一個看不見的禮物。

納坦尼出生時，握緊雙拳在空中揮舞，像是對這個世界有一肚子的氣。他的小拳頭隨著時間慢慢鬆了開來，直到我可以照顧他，看著他的指頭摳抓我的皮膚，緊緊抓住不放，這讓我著迷，因為這個動作充滿了可能性。納坦尼長大之後會拿筆還是持槍？他的觸摸有沒有療癒的能力？那麼創作音樂呢？他的手掌會不會長繭？會不會沾滿墨水？有時候，我會拉開他的小小指頭，輕輕劃過他掌心上的線條，好像我真能看出他的命運似的。

如果說，在我接受囊腫切除手術之後好不容易才懷了納坦尼，那麼他的出生可謂慘烈。三十六個小時的生產過程讓我幾近虛脫。凱利伯坐在病床邊看著醫院電視播放的《夢幻島》影集，似乎和我的收縮一樣痛苦難熬。「我們叫她『金姐』，」他發誓：「要不然就是『瑪麗安』。」

隨著時間過去，糾結的陣痛越來越劇烈，到最後，猛爆的痛苦就像是黑洞，一波接著一波出現。電視劇裡的主人翁吉里票選黑猩猩當選美皇后，以免觸怒因擱淺而滯留在島上的諸位女士。在我虛弱到無法張開眼睛的時候，凱利伯撐著我的背。「我不行了，」我喃喃地說：「換你了。」

於是他按摩我的脊椎，開口唱歌。「天氣越來越糟……小船顛來覆去……加油吧，妮娜！看在大無畏船員的勇氣分上……」

「提醒我，」我說：「晚點要記得殺了你。」

然而我還是忘了，因為納坦尼在幾分鐘之後呱呱墮地。凱利伯將他抱在懷裡，嬰孩好小，在我丈夫的手中看來像是一隻小蟲。他不是金姐也不是瑪麗安，而是個好小子。事實上，我們真的這樣喊了他三天之後，才決定好名字。凱利伯要我決定，因為孩子的誕生幾乎是我一個人的苦勞。我決定喊他納坦尼．派屈克．佛斯特，向我過世的父親，以及我最老的朋友致意。

如今，我真的很難想像面前沉睡的男孩曾經那麼袖珍。我伸手撫摸他的頭髮，頭髮從我的指間滑落，和時間一樣。我曾經受苦，我心想：但看看我得到什麼回報。

昆丁一向對黑貓視若無睹，也可以從容地從梯子下方走過，但是他對審判卻有個奇怪的迷信。在他要出庭的那天早上，他會打扮妥當吃早餐，然後再脫掉襯衫和領帶去刮鬍子。這當然很沒有效率，但是這個習慣可以追溯到他的第一件案子，當時他太緊張，差點帶著隔夜長出來的鬍子走出家門。

假如當時譚雅沒喊住他，他可能真的會這樣就出門了。

他在臉頰和下巴抹上刮鬍泡沫，然後拿起刮鬍刀沿著下巴的弧度刮。今天他並不緊張。儘管媒體一定會大陣仗地湧入法庭，但是昆丁知道他佔了優勢。有什麼好說的呢，他掌握了被告行凶的錄影帶。不管她或費雪怎麼做，都無法抹滅陪審團即將親眼看見的證據。

當年，他的第一件案子是處理交通罰單。如果光看昆丁辯論的模樣，旁人會以為他處理的是一樁謀殺案。那天譚雅帶了基甸恩來旁聽，她抱著兒子坐在最後面，沒忘記一邊輕搖孩子入睡。他看到妻子，呃，於是決定大肆表現一番。

「該死！」昆丁跳了起來。他刮傷了下巴。刮鬍泡沫火辣辣地刺痛了他的傷口，他沉下臉，拿起紙巾壓在上面。他必須壓個幾秒鐘讓傷口停止出血，血水沾在他的指頭上。這讓他想起妮娜・佛斯特。

他把紙巾揉成一團，投籃般射進浴室另一頭的垃圾桶裡。昆丁懶得看自己的完美進球。道理很簡單：如果你覺得自己不可能失誤，你就不會失誤。

到目前為止，我試了好幾套衣服。黑色的檢察官裝束讓我看起來像是落淚的瑪西雅・克拉克[10]，我

---

10 Marcia Clark，辛普森殺妻案中的起訴檢察官。

還試了在我表哥婚禮上穿過的淡粉紅色套裝，以及凱利伯在某個聖誕節送我、連吊牌都還沒剪掉的燈芯絨連身裙。我試穿寬長褲，但覺得太男性化，況且我一直沒弄懂長褲是否可以搭配便鞋，不知道這會不會太隨便。我氣費雪沒有預先設想要怎麼打扮我，他沒施展出其他辯護律師打扮妓女委託人的技巧：讓她們穿上過大而且印花醜陋的衣服，這些衣服通常是從慈善機構拿來的，絕對可以讓女人看起來既迷惘又不青春。

我知道該怎麼穿，才能讓陪審團認為我已經能夠控制自己的情緒，但我完全不知道該如何穿出無助的味道。

這時，床頭的鬧鐘已經比我預料中的時間快了十五分鐘。

我穿上連身裙。這件衣服幾乎大了兩號，難道我瘦了這麼多？還是說，我從頭到尾沒試穿過這件衣服？我把裙子提到腰間，穿上絲襪，然後驚覺絲襪的左腿裂了一條縫。我抓起第二雙，但這雙也破了。「別選在今天。」我咬著牙說，拉開放內衣的抽屜。我通常會在這裡面放了雙備用絲襪，以便不時之需。我翻遍抽屜想找出塑膠袋包裝的絲襪，掏出來的內衣褲散落在衣櫃和我光裸的赤腳旁邊。

但是，在我殺死葛倫．席辛斯基當天，我已經穿了那雙備用絲襪，而從那天起，我沒有再進過辦公室，所以也沒想到要再買一雙。

「天殺的！」我踢了衣櫃一腳，結果只傷了自己的腳趾，也逼出了淚水。我丟出抽屜裡僅剩的衣物，然後將整個抽屜拉出來扔到房間的另一頭。

我雙腿一軟，跌坐在宛如雲朵一樣柔軟的內衣褲上。我用連身裙蓋住膝蓋，把臉埋進雙臂之間哭泣。

「媽咪昨晚上電視了。」納坦尼說。他們開著凱利伯的卡車要去法院。「那時候你在洗澡。」

若有所思的凱利伯一聽到這句話，差點把車開下馬路邊。「你不該看電視的。」

納坦尼弓起肩膀，凱利伯立刻後悔。兒子的反應太快了，這些日子以來，他一直覺得自己做錯事。「沒關係。」凱利伯說。他強迫自己將注意力放在馬路上。再過個十來分鐘，他就會到達高等法院。他可以把納坦尼交給莫妮卡，讓他們去遊戲室玩，說不定她會有更好的答案。

但是納坦尼還沒說完。他先在嘴裡咀嚼心裡的話，然後一鼓作氣地全吐了出來。「我每次拿棍子假裝成手槍的時候都會挨媽咪罵，那她自己為什麼可以玩真槍？」

凱利伯轉過頭，發現兒子抬著頭等他解釋。他按下警示燈，把車停到路肩去。「你記不記得從前你問過我，想知道天空為什麼是藍色的？當時我們是不是在電腦上查資料，找到好多科學上的解釋，但是又不見得全看得懂？呃，這次也差不多是這樣。問題當然有答案，但是這個答案真的太複雜。」

「電視上的男人說媽咪做錯事了。」納坦尼咬著自己的下唇。「所以她今天就是要為了這件事挨罵，對不對？」

喔，天哪，如果事情有這麼簡單就好了。凱利伯哀傷地微笑。「是啊，就是這樣。」

他等著納坦尼繼續發問，但是孩子沒開口，於是凱利伯把車子開回車流當中。他往前開了三哩路之後，納坦尼才轉過來問：「爸爸？『殉難者』是什麼？」

「你從哪裡聽來的？」

「昨天電視上那個男人說的。」

凱利伯深吸了一口氣。「這表示你母親愛你的程度遠勝過一切。這也是她會這樣做的原因。」

納坦尼摸著安全帶的接縫想了想，然後問：「那這樣怎麼能算是做錯事呢？」

停車場裡簡直是人山人海。攝影師想讓搭檔的主播記者站在鏡頭裡，製作人調整衛星傳輸設備，一群激進的女性天主教徒要求將妮娜交付上帝審判。派屈克一路擠向法院，驚訝地認出好幾個全國新聞臺的名人主播。

一大群旁觀者逗留在法院的階梯附近，傳出嘰嘰喳喳的聲音。接著有人關上車門，突然間，他看到費雪用長者般的手臂環著妮娜的肩膀匆忙走上階梯。等待在外的群眾發出一陣歡呼聲，但同時出現的倒采聲也一樣響亮。

派屈克擠向階梯。「妮娜！」他高喊著：「妮娜！」

他亮出警徽，但是這招不管用，他還是到不了自己想去的地方。「妮娜！」派屈克再次高聲喊叫。她的腳步頓了一下，想回頭往後看。但是派屈克還來不及讓妮娜聽到他的聲音，費雪就已經拉住她的手臂，帶她走進了法庭。

「各位先生、女士，我叫做昆丁・布朗，是緬因州的助理檢察長。」他對著陪審團微笑。「各位今天之所以會來到這裡，是因為在二○○一年十月三十日這天，這個女人──妮娜・佛斯特──在早上起床之後，和丈夫開車到畢德佛地方法院去旁聽一場審訊。但是她把丈夫留在法院裡，自己開車到位在緬因州桑佛的老莫槍店，掏出四百塊美金現鈔，買下一把貝瑞塔九釐米半自動手槍以及十二發子彈。她把這些東西塞進皮包裡，走回車上，然後再回到法院。」

昆丁從容不迫，在陪審團面前侃侃而談。「好，各位今天都有這個經歷，在進入法院的時候，大家都必須通過金屬檢測器。但是在十月三十日那天，妮娜・佛斯特沒有這麼做。這是為什麼呢？因為她在過去七年之間一直擔任檢察官。她知道法警必須守在掃瞄器材的前面。於是她頭也不回地經過法警身邊，然後帶著上膛的手槍走進和今天一樣的法庭。」

他走向被告席，來到妮娜的背後，用指頭指著她的後腦根部。「幾分鐘之後，她掏槍抵住葛倫．席辛斯基神父的後腦，對著他的大腦一連擊發四槍，當場殺害了神父。」

昆丁看著陪審團，陪審員現在全瞪著被告看，完全符合他期待中的效果。「各位先生女士，這起案件的真相顯而易見。事實上，當天早上負責拍攝審訊庭的WCSH電視臺完整地錄下了佛斯特女士的攻擊過程。所以，各位的問題不在於她是否犯下了這起案件，因為我們知道她確實犯案。各位的問題應當是：她怎麼可以僥倖逃過懲罰？」

他一一凝視每個陪審員。「她希望各位相信她不應當接受法律的制裁，因為席辛斯基神父，同時也是她的教區神父，被控性侵她五歲大的兒子。然而她竟然沒有查證這項指控是否屬實。在接下來的幾天當中，檢方將會就科學及法醫鑑識各種層面來向大家證實：席辛斯基神父絕對不是性侵她兒子的人……但是這改變不了被告謀殺神父的事實。」

昆丁轉身面對妮娜．佛斯特。「在緬因州，如果一個人經過預謀後行凶殺人，就應該被判處謀殺罪。在這場審判當中，檢方將會排除各種合理的疑慮，向各位證明妮娜．佛斯特的行為就叫做謀殺。這與遭她謀殺的人是否被控犯罪無關，與這個人是否遭到誤殺也無關。謀殺就是謀殺，這種行為需要懲罰。」他看向陪審席。「這一點，各位先、生女士，就是諸位今天來到法庭的原因。」

費雪只關心陪審團。他走向陪審團的席位，和在座的每個男女眼神交會，在開口說話之前，先和陪審員建立個人關係。過去當我在法庭上和他交手時，他的這個作法經常惹得我萬分惱火。他具備了一種奇特的能力，不管陪審員是年僅二十、領取救濟金的單身母親，或是將百萬資金投入股市的電子商務霸主，他都可以成為這些人的知心密友。

「布朗先生方才告訴大家的話，一點兒也不假。十月三十日早上，妮娜．佛斯特的確買了一把槍。她確實也到了法院，站起身對準席辛斯基神父的頭連開四槍。布朗先生想要讓諸位相信，在這個案子和這些事實的背後沒有其他的故事……但是各位，我們並不是活在一個只有事實的世界裡，我們的世界裡有各種情感。布朗先生忽略妮娜腦中和心裡的故事不提，而這個故事就是讓她成為這樣一位母親的原因。」

昆丁剛才走到我的背後，以生動的方式讓陪審團目睹他如何來到被告身後開槍，費雪和他一樣，也來到了我的背後。他把雙手放在我的肩膀上，這個動作真的有撫慰的作用。「在那幾個星期當中，妮娜．佛斯特生活在任何家長都不該經歷的煉獄當中。她發現五歲大的兒子遭到性侵，更糟的是，警方證實性侵者就是她一向信任的教區神父。這名心碎的母親覺得自己遭到背叛，更心疼孩子的遭遇，於是她逐漸失去分辨是非的能力。那天早上，當她來到審訊庭旁聽的時候，她的心裡只有一個念頭，就是要保護自己的孩子。

「妮娜．佛斯特比任何人都清楚：司法制度可以為孩童爭取權利，但也可能辜負孩子。她比任何人都瞭解美國的法庭，因為在過去七年來，她每天身體力行地來達到這些標準。但是在十月三十日，各位先生女士，那天，她不是檢察官。她只是納坦尼的母親。」他走到我身邊。「請你們聆聽每一個細節。當各位下定論的時候，請不要光憑理智。請用你們心來思考。」

老莫槍店的老闆莫伊．貝德克不知道該拿他的棒球帽怎麼辦。法警要他脫掉帽子，但是他的頭髮又髒又亂。他把棒球帽放在腿上，用手指梳理頭髮。就在這時候，他瞥見自己指甲縫裡卡著油料和塗裝槍枝的染劑，於是立刻把手放到大腿下面。「是欸，我認得她，」他用下巴朝我點了點，說：「她來過店裡一次，直接走向櫃臺，說要買一把半自動手槍。」

「你以前有沒有見過她？」

「沒欸。」

「她有沒有瀏覽店裡的商品？」昆丁問。

「沒。她在停車場裡等我開店，接著就直接走向櫃臺。」他聳聳肩。「我直覺地問她一些個人資料，聽她的回答沒什麼問題，就把她要的東西賣給了她。」

「她有沒有買子彈？」

「十二發。」

「你有沒有教被告怎麼用槍？」

莫伊搖頭。「她說她會。」

他的證詞像海浪一般向我拍打過來。我記得小槍店的味道、牆上貼的木料，以及櫃臺後面貼著魯格、葛洛克各型槍枝的海報。店裡的舊式收銀機還真的會發出「叮」的聲響。他找給我的零錢是二十塊錢的新版鈔票，當時他還特地把鈔票對著燈光指出辨識真假的方式。

待我回過神的時候，費雪已經開始交叉詰問。「當你問她個人資料的時候，她有什麼反應？」

「她不停看錶，還來回踱步。」

「店裡當時還有別人嗎？」

「沒欸。」

「她有沒有告訴你她為什麼要買槍？」

「我不會問這種事。」莫伊說。

在他找給我的一張二十元鈔票上有個簽名。「我也簽過一次，」那天早上，莫伊這麼告訴我：「結果呢，我可以向上帝發誓，六年後我又拿到那張鈔票。」他把槍遞過來，我接下沉沉的槍枝。他說：「種什麼因，得什麼果。」當時我一心只想到自己的事，沒聽出這個警告。

根據昆丁‧布朗出示的位置圖，WCSH電臺的攝影人員當時所在的位置是畢德佛法庭的角落。在他把錄影帶放進機器播放的時候，我的目光直直地鎖住陪審團看。我想要看他們怎麼看我。

我看過這段影片，好像看過一次吧。但那是幾個月前了，當時我相信自己做的是正確的事。這時，法官熟悉的聲音吸引了我的注意，我無法不看向螢幕。

我握著槍的雙手在發抖，雙眼圓睜，眼神狂亂，但是我的動作流暢優美，宛如芭蕾。我用槍枝抵住神父的頭，在同一個時間，我自己的頭往後微仰，在那個令人驚駭的一瞬間，我臉上出現兩種極端的表情：一喜一悲——半是哀傷，半是解脫。

就算透過錄影帶播放，槍聲仍然震耳，讓我從椅子上跳了起來。

尖叫聲響起，隨後攝影師的聲音出現：「天哪！媽的搞什麼鬼！」接著攝影機鏡頭晃動，拍到我的腳穿過欄杆，法警——還有派屈克——重重地壓在我身上。

「費雪，」我低聲說：「我要吐了。」

鏡頭再次轉了轉，然後直直對準地板。神父的頭顱邊有一片逐漸擴散的血泊。頭顱少了一半，畫面上的斑斑點點應該就是噴濺到攝影鏡頭上的腦漿。螢幕上有隻眼睛看著我。「我殺死他了嗎？」那是我自己的聲音。「他死了嗎？」

後。

「費雪……」法庭開始旋轉。

我感覺到身邊的費雪站了起來。「庭上，我是否可以要求暫時休庭……」來不及了。我從座位上跳起身子，跌跌撞撞地闖過欄杆，推門衝向法庭的走道，兩名法警緊追在後。我衝出雙推的門，跪下來不停地嘔吐，直到體內只留下我的胃和愧疚。

「佛斯特狂吐。」幾分鐘之後，我把自己清理乾淨，費雪迅速地帶我走進一間不對外開放的會議室，讓我避開媒體的目光。我說：「這是明天的報紙頭條。」

他豎起指頭，兩手指尖相觸，疊出個尖塔型。「你知道嗎，我不得不說，那真是太好了，真的。」

我看了他一眼。「你以為我是故意吐的嗎？」

「不是嗎？」

「天哪。」我轉頭瞪著窗外，發現外面的群眾越聚越多。「費雪，你沒看到錄影帶嗎？有哪個陪審員在看過之後會讓我開釋？」

費雪安靜了一下，才說：「妮娜，當你看錄影帶的時候，心裡在想什麼？」

「想？面對那種影像，誰有時間去思考？我是說，那麼多血，還有腦漿——」

「你對自己有什麼想法？」

我搖搖頭，閉上眼睛。我做的事無法用言語形容。

費雪拍拍我的手臂。「這，」他說：「就是他們要無罪開釋你的原因。」

派屈克單獨坐在大廳裡，因為他是即將出庭作證的證人。他試著不去想妮娜和這場審判。稍早，他拿起別人留在椅子上的報紙玩起填字遊戲；喝了好幾杯咖啡，足以讓他心跳加速；也和來來去去的警察隨口閒聊。但是這都沒有用，妮娜根本就在他的血液當中流動。

當她摀著嘴，跌跌撞撞地衝出法庭的時候，派屈克立刻從椅子上起身。他想要看她是否安好，但是還沒穿過大廳，就看到凱利伯跟著衝出法庭。

於是，派屈克退了回去。

他腰側的呼叫器開始振動。派屈克解下掛在腰帶的呼叫器，看著螢幕上顯示的號碼。他心想：終於，然後去找公共電話。

凱利伯在午餐時間到附近的熟食店買了三明治，帶到我休息的會議室裡給我。當他把包裝好的三明治遞給我時，我對他說：「我吃不下。」我等著他勸我吃，但他卻是聳聳肩，把三明治放在我面前。我從眼角瞥見他靜靜地咀嚼他的食物。在這場戰爭中，他已經先退了一步，甚至不再有力氣和我拉鋸。

鎖住的門外傳來一陣騷動，接著是急切的敲門聲。凱利伯咒罵了兩句，然後站起身來，打算去叫門外的人走開。他把門拉開一條縫，看到派屈克站在外面。門拉開之後，這兩個男人不自在地面對面，中間隔著一道窸窣作響的能量，讓他們彼此無法接近。

我這時才想到，雖然我有許多派屈克和凱利伯的照片，但是其中沒有任何一張是我們三個人的合照，似乎是因為這樣的組合潛藏著太多情緒，無法放進攝影機的鏡頭當中。

「妮娜，」他走進裡面說：「我得和你談談。」

我心想：別挑這個時候，接著感到全身發冷。派屈克應該懂得不要在我丈夫面前提起那件事。還是說，這正是他心裡打的主意？

「葛文神父死了。」派屈克遞給我一張傳真的文章。「是貝爾夏斯警察局長打電話給我。我受不了南部人辦事的速度，所以向相關單位施加了一些壓力，結果，在他們要出發逮捕他之前，他就已經死了。」

我整張臉都僵住了。「是誰下的手？」我低聲問。

「誰都不是。他死於中風。」

派屈克繼續說話，他說出來的每個字句，都像冰雹似地落在我正在閱讀的傳真上。「……那該死的局長拖了整整兩天才和我聯絡……」

深受敬愛的本教區葛文神父，被管家發現陳屍住處。

「……顯然，他的家族有心血管疾病的病史……」

「他看起來很安詳，就坐在自己的扶手椅上，」已經為神父服務五年的馬格麗．瑪麗．瑟拉說：「就像喝下熱可可之後睡著的樣子。」

「……還有：上面說，他的貓也因為心碎而死……」

此外，還有一樁奇特但不無關係的插曲，葛文神父鍾愛的寵物，也就是在教區中家喻戶曉的貓咪，在相關單位抵達後不久後隨即死亡。對於熟悉神父的人來說，這並非意外。「貓咪太愛他，」瑟拉表示：「我們全都一樣。」

「結束了，妮娜。」

樞機主教舒爾特將於星期三早上九點整，親至仁慈聖母堂主持葬禮彌撒。

「他死了。」我用舌尖品嘗這個事實。「他死了。」那麼，上帝說不定真的存在，天地之間或許真的有正義。也許，這就是報應。我轉過頭說：「凱利伯。」我們之間的交流不必透過任何言語：納坦尼現在安全了，他不必出庭為任何性侵案作證，這齣悲劇的惡人不會再傷害到任何人的兒子。在我的判決出爐之後，惡夢就會真正結束。

他的臉色變得和我一樣蒼白。「我聽到了。」

在這個狹小的會議室當中，在即將面對接下來兩小時的殘酷審判之前，我體會到全然的喜悅。在這一刻，凱利伯和我之間少了什麼已經不再重要。什麼都比不上這個鼓舞人心又值得分享的好消息。我伸出雙臂抱住我的丈夫。

他對我的擁抱沒有反應。

我的雙頰跟著漲紅。當我終於靠著僅存的尊嚴抬起眼睛的時候，我看到凱利伯正瞪著派屈克看。派屈克已經轉過身，背對著我們。「嗯，」他說話的時候並沒有看著我：「我想你們應該會想知道。」

法警可以說是人肉消防栓，這個編制是為了法庭的不時之需，倘若沒有狀況發生，他們會融入場景之中，幾乎沒有任何實際用處。巴比·伊安努奇和我認識的所有法警一樣，稱不上矯捷也不算頂聰明。而且和其他法警相同，巴比知道自己在食物鏈的位置不如法庭上的律師，這說明昆丁·布朗為什麼可以讓他萬分惶恐。

「當你從拘留室把席辛斯基神父帶進法庭的時候，庭裡有哪些人？」他登上證人臺的幾分鐘之後，檢察官這麼問他。

巴比從來沒想過這個問題，他鬆軟的臉龐露出努力思考的表情。「呃，有法官，對。他在法官席上。還有書記官、速記員，加上死掉那傢伙的律師，我不記得他的名字了。還有波特蘭調過來的地方檢察官。」

「佛斯特夫婦當時坐在哪裡？」昆丁問。

「和杜沙姆警探一起坐在第一排。」

「接下來發生了什麼事？」

巴比挺起肩膀。「我和羅諾克——就是另一個法警，我們帶著神父穿過法庭走到他律師的身邊。接著，你曉得嘛，我往後退，因為他得坐下來，所以我站到他的後面。」他深呼吸，然後說：「接下來……」

「請繼續說，伊安努奇先生。」

「嗯，我不知道她是從哪裡冒出來的，也不知道她究竟怎麼下手的。但是接下來槍聲響起，到處都是血，然後席辛斯基神父從椅子上往下跌。」

「然後呢？」

「我上前撲在她身上。羅諾克和其他幾個站在法庭後面的傢伙全都靠上來，還加上杜沙姆警探。她手上的槍掉到地上，被我撿起來，接著是杜沙姆警探，他把她拉起來，給她上了手銬之後才帶進拘留室裡去。」

「你有沒有中槍，伊安努奇先生？」

巴比搖頭，陷進了回憶當中。「沒有。如果我往右邊再靠個五吋左右，她可能就會射中我。」

「所以，你會不會認為被告很謹慎，武器是瞄準了席辛斯基神父？」

我身邊的費雪站起來說：「抗議。」

「抗議成立。」尼爾法官說。

檢察官聳聳肩。「我撤回問題。證人交給你。」

昆丁回到座位之後，費雪朝法警走過去。「那天早上在槍擊發生之前，你有沒有和妮娜・佛斯特說過話？」

「沒有。」

「因為你忙於自己的工作，要維護法庭安全，戒護犯人，所以你不需要去注意佛斯特太太，對吧？」

「是的。」

「你有沒有親眼看到她掏槍？」

「沒有。」

「你剛剛說，有好幾名法警在事發後立刻撲到她身上。那麼槍呢，你們是不是必須從佛斯特太太的手中把槍搶下來？」

「不是的。」

「當你們制伏她的時候，她有沒有反抗？」

「她不停地想要看我們的後面。她一直問他是不是已經死了。」

費雪聳聳肩，沒理會這句話。「但是她並不打算逃跑，也沒打算傷害你們。」

「喔，沒有。」

費雪讓這個答案在庭內迴盪了一下。「你在這件事發生之前，就已經認識佛斯特太太了，是嗎，伊安努奇先生？」

「當然認識。」

「你和她的互動怎麼樣？」

巴比看了我一眼，然後別開視線。「呃，她是地方檢察官，常會上法庭。」他停了一下，然後補充說：「她是好人中的好人。」

「你覺得她以前有沒有暴力傾向？」

「沒有。」

「事實上，在那天早上，她完全不像你所認識的妮娜．佛斯特，對嗎？」

「嗯，你知道，她的長相沒變。」

「但是她的舉動呢？伊安努奇先生……你從前有沒有看過佛斯特太太做出這種行為？」

法警搖頭。「我從來沒看過她對任何人開槍——假如你要問的是這個。」

「我是。」費雪說完話，坐了下來。「沒有問題了。」

那天下午，我沒有在休庭之後直接回家。在電子手銬還沒啟動之前，我冒險用了十五分鐘的時間，開車到整個事件的源頭：聖安妮教堂。

雖然我不認為他們已經找到了替代的教區神父，但是教堂大廳仍然開放公眾使用。教堂裡光線昏暗。我的鞋子踩在磁磚上，道出我的出現。

我的右手邊有一排排點燃的白色許願燭。我拿起一根蠟燭，為葛倫．席辛斯基點亮，也為亞瑟．葛文點了第二根蠟燭。

接著我滑坐到長椅上，跪了下來。「聖母瑪麗亞萬福。」我對著另一名站在兒子身邊的母親祈禱。

汽車旅館的房間在納坦尼的上床時間八點鐘準時熄燈。凱利伯躺在兒子床邊、另一張相同的單人床上，雙手枕在腦後等孩子睡著。換做平時，他接下來可能會看看電視，或是打開燈讀當天的報紙。

但是今天他兩者都不想。他沒心情聆聽當地那些自以為是的權威專家，憑第一天的證詞來猜測妮娜的命運。見鬼了，連他自己都不想猜。

有件事很清楚。錄影帶上，那個大家都看到的女人，不是凱利伯當初娶的女人。如果你的妻子不再是那個在八年前讓你愛上的人，那麼你該怎麼辦？你是不是該試著去認識這個新人，然後希望一切順利？還是說，你該繼續欺騙自己，期待她在某天早上醒來之後，突然變回原來的女人？

凱利伯略帶驚訝地想：也許他也不是原來的自己了。

這個想法勾起他不想回憶的事，尤其是現在，在一片漆黑當中，沒有別的事可以讓他分心。這天下午，當派屈克走進會議室把葛文神父的死訊告訴他們的時候……嗯，凱利伯一定是想太多。畢竟妮娜和派屈克已經認識了一輩子。雖然這傢伙像隻揮不去的信天翁，但是凱利伯並不真的介意派屈克和妮娜之間的關係，因為最重要的是，他才是夜夜擁著妮娜入眠的人。

但是凱利伯好一陣子沒擁著妮娜入眠了。

他用力閉上眼睛，不想再看到當妮娜環住凱利伯時，派屈克突然轉身離開的模樣。這件事本身並沒有那麼惱人，凱利伯可以舉出上百個例子，當妮娜在派屈克面前觸摸凱利伯，或對凱利伯微笑的時候，都會讓派屈克顯得有些心神不寧……但妮娜似乎從來沒有發現。凱利伯有時候甚至會為派屈克、為他臉上來不及掩飾的露骨嫉妒感到難過。

然而在今天，派屈克的眼神流露的不是羨慕，是哀傷。這是凱利伯對那一幕久久無法忘懷，並且還像隻俯衝向骨骸的禿鷹一樣無法停止挑剔的原因。畢竟，羨慕是渴望得到不屬於自己的東西。而哀傷，則是一度擁有，然後失去。

納坦尼討厭這個愚蠢遊戲室，以及裡面的愚蠢書櫃、愚蠢禿頭玩偶，和愚蠢到沒有黃色蠟筆的蠟筆盒。他討厭這裡的桌子，因為桌子的味道和醫院一樣。他也討厭在穿了襪子之後，踩起來還是冷冷冰冰的地板。他討厭莫妮卡，她的笑容讓他想起自己上回在中國餐廳裡，把一片柳橙塞進嘴巴裡，然後咧開嘴露出果皮那個又蠢又假的笑容。他最討厭的是：他明明知道爸爸媽媽就在二十二級階梯的上面，但是他卻不能去找他們。

「納坦尼，」莫妮卡說：「我們把大樓蓋完好嗎？」

他們昨天下午用積木堆了一座大樓，並且特別放了一張紙條，請工友讓高塔保持原狀，留到今天早晨。

「你覺得我們可以蓋到多高？」

大樓已經比納坦尼還高了。莫妮卡搬了一張椅子過來，好讓他繼續堆。她自己也拿了一疊積木，準備隨時動工。

「要小心。」他爬上椅子，她提醒他注意。

他把第一塊積木放到頂上，整座建築開始搖晃。他放上第二塊積木，大樓看起來隨時要倒塌，卻仍然沒倒。「真驚險。」莫妮卡說。

他想像自己在紐約市，他是巨人。或是暴龍，要不然就是大金剛。他可以像吃下紅蘿蔔棒一樣，吞掉這麼高的建築。納坦尼揮出巨大的爪子，掃倒大樓的頂端。

整座樓劈哩啪啦地倒成一堆積木。

有那麼一會兒，莫妮卡看起來好像有點傷心，這讓納坦尼覺得很難過。「喔，」她嘆口氣，說：「你為什麼要這樣？」

他的嘴角上揚，掛著打從心底往外延伸的滿足感。但是納坦尼還是沒告訴莫妮卡他真正的想法：因為我辦得到。

置身法庭似乎讓約瑟夫．托若十分緊張，這實在不能怪他。上次我看到這個男人的時候，他蹲在法官席前面發抖，委託人的血液和腦漿噴得他全身都是。

「事發當天的早上，你有沒有和葛倫．席辛斯基事先見面？」昆丁問。

「有的，」律師怯怯地說：「在監獄裡，他當時遭到收押等候審訊。」

「他對自己被控訴的罪行有什麼說法？」

「他明確否認。」

「抗議，」費雪大聲說：「這和本案有什麼關係？」

「抗議成立。」

昆丁重新發問。「席辛斯基神父在十月三十日早上的舉止如何？」

「抗議。」這次，費雪站起來了。「道理相同。」

尼爾法官看著證人。「我想聽聽證人的說法。」

「他嚇死了，」托若低聲說：「他很順從，一直在祈禱，還朗誦馬太福音的章節給我聽。就是那段基督一直在說『我的神，我的神，祢為什麼離棄我？』的段落。」

「法警帶你的委託人進到法庭之後，發生了什麼事？」昆丁問道。

「他們將他帶到被告席，也就是當時我坐的地方。」

「當時佛斯特太太在哪裡？」

「坐在我們的左後方。」

「那天早上你和佛斯特太太說過話嗎?」

「沒有,」托若回答:「我甚至從來沒見過她。」

「當時你有沒有注意到她有什麼特殊之處?」

「抗議,」費雪說:「他以前不認識她,怎麼可能知道她平時的舉止?」

「抗議駁回。」法官回答。

托若看著我,他像極了一隻鳥,鼓起全身勇氣,才敢瞥向咫尺之外的貓。「是有些不尋常。當時,我等著她進法庭來,她是受害人的母親,理所當然會出現……但是她遲到了。她丈夫在法庭裡等,但是佛斯特太太差點錯過開庭。我當時想,怪了,她怎麼偏偏挑這個節骨眼來遲到。」

我雖然在聽托若的證詞,但是我眼睛看著昆丁·布朗。對一名檢察官而言,被告代表的只是勝利或失敗。他們不是有血有肉的人,除了讓他們走進法庭的罪行之外,他們沒有讓你感興趣的人生。就在我盯著他看的時候,布朗突然轉身。他表情冷漠,不帶一絲熱情,我在我的工作領域裡也培養出相同的面貌。事實上,我和他受過同樣的訓練,但是我們卻有天壤之別。這個案子只是他的工作,對我來說,卻代表未來。

亞爾福瑞法院相當老舊,洗手間也不例外。凱利伯站在一排尿斗前方,才剛結束,有個男人來到他身邊。男人拉下拉鍊的時候,他避開視線,接著轉身洗手,才發現來的是派屈克。

派屈克轉身,恍然大悟地說:「凱利伯?」

廁所裡沒別人,只有他們兩個。凱利伯交疊雙臂等待派屈克用肥皂洗手,然後再用紙巾擦乾。他在等待，但是他不知道原因何在。他只知道自己在這時候還不能離開。

「她今天還好嗎？」派屈克問。

凱利伯發現自己沒辦法回答，也沒辦法勉強自己擠出任何話。

「對她來說，坐在裡面一定很悲慘。」

「我知道。」凱利伯強迫自己直視派屈克，讓他知道這不是一般的回答，不是針對剛才那個問題的答覆。「我知道。」他重複一次。

派屈克轉開頭，嚥下口水。「她……她告訴你的嗎？」

「她不必說。」

洗手間裡只聽得到尿斗的沖水聲。一會兒之後，派屈克說：「你想揍我嗎？」他攤開雙手。「來吧，揍我。」

凱利伯緩緩地搖頭。「我很想，我從來沒這麼想做一件事。但是我不會動手，因為這真是他媽的悲哀。」他朝派屈克跨出一步，手指戳向他的胸膛。「你為了妮娜搬回來，你這輩子為了一個沒和你一起生活的女人而活。你等到她滑到最脆弱的冰上，然後確保自己成為她第一個能夠依靠的對象。」

凱利伯轉過頭去。「我不必揍你，派屈克，你已經夠可悲的了。」

凱利伯走向洗手間的門口，但是派屈克的聲音讓他停下腳步。「以前，妮娜每天都會寫信給我。我當時在海外服役，唯一能期待的就是她的信。」他黯淡地微笑。「她告訴我她遇見了你，告訴我你約她去哪裡。但是當她告訴我她和你去爬山……就在那個時候，我知道我失去了她。」

「卡塔丁山？那天什麼事也沒發生。」

「是沒有，你們不過是上山，然後下山。」派屈克說：「其實妮娜怕高。有時候甚至會反胃到暈眩。但是她太愛你了，願意跟著你到任何地方。哪怕是三千呎的高山也無妨。」他離開牆邊，走向凱利伯。「你知道什麼是可悲嗎？你有幸和這個……這個神奇的女子共同生活，在世上這麼多男人當中，她選中了你。你得到這樣讓人難以置信的禮物，卻不知道禮物就在你的眼前。」

接著，派屈克推開凱利伯走了出去，把凱利伯撞到牆邊。在他蠢到吐露出全盤心聲之前，他必須先走出這個洗手間。

法蘭琪・馬丁是檢方的證人，這也就是說，她必須以最簡單明瞭的方式回答問題，讓高中就輟學的陪審員也能聽懂科學。昆丁花了將近一個小時，引導她說明骨髓移植的技術，而法蘭琪成功地維持住陪審團的興致。接下來，她要繼續說明她的例行工作，也就是DNA的比對。其實，我曾經在州立檢驗室花了三天時間，要她讓我看她如何比對。我想要知道，以便完全瞭解送到我手中的分析結果。

顯然，我學的不夠多。

「你體內所有細胞都有相同的DNA，」法蘭琪解釋：「也就是說，如果你從某個人的血液中取樣，那麼這個人的血球、皮膚組織，以及包括唾液和精液等體液當中的DNA都會相同。這就是為什麼布朗先生會要我檢驗席辛斯基神父的血液採樣，以便之道和內褲上沾到的精子是否有相同的DNA。」

「那麼你檢驗了嗎？」

「是的。」

昆丁把最早的檢驗報告——也就是出現在我信箱裡的那份報告——交給法蘭琪。「所以你找到什麼結果？」

法蘭琪和其他幾名檢方證人不同，她直視我的雙眼。我在她的眼睛裡看不到憐憫，但是也沒看出厭惡。不過話說回來，這個女人每天面對的，都是人們以愛為名，加諸在他人身上的鑑識證據。「我確定，除了嫌犯本身之外，如果我們隨機挑選出一個無關人士，從他身上找出與內褲精子完全吻合的DNA，這種機率大概只有六十億分之一。」

昆丁看著陪審團。「六十億？這不就是地球人口總數？」

「應該是。」

法蘭琪調整坐姿。「在我交出報告之後，檢察長辦公室要求我根據席辛斯基神父的病例做進一步的研究。神父在七年前接受過骨髓移植，他的血液可以說是一種長期借貸……從捐贈者身上借來的。也就是說，我們從神父血液採樣中找到，而且與內褲精子相同的DNA，並非來自席辛斯基神父本人，而是來自捐贈者。」她看著陪審團，確定他們都點頭表示瞭解之後才繼續說：「如果我們當初的採樣是來自席辛斯基神父血液之外的唾液、精液，或甚至是皮膚，就可以確定孩子內褲上的精子痕跡並不屬於神父。」

昆丁讓大家好好消化這段解釋。「等等。你是說，接受過骨髓移植的人身上會有兩種不同的DNA？」

「正是如此。這種情況非常罕見，所以才叫做例外，而不是常例。同時也足以證明為什麼DNA會是最精確的證據。」法蘭琪拿出最新的實驗室報告。「大家可以在這份報告上看見，我們可以證明接受過骨髓移植的人體身上可以找到兩組不同的DNA。我們先抽出了牙髓，牙髓裡同時有血球和組織。如果有人接受了骨髓移植，牙髓裡的組織細胞會有一組DNA，而血球會出現另一組DNA。」

「你在席辛斯基神父的牙髓裡有沒有找到這項證據？」

「有的。」

昆丁搖頭，故作驚訝地說：「我想，席辛斯基神父應該就是那個六十億分之一的機率，他的DNA

和內褲上找到DNA完全符合……但他卻不是留下精子的人。」

法蘭琪闔上報告，收進檔案夾裡。「沒錯。」她說道。

「你曾經和妮娜・佛斯特一起工作過，處理過好幾件案子，是嗎？」一會兒之後，費雪問道。

「是的，」法蘭琪回答：「我們合作過。」

「她相當仔細，對吧？」

「對。這位地方檢察官會不時打電話到檢驗室來，核對我們傳真過去的檢驗報告。她甚至還來過檢驗室。多數的檢察官不會把時間花在這上面，但是妮娜是真的想瞭解。她喜歡從頭到尾徹底掌握。」

費雪斜瞄了我一眼。我領教過了。但是他說：「對她而言，確實掌握真相是一件很重要的事，對嗎？」

「是的。」

「她不是那種妄下決定，或是相信一面之詞，而不去再次確定的人？」

「據我看，她不是這種人。」法蘭琪承認。

「當你核發實驗室報告的時候，馬丁女士，你應該希望報告是正確無誤的，是嗎？」

「當然。」

「你交出一份報告，明白表示除了席辛斯基神父之外，要找到把精子留在納坦尼內褲上的另有他人，這個機率小於全球人口的總數？」

「是的。」

「你沒有在報告上加註任何說明，解釋這份報告所針對嫌犯曾經接受過骨髓移植，對吧？因為這種情況太罕見，連你這位科學家都沒有想到？」

「數據就是數據……是一種估計。」

「但是，當你將原來的那份報告交到地方檢察官辦公室的時候，你打算讓檢察官採信那分報告。」

「是的。」

「你打算讓陪審團的十二名成員仰賴這份證據，來定席辛斯基神父的罪。」

「是的。」法蘭琪說。

「當法官宣判席辛斯基神父的罪責時，你會希望他仰賴你的報告？」

「是的。」

「而你也準備讓妮娜·佛斯特，也就是孩子的母親，靠這分報告來得到心靈的平靜？」

「是的。」

費雪轉頭看這位證人。「那麼，馬丁女士，對於佛斯特太太真的得到了平靜，你是否曾有過任何的懷疑？」

「昆丁·布朗當然會抗議，」費雪吃了滿嘴義大利香腸比薩，邊吃邊說：「但那不是重點。重點是我在結束詢問之前先拋出了問題。陪審團會注意到這個微妙之處。」

「你對陪審團的評價太高了，」我爭辯著：「我不是說你在交叉詰問的表現不出色，費雪，真的是太精彩了。但是……小心，醬汁快滴到你的領帶了。」

他低頭看，然後把領帶撥到背後，笑了出來。「你真有趣，妮娜。這場審判要進行到哪個階段，你才要開始為被告喊加油？」

我心想：絕對不會。也許對費雪這樣的辯護律師來說，去揣摩人們行事的動機是一件比較簡單的事。畢竟，如果你必須每天站在重罪犯的旁邊，為他爭取自由，那麼你不是去說服自己犯罪必有因……就是告訴自己：這只是工作，你只是為了鐘點費來替這些人撒謊。當了七年的檢察官之後，世界對我來說非黑即白。的確，我當時以為自己殺的是一個兒童性侵犯，在道德上充滿正義，要用這個理由來說服自己一點兒也不難。但是，在槍殺一名無辜的男人之後，還想要得到赦免，這個嘛，就連強尼．寇克蘭[11]偶爾也會做惡夢。

「費雪？」我靜靜地說：「你覺得我該不該受到懲罰？」

他用餐巾擦擦手。「如果我這樣想，怎麼會來這裡？」

「看在鐘點費的分上，你可能願意站到競技場上。」

他帶著微笑直視我的雙眼。「妮娜，放輕鬆。我會讓你無罪開釋的。」

但是我不該無罪開釋。雖然我不能大聲說出來，但是真相就埋在我的心裡。如果一個人可以去決定自己的動機比法律更偉大，那麼司法制度有什麼用？如果你從牆腳抽出一塊磚頭，體制在倒塌之前能夠支持多久？

也許，我是因為想保護孩子，所以可以得到寬恕，但是世上有許多父母不必犯下重刑，卻仍然可以呵護自己的孩子？我可以告訴自己：那天，我只想到自己的孩子，我只是想做個好母親……但事實真相擺在眼前：我並不是。我的舉動完全像個檢察官，在私人因素牽扯進來的時候，無法去相信制度，而且，我還知道這是個行不得的舉動。這就是我應當被定罪的原因。

---

11 Johnnie Cochran，辛普森殺妻案中的辯護律師。

「如果連我都無法原諒自己，」我終於說：「另外十二個陪審員怎麼會原諒我？」

凱利伯打開門走進來。突然間，整個氣氛緊繃了起來。費雪瞥了我一眼，他知道我和凱利伯最近處於分居狀態。他揉起餐巾扔進盒子裡。「凱利伯！這裡還有幾片比薩。」他站起身：「我要去處理……我們剛剛談的事。」費雪言不及義地說話，趁能脫身的時候離開會議室。

凱利伯在我面前坐下。牆上的時鐘快了五分鐘，滴答聲和我的心跳一樣響亮。「你餓嗎？」我問道。

他撫摸比薩盒上的銳角。「我餓壞了。」凱利伯回答。

但是他沒有伸手拿比薩。我們看著他的指頭往前滑，接著用雙手握住我的手。他把椅子拉近了些，低下頭碰觸我們彼此緊握的拳頭。「讓我們從頭開始。」他喃喃地說。

如果說，我在這幾個月當中學到了什麼哲理，那就是：任何事都不可能重新開始，你只能和你犯下的錯誤共處。然而，在許久之前，凱利伯也曾經教過我，如果沒有某種基礎，你什麼也蓋不起來。也許，在我們學會如何享受生命之前，必須先知道如何不糟蹋人生。

「讓我們從中斷的地方重新起步。」我說完話，將臉頰倚向凱利伯的頭。

在仍然可以面對自己的情況下，一個人的極限在哪裡？

派屈克一直無法揮開這個問題。對於某些事，你可以輕易地找出藉口，比方說戰爭期間的殺戮、迫於飢餓而偷取食物，或是為了拯救自己的性命而撒謊。但如果把範圍縮小，拉近到自己的周遭呢？突然間，這個將生命獻給道德倫理的男人開始嚴重動搖。派屈克不怪妮娜射殺葛倫·席辛斯基，因為當時她真心相信那是她唯一的選擇。同樣的，他也不覺得在聖誕夜和妮娜做愛是個錯誤。幾年來，他一直在等待妮娜，當她終於屬於他，就算只有一夜也好，她是否已經另嫁他人並不重要。有誰能說少了一紙神聖的證書，派屈克和妮娜之間的聯繫就會相對遜色？證書的確是不簡單，但是白紙黑字一旦模糊之後，榮譽會如垂柳般易折，道德也會像肥皂泡沫一樣易碎。

如果妮娜決定離開凱利伯，派屈克一定會立刻站到她的身邊，而且可以找出許多理由來為自己的行為辯護。老實說，在某些脆弱的灰暗時刻，他在入睡前的確會這樣想。「希望」是他用來療癒現實的藥膏，如果派屈克把藥膏抹厚一點，他甚至可以展望與她相伴的人生。

然而，他必須考慮到納坦尼。

派屈克無法忽視這一點。他可以愛上妮娜，或是妮娜會愛上他，這些都可以合理化，他絕對樂於看著凱利伯走出她的生命。但是凱利伯不止是妮娜的丈夫，他還是她兒子的父親。派屈克無法讓自己成為摧毀納坦尼童年的罪魁禍首。如果派屈克在這一切之後還這麼做，那麼……她怎麼能愛他？

和如此深重的罪孽相比，他即將要做的事，簡直是小巫見大巫。

他坐在證人席上看著昆丁．布朗。檢察官相信這次的質詢會很容易，和他們在預習的時候一樣簡單。派屈克畢竟是執法人員，出庭作證是家常便飯。就布朗所知，派屈克和妮娜雖然有交情，但是他仍然站在檢方這邊。「警局是否指派你調查納坦尼．佛斯特的案子？」昆丁問道。

「是的。」

「被告對你的調查有什麼反應？」

派屈克沒辦法看妮娜，現在還不行，他不想洩漏自己的心情。「她是個極度關心調查進展的家長。」

這不是當初預演過的答案。派屈克看到昆丁打量了他一下，然後說出派屈克應該要說的答案。「在調查進行期間，你有沒有看過她失去自制力？」

「當時她已經心煩意亂了。她的兒子不說話，她不知道該怎麼辦。」派屈克聳聳肩。「在那種情況下，誰不沮喪？」

昆丁拋給他一個壓制意味十足的眼神。證人沒必要在臺上評論，也沒有人想要他們這麼做。「在性侵案當中，誰是第一個嫌疑犯？」

「直到葛倫．席辛斯基出現之前，我們並沒有掌握到嫌疑犯。」

到了這個時候，昆丁看起來已經很想掐住派屈克的喉嚨了。「你有沒有帶別人到局裡偵訊過？」

「有的。凱利伯．佛斯特。」

「為什麼找他？」

派屈克搖搖頭。「孩子那時候透過手語來溝通，透過手勢指證侵犯他的人是『父』。在當時，我們並不瞭解他指的是『神父』而不是『父親』。」他直視坐在妮娜後方的凱利伯。「那是我的錯。」派屈克說。

「當孩子指出性侵者是『父』的時候，被告有什麼反應？」

費雪從椅子上起身準備抗議，但是派屈克回答得更快。「她嚴肅地看待這件事。她最優先的考量一直、一直都是要保護孩子。」被告律師有些疑惑，又坐了回去。

「杜沙姆警探——」檢察官打斷派屈克的回答。

「我還沒說完，布朗先生。我正打算說，我相信這一定讓她備受折磨，雖然凱利伯是她的丈夫，但是她仍然聲請了禁制令，因為她認為這是保護納坦尼安全的最好方式。」

昆丁走向派屈克，咬著牙低聲說話，只有他的證人聽得見。「可惡，你到底搞什麼？」接著，他面對陪審團。「警探，你在什麼時候決定逮捕席辛斯基神父？」

「在納坦尼說出來之後，我去找他談過。」

「你在當時就逮捕他？」

「沒有。我本來希望能讓他自白。碰到性侵案的時候，我們都會抱著這種期待。」

「席辛斯基神父有沒有承認過他性侵納坦尼·佛斯特？」

派屈克出庭作證的經驗豐富，他知道這個問題絕對不可能被接受，因為這牽涉到傳聞證據。法官和檢察官不約而同地瞪著費雪·卡靈頓看，等著他提出抗議。但是到了現在，妮娜的律師已經抓到了重點。他豎起指頭，指尖相碰，好整以暇地坐在被告席上觀看情勢的發展。「兒童性侵犯幾乎從來不承認自己曾經傷害過兒童，」沉默的法庭當中，只聽得到派屈克的聲音：「他們知道，對兒童性侵犯而言，監獄不可能會是個好去處。老實說，假如沒有自白，性侵案的審判就像賭博一樣。在多數的案例當中，這些人可以安然脫身。有可能是因為證據不足，也有可能是因為孩子嚇到不敢作證，或者就算孩子出庭說了證詞，陪審團卻不採信孩子的話……」

昆丁在派屈克造成進一步的破壞之前，先打斷他的話。「庭上，我可以要求暫時休庭嗎？」

法官透過多焦鏡片看著他，說：「我們正在問話。」

「是的，法官，我明白。」

尼爾法官聳聳肩，轉頭對費雪說：「被告對於在這時候休庭有沒有意見？」

「應該沒有，庭上。但是我想請庭上提醒律師、檢察官，在休息時間不要去打擾仍在隔離的證人。」

「很好。」昆丁忿忿地說。他疾風似地衝出法庭，快到來不及看到派屈克終於看向妮娜，對她溫柔一笑，還眨了個眼。

「這個警察為什麼要和我們站在同一陣線？」費雪催我走進樓上的會議室之後，立刻開口問。

「因為他是我的朋友，一向支持我。」我也只能這樣解釋。我當然知道派屈克有義務提出對我不利的證詞，但是我沒放在心上。派屈克之所以會是派屈克，就是因為他對是非黑白有明確的界線，而且全心信奉這個理念。也就是這樣，他才不願意和我談及這個案子，才會在我等待受審的時候，要先經過一番掙扎，才終於站到我的身邊。這同時也解釋了為什麼我會如此重視他去尋找葛文神父這件事，而對他來說，這個行動卻是個困難的決定。

因為如此，我幾乎無法相信聖誕夜的事真的發生過。

費雪還在思索這個天上掉下來的奇怪禮物。「有沒有什麼我要特別當心的事？說到保護你，他有沒有什麼不會做的事？」

我們上床，並不是因為派屈克先把道德意識拋進夜風裡，而是因為他太誠實，沒辦法說服自己去相信當時彼此雙方沒有感覺。

「他不會說謊。」

昆丁重新展開攻勢。不管這個警探在玩什麼把戲，他一定要立刻阻止。「你為什麼會在十月三十日那天早晨到法庭去？」

「那是我經辦的案件。」杜沙姆冷冷地說。

「那天早上你有沒有和被告交談？」

「有的，我和佛斯特夫婦說過話，他們兩個都很緊張。我們討論的是，在開庭的時候該把納坦尼留給誰照顧，因為，當然啦，在那個時候，他們不敢把孩子隨便交給任何人。」

「當被告槍擊席辛斯基神父的時候，你有什麼反應？」

杜沙姆迎視檢察官的目光。「我看到槍，於是去奪槍。」

「在那之前，你是否知道佛斯特太太有槍？」

「不知道。」

「當時出動了多少個警員才制伏她，將她壓制在地上？」

「是她先跌倒，」警探更正檢察官：「然後四名法警壓住了她。」

「接下來你怎麼做？」

「我開口要手銬，法警伊安努奇遞了一副給我。我將佛斯特太太的雙手銬在背後，然後把她帶進拘留室裡。」

「你和她在裡面待了多久？」

「四個小時。」

「她有沒有對你說什麼話？」

在預演的時候，杜沙姆告訴昆丁被告承認犯下罪行。但是這會兒，他露出唱詩班少年似地純真表情。「她一直反覆地說：『我做了我該做的事，沒辦法繼續了。』聽起來似乎陷入瘋狂。」

瘋狂？「抗議，」昆丁大吼。

「庭上，這是檢方自己的證人！」費雪說。

「抗議駁回，布朗先生。」

「我要上前說明！」昆丁衝向法官席。「法官，我要將這名證人改列為敵對證人，接下來才能問幾個關鍵性的問題。」

尼爾法官看著杜沙姆，然後轉頭對檢察官說：「檢察官，他是在回答你的問題沒錯。」

「但不是他應該要回答的方式。」

「很抱歉，布朗先生，但是，那是你的問題。」

昆丁深吸了一口氣，轉頭離開。真正的爭議點不在於派屈克正在隻手摧毀情勢，而在於他為什麼要這樣做。

如果不是杜沙姆對這個他幾乎不認識的昆丁有意見，就是他為了某種原因想幫助妮娜・佛斯特。他抬起頭，注意到警探和被告四目相接，兩人之間有一股強烈的電流，昆丁想像，如果自己從中經過，有可能遭到電擊。

嗯。

「你認識被告多久了？」他平靜地問。

「三十年。」

「這麼久？」

「是的。」

「你能不能說明你和被告之間的關係？」

「我們一起工作。」

見鬼，昆丁想：我可以拿退休金打賭，你們也玩在一起。「你是否在與工作無關的場合和她見面？」

如果不是像昆丁這樣近距離觀察，可能沒有人會看出派屈克・杜沙姆的下巴肌肉突然抽緊。「我認識她的家人，我們偶爾會一起吃午飯。」

「得知納坦尼的遭遇之後，你有什麼感受？」

「抗議。」卡靈頓大聲說。

法官伸出指頭壓著自己的上唇。「我准許檢察官發問。」

「我很關心這個男孩。」警探回答。

「那麼妮娜·佛斯特呢?你是不是也關心她?」

「當然。她是我的同事。」

「僅止於此嗎?」昆丁指控。

杜沙姆臉色倏然刷白,這個反應完全符合他的期待。此外,他還得到額外的紅利:妮娜·佛斯特彷彿成了一座石雕。昆丁心想:賓果。

「抗議!」

「駁回。」法官說完話,瞇起眼睛看著警探。

「我們是認識很久的老朋友了。」杜沙姆避開文字陷阱。「我知道妮娜很沮喪,我盡可能讓她好過一些。」

「比方說……協助她殺害神父?」

妮娜·佛斯特從被告席的椅子上彈了起來。「抗議!」

她的律師一把將她往下拉。派屈克·杜沙姆似乎隨時會殺掉昆丁。昆丁本人倒是不介意,因為陪審團這時候已經開始懷疑警探是否參與了前一樁謀殺案。「你擔任警察到現在有多久時間了?」

「三年。」

「在這之前,你曾經擔任過憲兵調查員?」

「是的,五年。」

崑丁點點頭。「在你擔任美國軍方的調查員和畢德佛警察局的警探期間，你出庭作證的機會多嗎？」

「大概有十多次了。」

「你知道證人都經過宣誓，是嗎，警探？」

「當然。」

「你剛剛在法庭上說，在你和被告一起留在拘留室裡的時候，她的表現似乎陷入了瘋狂狀態。」

「是的。」

崑丁看著他。「席辛斯基神父遭到謀殺的那天，你和趙警探到過地方檢察官的辦公室和我談話。你記不記得當時你怎麼形容被告的精神狀態？」

法庭內的氣氛膠著。最後杜沙姆終於轉開視線。「我說，她知道自己在做什麼。如果受害者是我的孩子，我也會有相同的舉動。」

「所以……在槍擊事件過後的隔天，你認為妮娜・佛斯特的神智完全清楚。但是在今天，你卻認為她陷入瘋狂。警探，究竟哪個才對？還有，從那時候到現在的這段期間，她究竟做了什麼事來改變你的想法？」崑丁問完話，坐回椅子上微笑。

費雪玩起遊戲，扮演陪審團的眼線，但是我幾乎聽不懂他的話。看著派屈克坐在證人席上，就已經夠讓我難過的了。「你知道嗎，」費雪開口說：「我認為布朗先生試圖不實指控你和佛斯特太太之間的關係，我想要藉這個機會來讓評審團弄清楚實情。你和妮娜從小就是好朋友，是嗎？」

「是的。」

「當時，你們和所有的孩子一樣，偶爾會撒些無傷大雅的小謊，對不對？」

「應該是吧。」派屈克說。

「但是那和在法庭上做偽證完全不同，是不是這樣？」

「是的。」

「你們當年也和其他小朋友一樣，會訂定計畫，甚至會去實踐？」

「當然。」

費雪雙手一攤。「但是那和策畫謀殺案一點關係也沒有？」

「完全不同。」

「你們兩個人在小時候特別親近，即使現在也一樣。但是你們的關係僅止於——朋友，是嗎？」

派屈克直直地盯著我看。「當然。」他這麼說。

檢方休息，停止詰問。至於我呢，我的情緒激動到難以休息，我在小小的會議室裡來回踱步，這裡只剩下我一個人，凱利伯去探視納坦尼，費雪也離開去打電話回辦公室。我站在窗戶旁邊——費雪警告過我不要站在窗邊，因為下面的攝影記者可能配備有望遠鏡頭——這時候門嘎的一聲打了開來，走廊上的噪音傳進了會議室裡面。「他還好嗎？」我沒有轉身，以為是凱利伯回來。

「很累，」派屈克回答，「但是我應該會很快就恢復。」

我立刻轉身向他走過去，但是現在我們之間出現了一堵牆，只有我和他看得到的牆。派屈克漂亮的藍眼睛上蒙上了一層陰影。

我說出我們都知道的事實。「你在證人席上，為了我們的關係撒謊。」

「有嗎？」他靠近了一些，這很傷人。我們之間只有這麼一點空間，而且我知道自己沒辦法完全抹除這段距離。

我們是朋友。將來也只能這樣。我們可以懷疑，可以在某個夜晚假裝這不是事實，但是短暫的一刻，與一輩子共處的時間無法比擬。我們無從得知，假如當初我沒有遇見凱利伯，事情會有什麼發展；如果當年派屈克沒有調派海外，情況會有什麼變化。但是，我和凱利伯築起了一個世界，我沒辦法將這個世界從我身上切割下來，同樣的，我也沒辦法劃開自己心中屬於派屈克的那個部分。

我愛他們兩個人，永遠會如此。但是這不是為了我。

「我沒有說謊，妮娜。我做了正確的事。」派屈克捧住我的臉，我將臉頰靠向他的掌心。

我會離開他，離開每一個人。

「正確的事，」我重複他的話，「是三思而後行，所以，我不能再傷害我愛的人。」

「你的家人。」他低聲說。

我搖頭。「不，」我說出再會：「我是說你。」

休庭之後，昆丁走進酒吧。但是他並不特別想喝酒，於是他上車，漫無目的四處逛。他到沃爾瑪商場花了一百零四塊三毛五，買了他不需要的東西，在麥當勞吃晚餐。一直到兩個小時之後，他才明白自己非去一個地方不可。

當他把車子停到譚雅家前面時，天色已經晚了，而且他費了九牛二虎之力，才成功地將乘客請下車。要找一副塑膠骷髏並沒有想像中困難，胡亂堆在道具店角落裡的萬聖節商品正在打四折。

他把骷髏當作飲酒過量的伙伴般，扛在肩膀上踏上車道，讓骷髏的趾骨掃在碎石地上。他拿起手指骨頭按門鈴。沒多久，譚雅就來應門。

她還穿著制服，髮辮往後紮成馬尾。「好，」她看著昆丁和骷髏，說：「這我就要聽聽你要說什麼了。」

他換個姿勢，用單手撐住骷髏的頭骨，讓其他的骨頭自然下垂，好空出另一隻手來。「肩胛骨，」他開始念誦：「坐骨、腸骨、上頷骨、下顎骨、腓骨、骰骨。」他用不掉色的黑色麥克筆在正確的位置上標示出骨頭的名稱。

譚雅準備關門。「你打輸官司了，昆丁。」

「不！」他拿起骷髏的手腕塞進門內。「不要這樣。」他先吸了一口氣，然後說：「我幫你帶了這東西過來。我想讓你知道……我沒有忘記你教我的事。」

她歪著頭。天哪，他從前最喜歡看她這個表情，還有她肌肉痠痛時按摩後頸的樣子。他看著眼前的女人，這個他不再熟悉的女人，心想：她看起來就是「家」該有的樣子。

譚雅用指頭觸摸幾塊他記不得名稱的骨頭、白色的肋骨，以及膝蓋和腳踝。接著她拉住昆丁的手臂，帶著笑容回答：「你還有不少東西要學。」然後將他拉進門裡。

那天晚上我夢到自己在法庭上，坐在費雪身邊，後頸的汗毛豎立。空氣變得很凝重，連呼吸都困難，我身後有細碎的低語，像是老鼠在貧瘠的地上流竄。「全體肅立。」書記官宣布了。我正打算站起來，但是有個冰冷的槍口貼著我的頭皮，一連串的子彈射進我的大腦，我開始墜落，墜落。

我被一個聲音吵醒。錯不了，是一連串鏗鏘叮噹的聲音。會是浣熊嗎？但是現在才一月。

我穿著法蘭絨睡衣，踮著腳跑下樓。在樓下套上靴子，把胳膊塞進大外套裡。還順手抓起火鉗以防萬一，然後溜到門外。

我走向幾呎外的車庫，積雪掩蓋住我的腳印。等我距離夠近，便看出那個縮成一團的黑色身影太大，不可能是浣熊。他把頭埋進了垃圾桶，直到我舉起火鉗，像敲響大鑼一樣地敲下垃圾桶之後，他才暈頭轉向地抬起頭。

他的打扮和身手矯健的小偷沒兩樣，也是我遭遇的頭一個，他還算和善，不過話說回來，這有可能是因為他凍僵了。他戴著手套，正在翻動我的垃圾。我想，要找保險套嗎，誰知道你在翻弄別人家廢棄物的時候會接觸到什麼疾病。

「你到底在幹什麼？」我問。

我在他的臉上看出鬥志。接著，他從口袋裡掏出一個錄音機。「你願不願意為我們發表公開聲明？」

「你是記者？你來翻我的垃圾，而且竟然還是個記者？」我靠向前去。「你以為你會找到什麼東西？你還需要挖掘什麼資料，好用來談論我的生活？」

現在我才發現他多有年輕，再過個十五年左右，納坦尼大概也會是這副模樣。他在發抖，但是我不曉得那是因為外面的溫度過低，還是因為他終於和我這個邪惡的女人面對面。「你的讀者會想知道我的經期上個星期剛過嗎？還是想知道我吃掉一整盒蜂蜜核桃玉米片？收到太多垃圾郵件？」

我一把抓住錄音機，按下錄音鍵。「你想要聽我的聲明嗎？我這就說給你聽。去問你的讀者，看他們能不能在細數出他們生活當中的每一分鐘，他們腦袋裡的每一個想法之後，還能感覺到驕傲。去問問看，他們當中有沒有人曾經違規橫越過馬路，曾經在限速三十哩的道路上開到時速三十一哩，曾經看見黃燈還加速前進。當你找到一個從來沒犯過錯、唯一有資格評斷我的傢伙之後，你去告訴他，他和我一樣，不過是個凡人。他的世界可能明天就會天翻地覆，他可能會做出一些讓自己都無法相信的舉動。」我轉過頭，幾乎難以成聲。「你告訴他……他可能會變成我。」

接著我拿起錄音機，用盡全身的力量扔向遠處，把它摔進雪堆當中。我走回屋裡，隨手鎖上門，靠在門上喘氣。

不管我怎麼做，都無法挽回席辛斯基神父，再怎麼做都不能塗銷我犯下的錯誤。任何刑罰都比不上我對自己的懲罰，也不可能讓時光倒流，讓我不再去想亞瑟・葛文有多麼該死，而他同母異父的弟弟死得多麼不值得。

我像是在用慢動作度日，慢慢地等待避不開的斧頭往下落，緩緩聆聽證人的說詞，彷彿他們討論的是一個陌生人的命運。但是現在，我發現自己醒過來了。未來同樣會出現不可避免的打擊，但是這並不表示我們必須不斷回首。我當初就是不想讓納坦尼面對這樣的命運，那麼我自己為什麼要接受？

雪又開始下，像是祝福。

我要回到原來的生活。

那隻鳥看起來像是迷你恐龍，而且小到沒長羽毛，也不知道怎麼張開眼睛。牠躺在地上，旁邊有一段V形的樹枝和一顆戴著黃色帽子的橡木果實。牠的嘴巴像鉸鏈般緊緊咬住，一截翅膀揮啊揮的。我甚至看得到牠心臟的形狀。

「沒事了。」我趴在地上，想讓自己看起來不至於太恐怖。但是小鳥仍然躺著不動，肚皮腫得像顆氣球。

我抬起頭，看到牠的兄弟姊妹都還在巢裡。

我伸出一隻指頭，把牠推到我的掌心。「媽咪！」

「怎麼了？喔，納坦尼！」她咂舌，抓著我的手腕把小鳥推回地上。「不要去撿！」

「可是……可是……」隨便什麼人都看得出來，小鳥病得很嚴重。葛倫神父老是要我們去幫助病得太嚴重，或是傷心到沒辦法照顧自己的人。所以，小鳥也一樣，不是嗎？

「小鳥被人的手摸過後，鳥媽媽就不會再要牠了。」結果和媽咪說的一樣，知更鳥直接從小鳥的上面飛過去。「現在你學到了。」她說。

我一直瞪著小鳥看，不知道牠會不會留在原地，死在V形樹枝和橡木果實的旁邊。我用一片大樹葉蓋住牠，這樣牠才不會冷。「如果我是鳥，如果有人碰了我，我也會死掉嗎？」

「如果你是一隻鳥，」她說：「我絕對不會讓你掉到鳥巢外。」

第八章

他帶了好些東西，包括他的Yomega Brain溜溜球、在海灘上撿到的一截海星觸角、「最勇敢的男孩」緞帶、手電筒、可以拿來和別人交換的蝙蝠俠卡片、六十七個一分錢硬幣、兩個一角硬幣、一個加拿大銅板、一條燕麥棒，還有一袋復活節時沒吃完的軟糖。他和爸爸搬到汽車旅館時，隨身攜帶了這些寶貝，他現在也不可能丟下這些東西不管。他把所有東西裝進了白色枕頭套裡，當他把這袋寶貝塞在外套裡拉上拉鍊之後，還能感覺到寶藏輕輕地碰撞到他的肚子。

「你準備好了嗎？」他的父親問。這句話像是擲進荒地的樹枝，沒人聞問。納坦尼實在搞不懂，既然爸爸忙到沒時間注意他，那他何必藏住這個小祕密。他爬上卡車的乘客座位，繫上安全帶。接著他想了想，又解開安全帶的扣環。

如果他要當個壞孩子，不如從現在就開始。

洗衣店老闆曾經帶納坦尼參觀店裡的大型輪燙機。他的爸爸舉起他，將他抱到櫃臺裡面，然後他跟著薩爾尼先生進到放著一大堆衣服準備清洗的地方。裡面的空氣渾濁又潮濕，納坦尼一邊喘氣，一邊按下機器的大按鈕啟動掛著衣架的輸送帶。法院裡的空氣讓納坦尼回想起當時的感覺。也許這裡沒那麼熱，沒那麼黏，但一樣讓人沒辦法順暢地呼吸。

爸爸把他帶到遊戲室交給莫妮卡，兩個人用含著棉花糖的方式含糊地說話，以為納坦尼聽不見。他不知道什麼叫「敵對證人」，也不知道什麼是「陪審員的偏向」。但是當父親說這些話的時候，莫妮卡臉上會出現和父親一樣的神色，像是在照鏡子。

「納坦尼，」父親上樓之後，她開始故作輕快。「我們把外套脫掉好嗎？」

「我會冷。」他撒謊，然後把袋子壓向肚皮。

莫妮卡一向很小心，絕對不會去碰納坦尼，他懷疑這是不是因為她有X光透視眼，知道他身體裡面有多髒。她會看著他，以為他不曉得，而且她的眼睛暗得像池塘一樣。他媽咪有時候也會用這種眼光看他。這全是葛文神父害的，納坦尼希望當別人靠近他的時候，只會看到一個普通小孩，而不是「碰上了那件事的小孩」。

葛文神父做的事是錯的，納坦尼從自己皮膚起滿雞皮疙瘩的方式就可以知道。而且，在和羅比許醫師和莫妮卡說過話之後，他現在也明白神父是錯的。她們也一再地強調那不是納坦尼的錯。但儘管如此，納坦尼仍然不時覺得有人對他的脖子吐氣，嚇得他迅速轉頭張望。他仍然會想，如果他像爸爸釣到鱒魚時一樣，在肚子上劃一刀，有沒有可能找出讓他疼痛的黑結？

「怎麼樣，我們今天早上還好嗎？」我一坐到費雪旁邊，他立刻問我。

「你不知道嗎？」我看著書記官把一疊文件放在法官的席位上。席上沒人，看起來像個大洞。費雪輕拍我的肩膀。「輪到我們了，」他安慰我：「我會把這一整天的時間用來說服陪審團，讓他們忘掉布朗說過的話。」

我轉頭看著他，說：「證人——」

「——會好好表現。相信我，妮娜。在午餐之前，法庭裡的每個人都會覺得你當時的確是瘋了。」

門拉開之後，陪審員魚貫地走了進來。我轉開頭，不知道該怎麼說，才能讓費雪知道我想要什麼。

「我要去尿尿。」納坦尼宣布。

「好。」莫妮卡放下正在讀給他聽的書，站起身來等待納坦尼跟著她走到門口。他們一起穿過走廊，來到洗手間。納坦尼的母親不讓他自己一個人去兒童廁所，但是，在這裡就沒有關係，因為廁所裡只有一個兒童馬桶，莫妮卡可以在他進去之前先檢查。「記得洗手喔。」她提醒他，接著推開門讓納坦尼走進去。

納坦尼坐在冷冷的馬桶座上尿尿。他讓葛文神父做那些事，真是太壞了。納坦尼真不乖，但是他沒有受到處罰。事實上，在他有那麼壞的表現之後，每個人還特別注意他，對他特別好。

他的母親也做了很不好的壞事，因為她說過，那是解決事情最好的方法。

納坦尼想要摸索出個道理來，但是真相在他的腦袋糾結成一團。他只知道，不管為了什麼理由，這個世界整個天翻地覆。大家都像瘋了一樣，全都不守規矩，但是犯規非但沒有讓這些人惹上麻煩，反而成了讓事情變對的唯一方式。

他拉起長褲，拉攏外套下襬，然後沖水。接著，他蓋上馬桶蓋，踩在上面爬到貯水箱頂部，接著再攀到高高的壁架上。廁所裡的窗戶很小，純屬裝飾，因為這裡是地下室。但是納坦尼還是可以打開窗戶，再說，他個頭小到可以從這裡溜出去。

他發現自己來到了法庭後面的採光窗邊。沒有人會注意到一個這麼小的孩子。停車場裡停了許多卡車和廂型車，他貼著車身走，穿過結霜的草地，漫無目的地在高速公路上遊蕩。他沒和大人手牽手，就是打算逃家。三件壞事，他心想：一起發生。

「歐布萊恩醫師，」費雪問：「佛斯特太太第一次到你的辦公室，是在什麼時候？」

「十二月十二日。」歐布萊恩在證人席上的態度從容——這也是應該的，畢竟，在他的執業生涯中，已經出席過不少次審判。他的兩鬢花白，輕鬆自在，看起來就像是費雪的兄弟。

「在你見到她之前，你拿到了哪些資料？」

「你的介紹信、警方報告的影本、WCSH電視臺的錄影帶，還有檢方精神科醫師史托若的精神鑑定報告。史托若醫師在我們見面的兩個星期之前，評估過佛斯特太太的狀況。」

「你第一次和佛斯特太太見面的時間有多長？」

「一個小時。」

「當你見到她的時候，她的精神狀況如何？」

「我們對話的焦點都在她兒子身上。她非常在意他的安全。」歐布萊恩說：「她的兒子曾經失去說話能力，讓她焦急得近乎狂亂。她對於自己身為職業婦女，沒有足夠的時間注意到孩子的遭遇感到內疚。再者，她對於法院制度的專業知識，讓她非常清楚性侵對孩童的影響，同時，對於她兒子是否能在整個司法程序結束之後不致遭受創傷，似乎比一般人更顯得焦慮。我研究過讓佛斯特太太來到我辦公室的狀況，也當面見過她本人。據我判斷，她是創傷後壓力症候群病患的典型範例。」

「這對她在十月三十日早上的精神狀態有什麼影響？」

歐布萊恩往前靠，對陪審團說：「當時，佛斯特太太知道自己要去法院面對侵犯她兒子的人。她全心全意地相信這件事會在兒子身上留下永遠的印記。她認為出庭作證，不管是擔任證人也好，或是出席能力聽證會也一樣，都會讓孩童心力交瘁。最重要的是，她確信性侵者終究會無罪開釋。她的腦中充斥著這些念頭，所以，當她開車到法院的時候，她變得越來越焦慮，也越來越不像她自己，直到最後終於到達極限。當她拿槍抵住席辛斯基神父的那一瞬間，她無法神智清楚地阻止自己開槍，這是一種不受意志控制的反射動作。」

陪審團的成員至少都在聆聽，其中有幾個陪審員還勇敢到偷偷瞥向我看。我努力地擺出某種介於懺悔和心煩意亂的表情。

「醫師，你上次見到佛斯特太太是什麼時候？」

「一個星期之前。」歐布萊恩和善地對我笑。「她現在覺得自己比較有能力保護她的兒子了，也瞭解當時的方式並不正確。事實上，她對於之前的行為感到相當自責。」

「佛斯特太太現在仍然受創傷後壓力症候群所苦嗎？」

「創傷後壓力症候群和水痘不同，後者是可以療癒的。然而，就我的觀察，佛斯特太太在現階段可以瞭解自己的感覺和想法，並且有能力不讓自己被這些感覺征服。只要她繼續進行門診治療，我相信她可以恢復到相當程度的正常狀況。」

這個謊言花了費雪——換句話說，也就是我——兩千塊美金。但是這個錢花得很有價值，因為有好幾個陪審員都在點頭。也許我們給「誠實」的評價過高了。從一連串的謊言中挑出你想聽的話，才叫做無價。

納坦尼覺得腳好痛，套在靴子裡的腳趾幾乎凍僵。他把手套留在遊戲室裡，他的指尖在這時候已經變成了粉紅色，就算插在口袋裡也沒用。當他為了找點事做而大聲數數的時候，數字像是直接掛在他面前，在寒風中捲了起來。

他明知不應該，但是仍然攀過了護欄，跑上高速公路。一輛公車咻一聲從他身邊經過，司機匆匆拉開距離，拼命按喇叭。

納坦尼張開雙手保持平衡，開始在分隔線上走起鋼索。

「歐布萊恩醫師，」昆丁・布朗說：「你認為佛斯特太太現在覺得自己比較有能力保護她的兒子了，是嗎？」

「是的。」

「那麼她接下來會對誰掏槍？」

精神科醫師在椅子上動了動。「我不覺得她會有這麼極端的舉動。」

檢察官噘著嘴思考。「也許現在不會。但是兩個月或者兩年之後呢？比方說，哪家的小孩在遊戲場上欺負她的兒子，或是有哪個老師對待他的方式不對，那麼又會有什麼變化？如果她想要一輩子扮演『骯髒哈利』[12]呢？」

歐布萊恩抬了抬眉毛。「布朗先生，我們現在講的情況，和她兒子是否遭到誤解無關。孩子是遭到性侵。她認為自己掌握了足夠的理由，知道性侵犯是誰。同時，我還得知真正的性侵犯已經死亡，是非外力影響的因素，因此，她當然不再有所謂的復仇行動。」

「醫師，你看過檢方精神科醫師的報告。我可不可以說，對於佛斯特太太的精神狀況，你們兩方面有完全不同的結論？檢方的精神科醫師是不是認為她不但有能力出庭接受審判，而且還認為她在攻擊的當下，神智完全清楚？」

---

12 克林・伊斯威特在系列電影《緊急追殺令》（*Dirty Harry*）中嫉惡如仇的警探角色。

「是的，史托若醫師的確是這樣表示。但是，這是他的第一份法庭報告。反觀，我擔任法庭精神科專家已經有四十年的時間了。」

「而且你的索費不低，是吧？」布朗說：「被告今天是不是付錢請你出庭？」

「我的收費標準是每日兩千美金，額外支出另計。」歐布萊恩回答，聳了聳肩。

法庭後方出現一陣騷動。「醫師，我記得你剛剛說的是『她終於到達極限』。我說的正確嗎？」

「當然，那不是臨床診斷用語，但是在一般的談話當中，我會這麼說。」

「請問她是在走進槍店之前還是之後，到達這個極限？」布朗問道。

「很明顯的，那是一種持續性的部分心智衰退……」

「請問她是在給九釐米半自動手槍裝上六發子彈之前還是之後，到達這個極限？」

「誠如我剛才說過的，那是——」

「她是在偷偷溜過金屬檢測器，知道法警不會阻止她之前還是之後，到達這個極限？」

「布朗先生——」

「還有，請問醫師，她是在擠滿人的法庭上仔細瞄準一個特定男子，而且僅此一個男子的頭部之前還是之後，到達這個極限？」

歐布萊恩撇著嘴。「我剛才說過，在那個時候，佛斯特太太沒有辦法控制自己的行為。她沒有能力阻止自己開槍射殺神父，就和沒辦法叫自己停止呼吸一樣。」

「她倒是成功地讓某個人停止了呼吸，是不是？」布朗走到陪審席前。「你是創傷後壓力症候群的專家，對吧？」

「我在這個領域的專業相當知名，是的。」

「創傷後壓力症候群是否由創傷引起？」

「正確。」

「你在席辛斯基神父死後，才第一次見到佛斯特太太？」

「是的。」

「而且，」布朗說：「你認為引發創傷後壓力症候群的原因，是佛斯特太太兒子遭到性侵的事件？」

「是的。」

「你怎麼知道不是出自槍擊神父？」

「這不無可能，」歐布萊恩勉強承認。「只是，另一個創傷較早出現。」

「據說，越戰退伍軍人可能一生都受到創傷後壓力症候群的折磨，這是真的嗎？聽說，過了三十年，這些人還會在半夜被惡夢驚醒？」

「沒錯。」

「那麼，你無法藉由任何確切的科學證據來告訴我們的陪審團，證明被告已經完全脫離這個——讓我套句你的話——讓她到達極限的症候群？」

法庭的後面傳來更多嘈雜的聲響，我強迫自己把注意力放在前方。

「我認為佛斯特太太不可能完全忘記過去幾個月來的事。」歐布萊恩展現外交辭令：「但是，就我的個人觀點，她目前不具危險性，在未來也不會。」

「但是話說回來，醫師，」布朗說：「你不是神職人員。」

「拜託！」我聽到一個熟悉的聲音大聲嚷嚷。接著莫妮卡推開拉住她的法警，小跑步穿過法庭的中央走道。她只有自己一個人。她在凱利伯身邊蹲下。「是納坦尼，」她哭著說：「他不見了。」

法官同意暫時休庭，並且派庭內的法警幫忙尋找納坦尼；派屈克打電話聯絡郡警以及州警；費雪自告奮勇，負責安撫聞訊而來的瘋狂媒體。

我不能走，因為我還戴著可惡的電子手銬。

我想像納坦尼遭人綁架。想像他爬進了舊火車的貨車車廂，凍死在裡面，還想到他可能趁人不備，偷偷跑上小船。他可能已經去環遊世界了，而我卻仍困在四牆之內。

「他告訴我他要去上廁所，」莫妮卡邊哭邊說。我們在大廳等待，記者都已經離開了。我知道她想要懇求原諒，但是該死了，我才不肯原諒她。「我以為他不舒服，因為他進去了好久。但是當我走進廁所的時候，看到窗戶是打開的。」她抓住我的袖子。「我不認為他是被帶走的，妮娜。我覺得他是為了吸引大家的注意。」

「莫妮卡。」我緊緊攀住薄弱的自制力，不斷地提醒自己，她不可能知道納坦尼會做什麼事。沒有任何人是完美的，顯然，就算是我，也無法將納坦尼保護得更好。然而，我不過是想想罷了。

諷刺的是，我會無罪獲釋，但是我的兒子不會陪在我身邊。

我一向有辦法在喧囂聲中分辨出納坦尼的聲音。不管在他的襁褓時期，或是在遊樂場的一群小朋友當中，甚至是當我在泳池水淺處閉著眼睛玩鬼抓人的時候都一樣。如果我現在放聲大喊，說不定納坦尼也可以聽到我的聲音。

莫妮卡的臉頰毫無血色，像是兩個白色的圈圈。「我能做什麼嗎？」她低聲問。

「帶他回來。」然後我轉身走開。因為愧疚不僅會傳染，同時還會致命。

凱利伯看著警察打開警示燈，駕著警車加速離開。也許這可以吸引納坦尼，但也不一定。他知道一件事，這些警員早就忘了自己五歲時是什麼樣子。想到這裡，他把背靠向通往地下室廁所的窗邊。他跪下來，讓自己和納坦尼等高。接著他瞇起眼睛，注意看有什麼東西可能會吸引他的注意。

他看到一叢光禿禿又糾結的灌木在風中搖晃，發現有把不敵強風而開花的雨傘被丟在一邊，殘障坡道被人用黃漆塗上亂七八糟的線條。

「佛斯特先生。」有個低沉的聲音出現，嚇了凱利伯一跳。他站起身子，轉頭看到檢察官在寒風中弓起了肩膀。

當莫妮卡跑進法庭宣告這個壞消息的時候，費雪．卡靈頓看了妮娜一眼，立刻要求休庭。而布朗則是起身向法官表達他的懷疑，認為這可能是某種想贏取同情的伎倆。「說不定，」他說：「孩子這會兒好端端地待在二樓的會議室裡。」

他沒花多久時間就發現自己戰略上的失誤，因為陪審團看著妮娜逐漸開始歇斯底里。但不管怎麼樣，凱利伯完全沒料到自己會在這裡看到他。

「我只是想說，」布朗現在說了：「如果有什麼我幫得上忙的……」

他沒把話說完。「是的，你可以幫忙。」凱利伯回答。兩個男人都知道凱利伯的言外之意，知道這個答覆無關乎納坦尼。

檢察官點個頭，走回室內。凱利伯再次跪下來。他繞著法院建築走動——這和他在圓形天井鋪石頭的方式相同，把整個圓往外延伸，不留下任何空間，並且保持圓圈的弧度。他的動作和他做所有的事情相同，速度不快，但是堅持到底，直到最後，他確定自己看到了兒子眼中的世界。

高速公路的另一側是一片陡坡，納坦尼坐著往下滑。他的褲子被樹枝勾破，但這都沒關係，因為沒有人會懲罰他。他踩在一池池冰冷的雪水當中，經過參差不齊的樹林，他繼續走，最後絆倒在一小片被人遺忘的樹叢裡。

這片小樹叢和他在家裡的床一樣大，看得出動物留下來的足跡。納坦尼坐在樹叢邊緣的一截木頭上，掏出外套裡的枕頭套。他打開手電筒貼向掌心，讓自己的手背出現紅光。

當鹿走過來的時候，納坦尼屏住呼吸。他記得父親說過的話，動物怕你的程度遠超過你怕牠們。大母鹿長了一身焦糖色的毛皮，小小的蹄子宛如高跟鞋。牠的寶寶看起來沒什麼不同，但是背上有幾處白色的斑點，似乎是被畫上去的。兩隻鹿都彎下長長的頸子，用鼻子推開積雪。

找到草的是母鹿，小小一簇草恐怕還不夠牠吃一口。但是母鹿沒吃，反而把小鹿推了過去。牠看著自己的寶寶吃草，但這也就是說，牠自己什麼都沒得吃。

看到這裡，納坦尼想到可以把燕麥棒分一半給母鹿。

但是當他伸手掏枕頭套裡的東西時，兩頭鹿突然抬起頭，接著往後跳，轉身就跑，納坦尼只看到上揚的鹿尾巴，像極了白色船帆。接著，兩頭鹿便消失在森林的深處。

納坦尼檢查褲子後面的破洞，看了看沾滿泥巴的靴子。他把半條燕麥棒放在木頭上，假如兩頭鹿回頭，才有東西吃。接著他站起來，慢慢朝公路走過去。

派屈克仔細搜索了法院方圓一哩的範圍，他確定納坦尼是自己離開的，他更確定孩子不可能走出這個範圍之外。他拿起無線電呼叫亞爾福瑞的調度中心，詢問是否有人已經找到孩子。這時候，路邊的動靜吸引了他的目光。就在他盯著看的時候，納坦尼在距離他四分之一哩的路邊爬過了路障，然後沿著高速公路的路肩往前走。

「該死。」派屈克噓了一口氣，將卡車慢慢往前開。納坦尼似乎很清楚自己要到哪裡去，從這個位置看過去，就連小草兒這麼袖珍的個頭，也能夠看得到法院高高的屋頂。但是孩子看不到派屈克看見的事，也就是凱利伯從馬路的另一側慢慢靠過來。

派屈克發現納坦尼先看右邊然後又看向左邊，突然意識到孩子打算做什麼。他把警示燈放到車頂，匆忙將車子打橫擋住車流，走到車外封鎖交通，好讓納坦尼看到父親等著他的時候，能夠安全地跑著穿越高速公路，投身到凱利伯的懷抱裡。

「以後再也不可以做這種事了。」我靠在納坦尼柔軟的頸子邊說話，緊緊地抱住他。「再也不可以，聽到了嗎？」

他掙脫我的懷抱，伸出雙手捧住我的臉。「你生我的氣嗎？」

「沒有。有。我一定會，不過要等到我高興完之後。」我將他抱得更緊了些。「你心裡到底在想什麼？」

「想我很壞。」他不帶感情地回答。

我從納坦尼的頭頂看過去，和凱利伯四目交接。「不，你不壞，寶貝。偷偷跑掉是不好的事。你有可能受傷，而且你不知道你害我和你爸爸多擔心。」我猶豫了一下，仔細遣詞用字。「你有可能做壞事，但你不是壞人。」

「像葛文神父一樣嗎？」

我僵住了。「其實不對。他做了壞事，而且他從前真的是壞人。」

納坦尼抬頭看我。「那你呢？」

納坦尼的精神科醫師才剛坐到證人席上，昆丁．布朗就起身抗議。「庭上，這位證人能帶來什麼幫助？」

「法官，這與我委託人的精神狀況有關，」費雪爭辯：「透過羅比許醫師的診療，她得知她兒子的狀況在退步當中，嚴重影響到她在十月三十日的精神狀況。」

「本庭准許。」尼爾法官做出決定。

「醫師，過去你是否曾經治療過因為遭受性侵，而失去說話能力的孩童？」

「很不幸，有的。」

「在這些案例當中，有沒有孩童可以恢復說話能力？」

「可能要花上好幾年的時間。」

「你能不能借助任何方式來判斷，對於納坦尼而言，這個情況是不是會一直延續下去？」

「不能，」羅比許醫師說：「事實上，就是因為這樣，我才會開始教他基本手語。他對於自己的無法溝通感到很沮喪。」

「手語有幫助嗎？」

「有短暫的幫助，」精神科醫師承認：「接著他又開始說話。」

「進展穩定嗎？」

「不穩定。在納坦尼和佛斯特太太分開的那個星期裡，他整個人又陷入沮喪的狀況。」

「你知不知道原因是什麼？」

「據我瞭解，她被控違反保釋條件，因此被關進監獄裡。」

「在納坦尼母親入獄的這個星期當中，你有沒有和孩子見過面？」

「有的。佛斯特先生帶他到診所來，看到孩子不再說話，他很難過。孩子嚴重退步，唯一願意打的手勢只有『母親』。」

「就你的看法，退步的肇因是什麼？」

「很明顯，是因為他和佛斯特太太在無預警的情況下突然分開，而且時間不短。」羅比許醫師說。

「當納坦尼的母親再次出獄之後，孩子的狀況有什麼變化？」

「他開口喊媽媽。」精神科醫師帶著微笑說：「讓人愉快的喧鬧。」

「還有，醫師，當孩子承受在無預警的狀況下，再次和母親分開……你認為納坦尼可能會出現什麼狀況？」

「抗議。」昆丁說。

「駁回。」

一會兒之後，檢察官站出來交叉詰問。「當你為五歲孩童進行諮詢的時候，醫師，你會不會認為他們經常對事件感到困惑？」

「當然會。就是因為這樣，所以法庭才會舉行能力聽證會，布朗先生。」

聽到這幾個字，尼爾法官警告意味十足地瞥了昆丁一眼。「羅比許醫師，在你的經驗當中，這種案例有可能會拖上好幾個月，甚至是好幾年，才會正式開庭審判，是嗎？」

「是的。」

「而五歲大和七歲大的孩子在成熟度上有很大的區別，對不對？」

「完全正確。」

「事實上，你是不是曾經接觸過一些孩子，當他們初次和你見面的時候無法出庭作證，但是在一兩年之後，經過治療，並且有所進展，就可以出庭作證，而且不會出現受挫的現象？」

「是的。」

「你是否也無從得知，或許納坦尼在幾年後會有能力出庭作證，而且不至於受到嚴重的精神傷害？」

「是的，未來的事情的確沒有辦法斷定。」

昆丁轉頭看我。「佛斯特太太是個檢察官，她一定知道出庭時機早晚的不同，你同意我的說法嗎？」

「我同意。」

「再者，她身為這個年紀孩童的母親，自然會知道孩子在幾年之間的發展和變化，是嗎？」

「是的。事實上，我曾經試著告訴佛斯特太太，也許納坦尼在未來幾年之間的進步會超乎她的預期。他說不定可以出庭為自己作證。」

檢察官點點頭。「但是很不幸的，被告在我們得到答案之前，已經先殺害了席辛斯基神父。」

費雪還來不及抗議，昆丁就先撤回問題。我拉拉費雪西裝下襬，對他說：「我得和你談談。」他瞪著我，彷彿我得了失心瘋。「對，」我說：「就是現在。」

我知道昆丁・布朗在想什麼，因為我從他的眼底看出了端倪。我證明她謀殺了他，我盡到我的責任。也許我已經學到不該去干涉他人的生活，但是拯救自己絕對是我該做的事。「全看我了，」我在會議室裡告訴費雪：「我必須讓他們有個理由說沒關係。」

費雪搖頭。「你知道辯護律師過度嘗試會導致什麼結果。檢方有舉證的重責大任，我只要找出漏洞就可以。但如果我太用心找洞，空氣會在一瞬間全洩出來。上臺的證人只要多出一個，辯方就會全盤皆輸。」

「我知道你的意思。但是費雪，檢方的確成功證明我謀殺了席辛斯基神父。而且我不是普通證人。」我深吸了一口氣。「當然，我也看過辯方畫蛇添足多放了一名證人，結果打輸官司的例子。但是在有些案例當中，檢方之所以會落敗，完全是因為陪審員聽進了被告的說詞。他們知道之前發生過大事，但他們想知道原因，聽到真相。」

「妮娜，當我在交叉詰問的時候你幾乎坐不住，一心想跳起來抗議。我不能讓你坐到證人臺上，因為你根本就是個活脫脫的檢察官。」費雪在我面前坐下，雙手撐住桌面。「你憑真相來思考。但是陪審員不會因為聽了你的話就接受事實。我打下了好基礎，他們喜歡我，也相信我。如果我開口告訴陪審團，說你無法控制自己的情緒，無法理性思考，他們會聽我的話。反過來說，他們早就認定你是個騙子，不管你怎麼說都沒有用。」

「除非我把真相說出來。」

「說你其實真的想殺掉那個傢伙？」

「說我沒瘋。」

「妮娜，」費雪輕柔地說：「這樣一來，會推翻我們全盤的辯護策略。你不能這樣說。」

「有何不可，費雪？我為什麼不能讓十二個討厭的傢伙瞭解，在好事和壞事之間，還有好幾千種深淺不同的灰色地帶？眼前，昆丁已經將我定罪，因為他向陪審團說出了我當天的想法。如果我上臺作證，我可以提出另一個版本。我會解釋自己做了什麼事，為什麼這個舉動是錯的，為什麼我當初看不清。他們要不就送我去坐牢，要不，就讓我回家陪兒子。我怎麼能放棄這個機會？」

費雪瞪著桌子看。「你再這樣繼續下去，」過了一會兒，他終於說：「等審判結束之後，我可能得雇用你。」他伸出手，扳著指頭說：「你只能回答我的問題。只要你一開始對陪審員說教，我就會打斷你的話。如果我提出神智失常的說法，你最好乖乖支持我的說法，不要給自己做偽證。還有，如果你出現任何情緒化的反應，先做好面對長年蹲苦牢的心理準備。」

「好。」我跳起身，準備離開。

但是費雪沒有動。「妮娜，我只是想讓你知道……就算你沒說服陪審團，你也已經說服了我。」

三個月之前，如果我從辯護律師口中聽到這種話，一定會大笑以對。然而現在我卻對著費雪微笑，等著他陪我走到門口。我們並肩走進法庭，合作無間。

我過去七年來使用的辦公室，在更早之前，曾經是法庭。法庭讓不少人喪膽，但是嚇不倒我。我明瞭庭內的規矩，比方說，該在什麼時候走向書記官，什麼時候可以和法官說話，或是怎麼向後靠和旁聽席的人悄悄耳語，才不至於引人注目。但如今我坐在一個我從來沒坐過的位置上，不能亂動，不能做在過去早已成了習慣的任何動作。

現在，我才知道為什麼大家會害怕出庭。

證人席的空間很小，因此，我的膝蓋抵住前端。庭內有好幾百個人瞪著我看，落在我身上的目光宛如尖細的小針。我想起自己在擔任檢察官時，曾經告訴過上千名證人的話：你有三件事要做：聆聽問題，回答問題，然後閉嘴。我記得我的上司經常說，卡車司機和生產線上的作業員是最優秀的證人，因為和教育程度過高的律師相比，他們安靜又多話。

費雪把當初我針對凱利伯申請的禁制令遞給我。「你為什麼要申請這張禁制令，妮娜？」

「當時，我以為納坦尼指證我丈夫是性侵他的人。」

「你丈夫的什麼舉止讓你有這種想法？」

我的眼光落向坐在旁聽席上的凱利伯。「完全沒有。」

「但是你採取了不尋常的舉動，申請了禁制令，不讓他和自己的親生骨肉見面？」

「我的重點是保護兒子。如果納坦尼說這就是傷害他的人……嗯，我會選擇唯一能保護他的作法。」

「你是在什麼時候決定撤銷禁制令的？」費雪問道。

「當我發現我兒子用手語表示的『父』並不是凱利伯，而是指『神父』的時候。」

「你是否就在那個時候認定席辛斯基神父為性侵犯？」

「當時發生了很多事。首先，醫師告訴我納坦尼的肛門遭到異物侵入。接著，納坦尼開始使用手語。隨後他輕聲向杜沙姆警探說出一個聽起來像是『葛倫神父』的名字。最後杜沙姆警探告訴我，他在聖安妮教堂找到了我兒子的內褲。」我用力吞嚥。「我花了七年的時間來拼湊讓我能夠站在法庭上的證據。當時，我只是做了對我來說絕對合乎邏輯的舉動。」

費雪瞪了我一眼。喔，該死，我剛剛說：絕對合乎邏輯。

「妮娜，請你仔細聽我的下一個問題，」費雪先警告我：「當你認定席辛斯基神父是性侵你兒子的人之後，你有什麼感覺？」

「一場糊塗。我將自己和家人的信仰，還加上我的兒子，全都交付在這個男人的手中。我氣自己把太多的時間花在工作上，如果我當初在家的時間多一點，也許可以避免這種事發生。而且我極度沮喪，因為納坦尼指證出一個嫌犯，我知道下一步會是——」

「妮娜。」費雪打斷我的話。回答問題，我狠狠地提醒自己：然後閉嘴。

布朗帶著笑容說：「庭上，請讓她把話說完。」

「是的，卡靈頓先生，」法官同意：「我相信佛斯特太太還沒把話沒說完。」

「我說完了。」我很快地說。

「你曾否和你兒子的精神科醫師討論過怎麼做對孩子最好？」

我搖頭。「根本沒有什麼最好的作法。我曾經參與過上百件與孩童有關的審判。就算納坦尼開始正常說話，越來越堅強；就算在他的案子開審之前，我們還有一兩年的時間也一樣。只要神父完全否認他做了什麼事，就表示一切全要看我的兒子。」

「怎麼說？」

「如果沒有嫌犯的自白，檢察官只能仰賴孩子的證詞。這也就是說，納坦尼必須出席能力聽證會。之後，他必須在一個像現在一樣坐滿人的法庭上，說出那個男人曾經對他做過什麼事。而那個男人，這是當然的，會坐在六呎之外旁觀。你可以確定，他一定告訴過孩子，而且不止一次，要孩子不准把事情說出來。但是到了那個時候，沒有人會坐在納坦尼旁邊，沒有人會抱著他，沒有人會告訴他：好了，沒事，現在可以說了。

「納坦尼可能會在聽證會上嚇到，或者崩潰，那麼法官就會判定他沒有能力出庭，結果兒童性侵犯不必遭到懲罰。第二個情況是納坦尼必須出庭，必須一再地在法庭上重新經歷那段遭遇，只不過這次的賭注更高，而且還換了另一群人盯著他看，這其中包括十二個不準備相信他的陪審員，因為他只是個孩子。」我轉頭面對陪審團。「過去七年來，我每天上法庭，可是現在，我坐在這裡並不自在。關在這個小方塊當中的確很嚇人，對任何證人來說都一樣。但是我們說的不是任何證人，而是納坦尼。」

「最好的情況會是如何？」費雪輕聲問：「如果，性侵犯到最後被判入獄服刑呢？」

「神父會入獄服刑十年，短短的十年而已，對一個毀了孩子一生但沒有犯罪前科的人而言，刑期就是如此。說不定納坦尼還沒進入青春期，他就已經假釋出獄。」我搖頭。「對任何人來說，這怎麼會最好的情況？有哪個法庭會認為這樣足以保護我的兒子？」

費雪看了我一眼，然後要求休庭。

費雪在二樓的會議室裡，蹲在我的面前。「跟著我說。」他說。

「喔，拜託。」

「跟著我說：我是證人，我不是檢察官。」

我翻個白眼，跟著重複：「我是證人，不是檢察官。」

「我會聆聽問題，回答問題，然後閉嘴。」費雪還在繼續。

如果我是費雪，我也會希望我的證人許下同樣的承諾。但我不是費雪。同樣的，他也不是我。

「費雪，看著我。我是那個逾越規範的女人。我做的事，是所有父母在碰到這種慘痛遭遇之後會想做的事。每個陪審員都睜大眼睛看著我，想要知道這個行為究竟是讓我成了個怪物，還是英雄。」我低下頭，因為我突然發現自己的淚水湧向眼眶。「我自己都想要弄清楚。我不能告訴他們我為什麼會做出這種事，但是我可以向他們解釋，如果納坦尼的生命有了變化，我的生命也會隨之改變。如果納坦尼沒辦法克服逆境，我也不行。如果你從這個角度看，有沒有脫離設計好的證詞並沒有那麼重要，不是嗎？」我看費雪沒有回答，掏出心底殘存的自信，說：「我知道自己在做什麼，」我告訴費雪：「我絕對沒有失控。」

他搖搖頭。「妮娜，」他嘆口氣，說：「你以為我為什麼會這麼擔心？」

「當你在十月三十日早晨醒過來的時候，你腦子裡有什麼念頭？」幾分鐘之後，費雪這樣問我。

「我當時想，那會是我這輩子最慘的一天。」

費雪驚訝地轉過身來。畢竟，我們沒有預演過這一段問答。「為什麼?席辛斯基神父馬上就要接受審訊了啊？」

「沒錯。但一旦他被起訴，毫不留情的法院時鐘就會開始運轉。接下來，他不是接受審判，就是當庭釋放。這也代表納坦尼得再次面對這件事。」

「你在什麼時候抵達法庭，隨後發生了什麼事？」

「檢察官湯瑪斯・拉克瓦表示他們會試著去清場，因為這個案子備受矚目。所以決定將審訊庭的時間往後延。」

「你當時有什麼反應？」

「我告訴我丈夫，說我必須回辦公室一趟。」

「結果你去了嗎？」

我搖頭。「我開車到了槍店的停車場。其實，我不清楚自己是怎麼去到槍店的，但是我知道那是我應該去的地方。」

「接下來你做了什麼事？」

「槍店開門之後，我走進去買了一把槍。」

「然後呢？」

「我把槍放進皮包裡，開車回法庭去旁聽審訊。」

「在開車回法院的路程中，你有沒有計畫要怎麼用那把槍？」費雪問。

「沒有。我腦子裡只想到納坦尼。」

費雪讓這句話沉澱一會兒。「你抵達法院之後，做了什麼事？」

「我走進了法院。」

「你有沒有想到金屬探測器？」

「沒有，我從來都不經過金屬探測器。我一向從旁邊繞過去，因為我是檢察官，一天大概要走個二十趟。」

「你是不是因為皮包裡放了一把槍，所以才刻意繞過金屬探測器？」

「當時，」我回答：「我腦袋裡一片空白。」

我盯著門看，只看著門，神父隨時會經過那扇門走進來。我的頭隱隱抽痛，蓋過了凱利伯說的話。我必須要看著神父。除了我體內嗡嗡作響的血液之外，我聽不到其他聲音。他會從那扇門走出來。門把開始轉動，我屏住呼吸。當門拉開，法警率先出現的時候，時間突然停頓。接著整個法庭往後退開，只剩下我和他，納坦尼成了我們兩人之間的連結。我沒辦法看他，但是沒多久之後，我卻無法讓自己的視線離開他。

神父轉過頭，雙眼精準地鎖住我的眼睛。

他一句話也沒說，但是我聽出：我原諒你。

就是這個他原諒我的念頭讓我的內心開始崩裂。我的手滑進了皮包裡，我以幾乎是漠不關心的態度放任事件發生。

你知道嗎，有時候，當你正在做夢的時候，你會知道自己身在夢中？手槍像是被磁鐵吸住一樣往前拉，來到距離他頭顱只有幾吋的位置。我扣下扳機時，心裡想的不是席辛斯基，不是納坦尼，甚至不是復仇。

我的齒縫間只卡著一個字：

不。

「妮娜！」費雪湊向我的臉，噓聲說：「你還好嗎？」

我看著他，眨了眨眼，接著瞥向瞪著我看的陪審團。「很好，我……對不起。」

但是我的思緒還停留在方才的地方。我沒想到槍會反彈。任何事，都會有力道相等的反作用力。

殺人就要接受懲罰。

「當法警撲到你身上的時候，你有沒有掙扎？」

「沒有，」我喃喃地回答：「我當時只想知道他是不是已經死了。」

「杜沙姆警探是不是就在這個時候把你帶進了拘留室？」

「是的。」

「你在拘留室裡有沒有對他說什麼話？」

「我說，我別無選擇，一定得這麼做。」

事實證明我說的是真話。我當時那麼說，是故意要讓別人以為我神智失常。但是精神科醫師說的證詞其實並沒有錯，我沒辦法控制自己的行為。錯的是他們認為這代表我神智失常。我並沒有精神上的問題，也沒有崩潰。我只是憑直覺行事。

費雪停了一下。「事後，你發現席辛斯基神父並不是性侵你兒子的人。這讓你有什麼感受？」

「我想入監服刑。」

「你現在還有這種感覺嗎？」費雪問。

「沒有了。」

「為什麼？」

在那一瞬間，我的目光來到了空無一人的被告席上，費雪和我都沒坐在那裡。我心想：那個位置已經成了鬼城。「我為了兒子的安全才做出這件事。但如果我不在他身邊，我要怎麼保護他？」

費雪意味深長地看著我的眼睛。「你會不會再次用自己的雙手去執行法律？」

喔，我知道他想要我怎麼回答。我會知道，是因為換作是我，我也會想從證人的口中問出這句話。但是，我已經對自己說了太多謊言。我不打算親手將這些謊言也送進陪審團的耳裡。

「我希望我能告訴你：我永遠不會這麼做……但這不會是真話。從前，我以為自己認識這個世界，以為我可以掌握世界。但是當一個人以為自己一把抓住世界中心的那一刻，也就是世界最可能脫離約束的時候。

「我殺了一個人。」這句話在我的舌尖燃燒。「不，不只是一個人，而是一個很好的人，一個無辜的人。我會一輩子將這件事背負在身上。而且，和任何負擔相同，它會越來越沉重……差別在於我永遠無法放下，因為這已經成為我這個人的一部分。」我轉頭看著陪審團，重複自己的話：「希望我能告訴你，我永遠不會這麼做，但是我要說，在過去，我從來沒想過我會有能力做出這種事。結果事實證明我錯了。」

我想，費雪一定會殺了我。透過婆娑的淚眼，我實在很難清楚看到他的表情。然而我的心跳不再狂亂，我的靈魂找回了寧靜。任何事都會有力道相等的反作用力。經過這麼久的時間，我才明白，在做了無所遁形的錯事之後，最好的贖罪方式，就是公然做「對」的事。

要不是上帝慈悲，昆丁心想：今天坐在證人席上的可能是他。畢竟他和妮娜・佛斯特的差別並沒有那麼大。也許他不會為兒子殺人，但是他確實打通了關節，減輕基甸恩因持有毒品而遭判決的刑期。昆丁還記得發現基甸恩出事之後的震撼，原因並不是像譚雅所想的，由於基甸恩犯法，而是因為他的兒子可能會被司法體制嚇到喪膽。沒錯，換個情況，昆丁可能會和妮娜相處甚歡，甚者可能會和妮娜邊喝啤酒邊聊天。然而，自己闖的禍就該自己承擔，因此妮娜才會坐在證人席內，而他昆丁則是站在六呎之外，準備好好收拾她。

他揚起一道眉毛。「你剛剛告訴大家的是，儘管你對於法庭制度和兒童性侵案有深入的瞭解，但是在十月三十日那天早上你醒過來的時候，並不打算殺害席辛斯基神父？」

「沒錯。」

「然後，當你開著車到這個男人的審訊庭時，套句你自己的話，法院時鐘就會開始運轉，你也沒有殺害席辛斯基神父的計畫？」

「沒有，我沒有。」

「啊。」昆丁在證人席前方來回踱步。「我猜，你是在開車到槍店的時候，才一時有了這個想法。」

「事實上，不是的。」

「那麼，是當你請莫伊幫你為半自動手槍上膛的時候？」

「不是。」

「這麼說，當你回到法院，繞過金屬探測器的時候，你仍然沒有殺害席辛斯基的計畫？」

「沒有。」

「當你走進法庭，佛斯特太太，來到最方便殺害席辛斯基神父、卻又不至於傷害旁人的最理想位置的時候，即使在那個節骨眼上，你仍然不打算槍殺席辛斯基神父？」

她的鼻翼僨張。「不，布朗先生，我沒有那種計畫。」

「那麼，當你從皮包裡掏出槍抵住葛倫·席辛斯基頭顱的時候呢？你是不是仍然不打算殺他？」

妮娜的雙唇抽緊。「你必須回答問題。」尼爾法官說。

「我剛剛在法庭上說過了，我當時腦筋一片空白。」

昆丁知道自己汲出了第一滴血。「佛斯特太太，你在擔任地方檢察官的七年之間，是不是曾經處理過超過兩百件的兒童性侵案？」

「是的。」

「在那兩百件案子當中，只有二十件開庭審判？」

「是的。」

「在這二十件當中，有十二件成功定罪。」

「沒錯。」

「在這十二個案件當中，」昆丁問：「這些孩子是否有能力出庭作證？」

「是的。」

「事實上，在這些案例當中，有幾件和你兒子的案子不同，是沒有具體實證的，對不對？」

「對。」

「你身為檢察官，不管就兒童心理醫師、社會工作者，或是對法律程序上都有足夠的資源和後盾，難道你不認為自己比其他母親更有能力為納坦尼這件案子做更周全的準備嗎？」

她瞇起雙眼。「就算掌握了全世界所有的資源和後盾，也不一定有能力為孩子做好準備來面對這種事。你也知道，在現實生活中，法院的法條並不是為了保護兒童，而是為了保護被告。」

「你運氣真好，佛斯特太太。」昆丁挖苦。「你覺得自己是不是個認真的檢察官？」

她猶豫了一下。「我會說……我是個太過認真的檢察官。」

「你是否認為自己曾經認真地為被你送上證人席上的孩子做準備？」

「是的。」

「按照這十二個案例的被告都遭到判刑來說，你難道不覺得自己為這些孩子做的準備十分成功？」

「不，我不同意。」她直率地回答。

「但是所有的性侵犯都入獄服刑了，不是嗎？」

「刑期不夠久。」

「雖然是這麼說，佛斯特太太，」昆丁緊咬不放：「但是你仍然成功地讓司法體制站在這十二個孩子這邊。」

「你不懂，」她的眼眸射出火花：「這是我的孩子。和我擔任檢察官的責任完全不同。我必須克盡所能來為那些孩子爭取正義，而我也做到了這點。然而在法庭外的一切，則由父母來決定，不是我。如果有個做母親的決定躲起來，以免孩子受到父親的侵犯，那也是她的決定。如果有個母親決定放棄由法庭來裁決，而去槍殺性侵犯，那也和我無關。但是在那一天，我不再僅只是檢察官。我是母親。不管如何，我都必須決定自己應該採取什麼手段來確保我兒子的安全。」

昆丁等的就是這一刻。終於，她發火了。他往前靠向她。「你是說，你兒子比其他孩子有資格得到更多的正義？」

「那些孩子是我的工作，納坦尼是我的生命。」

費雪・卡靈頓立刻從椅子上跳起來。「庭上，我們是不是可以休息——」

「不行。」昆丁和法官不約而同地回答。昆丁重複：「那孩子是你的生命？」

「是的。」

「那麼，你是否願意犧牲你的自由來拯救納坦尼？」

「絕對願意。」

「當你拿著槍抵住席辛斯基神父的那一刻，你是不是這麼想？」

「我當然是。」她凶悍地回答。

「你當時是不是認為唯一能保護你兒子的方式，就是把所有的子彈都射入席辛斯基神父的腦袋裡——」

「是！」

「——而且確定他再也不可能活著離開法庭？」

「是。」

昆丁往後退。「但是你剛剛說，在那一刻，你的腦子裡一片空白，佛斯特太太。」他說完話之後，目不轉睛地盯著她看，直到她終於轉過頭去。

當費雪起身再次直接詢問的時候，我仍然在發抖。我明知道不可，怎麼又會脫口說出這種話？我焦急地看著陪審團成員的每一張臉孔，但是我什麼都看不出來，你永遠看不出來。有個女人看起來幾乎要落淚，坐在角落裡的另一個人還在玩填字遊戲。

「妮娜，」費雪說：「那天早上，當你進到法庭的時候，你有沒有想到自己願意犧牲自由，來解救納坦尼？」

「有」我低聲說。

「當你那天早上來到法庭的時候，你有沒有想到，唯一阻止法院時鐘開始運轉的方法，就是去阻止席辛斯基神父？」

「有。」

他直視我的雙眼。「你那天早上進到法院的時候，有沒有計畫殺害神父？」

「當然沒有。」我回答。

「庭上，」費雪宣布：「辯方沒有其他問題了。」

昆丁躺在簡易套房裡糟糕透頂的床上，不明白為什麼他明明已經將溫度調到二十六度六，但是暖氣卻還不開始運轉。他拉起床罩蓋住身子，拿起電視遙控器繼續轉臺。他先轉到綜藝節目〈財富之輪〉，接著看到討論男人掉髮的談話性節目。昆丁摸著自己剃光的腦袋，咧嘴一笑。

他起身來到冰箱旁，卻發現裡面只有六瓶裝的百事可樂和早就被遺忘的爛芒果。如果他打算吃晚餐，他就得出去買。他嘆了一口氣，重重地往床上一坐，準備穿上靴子，結果卻坐到了遙控器。頻道切換到CNN。一個女人——她的紅髮像極了一頂光滑的太空頭盔——正在說話，背景是一張小小的妮娜·佛斯特臉部特寫。「有關地方檢察官被控謀殺一案，審判程序的證人詰問部分已經在下午全部結束，」主播說：「本案在明天早上將進入結辯程序。」

昆丁關掉電視。他繫緊鞋帶，眼光落向了床邊的電話。

電話響了三聲之後，他開始盤算是否該留言。接著，他突然聽到震耳欲聾、彷彿引擎逆火般的饒舌樂曲。「找誰啊？」電話另一頭有個聲音問道，音樂的聲音也轉小了。

「基甸恩，」昆丁說：「是我。」

對方沒有說話。「我是誰？」聽到男孩的回答，昆丁的臉上浮現微笑，孩子當然知道他是誰。

「如果你要找我媽，她不在家。也許我可以要她回電話，但是話說回來，我也可能會忘記告訴她。」

「基甸恩，等等！」昆丁幾乎可以聽見兒子把正要掛回電話機上的話筒拿回到耳邊。

「怎樣？」

「我打電話來不是要找譚雅，我是要和你說話。」

好一會兒，兩個人都沒說話。接著基甸恩說：「如果你打電話是為了說話，那你還做得真遜。」

「你說得對。」昆丁揉了揉自己的太陽穴。「我只是想說抱歉。關於戒治，關於一切。當時我真心以為自己做的是對你最好的事。」他深吸一口氣。「當我在事發的許多年前就先自己走出你的生命之後，我實在沒權利告訴你該怎麼過你的日子。」聽到兒子沒說話，昆丁開始緊張。會不會是電話在不知不覺中斷線了呢？「基甸恩？」

「這就是你想和我說的話？」基甸恩終於說話。

「不是。我打電話來，是想問你要不要出來和我去吃比薩。」昆丁把遙控器扔到床上，看著它跳動。這段等待基甸恩回應的時間宛如永恆。

「去哪裡？」基甸恩問。

陪審團最有趣的地方，在於不管陪審員在證人作證時多麼漫不經心，不管誰坐在最後一排睡著，或是在交叉詰問時自顧自地塗指甲油，當時間一到，他們必須開始做正事時，這些人會突然起身迎向挑戰。陪審團這會兒全盯著昆丁看，全神貫注聆聽他的結辯。「各位先生、女士，」他開始說話：「對我來說，這是個十分困難的案件。儘管我不認識被告，但是我還是得稱她一聲同事。然而，妮娜·佛斯特已經不站在法律的這一邊。諸位親眼看過了她在二〇〇一年十月三十日的所作所為。她走進法庭，用槍抵住一個無辜的人，對著他連開四槍。

「諷刺的是，妮娜·佛斯特宣稱自己是為了保護兒子才犯下謀殺罪。然而，她在事後發現——其實，如果當初我們讓司法體制發揮在文明社會應有的作用，我們也同樣會發現——在殺害席辛斯基神父之後，她根本沒有保護到自己的兒子。」昆丁嚴肅地看著陪審團。「法庭之所以會存在，當然有它的道理。因為，要指控他人是一件非常容易的事。我們在法庭上提出真相，做出理性的判斷。但是佛斯特太太在沒有掌握真相之前，就貿然動手。佛斯特太太不只控訴了這個男人，她還審判他、為他定罪，然後在那天早上親自動手處決他。」

他走向陪審席，一隻手滑過欄杆。「卡靈頓先生會告訴諸位，聲稱被告會犯下謀殺罪，是因為她瞭解司法制度，她認為這個制度沒辦法保護她的兒子。是的，妮娜·佛斯特是瞭解司法制度。但是她利用這個制度來為自己鋪路。她知道身為被告有什麼權利，知道應該怎麼表現，才能讓陪審團相信她是暫時喪失心智。在她站起身，冷血槍殺席辛斯基神父的時候，她完全知道自己在做什麼。」

昆丁一一看著每個陪審員。「要判佛斯特太太有罪，首先，各位必須相信緬因州檢方排除了所有的合理懷疑，證明席辛斯基神父是遭人非法謀殺。」他攤開手。「各位，你們都看到了錄影帶裡的經過。接下來，各位必須相信被告的確是殺害席辛斯基神父的人。我要再次重複，在我們這個案子當中，這一點無庸置疑。最後，大家必須認為佛斯特太太是經過預先設想，才殺害了席辛斯基神父。這是個沉重的法律用語，但是各位都知道其中的意思。」

他猶豫了一下。「今天早上當大家開車到法庭來的時候，在交叉路口一定至少碰過一個由綠轉黃的交通號誌。你們當時一定得決定自己是否該鬆開油門，踩下煞車，或是要加速前進。我不知道各位做了什麼選擇，我也不必知道。我——以及各位——只需要知道，在那個關鍵的一剎那之間所做出要走或要停的決定，就叫做預先設想。一剎那的時間就足夠了。昨天佛斯特太太告訴過各位，當她拿槍對準席辛斯基神父頭顱的時候，她想的是不能讓他活著離開法庭，這樣才能保護她的兒子，而這，也正是預謀。」

昆丁回頭走向被告席的桌前，指向妮娜。「這個案子無關乎情感，而是攸關事實。這個案子的犯罪事實是：有個無辜的男人被殺，而這個女人殺了他，並且還相信她的兒子應當得到只有她能做到的特殊待遇。」他最後一次轉身面對陪審團。「她犯了法，不要讓她享受特殊待遇。」

「我有兩個女兒，」坐在我身邊的費雪站起來說話。「一個剛進高中，另一個就讀於達特茅斯學院。」他對陪審團微微一笑。「她們簡直讓我瘋狂著迷。我相信在各位當中，有許多人對自己的孩子都有相同的感覺。妮娜對她的兒子納坦尼也一樣。」他把手放在我的肩膀上。「然而，在一個和平時沒有兩樣的早晨，妮娜發現自己正面對著任何父母都不想看到的恐怖事實：有人雞姦了她的小兒子。接著，妮娜必須面對另一個殘忍的事實：她知道性侵犯的審判會對兒子脆弱的情緒帶來什麼影響。」

他走向陪審團。「她怎麼會知道呢？因為她曾經幫助過其他父母的孩子歷經這樣的過程。因為她曾經不只一次地親眼目睹孩子們來到法庭，在證人席上泣不成聲。因為她看過，儘管孩子試著想理解為什麼自己必須在法庭的陌生人面前重新回想過去的經歷，性侵犯卻仍然逃離法律的制裁。」費雪搖搖頭。「這是一場悲劇。何況事實上，席辛斯基神父並不是傷害這名小男孩的罪魁禍首。但是在十月三十日當天，不光警方認定他是性侵犯，檢方也這麼想，妮娜．佛斯特也這樣相信。同時，在那天早上，她還相信自己已經沒有別的選擇。當天早上在法庭上發生的事並不是預謀，也不是惡意的行為，而是絕望的作法。各位在錄影帶上看到開槍射殺神父的女人，她外表也許像妮娜．佛斯特，舉止可能也像她，但是，各位先生、女士，錄影帶上的女人另有其人。在當下，這個人在心智上沒有能力阻止自己。」

費雪再次深呼吸，打算進入因喪失神智而無罪的辯護策略時，我站了起來。「抱歉，但是我想做個結尾。」

他猛然轉身，帶起一陣風。「你說什麼？」

我等著他靠過來，好私下對他說：「費雪，我想我可以負責結辯。」

「你不是被告的代表！」

「呃，我也不會歪曲自己。」我瞥了陪審團以及目瞪口呆的昆丁．布朗一眼。「我可以上前嗎，庭上？」

「喔，當然可以，請上前。」尼爾法官說。

我們全來到法官席前方，費雪和昆丁分別站在我的兩側。「庭上，我認為我的委託人這樣做是不明智的。」費雪說。

「我認為她的確有這方面的障礙。」昆丁喃喃地說。

法官揉揉眉心。「我認為佛斯特太太比任何被告都要瞭解情況。請繼續進行。」

在這尷尬的一刻，費雪和我互換了角色。「這是你的喪禮。」他低聲說，接著繞過我身邊，走回被告席坐下。我走向陪審團，找回了屬於我的立足點，像極了在許久之前重新踏上帆船甲板的水手。

「大家好，」我開口輕聲說話：「到了這時候，各位應該都知道我是誰，也聽到了許多解釋，知道我為什麼會來到這裡。但是諸位沒聽到的是完全的真相。」

我指著昆丁，說：「我知道，因為我過去和布朗先生一樣都是檢察官。在審判當中，我們並不常看到真相出現。檢方不斷地拋出實證，而辯方則是訴諸情感。沒有人喜歡真相，因為每個人對真相的觀點都不同，布朗先生和卡靈頓先生擔心各位有可能曲解真相。但是，在今天，我打算說出來給大家聽。

「真相是，我犯下一個可怕的錯誤。真相是，在那天早上，我並沒有像布朗先生希望大家相信的那樣，一心想親手執法。但是我也不像卡靈頓先生所說的，面臨精神崩潰。真相是，在那天我是納坦尼的母親，這個事實蓋過了一切。」

我朝一個陪審員走了過去，這個年輕孩子把他的棒球帽反戴。「如果你最好的朋友被槍抵住，而你手上正好有把手槍，你會怎麼做？」我轉身看另一位年長的紳士，問道：「如果你回到家，發現有人正在強暴你的妻子呢？」我往後退。「分界線在哪裡？我們接受的教育，是讓我們站起來為自己奮鬥，是去支持我們關心的人。但是突然間，法律劃下了新的分界線。這條線代表的是：你退下，讓我們來處理。各位都知道法律的運作並不十分成功，會讓你的孩子遭受創傷，會在短短的幾年後假釋犯人。在法律的眼中，這麼做就叫做處理你的問題，道德正確的作法成了錯事……至於道德錯誤的作法，則可以逃過制裁。」

我直視陪審團。「也許我知道司法體制對我的孩子不可能發揮作用。也許我多少知道我有能力說服陪審團，讓大家相信我喪失了心智。我希望給大家一個確切的說法，但是，如果要說我在這段期間學到了什麼，那就是：對於我們自以為瞭解的事，其實，我們的認識還不到一半。而且，我們最不瞭解的，就是我們自己。」

我轉身面對旁聽席，先後看著凱利伯和派屈克。「至於坐在旁聽席上譴責我的各位，如果沒有經過測試，你們怎麼知道自己不會有相同的舉動？我們每天都會做一些事來保護我們心愛的人，不讓他們受傷。比方說，說個無傷大雅的小謊，繫上安全帶，或是從酩酊大醉的好友手中搶下鑰匙。但是，我聽說過有些母親可以憑一己之力抬起壓住幼兒的汽車，讀過許多故事，講到有些男人為了生命中少不了的女人，可以跳出來挺身擋下子彈。難道他們這樣做就是喪失神智？還是說，在那一瞬間，他們是百分之百、但卻同時痛苦地清醒著？」我揚起眉毛。「我不該這麼說。但是，那天早上，當我在法庭上射殺席辛斯基神父的時候，我知道自己在做什麼事。但是在同一個時候，我也瘋了。」我攤開手，這是個懇求的手勢。「愛就是會帶來這種影響。」

昆丁站起來反駁。「這對佛斯特太太說來十分不幸，但是我們的國家沒有兩套法律制度。一種適用於知道自己在做什麼的人，另一種適用於其他人。」他看著陪審團。「各位也聽到了，她對自己殺人的行為並不感到難過……她難過的，是她殺錯了人。」

「最近發生的錯誤已經夠多了，」檢察官疲憊地說：「請不要犯下另一個錯誤。」

門鈴響了，我以為是費雪。自從我們離開法庭之後，他就沒再和我說話，而陪審團在結辯之後花了三個小時來商議，更讓他確定我不該站起來為自己說話。但是當我拉開門，準備再次為自己辯護的時候，納坦尼衝向了我。「媽！」他大聲喊，擠得我踉蹌地往後退。「媽咪，我們離開旅館了！」

「真的嗎？」我說，然後用同樣的幾個字問站在孩子身後的凱利伯：「真的嗎？」

他放下自己和納坦尼的行李袋。「我想，現在應該是回家的好時機，」他靜靜地問：「如果可以的話。」

這時候，納坦尼已經用雙手環起黃金獵犬的肚子，而梅森則是扭個不停，想要舔遍孩子的每一吋肌膚，蓬鬆的長尾巴拍打著磁磚，奏出喜悅的歸營曲。我可以體會小狗的感覺。直到現在，在有人和我作伴之後，我才瞭解自己有多孤單。

於是，我靠向凱利伯，頭頂著他的下巴，聆聽他的心跳。「好極了。」我回答。

狗狗躺在我的身下，像個會喘氣的枕頭。「梅森的媽媽怎麼了？」

我的母親坐在沙發上讀一些用小字印刷大道理的文件，我一想到這些東西就會頭痛。她抬起頭來，說：「牠在……某個地方。」

「牠為什麼不和我們住在一起？」

「梅森的媽媽是麻薩諸塞州一個養殖場裡的狗。牠生了十二隻小狗，我們把其中一隻——就是梅森——帶回家養。」

「你覺得梅森會不會想念媽咪？」

「依我看，在剛開始的時候應該會，」她回答：「但現在已經過了這麼久，而且牠和我們在一起很快樂。我猜啊，牠可能不記得媽咪了。」

我的手指滑過梅森甘草色的牙齦，摸到牠的牙齒。狗狗對我眨了眨眼。

我敢說，媽咪錯了。

第九章

「你要喝點牛奶嗎？」納坦尼的母親問。

「我剛剛吃了一碗玉米片。」他的父親回答。

「喔。」她準備把牛奶放回冰箱裡，但是他父親將牛奶拿了過來。「也許我可以再喝一點。」

他們彼此對望。接著，他母親臉上帶著僵硬的微笑往後退，說：「好啊。」

納坦尼覺得自己好像在看卡通。其實，他心底知道事情有些假假的、不夠真實，但是眼前這一幕仍然會吸引他。

去年夏天，他和爸爸到戶外去，他追著一隻青綠色的蜻蜓，一路跑過了花園和南瓜棚來到餵鳥的水盆邊。第一隻蜻蜓在這裡找到另一隻蜻蜓，接著開始互相勾咬碰撞。「牠們在打架嗎？」納坦尼問父親。

「不是，牠們在交配。」納坦尼還沒開口問，父親就解釋說：這是動物和昆蟲還有其他東西生寶寶的方式。

「但是牠們看起來好像要彼此殘殺。」納坦尼實事求是。

他才剛說完，兩隻蜻蜓便牢牢地勾在一起，好像閃閃發光的太空站，接著牠們像四重奏般地拍動翅膀，長長的尾巴微微抖動。

「有時候的確有點像。」他的父親回答。

昆丁整晚躺在品質低劣的床墊上翻來覆去，不懂陪審團究竟在拖什麼。審判當然不可能有必然的結果，但是，天哪，他們掌握了謀殺當時的錄影帶，事情應該很單純才對。然而，陪審團從昨天下午就開始商議，到現在幾乎過了二十四小時了，竟然還沒有判決。

他至少在陪審團會議室前面來回走了二十趟，想要靠念力發揮影響，讓他們定她的罪。站在會議室門口看守的是一個年紀不小的法警，具備站著睡覺的本領，在檢察官經過他面前時，還能面無表情地打呼。「裡面有什麼進展？」昆丁問。

「吼來吼去的。他們剛剛訂了午餐，十一份火雞三明治和一份烤牛肉。」

昆丁十分沮喪，轉頭再次朝走廊走去，沒想到看見自己的兒子正從轉角走過來。「基甸恩？」

「嘿，還好嗎？」

基甸恩出現在法院裡。在這一瞬間，昆丁的心跳幾乎停止，和一年前一樣。「你在這裡做什麼？」

男孩聳聳肩，彷彿他自己也不知道。「我下午沒練球，所以來這裡晃晃。」他拖著腳步走路，球鞋磨著地板，嘎吱作響。「來看看，從另一個角度可以看見什麼。」

一抹笑容緩緩地爬上昆丁的嘴角，往整張臉擴散，他伸出手搭住兒子的肩膀。十年來第一次，昆丁．布朗身在法院，卻說不出半句話。

二十六個小時，一千五百六十分鐘，九萬三千六百秒。隨你高興怎麼稱呼都好，但不管用哪個說法，這段等待的時間都如同一生一世。我把會議室的每一吋角落緊緊記在腦中。數過地板鋪上了幾片塑膠磚，記下天花板斑點的位置，連窗戶的長寬都計算過了。他們在裡面做什麼？

當門打開的時候，我才明白唯一比等待更糟的事，是當你知道決定已經達成的那一刻。門口先出現了一條白色的手帕，接著是費雪。

「裁定了，」這幾個字猶如刀子般切割我的舌頭。「陪審員的裁定出來了嗎？」

「還沒有。」

我全身癱軟，重重地坐到椅子上，這時費雪對我揮了揮白手帕。「這是讓我聽到裁決之後用的嗎？」

「不是，是我向你投降，對昨天的事表示歉意。」他看著我。「不過話說回來，如果你當時能提早一點告訴我你打算做結辯，我會舒服一點。」

「我知道。」我抬頭看他。「你覺得這是陪審團沒有立刻決定無罪開釋的原因嗎？」

費雪聳聳肩。「也許這是他們沒有立刻回到法庭定罪的原因。」

「是欸。結辯一向是我的拿手強項。」

他微笑地看著我。「我則是擅長交叉詰問。」

我們互相打量，完全同意對方的說法。「你最討厭審判的哪個階段？」

「就是現在：等待陪審員回法庭。」費雪重重地吐了一口氣。「我老是得安慰一心想要我預測結果的委託人，但其實任何人都沒辦法預測。你們這些檢察官真是幸運，只管輸贏，不必去安慰委託人，說他們不會終身被關在監獄裡，儘管我們明知道……」他停下來沒繼續說，因為我的臉上血色盡失。「呃，總之。你知道沒人有辦法猜出陪審團的最終決定。」

他看我似乎沒受到鼓舞，於是問：「對你來說，最困難的是哪個部分？」

「在檢方停止發問的前一刻，因為我知道，那是我最後的機會，來確認自己是否正確地提出了所有證據。當我說出『檢方沒有其他問題了』這幾個字的不久之後，馬上就可以知道自己是否搞砸了案子。」

費雪和我四目相望。「妮娜，」他溫和地說：「檢方可以休息了。」

我側躺在遊戲室裡印著字母的地毯上，把企鵝玩偶的一隻腳塞進木櫃裡。「如果這隻企鵝再迷路，」我說：「我就要幫陪審團省掉麻煩，乾脆自己先上吊算了。」

凱利伯坐在地上，和納坦尼一起為彩色的塑膠泰迪熊分色。「我想到外面去。」納坦尼哀聲發牢騷。

「不行，小朋友。我們在等關於媽咪的重要消息。」

「但是我想要！」納坦尼用力踢桌子。

「等一下好嗎？」凱利伯遞了一把玩具熊給他。「來，多拿一點。」

「不要！」納坦尼一手揮掉桌上的玩具箱。分色用的小格子滾到大盒子裡，塑膠小熊散落一地。這個場面觸發了我的脾氣，我本來在腦袋裡保留下一個空白的空間，試著什麼都不去想。

我站起身，抓住兒子的肩膀搖晃。「你不可以亂丟玩具！納坦尼，你把東西全收拾好，我不是開玩笑的！」

這時候的納坦尼開始放聲大哭。凱利伯也板著臉轉過頭來對我說：「不要因為你自己很緊張，妮娜，就以為你——」

「打擾了。」

聽到門口的聲音，我們三個人全轉過身去。一名法警探進來，對我們點了個頭。「陪審團要回法庭了。」他說。

「還沒有判決。」幾分鐘之後，費雪低聲對我說。

「你怎麼知道？」

「如果是，法警會直接說，而不光是說陪審員回法庭。」

我半信半疑地往後靠。「法警從來沒告訴過我任何事。」

「相信我。」

我潤了潤嘴唇。「那我們進來做什麼？」

「我不知道。」費雪承認。我們兩個人都把注意力轉向了法官。

法官在席位上坐定，他看到這場災難終於接近尾聲，顯然十分高興。「佛爾帕森先生，」尼爾法官問：「陪審團有沒有做出判決？」

坐在陪審席最前排的一個男人站了起來。他脫掉棒球帽，把帽子夾在胳膊下，然後清了清喉嚨。「庭上，我們一直在努力嘗試，但似乎沒辦法全數同意。我們當中有些人——」

「等等，佛爾帕森先生，別再說了。你們有沒有仔細討論過這個案子，有沒有投票，檢視每個陪審員的立場，來判決有罪還是無辜？」

「我們投了好幾次票，但是我們其中就是有少數人不願意改變想法。」

法官看看費雪，然後看著昆丁。「律師、檢察官，請上前。」

我也站了起來，法官嘆了口氣。「好吧，佛斯特太太，你也一起上前。」他坐在法官席上喃喃地說：「我要來段訓斥，請他們重新考量[13]。有沒有人反對？」

「沒有異議，」昆丁說完話，費雪也跟著表示同意。當我們走回被告席的時候，我迎向凱利伯的注視，用嘴型告訴他：「他們做不出判決。」

---

13 Allen charge，當陪審團的意見僵持不下時，法官給予陪審團的訓諭，要求其重新認真考量。

法官開口說：「各位先生、女士，你們聽了所有的事實，也聽了所有的證詞。我明白這段歷程十分漫長，也知道各位很難下決心。但是，我同時也知道你們有能力做出決定……而且，你們是下決定的最佳陪審團人選。就算案子重審，另一個陪審團也不會有比諸位更傑出的表現。」他嚴肅地看著陪審團。「我希望你們回到陪審團休息室去，審慎考量彼此的意見，看看是否能有所突破。到今天傍晚之前，我會要求各位回到法庭，讓我知道你們的進展。」

「現在是怎麼樣？」凱利伯在我身後輕聲發問。

我目送備受激勵的陪審員魚貫出場。現在，我們只能等。

眼看著某個人緊張到心驚肉跳，你也會跟著渾身不自在。凱利伯在接下來的兩個半小時裡，陪伴妮娜等待陪審團裁決，終於得到這項領悟。她弓著身子坐在遊戲室的小椅子上，完全無視於納坦尼伸直雙臂學飛機衝來衝去，嘴巴還一邊發出嗡嗡的聲響。她用雙手拳頭撐住下巴，熾熱的眼神完全沒有焦點。

「嘿。」凱利伯輕聲說。

她眨眨眼，回過神來。「喔……嘿。」

「你還好嗎？」

「還好。」她拉開雙唇淺淺一笑。「還好！」她又重複一次。

這讓凱利伯想起幾年前他曾經試著教她滑水，當時，她太過努力嘗試，而不是順其自然。「我們一起去販賣機買點東西好嗎？」他提議。「納坦尼可以來點熱可可，我還可以請你喝碗熱湯，保證和洗鍋水沒有兩樣。」

「好像很不錯喔。」

凱利伯轉頭對納坦尼說大家要一起去買點心吃。孩子跑向門邊，凱利伯跟在他的身後。「走嘍，」他對妮娜說：「我們準備出發了。」

她瞪著他看，似乎已經不記得兩人在幾秒鐘之前剛說過話。「出發去做什麼？」她問道。

派屈克坐在法院後面的長凳上，覺得自己的屁股幾乎完全凍僵。他看到納坦尼邊喊邊跑過草地。過了一個漫長的下午之後，這孩子為什麼還能在四點半的時候如此精力旺盛？不過，他想起從前妮娜也可以打一整個下午的冰上曲棍球，卻一點也不會凍傷。也許，當一個人在年歲逐漸增長，而來日越來越短的時候，才會注意到時間這回事。

孩子衝到派屈克的身邊，雙頰紅潤，流著鼻水。「你有衛生紙嗎，派屈克？」

他搖搖頭。「抱歉，小草兒。用袖子擦吧。」

納坦尼大笑，照派屈克的話做。孩子一頭鑽到派屈克的胳膊下，派屈克簡直想大聲吶喊。假如妮娜看到這一幕——她的兒子主動和別人接觸，喔，天哪，這對她會是多麼大的鼓勵。他將納坦尼抱緊一些，親吻他的頭頂。

「我喜歡和你玩。」納坦尼說。

「嗯，我也喜歡和你玩。」

「你不會罵人。」

派屈克低頭看他。「最近你媽咪會罵人？」

納坦尼聳聳肩，然後點頭。「就好像有人把媽咪偷走，然後找來一個長得很像她的凶女人來假裝。這個人沒辦法好好坐下來，而且也不聽我說話，然後只要我一說話，她就會頭痛。」他低頭看著自己的雙腿。「我想要原來的媽咪。」

「她也一樣想啊，小草。」派屈克往西邊看，地平線上方已經出現了紅光。「其實，她現在很緊張。她沒辦法知道自己會聽到什麼消息。」他看到納坦尼聳聳肩，又加上一句：「你知道她愛你。」

「呃，」孩子充滿防備地說：「我也愛她。」

派屈克點點頭，心想：你不是唯一一個。

「審判無效？」我搖著頭說：「不，費雪，我沒辦法再來一次。你知道審判不會越陳越香。」

「你還在以檢察官的角度思考。」費雪責備我。「不過，你這次說對了。」他本來望著窗外，這會兒轉過身來說：「我要你今天晚上好好考慮一件事。」

「什麼？」

「放棄陪審團。如果你同意，我明天早上會找昆丁談談，看看他是否同意由法官來判決。」

我瞪著他看。「你知道這個案子主要是想訴諸情感，而不是法律。陪審團有可能基於情感而做出無罪開釋的判決，但是法官一向以法律為根基來判決。你瘋了嗎？」

「不，妮娜，」費雪嚴肅地回答：「你也沒瘋。」

那天晚上我們躺在床上，滿月的光線重重地落在我們身上。我把自己下午和費雪的對話告訴了凱利伯，現在，我們兩個都瞪著天花板看，彷彿群星會把答案寫在天空中。我想要凱利伯伸手越過床上的空間來握住我的手，我需要，因為我想相信我們沒有那麼疏遠。

「你覺得怎麼樣？」他問道。

我轉身面對他。月光為他的輪廓染上一層金邊，這個顏色代表勇氣。「我不會再為自己做決定了。」我回答。

他用手肘支起身子，看著我說：「如果這麼做，接下來會發生什麼事？」

我用力吞嚥，試著穩住音調，不要發抖。「嗯，法官會判我有罪，因為就法律層面來看，我犯下了謀殺案。但是往好的方面想，法官判的刑期可能不會比陪審團判的來得長。」

凱利伯的臉孔突然來到我的上方。「妮娜……你不能去服刑。」

我轉過頭，不想讓他看到我的眼淚流下來。「我當時就知道自己冒著什麼險。」

他用雙手緊握住我的肩膀。「不能，你就是不能去坐牢。」

「我會回來。」

「什麼時候？」

「我不知道。」

凱利伯把頭埋到我的頸邊，吹吐著氣息。接著，我也突然一把抱住他，彷彿在今天，我們兩人之間不容許有任何空間存在，因為到了明天，彼此間即將出現太過遙遠的距離。我可以感覺到他粗糙的手掌貼在我的背上，他的哀傷烙下了痕跡。當他埋入我體內的時候，我的指尖陷入他的肩膀，想留下自己的記號。我們近乎狂暴地做愛，灌入在內的強烈情緒讓空氣也為之嗡鳴。然後，和所有的事情一樣，纏綿也有結束的時候。

「可是我愛你。」凱利伯的聲音開始破碎，因為，在一個完美的世界當中，人只需要這個藉口。

那天晚上，我夢到自己往大海走去，浪頭打濕了我棉質睡袍的下襬。水很冷，但不如這個時節的緬因州大海來得冷，而且海灘邊緣的沙子又細又軟。我一直走，不顧海水浸到了我的膝蓋，甚至連海水刷過我的大腿、睡袍像第二層肌膚般貼在我的身上時，我都沒有停下腳步。我繼續走，海水來到我的頸部，淹到我的下巴。沒頂之後，我明白自己將會溺斃。

一開始，我奮力掙扎，想要好好分配肺裡僅存的空氣。接著空氣開始燃燒，我的胸腔內彷彿有一團烈焰。這一瞬間，我只看到一片漆黑，我拼命踢動雙腳，卻哪裡也去不了。時候到了，我心想：終於到了。

有了領悟之後，我放鬆手腳不再掙扎。我感覺到身體往下沉，海水灌了進來，我蜷臥在海床的沙地上。

太陽宛如一隻顫抖的黃眼睛。我站起身，驚訝萬分地發現自己輕鬆自如，在海床上邁步往前走。

當我坐在納坦尼床邊看著他睡覺時，我兒子動都沒動一下。但是我終於按捺不住，伸手去摸了他的頭髮，他翻個身，眨眨眼看著我。「天還沒亮，」他喃喃地說。

「我知道。還不到早上。」

我看到他試著想弄清楚：那麼為什麼我會在半夜裡叫醒他？我要怎麼向他解釋，說下次我再有這種機會的時候，他的身子可能已經成長到和床鋪一樣長？我該怎麼告訴他，等我回來的時候，這個曾經被我拋下的男孩已經不復存在？

「納坦尼，」我的聲音有些顫抖，「我可能要離開。」

他坐起身來。「不行，媽咪。」他微笑地說，甚至還找了個理由：「我們才剛回來。」

「我知道……但是，這由不得我決定。」

納坦尼拉高毯子蓋住胸口，一瞬間變得好小。「我又做錯了什麼事？」

我哭了出來，一把將他拉到懷裡，然後把自己的臉埋在他的頭髮上。他把鼻子湊在我頸子邊磨蹭，讓我幾乎喘不過氣來，因為這讓我回想起他嬰兒時候的模樣。當下，我真想不計一切去交換那段時光，就算是最平常的時刻也好，比方說帶著納坦尼開車，陪著他清理遊戲室，為他準備晚餐──然後把這些時光緊緊鎖在守財奴的寶盒裡面。這些時光不會因為是日常作息而稍有遜色，讓你和孩子緊密相連的，並不是你們做了什麼事，而是你們有幸能夠一起度過這些時間。

我抬起頭，看著他的臉，看他嘴唇的弧度、鼻子的線條，想要記住這雙琥珀色的眼眸。留住這些，我心想：為我保留下一切。

到了這時候，我的淚水已經潰堤。「我保證我不會永遠不在，你一定會再看到我。我要你知道，在我和你分開的每一分鐘、每一個日子裡，我只想知道自己再過多久才能回來。」

納坦尼伸出雙手抱住我的脖子，似乎一輩子不想放手。「我不想讓你走。」

「我知道。」我抽回身子，輕輕握住他的手腕。

「我和你一起去。」

「我希望你能來，但是我需要有人在家裡照顧你爸爸。」

納坦尼搖頭說：「可是我會想你。」

「我也會想你，」我輕聲說：「嘿，我們先約法三章，好不好？」

「什麼是約法三章？」

「就是兩個人一起做決定。」我試著露出微笑。「我們先約好，不要去想念對方，你看怎麼樣？」

納坦尼盯著我看了好一會兒，然後承認：「我想，我應該做不到。」

我再次將他拉到身邊。「喔，納坦尼，」我低語：「我也做不到。」

第二天早上，當我們走向法院的時候，納坦尼像膠一樣黏在我身邊。我幾乎習慣了那些以問題來嚴刑拷問的記者，也懂得怎麼從他們手上光線刺眼、宛如現代版護臂鎧的攝影機之下求生。這是我「之前」擔任檢察官與「之後」成了罪犯的照片。趕快去找個標題，我心想：反正我得坐牢。

一進到法院門裡，我就把納坦尼交給凱利伯，一股腦地跑進廁所對著馬桶乾嘔，然後用清水潑灑臉孔和手腕。「你熬得過的，」我對著鏡子說：「你至少可以保持尊嚴，了結這件事。」

我深呼吸，推開門去和家人會合。這時變性人亞德蓮穿著小了兩號的衣服，對著我咧開和德州一樣大的笑容。「妮娜！」她大喊，跑過來擁抱我。「我最不想去的地方就是法院，但是啊，甜心，我為你來加油。」

「你出獄了？」

「昨天出來的。我本來不知道是否來得及，但陪審團花在商議的時間比我的變性手術時間還久。」

納坦尼突然鑽到我們兩個人之間，還把我當成一棵樹，拼命往上爬。我一把將他抱到懷裡。「納坦尼，這位是亞德蓮。」

她的眼睛亮了起來。「我聽說過好多關於你的事。」

我實在很難斷定誰看到亞德蓮的時候比較吃驚，究竟是凱利伯還是納坦尼。但是在我開口解釋之前，費雪急急忙忙地走了過來。

我迎視他的目光。「就這麼做吧。」我說。

昆丁看到費雪在法庭裡等他。「我們必須找尼爾法官談談。」他靜靜地說。

「我不會接受協議的。」昆丁回答。

「我們也沒打算提出協商。」他轉身朝法官辦公室走過去，沒費心查看檢察官是否跟了過來。

十分鐘之後，他們站在好幾個怒氣沖沖的獵物腦袋下方，面對著尼爾法官。「庭上，」費雪開口說：「我們已經花了太久的時間了，陪審團一定還是沒辦法達成共識。我和我的委託人談過……如果布朗先生同意，我們想要將本案交給庭上，由你來裁決。」

昆丁完全沒想到自己會聽到這些話，他把辯方律師當成瘋子般瞪著看。的確，沒有人希望看到審判無效的結局，但是把案子交付給依法行事的法官來裁決……就這個案子來說，受益者會是檢方，而非辯方。費雪．卡靈頓簡直是用銀托盤捧著判決交給昆丁。

法官瞪著他說：「布朗先生呢？檢方希望怎麼處理？」

他清了清喉嚨。「檢方欣然接受，庭上。」

「很好，那麼我就讓陪審團離開。我需要一個小時來重新檢視證據，然後做出判決。」法官點個頭，遣退兩人，然後開始決定妮娜的未來。

結果呢，事實證明亞德蓮是老天爺派來的好幫手。當凱利伯和我筋疲力盡的時候，她從我懷裡抱走納坦尼，把自己當作攀爬架。納坦尼從她的背往上爬，然後一路往下溜到她的小腿。「如果他讓你太累，」凱利伯說：「直接喊停就好了。」

「喔，甜心，這是我這輩子最期待的事。」她抓住頭下腳上的納坦尼，孩子樂到咯咯發笑。

我一方面想看著他們玩，一方面又想加入遊戲。我最深的恐懼是，如果我讓自己再次碰觸到兒子，再也沒有任何外力可以將我拉開。

有人輕敲遊戲室的門，我們全轉過頭去。派屈克不自在地站在門口。我知道他想要什麼，但是只要我的家人在場，他就不會開口。

沒想到凱利伯為大家解決了這個問題。他對派屈克點個頭，接下來又對我點點頭。「去吧。」他說。

派屈克和我沿著地下室彎彎曲曲的走廊前進，兩人至少保持了一呎之遠的距離。我們默默無聲的走著，完全不知道自己走到了哪裡。「你好嗎？」他終於開口說話。「如果你當初決定進行下一場陪審團的審判，至少你還有機會無罪開釋。」

「然後，我又得拖著納坦尼、凱利伯、你，還有一堆人下水。派屈克，這件事該結束了。不管如何，一定得結束。」

他停下腳步，靠在一條暖氣管上。「我一直不認為你會入獄服刑。」

「有很多地方，」我回答：「我都以為自己不會去。」我淡淡地微笑。「你會偶爾幫我帶點中國菜過來嗎？」

「不會。」派屈克低頭看他雙腳之間的地板。「我不會留下來，妮娜。」

「你……什麼？」

「我要離開了。太平洋西北地區有個職缺，我想去看看。」他深深地吸了一口氣。「我一直想出去看看。只是，沒有你，我實在不想去。」

「派屈克——」

他無比溫柔地親吻我的前額。「你會沒事的，」他低聲說：「你從前就經歷過了。」他送我一個歪著嘴角的微笑，讓我收在胸前的口袋裡。接著，他沿著走廊往前走，讓我自己找路回去。

有人拉開了樓梯旁邊的廁所門，突然間，昆丁．布朗就站在距離我四呎之外。「佛斯特太太。」他結巴地打招呼。

「經過這一切，你應該可以喊我妮娜了。」如果沒有費雪在場，他和我說話會有違法庭規則，我們兩個人都清楚這一點。然而在經過這些事之後，不知怎麼著，不去理會這條規矩似乎也不是什麼可怕的事。我看他沒有回答，以為他和我的想法不同，於是打算從他身邊繞過去。「我先走了，我家人在遊戲室裡等著我。」

「我得承認，」就在我離開的時候，昆丁說：「你的決定讓我很驚訝。」

我轉過身來。「你是說，交由法官來裁定嗎？」

「對。假如我是被告，我不曉得自己會不會這樣做。」

我搖搖頭。「不知道欸，昆丁，我實在很難把你想像成被告。」

「你能想像我當個家長的樣子嗎？」

我吃了一驚。「不能。沒聽說過你的家人。」

「我有個兒子，十六歲了。」他把雙手插到口袋裡。「我知道，我知道。你費了好大工夫把我想像成一個鐵石心腸的惡棍，實在很難在我身上找出任何溫情。」

「呃。」我聳聳肩。「也許還不算鐵石心腸的惡棍啦。」

「那麼，混蛋怎麼樣？」

「話是你說的，律師大人。」我回答他，兩個人都笑了。

「不過話說回來，人隨時都會為別人帶來驚訝。」他開起玩笑。「比方說，地方檢察官犯下謀殺案，或者是助理州檢察長在晚上開車經過被告的家門口，只是為了要看她是不是一切安好。」

我嗤之以鼻。「如果開車過來的是你，一定是為了看我在不在家裡。」

「妮娜，你當真從來沒想過，你辦公室裡會有誰把DNA的檢驗報告拿給你？」

我的下巴幾乎掉了下來。「我兒子，」昆丁說：「叫做基甸恩。」

他吹著口哨向我點個頭，然後小跑步上樓。

法庭裡很安靜，凱利伯坐在我後面，我連他的呼吸聲都聽得見。在這片靜默當中，他在我們稍早步入法庭聆聽法官判決前所說的話，也還在我心裡迴盪：我為你感到驕傲。

尼爾法官清清喉嚨，開始說話。「本案證據清楚顯示出，在二〇〇一年十月三十日當天，被告妮娜．佛斯特外出買了一把槍藏匿，然後帶進畢德福地方法院。證據同時顯示她刻意接近席辛斯基神父，蓄意而且有意識地對著神父的頭連開四槍，神父因槍擊而斃命。同時，透過這些證據，我們也得知妮娜．佛斯特在犯案當時，誤以為席辛斯基神父性侵了她五歲大的兒子。

我低下頭，他的每句話都如雷貫耳。「那麼，證據沒有顯示出哪些狀況？」法官用巧妙的辭令反問。「正好就是被告在犯案當時，在槍擊的那一刻處於神智喪失的狀況。根據證人的說法，她一再刻意要求旁人去檢驗那個遭她誤以為傷害她兒子的男人。在那一刻，被告是個訓練有素、經驗豐富的助理地方檢察官，清楚知道任何遭到指控的人——包括席辛斯基神父在內，在當庭證明有罪之前，都是無辜的。基本上來說，本庭相信妮娜．佛斯特是個徹徹底底的檢察官……因此如果要犯法，她必須經過審慎的考慮。」

他抬起頭，把架在鼻梁上的眼鏡往上推。「因此，我駁回被告以神智失常的理由來辯護。」

我的左邊傳來細碎的聲音，是昆丁．布朗。

「然而——」

昆丁停止動作。

「——在緬因州，我們可以接受另一個因素，來作為謀殺的正當理由，亦即是被告受到某種程度的挑釁，而處於因之而起的恐懼或憤怒之下。身為檢察官的妮娜·佛斯特並沒有理由在十月三十日當天早上感到恐懼或憤怒，但是身為納坦尼的母親，她的確受到了影響。她的兒子稍早的嘗試——指認出本案的受害者，加上DNA檢測這張萬能牌，以及被告對於刑法制度上對待證人的認知，就本庭的看法，足以成為法律中所謂相當程度的挑釁。」

我停止呼吸，這不可能是真的。

「請被告起立。」

直到費雪抓著我的手臂，將我拖起來之後，我才想起法官指的是我。「妮娜·佛斯特，針對謀殺起訴，本庭判你無罪。根據緬因州法律條文第十七之A條第二〇三款之（一）（B），本庭判你因殺人有罪。被告是否願意放棄量刑前之報告，選擇直接在今日宣判？」

「是的，庭上。」費雪低聲回答。

法官看著我，這是今天早上到現在的第一眼。「我宣判你在緬因州立監獄服刑二十年，可扣除你先前羈押的時間。」他停了一下。「其餘的刑期暫緩執行，處以緩刑。佛斯特太太，你在今天離開法庭之前必須先向假釋官報到，然後，你就可以走了。」

法庭裡頓時迸發出陣陣的閃光燈和困惑不解的聲音。我的淚水奪眶而出，費雪擁抱住我，而凱利伯則是跳進欄杆裡。「妮娜？」他問我：「白話文是什麼意思？」

「就是……很好。」我對著他大笑。「是好極了，凱利伯。」實質的說法，就是法官赦免了我。

只要我能夠不再去殺人，就不必入獄服刑。凱利伯抓著我繞圈圈，我從凱利伯的肩膀上方望過去，看到亞德蓮在他的身後舉起拳頭。派屈克在亞德蓮後面，他閉著眼睛坐著，臉上露出笑容。就在我看著他的時候，他睜開眼睛盯住我，無聲地用嘴型說：只有你。這幾個字讓我思量了好幾年。

當記者離開法庭打電話給自己所屬機構報告結果的時候，旁觀席的人也漸漸散去，我注意到另一個人。昆丁．布朗已經將資料收進手提箱裡。他走到了被告席和檢方席位的兩張桌子中間，轉頭看著我。他對我揚揚下巴，我點頭回應。突然間，有人抓著我的手臂往後扯，一定是有人沒聽懂法官的判決，又想為我上手銬。「不是，」我回過頭說：「你沒弄懂……」但是法警接下來解開我手腕上的電子手銬。電子手銬掉在地上，敲響我的自由。

當我再次抬起頭的時候，昆丁已經離開了。

所有的採訪在幾個星期之後告一段落，其他悲慘的故事轉移了媒體虎視眈眈的注意力。一隊採訪車蜿蜒南下，我們回到了原有的生活步調。

呃，至少大部分的人是如此。

納坦尼越來越強壯，凱利伯也接下了好幾件新工作。派屈克從芝加哥打電話給我，他正朝著西海岸去。到目前為止，他是唯一一個有勇氣開口問這句話的人：在我不當檢察官之後，我打算做什麼事。

這麼久以來，擔任檢察官一直是我生命中很重要的一個部分，因此，這個問題實在很難回答。也許我會寫書吧，有不少人希望我寫。說不定我會去鎮上的活動中心，為年長鎮民提供免費的法律諮詢。或許，我會一直留在家裡，看著我兒子長大。

我輕拍手中的信封。這是律師懲戒委員會寄過來的，已經在廚房流理臺上原封不動地躺了幾乎兩個月。其實，現在也沒必要拆開來看。我知道裡面寫的是什麼。

我坐在電腦前面，敲著鍵盤寫下一封短信。本人不再繼續執業，自願繳回執照。妮娜·佛斯特謹上。[14]

我將短信和信封列印出來。折好，舔過封口，黏住，然後貼郵票。接著，我穿上靴子，穿過車道，走向郵箱。

「好，」我把信放在郵箱裡，豎起通知郵差取信的紅旗，大聲地說了出來：「好。」我再次重複，其實我真正想說的是：我現在要做什麼？

一月總是會有一個星期的融雪期。事先沒有任何跡象，氣溫一下子就回暖到十三度，積雪融成湖面大小的水池，大夥兒穿著短褲坐在折疊椅上欣賞融雪的景象。

但是在今年，融雪期的時間破了記錄。妮娜獲釋的當天，雪開始融化。鎮上大家用來溜冰的池塘在那天下午宣布關閉，因為冰面上開始出現裂縫，到了那個星期的尾聲，青少年已經可以在人行道上溜滑板，甚至有人說他們已經在這時節少不了的泥塘間，看到番紅花冒出芽來。這對生意來說當然是好事——許多工程在嚴寒的冬季延宕了下來，現在可以重新動工。在凱利伯的記憶當中，這也是他首次這麼早就開始在槭樹上鑿孔採糖汁。

凱利伯在昨天就裝上了閥門，也放了桶子。今天，他沿著自己的產業走了一圈，收集槭樹汁液。天空十分清朗，凱利伯將袖子捲到了手肘上。他的靴子陷入了可惡的泥漿裡，但是他絲毫沒有減慢速

14 美國的檢察官以及法官都需具備律師資格，並執業一定年限後，才有可能透過選舉或遴選任命等方式，擔任檢察官或法官職務，所以妮娜·佛斯特本身的行為也受律師懲戒委員會之規範。

度。像這樣的天氣實在不夠常見。

他把採集的汁液全裝進大桶子裡，四十加侖的甜美汁液只能煮出一加侖的槭糖漿。凱利伯把汁液倒在煮義大利麵用的鍋子裡，直接用廚房的爐子煮，然後在汁液收汁前先用篩子過濾。對妮娜和納坦尼來說，重點在於最後的成品——可以用來淋在鬆餅上。但是對凱利伯而言，最美的是過程。將樹木的汁液一杓杓地放入桶子內，蒸汽冉冉往上升，家中瀰漫著糖漿的香味。每一口吸入的都是甜蜜的空氣，沒有比這更美好的事了。

納坦尼正在搭橋，不過最後也可能變成一條隧道。樂高玩具最酷的地方，就是你可以半途改變計畫。有時候，當他在搭蓋建築的時候，他會把自己假想成父親，並且以相同的謹慎態度來計畫。有時候呢，他也會假裝自己是母親，在積木散落一地之前，先拼命將高塔往上堆。

梅森剛好睡在他臥室的正中央，因此他只能繞過狗尾巴玩積木。不過，這也沒關係，因為這樣一來，他蓋的村莊裡面就會有隻大怪物。其實，說不定他蓋的是一艘超級讚的逃難船。

但是他們要去哪裡？納坦尼想了想，接著放了四個綠色和四個紅色的積木開始蓋。他築起堅固的圍牆，寬大的窗戶。爸爸說過，房子一層叫做一樓[15]。

納坦尼喜歡這個說法。這讓他覺得自己好像住在書皮裡。說不定，所有家庭當中的每個人都會得到美好的結局。

---

15 story，另有「故事」的意思。

洗衣服一向是個不需要用腦的好開端。我們家的髒衣服似乎會從洗衣籃潮濕的底部往上滋生，不管我們多小心地不要去弄髒衣服，洗衣籃仍然每天爆滿。我折好洗乾淨的衣物拿上樓，先收好納坦尼的，再整理自己的東西。

當我用衣架掛起牛仔褲的時候，看到了那個行李袋。難道說，這個袋子真的在櫃子後面整整放了兩個星期嗎？凱利伯可能沒注意到，因為他抽屜裡的衣服夠穿，所以沒注意到他還沒收拾自己帶去汽車旅館的行李袋。但是這袋子我看了很礙眼，它讓我想起凱利伯搬出去住的那些日子。

我拿出一件長袖襯衫和幾件四角內褲，在我把這些衣物放進洗衣籃之後，才發現自己的雙手黏糊糊的。我揉搓手指，皺起眉頭把襯衫拿出來抖動。

襯衫的衣角尚有一大片綠色的污漬。

幾雙襪子上也沾到同樣的東西，看起來彷彿有東西翻覆，但是我在行李袋裡沒找到沒蓋好蓋子的洗髮精。

而且，這味道也不像洗髮精。我沒辦法判斷這是什麼氣味，只知道像是工業用的材料。袋子裡只剩下他的牛仔褲。我習慣性地掏口袋，確定凱利伯沒有把錢或收據放在裡面。褲子左側後口袋裡有一張五塊錢鈔票，右側後口袋裡有兩張美國航空的登機證存根，一張從波士頓飛紐奧良，另一張則從紐奧良飛往波士頓，兩張的日期都是在二〇〇二年一月三日。也就是在納坦尼能力聽證會的後一天。

凱利伯的聲音在我身後出現。「我做了我該做的事。」

凱利伯低頭斥喝納坦尼，不准他動防凍劑。「我說過多少次了？防凍劑有毒。」梅森想去舔帶著甜味的液體，牠不知道嚴重性。

「貓，」我轉頭看他，喃喃地說：「那隻貓也死了。」

「我知道，我猜牠喝了剩下來的可可。乙二醇有毒……但是也很甜。」他向我伸出手，但是我往後退。「你把他的名字告訴了我，你也說過事情還沒結束。我做的，」凱利伯輕聲說：「是結束由你起頭的工作。」

「不要。」我舉起手。「凱利伯，你別告訴我。」

「你是我唯一能說這件事的人。」

他當然沒錯。我身為他的妻子，沒有義務說出對他不利的證詞。就算葛文神父的屍體經過解剖驗屍，在體內組織找出了毒藥也一樣。就算所有的證據都指向凱利伯也是如此。

但是，我花了三個月的時間，才學到了自己親手執法會有什麼後果。我曾經親眼看著丈夫出門，他的舉動並不是為了要評斷我的作為，而是打算去親自動手。我差一步就要失去自己一心的嚮往，也就是一個過去我蠢到不懂得珍視，直到面臨失去，才明白其價值所在的人生。

我瞪著凱利伯，等他解釋。

然而，有些遙遠的感覺，是話語無法說明的。凱利伯沒辦法訴諸言語，但是他看著我，用眼神表達出他想說的話。他緊緊互握雙手。對某些不懂得以另外一種方式聆聽的人來說，可能會以為他希望的是一切順利。但是對我來說，我知道這個手勢代表婚姻。

他只需要透過這個手勢，就能讓我瞭解。

納坦尼突然衝進我們的臥室裡。「媽咪，爸爸！」他大叫：「我蓋了全世界最酷的城堡！你們一定要來看。」他還沒站穩腳步，又立刻轉身跑回去，希望我們跟過去看。

凱利伯看著我。他沒有辦法踏出第一步，畢竟，想要溝通，就要找到一個能夠瞭解的人；想要得到諒解，就得先有人願意原諒。於是，我走向門邊，在門口轉過身來說：「走吧，」我對凱利伯說：「他需要我們。」

事情發生的時候，我正在以超快速衝下樓梯，我的腳跑在身體的前面。結果有個階梯不在原來該在的位置，害我狠很地撞到手扶欄杆。我撞到了手臂轉彎的地方，這個地方好像叫做手周。

我痛得像在打針一樣，好像有針頭刺進來，在我手臂上注射進大火。我的手指頭全沒有感覺，頭也開始痛。這比去年我在冰上滑一跤，腳踝腫得像大腿一樣粗的時候還更痛。比上次我摔到腳踏車把手前面，整張臉擦破皮而且還縫了兩針更痛。痛到我來不及喊痛，也不記得要先哭。

「媽——丫——咪！」

每次我這樣喊，她都會跑得比鬼還快，空氣一下子全不見了，只看到她。「哪裡痛？」她大喊大叫。

她開始摸我縮在一起的全身上下。

「我覺得我那根怪骨頭好像跌斷了。」我說。

「嗯。」她舉起我的手臂上下移動。接著她把手放在我肩膀上，說：「講個笑話。」

「媽！」

「要不然我們怎麼能確定骨頭斷了沒？」

我搖搖頭。「事情好像不是這樣欸。」

她把我抱進廚房。「誰說的？」她笑了，我不知不覺地也笑了出來。這一定是表示我很快就會好起來。

魔鬼遊戲 ／ 茱迪・皮考特（Jodi Picoult）
著； 蘇瑩文譯. -- 初版. -- 臺北市 ：
臺灣商務, 2011. 12
面 ； 公分. --（Voice ； 32）
譯自：Perfect Match
ISBN 978-957-05-2667-7（平裝）

874.57 100022216

廣　告　回　信
臺灣北區郵政管理局登記證
台北廣字第6450號
免　貼　郵　票

100台北市重慶南路一段37號

臺灣商務印書館　收

對摺寄回，謝謝！

Voice

透過探索內心的聲音；了解發出聲音的內心

Voice 讀者回函卡

感謝您對本館的支持，為加強對您的服務，請填妥此卡，免付郵資寄回，可隨時收到本館最新出版訊息，及享受各種優惠。

■ 姓名：________________ 性別：□ 男 □ 女

■ 出生日期：________年________月________日

■ 職業：□學生 □公務(含軍警) □家管 □服務 □金融 □製造 □資訊 □大眾傳播 □自由業 □農漁牧 □退休 □其他

■ 學歷：□高中以下（含高中）□大專 □研究所（含以上）

■ 地址：

____

____

■ 電話：(H) ________________ (O) ________________

■ E-mail：________________

■ 購買書名：________________

■ 您從何處得知本書？

□網路 □DM廣告 □報紙廣告 □報紙專欄 □傳單

□書店 □親友介紹 □電視廣播 □雜誌廣告 □其他

■ 您喜歡閱讀哪一類別的書籍？

□哲學・宗教 □藝術・心靈 □人文・科普 □商業・投資

□社會・文化 □親子・學習 □生活・休閒 □醫學・養生

□文學・小說 □歷史・傳記

■ 您對本書的意見？（A/滿意 B/尚可 C/須改進）

內容 ________ 編輯________ 校對________ 翻譯________

封面設計________ 價格________ 其他________________

■ 您的建議：________________

____

※ 歡迎您隨時至本館網路書店發表書評及留下任何意見

臺灣商務印書館 The Commercial Press, Ltd.

台北市100重慶南路一段三十七號 電話：(02)23115538

讀者服務專線：0800056196 傳真：(02)23710274

郵撥：0000165-1號 E-mail：ecptw@cptw.com.tw

網路書店網址：http://www.cptw.com.tw 部落格：http://blog.yam.com/ecptw

臉書：http://facebook.com/ecptw

Voice